문신공방 文身孔方, 둘

한국문학을 처 읽고 뜯어 읽고 스스럼 있이 꾀꾀로 새겨 넣다

일러두기

지면을 통해 발표한 글들은, 말미에 '발표지면, 발표일'을 적어 놓았다.
발표하지 않은 글들은, '쓴 날'만을 적어 두었다.

문신공방 文身孔方, 둘
한국문학을 처 읽고 뜯어 읽고 스스럼 있이 꾀꾀로 새겨 넣다

정 과 리

역락

잇는 말, 2007년 가을의 결심

나는 2006년 9월 1일부터 2007년 8월 31일까지 프랑스에 체류하였다. 7년마다 돌아오게끔 되어 있는 '연구년' 명목이었다. 1984년 12월부터 2000년 여름까지 근무했던 충남대학교에서는 그런 제도가 뒤늦게 생겼기 때문에 그 혜택을 누릴 기회가 없었는데, 그제야 그 과실을 맛 볼 기회를 만난 참이었다.

프랑스에 가기 직전 나는 한국문학과 매우 소원한 상태였다. 21세기가 들어서면서부터, 1980년대부터 동고동락했던 친구들이 『문학과사회』 편집에서 물러나고 나만 외톨이로 남은 이후, 나는 대부분의 실무를 후배들에게 넘기고 해외 이론의 소개와 문학 좌담을 이끄는 것으로 내 역할을 한정하였다. 그리고 2004년 겨울호를 끝으로, 『문학과사회』 편집도 그만두었다. 그때쯤이면 나는 평론 활동을 거의 중단하고 있던 처지였다.

그 중단의 배경에는 내가 2000년도 초엽에 내게 일어났던 환경의 변화에 매우 당황하고 있었던 사정이 놓여 있었다. 아니 차라리 환경의 아우성이라 해야 할 것이다. 나는 그 소란에 귀 막고 내가 가던 길을 가려 했으나, 그것들은 마치 중성자 폭탄처럼 두터운 손등을 스며들어 귓바퀴에서 미끄럼질을 지쳐 대었다. 이 각다귀들의 환호가 고막을 터뜨릴 지경이었다. 2006년의 출국은 그런 지경의 내게 팔을 벌리고 나의 돌진을 끌어안는 아낙네 같았다.

나는 프랑스에서의 1년을 아무것도 하지 않고 아무 생각도 하지 않으며 백치처럼 보냈다. 아침에는 센 강변을 한 시간 동안 뛰고 0.75유로짜리 바게트를 사들고 집에 들어와 하루의 긴장을 위해 크게 하품하는 아내와 철없는 막둥이와 나누어 먹었다. 아이를 학교에 보내고 집사람이 불어 교습소에 나가고 나면, 창문을 쭈뼛대는 비둘기들에게 남은 바게트를 뜯어 뿌려주고는, TV를 틀어놓은 채로 멍하니 지냈다. 점심은 스파게티로 때우고, 『르 몽드』와 『누벨 옵세르바퇴르』를 뒤적이다가 저녁때는 대학 선후배들이나 기타 지인들을 만나서 술을 마셨다. 좁은 도로를 걸을 때면 개똥을 피하기 위해 눈을 아래로 깔았지만, 그래도 여기에서는 똥이 날아다니지는 않으니 얼마나 다행인가, 라는 횡설수설을 곁들이곤 하였다. 바깥에서 술 마실 일이 없으면 큰 주머니가 달린 카트를 끌고 나가 근처의 대형 슈퍼 '샹피옹'에 가서 장을 보았다. 5유로 남짓의 적포도주들의 상표를 병유릴 철(徹)하듯 읽기를 거듭하다가 마치 최후의 결심을 하듯 한 병을 바구니에 집어넣고 집에 돌아와 마누라와 주거니 받거니 하면서, 내 선택이 맞았는지를 두고 갑론을박하였다.

그리고 때때로 프랑스의 이곳저곳을 작은 차를 몰고 돌아다녔다. 스트라스부르, 렝스, 투르, 낭트, 생 말로, 루르드, 니스, 리모쥬, 로카마두르, 생-폴, 사를라, 콜마르..... '미슐렝 지피에스'를 달고 유적이 있는 곳은 어디든 찾아 다녔다. 프랑스 국경도 넘어, 우리 차는, 바르셀로나로, 하이델베르그로, 프라하로, 그곳으로부터 몸 파는 여인들이 맨 몸 위에 외투만 걸친 채 서 있던 고개를 넘어 드레스덴으로, 번쩍거렸다. 돈이 쪼들려 매번 지출을 아끼느라 골머리를 앓고, 빵집에서 싸게 산 먹을거리들을 근처의 놀이터에서 타향살이의 설움을 씹듯이 저작했지만, 마음 한구석에는 아폴로 11호의 닐 암스트롱의 심사 같은 게 있었다.

그리고 한국으로 돌아오기 보름 전 쯤, 브르타뉴의 카르낙으로 선돌을 보러 갔다. 나는 그곳에서 내 운명을 보았다고 생각했다. 그때의 심정에 대해서는 『네안데르탈인의 귀향』의 서문에서 정리해 놓았다. 여하튼 나는 무위의 1년을 반납하고 귀국할 명분을 얻게 되었다. 반나절이 넘는 시간 동안 수만 피트 상공에서 내가 거듭 되뇌었던 말은 단 한마디였다. "현장으로 복귀해야 한다."

그래서 나는 문학의 현장으로 복귀했는가? 그러지 못했다. 마음은 준비가 되었다 할지라도 몸은 준비가 안 되었다. 무슨 몸이? 이 말은 썩 미묘한 이야기를 담고 있다고 나는 생각한다. 왜냐하면 그 말은 내 몸이 움직여주지 않는 방향이 있다는 뜻으로, 그 방향이 한국문학의 현재성 근처였기 때문이다. 좀더 정확히 말하면 2000년 전후로 한국문학의 스펙타클적 중심을 이루었던 문학들에 대해서 내 몸은 격렬한 거부 반응을 보이고 있었는데, 하필이면 1990년 이래 한국문학의 스펙타클화는 비약적으로 진행되었고 10년 후 쯤에는 그것이 문학의 실체를, 아니 차라리 문학의 원리를 대신하는 지경에까지 이르렀던 것이다. 요컨대 그 즈음에서부터인가 공공담론의 차원에서 잘 팔리는 문학이 좋은 문학이라는 기이한 등식이 마침내 지배적 공식으로, 아니 차라리 '공리'로서 자리를 잡고, 본격문학과 대중문학의 1970년대적 구별이 깨갱 소리를 지르며 어느 외진 곳으로 쫓겨나고 만 상황이 되었던 것이다. 내가 이 상황을 분석할 엄두를 내지 못한 채, 신체적 반응 속에 사로잡히고 만 까닭이, 앞에서 언급한 내게 일어난 '환경의 변화'의 간접적인 영향인지, 아니면, 2000년 무렵에 절정에 다른 저 문학적 현상이 내가 감당하기에는 너무나 강력한 파도였기 때문인지, 그것도 아니면, 이미 현장에서 물러난 자의 속내는 그곳으로 되돌아가기를 꺼려하고 있던 참에 복귀의 명령을 회피할 좋은 핑계거리를 거기에서 발견했기 때문인지, 나는 그것도 모른 채로, 혹은 모르려 하는 채로, 그저 현장 앞의 바리케이드를 만난 듯이 어정쩡한 모습으로 서성이고만 있었다.

문학의 스펙타클이 문학 그 자체를 대체하고 있었다면, 나는 사실상, 한국문학의 몸체의 어느 측면, 어느 부위에서도 즐거움을 찾기가 어렵게 되었다고 할 수도 있으리라. 하지만 이런 진술이 비겁한 변명에 불과하다는 것을 나는 사실 이미 느끼고 있는 터이다. 왜냐하면 내가 생각하는 진지한 문학들 역시, 저 현란한 문학적 광경들 속에 뒤섞인 채로, 그것들과 싸우며 태어나고 있는 중이며, 또한 나는 그런 기미들을 곳곳에서 발견하고 있었기 때문이다. 그런데도 나는 그런 문학들에 대해서마저 꼼꼼히 살필 기회를 스스로 저버리고 있었던 것이다. 그리고 또 몇 년이 지난 어느 날, 나는 다시 한 번 2007년 가을의 결심이 나를 꾸짖는 스펙타클에 사로잡힌다. 그것을 해소하기 위해, 아니 차라리 견디기 위해, 나는 최근 들어 좀더 의욕을 부리고 있는 참이다. 아직은 "자랑처럼 무성할" 상태가 아니라서, 내가 얼마나 오래 버틸 수 있을지, 라는 회의에 사로잡힌 채로, 그저 굼뜨게 꿈틀거리는 꼴이긴 하지만 말이다.

—『글과 흙의 만남-잔아문학박물관 소식지』 제2호, 2011.11.

📖 '잔아문학박물관'은 소설가 김용만 선생이 양평에서 운영하는 문학박물관이다. 그이는 소박하게 생기신 모습 그대로 문학에 대한 순정 하나만으로 세상을 통과하고 있다.

차례

1. 시를 읽다

2. 문학을 읽다

3. 문학을 생각하다

1. 시를 읽다

독서의 탄생
이상의 '오감도(烏瞰圖)' 연작

이상은 1934년 7월 24일부터 『조선중앙일보』에 '오감도(烏瞰圖)' 연작을 연재하기 시작했는데 '무슨 개수작이냐'는 독자들의 거센 항의를 받고 보름 만에 중단해야 했다.

이 사실을 모르는 한국인은 거의 없다. 왜냐하면 이상의 시는 어릴 적 교과서에 빠짐없이 등장해서 누구나 이 얘기를 한 두 어 번 들어봤기 때문이다. 그렇다는 것은 일반 독자의 반응과는 다르게 한국의 지식인 독자들은 이상의 시를 소중히 보듬고 아끼고 세상에 퍼뜨리는 일을 기꺼이 해야 할 일로 삼았다는 뜻을 담고 있다. 그것은 당시 편집국장이던 이태준이 사표를 품에 넣고 연재를 강행했던 때부터 이미 시작되었던 일이고 오늘날에도 여전히 일어나고 있는 일이다.

어째서 이런 일이? 아마도 이상의 시 안에, 닳지 않는 무언가가 있기 때문일 것이다. 그 무언가는 바로 이상이 현대의 문턱에 살았으면서도 오늘날의 사람들보다도 더 현대적이었다는 사실에 있다. 다시 말해 현대적 삶의 '의미'를 가장 먼저 그리고 누구보다도 예민하게 느끼고 현대를 그리는 데 극단까지 가 보았다는 것이다.

그러나 이상은 겨우 현대의 문턱에 살았을 뿐이다. 일제강점기의 천재 건축가였지만 오늘날의 문명의 모습을 미리 알 리는 없었다. 게다가 그에게는 "혈청의 원가상환을 강청"하는 과거가 그의 발목을 부여잡고 있었다. 그 때문에 그는 현대를 추구하되 현대의 내용을 담지 못하고 현대의 축약된 형식만을 제시할 수 있었을 뿐이다. 그래서 그의 시는 해독 불가능한 난해성의 상태로 떨어지곤 하였다.

그러나 바로 같은 이유로, 그의 시는 독자들이 그 내용을 채워 넣어야 할 빈 용기와도 같은 것으로 제시되었다. 어느 시보다도 독자들의 호기심을 자극하는 요인이 거기에 있었고, 그 뜻을 전혀 모르면서도 누구나 한두 행은 외울 수 있는 시가 된 까닭이 거기에 있었다.

「오감도 1」 역시 이질적인 해석들로 들끓는다. 특히 첫 행, "13인의 아해가 질주하오."에서의 "13인"에 대해 '예수와 12제자'라는 해석에서부터 당시 조선의 13도를 가리키는 것이라는 추정에 이르기까지 기발한 아이디어들이 속출한다. 요즈음의 독자라면 숫자에 관계없이 폭주족을 연상할지도 모른다. 또는 모종의 이유로 도주하는 도망자들을. 이 시의 힘은 바로 이렇게 해석의 행진을 멈추지 않게 하는 데에 있다. 우리는 검게 덧칠된 듯 알 수 없는 현대의 삶 속으로 불안과 호기심에 이끌려 참여케 된다. 그리고 스스로 의미를 부여해 보게 되는 것이다. 그리하여 이 시는 독자의 '구성적 참여'를 통해서 완성된다.

현대의 이상적 방향이 주체의 권리와 능력의 무한대로의 확장을 가리키는 것이라면, 이상 시의 이런 형식이야말로 가장 현대적인 것이 아닐 수 없다. 어떤 시든 완미한 형태를 꿈꾼다. 그러나 영원한 미완이 완미함의 필수조건이 될 줄은 이상 시가 최초로 보여준 것이다. 또한 당대 독자들의 몰이해에 의해서 역설적이게도 무한한 독서의 미래가 탄생한 것이다.

—『한국일보』, 2007.10.24.

윤동주에 대한 상투적인 이미지를 벗어나기
구효서의 『동주』

구효서의 『동주』(자음과 모음, 2011)는 오랫동안 윤동주에게 씌어졌던 상투적인 이미지를 벗겨버리는 과감한 시도를 하고 있다. 요컨대 작가에 의하면 윤동주는 '민족시인'이라기보다, '세계시민'이다. 아니, 좀더 정확하게 말해, 조선인이 됨으로써 세계인이 되기 위해 깊이 고뇌한 사람이다. 그런 윤동주를 작가는 '언어'에 근거해서 상정할 수 있었는데, 즉, 그의 모어는 조선어이지만, 그가 익힌 언어는 조선어, 중국어, 일본어, 영어라는 것이다.

언어가 정신의 거처라는 생각은 꽤 설득력 있는 생각이며, 이에 근거해서, 작가는 아이누 여자의 야성성-각 인물들의 민족성-윤동주의 세계성이라는 구도를 잡고, 새로운 윤동주를 만들어낼 수 있었다. 구도의 각 항목들은 적당했으나, 그 구도의 각 항목들을 잇는 연결선은 상당 부분 운산하는 머리의 창작, 혹은 우연에 기대고 있다는 느낌이다. 기독교에 대한 회의와 사회주의와 민생단의 문제들, 아이누 여자의 흰 피부, 기타 등등이 막 시작한 장기판의 돌들처럼 어지럽게 소설판을 가득 채우고 있다.

하긴 20세기 초·중엽의 '분자생물학'에서의 발견 이후, 우연이야말로 진화의 근본 바탕임을 우리는 알게 되었다. 필연에 대한 주장은 대체로 독단으로 흐르기 십상이다. 그러나 모든 삶이 우연들이기 때문에 우리는 그것들에 대해 진지하게 물어야 한다. 잘 저작해야 한다. 문제는 우연을 필연으로 생각하는 것이다. 질문을 대답으로 만드는 것이다.

—2011.12.7.

윤동주 느낌의 진화

영화, 「동주」의 의의와 한계

작년은 윤동주 순사 70주년이었고 내년은 윤동주 탄생 100주년이다. 시기가 무르익어서인지 윤동주에 대한 사람들의 이해도 한 단계 도약하는 듯하다. 예전에 윤동주를 둘러싼 해묵은 논쟁은 그의 시를 순수시로 볼 것인가, 저항시로 볼 것인가에 대한 시시비비였다. 그가 독립운동을 했다는 혐의로 체포되어 옥사했다는 점에 주목한 사람들은 그를 '저항시인'으로 규정하였고, 섬세한 내면에 주목한 사람들은 그를 순수시인으로 보았다.

그의 시에는 분명 피식민지인의 고뇌와 현실에 대한 비판적 인식이 내재되어 있었다. 「십자가」, 「쉽게 씌어진 시」는 그러한 심경을 아슬아슬하게 표현하고 있다. 그러나 그는 대체로 그런 생각들을 직정적으로 표출하지 않고 자신의 내면 수양이라는 문제로 치환하였다. 그래서 그의 시에는 분노의 외침이나 신랄한 풍자는 보이지 않는다. 그러나 순결한 내성(內省)이 그 자체로서 파시스트 권력에 대한 저항일 수 있음을 보여준 게 그의 시의 중요한 통찰이었다. 그런 깨달음에 근거하면 순수시 / 저항시의 이분법 자체가 도시 무의미한 것이 된다. 참된 삶에 대한 생각은 어떤 양태로 나타나든 최소한의 삿된 삶도 거부하게끔 한다. 중요한 것은 참됨이 정말 참될 수 있도록 자신의 삶 하나하나에 대해 샅샅이 살피고 다듬어서 그 행동의 진정성을 가늠하는 것이다. 「서시」의 시구, "하늘을 우러러/ 한 점 부끄럼이 없기를"의 '한 점'과 "잎새에 이는 바람"이 가리키는 것이 바로 그 철저성과 진정성이라 할 것이다.

윤동주에 대한 최근의 새로운 이해는 바로 그러한 깨달음의 여파로서 나타나고 있는 듯하다. 가령 개봉 영화 『동주』만 해도 그렇다. 윤동주의 고뇌를 부각시키기 위해 친구 송몽규를 함께 조명하였다. 둘의 대조를 통해 영화는 두 가지 효과를 노린다. 한편으론 친구들 사이의 경쟁심을 보게 하여, 윤동주가 미리 점지된 무구한 영혼이 아니라 질투·호승심·연정·수치 등 보통 사람들의 감성을 공유하면서도 그런 감정들을 끊임없이 반추하면서 마음을 다스린 사람임을 알게 해준다. 보통 사람 윤동주의 고뇌는 관객에게 그대로 전이되면서 우리 자신의 마음을 돌이켜보게 한다. 다른 한편으론 윤동주의 내면주의와 송몽규의 행동주의를 대비시킴으로써 부당한 시대와 싸우는 기본적인 두 자세를 성찰하게 한다. 이 태도들은 유사 이래 끊임없이 비교된 모본적 행위 유형으로서 둘을 한 자리에 놓으면 아주 다양하고 중층적인 궁리가 가능해진다. 내성과 행동은 서로를 제어하여 각각의 장단점을 부각시키며 동시에 둘이 융합된 행위들의 스펙트럼을 헤아리게 한다.

아쉬운 것은 이러한 대립들이 윤곽만 제시되었을 뿐 깊이 있게 탐구되지 않았다는 것이다. 그래서 윤동주의 내면도 송몽규의 행동도 필연적인 근거가 질문되지 않는다. 제대로 물어졌더라면 윤동주의 내면이 뻗어나가는 수직적 지향과 송몽규의 행동이 퍼져 나가는 평등주의적 지평이 제시하는 세계관들의 갈등과 대화를 읽을 수 있었을 것이다. 깊은 탐색이 포기됨으로써 두 인물의 마음과 태도, 그리고 동주의 시들조차도 모두 액서서리로 전락해 버린다. 결국 영화는 지적 인간으로서의 윤동주의 가치를 활용해 전형적인 한국 영화식 친구 스펙타클을 포장만 바꾸어 신상품으로 만들어내는 둔갑술을 연출해 낸 것이다. 아마도 그 덕분에 상업적인 성공을 거둘 수 있을지 모른다. 그러나 한국영화가 그 화려한 역동성에도 불구하고 세계 영화 평단에서 주목을 받지 못하는 한계는 여전히 돌파되지 않고 덧쌓이기만 한 듯하다.

그러나 그럼에도 불구하고 첫 술에 포만을 욕심낼 수는 없다. 우리는 아직 문화 신생국이다. 한 귀인의 먼 세계를 막연히 바라보다가 이제 두 사람의 일상에 다가감으로써 그를 우리 옆 자리까지 끌어당긴 것만 해도 큰 성과라 할 수 있다. 윤동주에 대한 우리의 느낌은 이제 새로운 단계로 접어든 것이다. 이로부터 우리가 아쉬워하는 많은 것들이 다시 충족될 날이 오리라.

—『연세소식』 제595호, 2016.3.

윤동주를 느끼는 세 가지 차원
윤동주 탄생 백주년에 부쳐

윤동주 탄생 100년이 되는 해이다. 시인이 1945년 2월 일본의 후쿠오카 형무소에서 사망하고 같은 해 8월에 조선이 광복을 맞이한 이후, 윤동주는 한국인들이 가장 아끼는 시인으로 자리 잡아 왔다. 연희 전문 동기 강처중과 후배 정병욱이 그의 유품과 유고를 보관하여 후세에 전달함으로써 그를 보듬는 마음이 물질적 상관물을 확보하여 오래 지속하고 발전할 수 있었다. 특히 정병욱의 유고 보관의 사연이 극적이어서 사람들의 심금을 울렸다.

잘 알다시피 윤동주는 독립운동을 한 혐의로 체포된 내력에 생체 실험을 당했다는 짐작이 얹혀 일제에 의한 민족적 수난의 상징이 되었다. 윤동주의 불운한 생애는 곧바로 한국인의 기구한 운명과 하나로 맞물렸다. 게다가 그의 시들은 한결같이 진솔한 구도의 심정을 담아 자주 독립을 향한 한국인의 애틋한 염원에 바로 연결되었다. 그렇기에 해방과 더불어 그의 시가 마룻장을 뚫고 햇볕을 보았을 때 그는 곧바로 민족시인이라는 휘장을 달게 되었다.

민족시인은 동시에 일제에 항거한 저항시인이라는 가정을 불러온다. 하지만 그의 시에는 항거의 메시지보다는 자기성찰의 되새김이 저변을 이루고 있었다. 때문에 윤동주를 그저 순수시인이라고 부르고자 하는 의견이 발생하였다. 그러나 그런 규정은 윤동주의 비극적 운명과 시 사이에 교량을 놓을 수가 없었다. 이 두 견해는 아주 오랫동안 대립하였다. 이 시기의 윤동주 수용을 '사건으로서의 윤동주'라고 부를 수 있을 것이다.

이 지리한 논쟁이 탈출구를 맞이한 것은 순결성의 자세가 그 자체로서 악에 대한 거부일 수 있다는 생각이 떠오르면서였다. 독립과 자유라는 말을 직설하지 않아도 그 자세가 이미 일제의 강점과 탄압을 추문으로 만들 수가 있는 것이다. 그때부터 윤동주에 대한 수용은 '사람으로서의 윤동주'로 넘어간다. 이제 윤동주의 행적 하나하나, 낱낱의 글들이, 어떤 내용을 담았건 모두 소중한 보물로 간주되기 시작한다. 하여, 윤동주에 대한 연구 마당이 크게 확장되게 되었다. 『원본대조 윤동주 전집』(심원섭 외)에 이어, 『윤동주 평전』(송우혜)이 나왔고, 필사본 윤동주 시집 사진판도 출간되었다. 『윤동주 어휘사전』(조재수), 『윤동주 깊이 읽기』(권오만), 『정본 윤동주 전집 원전연구』(홍장학), 『처럼-시로 만나는 윤동주』(김응교) 등의 연구서도 급증하였다. 뿐만 아니라 윤동주의 삶과 글을 제재로 한 문화적 표현물들이 쏟아지기 시작하였다. 구효서의 『동주』를 비롯, 윤동주를 소재로 여러 권의 소설들이 씌어졌고, 표재순 연출의 연극 「하늘과 바람과 별과 시」, 조진원 교수 등이 만든 「오월의 별 헤는 밤」, 지난해 많은 관객을 울린 영화, 「동주」가 제작되었다. 지금도 가무극 「달을 쏘다」가 공연 중이다. 윤동주의 시를 가사로 쓴 가요들도 속출하고 있다. 윤동주의 6촌 형제인 가수 윤형주는 동주의 시를 함부로 다루지 말라는 부친의 엄명으로 노래로 만들 생각을 감히 하지 못했다. 윤동주를 받아들이는 태도가 이렇게도 달라진 것이다.

윤동주를 느끼는 감상의 영역도 크게 확장되었다. 연세대 핀슨홀의 '윤동주 기념관', 윤동주가 수학한 일본 도시샤 대학의 윤동주 시비도 그 사례거니와 윤동주가 하숙한 종로와 윤동주의 유고가 간직되었던 광양에서 기념관이 문을 열었다. 윤동주를 체화하기 위해 윤동주의 고향과 무덤을 방문하는 행사도 늘었다. 올해로 '사람으로서의 윤동주' 수용은 절정에 달할 것이다. 윤동주의 모든 것들이 해석되고 기념될 것이다. 그러나 사람의 일이란 언제나 빛과 그림자를 동시에 가지고 있다. 사람 윤동주에 대한 열광은 순결했던 한 여린 청년의 삶과 예술에 대한 해석을 크게 심화시킨 게 사실이다. 그러나 동시에 윤동주를 미화하고 신비화하고자 하는 충동들도 범람하게 하였다. 그리고 신비화하는 순간 그는 인간의 수준을 떠난다. 그런데 우리는 오류와 번민에 성실히 대답하고자 하는 인간 윤동주에게서 많은 것을 배울 수는 있지만, 신화화된 인물에게서는 그저 압도감만을 가질 것이다.

아마도 '텍스트로서의 윤동주'로 넘어가야 할 때가 온 것이라 할 수 있다. 여기에서 텍스트는 글들만을 의미하지 않는다. 그가 남긴 모든 것들은 텍스트들이다. 그런데 텍스트로서 이해한다는 것은 두 가지 점이 유다르다. 하나는 윤동주에 대한 해석이 텍스트에 엄격하게 근거한다는 것이다. 윤동주에 대한 많은 문화적 표현물들은 근거의 진실에 소홀한 면이 없지 않았다. 또 한 가지, 텍스트는 언제나 상관성 하에서 이해된다는 것이다. 윤동주가 단독으로 기림받고 향수되기보다, 친지와 친구를 비롯한 수많은 동시대인들의 삶, 그리고 오늘의 우리의 삶, 그에게 영감을 주었고 그에게서 영향을 받았던 소설, 시, 사상들, 한국문학과 세계문학들, 그 모든 것들과의 상관관계 속에서 이해될 때 윤동주는 민족시인의 경계를 넘어 대문자 시인으로서 문학과 인간 정신의 거대한 진화적 운동 속에서 그윽이 살아 숨쉬게 될 것이다. 그럴 수 있을 만큼 여전히 해독되지 않은 윤동주의 텍스트들이 더미로 쌓여 있다.

—『연세춘추』 1786호, 2017.3.6.

그런 의미에서 최근 간행된 『윤동주와 그의 시대』(연세대학교 국학연구원 연세학풍연구소 편, 혜안, 2018)는 윤동주 연구에 대한 새로운 도약의 계기를 위한 소중한 시도가 될 것이다. 이 연구서는 윤동주를 중심으로 하되 윤동주가 살았던 만주 지역의 정신 및 문화사를 추적하였고 또한 그동안 이름만 무성했을 뿐 자료 부족으로 그 내용을 채워 넣지 못했던 송몽규를 다룬 두 편의 논문을 실었다. 특히 홍성표의 「송몽규의 민족의식 형성과 기독교」는 송몽규의 정신세계를 규명하는 단초를 제공하였다.

풍경 속에 난 길
박목월의 「나그네」

　박목월(1917-1978)은 1939년 9월부터 1940년 9월까지 『문장(文章)』지에 5편의 시를 발표함으로써 시인이 된다. "북에 소월이 있다면 남에 목월이 있다"는 찬사와 함께 화려한 출발을 한 그의 시적 이력은 그러나 곧 심각한 정치적 장애에 부닥치게 된다. 그가 등단한 시기는 2차 세계대전이 발발하기 직전이었고, 따라서 일제의 탄압이 극에 달하던 때였다. 일제는 모든 시인·작가들에게 황민화정책을 옹호하는 작품을 쓸 것을 강요하고 한국의 시인들은 그 요구에 부응하여 친일 어용시인으로 전락하거나 아니면 침묵을 해야 하는 양자택일의 기로에 서게 된다. 박목월은 그 두 개의 선택을 모두 거부한다. 그는 그와 거의 같은 시기에 『문장』지를 통해 등단한 조지훈·박두진과 함께 '발표를 고려하지 않는' 시 쓰기에 몰두한다. 일제가 세계대전에서 패망하고 한국이 해방되었을 때 그 세 사람은 그렇게 쓴 시들을 모아 3인 합동시집 『청록집(靑鹿集)』(1946)을 발간한다. 이 시집으로 인하여 박목월은 문학사에 영원히 잊혀지지 않을 시인으로 기록될 것이다.

　박목월 시의 특징은 무엇보다도 자연 묘사에 있다. 그는 자연을 즐겨 노래한 시인인데, 그가 묘사하는 자연은 한국 농촌의 풍경이 고즈넉하게 펼쳐져 있는 향토적이고 관조적인 자연이다. 송화가루 날리는 외딴 봉우리, 봄날의 아지랑이, 그 위를 무료히 달리는 구름, 어딘가 숨어 우는 꾀

꼬리 울음소리, 아침 참나무 가지에 맺힌 이슬, 달무리, 한밤중 수런대는 고목들. 그 풍경 속에는 눈먼 처녀도 시인도 모두 풍경 속의 정물로 가라앉아 있는 듯이 그려진다. 그러나 그 자연 안에는 거의 언제나 좁고 구불구불한 길이 한줄기 나 있는데, 바로 그것이 자연을 바라보는 시인의 마음의 움직임을 은밀히 드러낸다. 따라서 그의 시는 겉보기와는 달리 자연을 있는 그대로 보여주고 있지 않다. 그것은 자연과 인간의 대립적 긴장을 풍경을 가르는 길을 통해 함축적으로 암시한다. 그 풍경과 길 사이의 긴장을 가만히 들여다보면, 침묵 속에 잠긴 세상, 그 세상이 정적 속에서 고요히 내뿜는 울음 혹은 삶을 향한 몸짓들, 이 쓸쓸한 정황을 넘어가고자 애쓰는 시인의 외로움 혹은 의지 등등 화해롭지 못한 세상을 살아가는 지식인의 아픈 고뇌가 조용히 부조되어 드러난다. 그 조용한 고뇌를 시인은 최대한도의 압축과 절제를 통해 표현한다. 시인의 말을 직접 빌리면 "간결한 표현, 서술어미나 의미의 적당한 생략에서 오는 여백"을 통해 "의미의 여운"을 나타내고자 하는 것이다. 그의 시에 고전적 품격을 부여하는 이 압축과 생략이야말로 실은 자연과 인간, 풍경과 길의 긴장을 최고도의 밀도로 결정화(結晶化)하는 힘이다. 시인은 그의 느낌을 가능한한 감추려고 애쓴다. 그 감춤이 극도로 추구될 때, 그의 시는 감춤의 행위만을 남기고 모든 풍경을 지워버린다. 그가 묘사하는 자연은 감춤의 비유 자체가 되는 것이다. 그러나 그럼으로써 역설적으로 풍경 속에 가늘게 새겨진 길이, 자연 속을 조용히 헤매이는 사람의 외롭고 쓸쓸한 마음이 선명하게 부각된다. 전경(前景)과 배경이, 드러난 것과 숨은 것이 똑같은 높이의 굴곡을 이루며 그의 시에 유별난 질감을 부여한다.

이 압축미와 함께 박목월 시를 특징지우는 또 하나의 형태적 특징은 경상도 방언의 독창적인 활용이다. 김영랑·서정주로 대표되는 전라도 방언의 리듬이 압도적으로 우세한 한국시의 전반적 경향 속에 그는 과감히 경상도 방언의 리듬을 도입함으로써 새로운 운율의 가능성을 제시한다. 그의 경상도 방언 실험은 백석의 평안도 방언 실험과 함께 한국시가 탐구해야 할 중요한 음악적 자원을 이룬다.

—『KOREANA』 제7호, 1993 summer

과장된 해석과 결정본의 욕망

임우기에 의한 김수영의 「풀」 해석

김수영은 굳은 통념, 상투화된 지식을 경멸하고 경계하였다. 그의 마지막 시 「풀」을 민중의 질긴 생명력에 대한 비유로 보는 견해가 매우 그럴 듯해서 지배적인 통념으로 자리 잡은 것은 얼마간은 아이로니컬한 일이다. 모든 풀이 질경이는 아닌 데도 말이다. 그런 점에서 임우기 씨의 새로운 해석[1]은 무더운 여름의 소나기와 같은 상쾌함을 선사한다.

더욱이 시인의 언명과는 정면으로 배치되는 것이기에 이 기발한 해석은 충격적이기조차 하다. 시인은 전 생애를 걸쳐 '현대'를 나침반으로 삼았고 '현대의 명령'에 의거해 시의 끊임없는 자기 갱신을 주장하였다. 그런데 임우기 씨는 현대가 아니라 '신화'를 내세우고 있는 것이다. 현대와 신화만큼 멀리 떨어진 것도 없을 것이다.

어찌 됐든 다양한 해석은 시의 이해를 풍요롭게 하며, 그 점에서 시인의 주장에 반하는 해석마저도 용인될 수 있을 것이다. 그것이 고정관념을 깨뜨리고 상상의 빗장을 열어젖힌다는 점에서 말이다.

그러나 여기에도 어떤 고착이 개입해 있을 수 있다. 우선 독자는 해석의 과장을 의심한다. 임우기 씨는 단 하나의 구절을 근거로 단군신화에서 천지인 조화의 세계관을 추출한 후, 그 해석의 틀을 시의 시각적 형상

---

1 임우기, 「무(巫) 혹은 초월자로서의 시인」, 『현대문학』, 2008.8.

에 유추적으로 대입하였다. 신화 해석은 과잉되었고 시적 대입은 다분히 기계적이다. 이런 방식은 다음과 같은 극단적인 경우에는 매우 위험한 판단이 된다. 야만인을 기다리기 위해 광장에 동원된 사람들을 평화를 기원하기 위해 자발적으로 모인 간구인들로 이해하는 경우가 그렇다. 이런 오해가 가능한 것은 모여 있는 모습 자체가 조화와 평화의 이미지로 쓰이기 때문이다. 임우기 씨는 이런 해석의 오류를 피할 수 있는 근거를 제시해야 할 것이다.

보다 심각한 문제는 한국의 문학비평 및 문학 교육의 근본적인 고질과 관계가 있다. 이렇게 의미의 틀을 미리 짜 놓고 시를 해석의 그물 안에 가두는 것은 시를 읽는 좋은 태도는 아니다. 문학은 세상에 대답을 주는 도구가 아니라 세상에 대해 질문하게끔 하는 힘이다. 모든 것이 분명하고 모든 길들이 최단거리로 뚫린 세상에 대해 반성과 회의의 제동장치를 작동시키는 운동이다. 바로 그 점에서 시는 그 의미를 해독해야 할 게 아니라 그 생기를 느껴야 하는 것이다. 그런데도 우리는 결정적인 해석을 제공하지 못해 안달한다. 한국의 문학 교과서는 그런 결정판들의 집대성이다. 그 교과서 앞에서 생전의 김춘수 선생은 자신의 시를 두고 겨우 40점을 맞았다. 「풀」을 단군신화의 시적 변용으로 보는 이런 시도 역시 결정적 해석의 욕망에 불타고 있는 게 아닌가?

나는 해석 행위 자체를 부정하는 게 아니다. 단지 해석하는 과정이 동시에 의혹을 촉발하는 과정이 되는 게 문학 이해의 본령임을 지적할 뿐이다. 세상은 언제나 의미와 무의미, 대답과 질문, 관념과 실존 사이에서 진동하는 것이며, 그걸 일깨우는 게 문학의 몫인 것이다.

—2008.7.24.

가혹한 생과 청정한 시

박이문 시의 진경

박이문 선생은 가장 혹독한 삶을 치러낸 세대에 속하는 한국인이다. 그들은 축복 속에서 탄생하지 못했으며 안식할 미래가 손짓하지도 않았다. 식민지하에서 청소년기를 보냈고 해방과 더불어 공부하는 청년이 되었으니, 바로 새로운 시대의 주역이 되어야 했다. 그러나 전 세대만큼 식민지 제도에 침윤되지 않았다는 점만 달랐을 뿐, 새 국가를 건설하기 위한 어떤 자원도 없는 상태였다. 한반도는 강대국의 관리 하에 들어갔고 곧바로 전쟁에 휘말렸다. 휴전 후 모든 것이 폐허인 상황에서 넝마를 줍듯 희망의 조각들을 힘겹게 줍고 기웠다. 평안은 오직 찬송가 속에서만 존재할 뿐이었다. 현실은 그냥 비명 그득한 도가니였다. 그 안에서 발버둥치는 사람들에겐 시시각각이 사생결단의 순간이었다. 실존주의란 말이 유행한 소이였다는 말을 나는 스승 한 분으로부터 들은 적이 있다.

박이문의 시는 그 구렁에서 피어났다. 아수라에서 철학을 하고 시를 쓴다는 것은 무엇을 가리키는가? 생존만이 유일한 문제였던 자리에서 삶의 근원과 향방에 눈길을 좇는 까닭은 무엇인가? 의미 없고 이유 없는 삶은 없다는 것을 몸으로 증거하는 행위라고밖에는 다른 대답이 있을 수가 없다. 인류가 지적 생명으로 진화해 온 유일한 역선이 그것이었다. 시인 박이문은 그 '청룡 열차'에 자발적으로 올라탔다. 그런 사람들이 있다. 남들은 먹고 살기 바빠 죽겠는데 생의 심연을 파는 사람들. 세상의 고뇌를 줄기차게 묻되 고뇌에 대한 고뇌는 애시당초 접은 사람들. 생의 심연이 곧바로 생의 무지개인 사람들. 박이문은 그 부류에 속했다.

그의 시의 특이성은 그로부터 나온다. 그런데 아주 특이하게 나온다. 우선, 그에게는, 삶 따로 시 따로 있는 게 아니었다. 박이문의 시는 삶에 '대한' 언어가 아니다. 그것은 삶 그 자신의 움직임이었다. "안달하다가 지치다가" "악을 쓰다가 웃다가" "아프다가 좀 낫다가" 하는 그 삶이 바로「윤회시(輪廻詩)」다. 시는 그 삶 그대로 엉키고 쥐어뜯고 울부짖고 발버둥친다. "논리는 술병처럼 깨지고/ 부상병 같은 지혜"(「뉴욕 지하철에서」)가 그 안에서 피어난다.

그런데 진정 흥미로운 것은 그 다음에 있다. 시가 삶이니 시 역시 잔혹극일 것 같은데, 난장판이어야만 할 것 같은데 그의 시는 투명하다. 그의 시는 "명상하는 변기"(「反詩」)다. 분명 시의 사건은 자주 격렬하고 참혹하다. 그런데 그것은 아주 청명한 겨울날의 티끌 하나 없는 풍경처럼 말끔하다. 보라,

> 교회당 그림자에 짙은 잔디밭
> 3백 년 묵은 무덤들
> 종잇장 같이 얇은 비석들이
> 문패처럼 총총히 서 있다
>
> 그 밑 뼈도 남아 있지 않을
> 주인들은 풀잎이 되어
> 꽃이 되어 봄을 맞고
> 벌레가 되어 기어나온다
>
> ─「케임브리지시 공동묘지」

공동묘지다. 보통사람들의 그것들이다. 삶이 변변치 않았을 것처럼 죽

음도 "종잇장 같이 얇은 비석들"로 초라하게 서 있다. 그것을 바라보는 화자의 시선은 어떤 가치판단도 내리질 않는다. 다만 거기에 저렇게 있는 모습을 묘사할 뿐이다. 그것들이 초라하다고 생각하는 것은 읽는 사람의 짐작일 뿐이다. 왜냐하면 저 무덤들에 어떤 영광의 사연도 제시되지 않았기에. 별 볼 일 없이 살다가 별 볼 일 없이 죽었다. 그런데 그 죽음이 300년이나 되도록 그대로 저기에 있다. 그런 존재를 잉여(de trop)로 파악하고 구토를 일으킨 것은 사르트르의 소설 『구토』의 주인공 '로캉탱'이었다. 로캉탱처럼 절실하지 않은 보통 독자, 저 무덤의 주인들처럼 슬그머니 살다가 슬그머니 죽을 보통 독자는 그 모습이 얼마간 안쓰럽다. 그러나 그건 독자의 마음일 뿐이고 화자의 시선은 무심하기만 하다. 그 무심한 시선이 계속 묘사를 이어나간다. 그 묘사 역시 무심하다. 그러나 독자가 무연히 따라가는 동안 순간적으로 아주 놀라운 생의 약동이 그 안에서 일어나고 있다는 것을 그는 깨닫는다. 저 보통 사람의 육신은 썩어 식물 속으로 흘러가고 식물들은 제 식으로 살아 꿈틀거리는 벌레들을 기를 것이다! 하찮기 짝이 없는 생들이 은근히 만물의 우주적 순환을 가동시키고 있었던 것이다. 이 열정적인 운동은 한데 열정적으로 기술하려고 하면 어려워진다. 그것은 아(亞)-현실(sub-reality)의 영역에서 아주 천천히 진행되는 것이기 때문이다. 그걸 실감시키려면 타임-랩스 카메라나 초고속 영사 등의 기계적 조작을 동원해야 할 것이다. 하지만 시는 그런 조작 없이도 할 수 있다. 겨우 풍경을 묘사하는 것만으로 불현듯 독자를 깨닫게 한다. 모든 묘사가 그럴 수는 없다. 박이문식 투명 묘사 같은 데서나 희귀하게 성취될 수 있는 것이다.

시인의 시구를 빌려 "윤곽이 없는 하얀 지혜"(「큰 눈이 내리는 길에서」)라고 명명하고 싶은 이 청정 묘사의 비밀을 과학적으로 해명하는 일은 연구자들을 고되게 할지도 모른다. 나는 전에 쓴 '해설', 「고향엘 처음 간다고?」

(『아침산책』, 민음사, 2006)에서 시인의 타향살이 경험과 시의 담백함을 연결지으려 한 적이 있다. 그도 한 동인일 것이지만 그게 전부는 아닐 것이다. 여하튼 순수한 독자로 돌아온 입장에서 보자면, 이 투명성을 음미하는 기쁨은 매우 진기하고도 희한할 것이다. 무덤덤한, 때로는 진부하기조차 한, 인생에서 문득 약동을 느끼는 경험을 맞이할 터이니 말이다. 만인의 독자들이여, 즐거이 맛보시라.

—『울림의 공백』(박이문 전집 제9권), 미다스 북, 2016.3.

말하지 않고 잇는 시

『결정본 김지하 시전집』

『결정본 김지하 시전집』(솔, 1993)이 출간되었다. 편자와 시인에 의하면, '결정본'이 필요했던 이유는, 시인의 "복잡하고 험했던 인생 탓에" 방치될 수밖에 없었던, 기존 시집들의 편집·교정의 오류들을 바로잡아야 할 필요를 느꼈기 때문이라 한다. 편집자는 「편집자 일러두기」에서 그 내력을 얘기하고, 2권 말미의 「편집자 주」에 그 세목들을 밝혀놓고 있다.

아마도 이 책이 김지하 시의 이해에 줄 수 있는 가장 큰 공헌은 김지하의 초기시와 후기시 사이에는 지금까지 알려져왔던 것과 같은 단절이 존재하지 않는다는 것을 밝혔다는 것일 것이다. 『황토』 이전과 『황토』 이후로 나뉘당했던 김지하의 초기시들은 모두 『황토』와 같은 시기에 씌어진 것들이다. 『황토』는 그중 정치적 효용성이 강한 것들을 뽑아놓은 것일 뿐이다. 『황토』 시대의 김지하는 직선의 세계관만을 가지고 있던 것이 아니라, 직선이며 동시에 곡선인 세계를 살고 있었다. 후기시의 섬세한 감성의 움직임은 초기시를 버림으로써 얻어진 것이 아니라, 그것의 변주일 따름이다. 마찬가지로 후기시의 곡선들 속에는 푸른 힘줄이 있다. 그때나 지금이나, 그는 "떨리는 가슴으로", 그러나, 힘있게, 세상과 나와 자연과 사물을 말했고 말한다.

말한다? 물론 그는 말한다. 그러나, 그는 시 언어가 드러낼 수 있는 어떠한 양태로도 말하지 않는다. 그는 묘사하지 않는다. 묘사하는 손은 대상을 냉동시키기 때문이다. 그는 외치지도 않는다. 백두에서 한라까지를 넘나들지 못하고 해남과 원주, 두타산과 백방포 사이를 헤매이는 정직한 시인의 목젖에는 피멍이 들어있기 때문이다. 그는 울지도 않는다. "가슴에 묶여/ 묶인 사슬 그대로/ 새소리 나는 것 듣는다"(「한식 청명」)는 구절 그대로 시인은 쇠소리에서 새의 날개짓 소리를 들을 수 있는 귀를 가졌기 때문이다.

같은 시의 다음 연, "신발 끄을고 나서며/ 흙 밟을 곳 찾아 나서며."가 적절히 깨우쳐주듯이, 그는 말하는 대신 '잇는다'. 내가 '결정본'을 통해 얻은 수확은 바로 그것이었다. 김지하 서정시의 비밀은 '이음'에 있다는 것. 무엇을 잇는가? 사건이 지나간 자리에 사건의 흔적을 잇는다. "전기도 가버리고/ 어둠 속으로 그애도 가버"(「촛불」)린 빈 자리에 남아 홀로 타오르는 촛불, 사건을 여전히 기억시키고, 폭압의 절대성을 계류시키고, 막막한 절망의 벽에 구멍을 낸다. 또는, "불꽃이 타는 이마 위에/ 물살이 흘러"(「가벼움」)의 '물살'은 "공포를 이고" 간다. 그리고, 폭살당한 원혼들의 아우성 사이를 내 헤매이는 마음으로 잇는다. 끌려간 지아비를 기다리며 하얗게 지새는 방으로 그이의 웃음이 "뒤꼍 바람을 타고" "머리끝 흩날리는 바람"(「백방·10」)으로 불어온다.

그의 시에는, 패인 홈, 끓는 가래, 숙어진 꽃이파리, 산란한 마음, 소를 끄는 손, 녹슨 면도기 등등, 삶의 흔적으로 남은 것들이 끝없이 살아 움직인다. 삶은 "기일게" 이어지고 변화하는 것임을 그들은 스스로 보여준다. "내가 타죽은/ 나무가 내 속에 자란다"(「줄탁」). 그 이음의 이념적 표현이 바로 '생명의 연대'이리라.

나에게 또하나 흥미로운 것은 그것이 『대설』의 비밀이 '엮음'에 있다는 것과 상관을 이루고 있다는 것이다. 이음과 엮음은 한 뿌리이다. 한 뿌리인 그것들은, 그러나 동시에, 얼마나 다르냐.

—『한국일보』, 1993.1.20.

세상의 감격과 내면의 연금술

정현종의 「천둥을 기리는 노래」

나라 안팎이 시끄럽다. 이른바 세계인의 축제가 벌어지고 있는가 하면 군사 쿠데타가 두 군데서나 터졌다. 귀가 멍멍한 판에 나는 또 하나 고막을 진동시키는 시를 소개하고자 한다. 정현종의 「천둥을 기리는 노래」가 그것이다.

소리의 크기로 치자면 천둥만한 것이 있겠는가. 하늘이 울리는 소리이니 말이다. 하지만 요란하지도 그악스럽지도 않다. 하늘이 울리는 소리니 맑고 드높을 밖에. 한데 인간이 만들어 놓은 것은 그게 설사 하늘이거나 괴물일지라도 인간의 은밀한 욕망이 새겨진 것이 아닐 수 없으니 그 놈이 어느 연금술로 주물(鑄物)되었는지를 살펴보는 게 유익하리라.

시인이 기리는 천둥은 지난해(1987) 여름 "천지 밑빠지게 우르릉대던" 민주화운동이다. 시인은 "항상 위험한 진실"이고 "죽음과 겨루는 나체"인 그것이 없었더라면 "어떻게 사람이" "왼통 새벽빛으로 물들었겠느냐"고 감복한다.

그러니 분명 이 시는 6월 항쟁에 대한 찬가이다. 제목도 "기리는 노래"가 아닌가? 그러나 실제 이 시의 핵심은 바깥의 감격에 있는 것이 아니라 그로 인한 내면의 변화에 있다. 그는 바깥의 감격에 전염적으로 도취되지 않는다. 그는 그것이 자기 몸에 스며들어 자신의 "엉거주춤과 뜨뜻미지근/ 마음없는 움직임에 일격을" 가하게 되는 과정을 지켜보고 묘사한다.

우선 소리라는 분산성의 물질을 응집시켜 일용할 양식으로 만든다. 보라, 그는 맑고 드높은 소리를 "맑은 피"와 "드높은 음식"이라고 명명하지 않는가. 그 다음 그 소리의 양식을 먹는다. 그런데 그것은 자신의 배를 채우는 것으로 그치지 않는다. 왜냐하면 그의 다른 시를 빌리자면 "시인은 하여간/ 남의 상처에 들어앉아/ 그 피를 빨아 사는/ 기생충이면서 아울러 스스로 또한 숙주"이어서 남의 살을 "열심히 먹어 부지런히/ 피를 만들고"(「두루 불쌍하지요」)는, 그 피를 상처의 그릇에 담아 다른 이에게 먹거리로 내놓아야 하기 때문이다. 달리 말하자면 저 "맑은 피"와 "드높은 음식"은 너와 나의 피로 버무려져 만들어진 것이다.

시인의 시는, 그러니 "화끈거리"는 "불순한 비빔밥"이 되지 않을 수없다. 그 비빔밥이 비벼지는 과정에서 시인은 천둥소리에 귀먹는 것이 아니라(당연히 맑은 피의 눈부심에 눈머는 것도 아니고), "열심히 마름하는 치수로 [함께] 출렁거리고" 싶어지는 것이며 저 천둥을 삼키는 자신의 입의 운동이 "가난한 번뇌[를] 입이 찢어지게/ 우르릉거리는 열반"으로 뒤바꾸는 작업이제 "노래와 인생의 주조(主調)로" 흐르길 꿈꾸는 것이다.

마름하는 치수로 출렁거리고 싶어하는 시는 스포츠처럼 욕망을 순화시키지도 않고 쿠데타처럼 욕망을 욕심화하지도, 즉 폭발과 억압을 동시에 저지르는 짓도 하지 않는다. 그것은 욕망을 연다. 욕망으로 하여금 허심탄회하게 스스로를 말하게 하고 욕망들끼리 화창하게 하며, 그래서 그것들 각자의 지배 욕구를 걸러내게 한다. 이제 우리는 느낄 수 있다. "불순한 비빔밥"인 그의 천둥소리가 왜 맑고 서늘하며 "길의 눈부신 길없음"으로 우리 귀 안으로 아득히 퍼지는가를.

—『동아일보』, 1988.9.26.

정현종

1.

한마디로 정의하자면 정현종 시인은 신천옹이다. 넓은 의미에서 모든 시인이 그러하지만 정현종 시인은 특히 그렇다. 그 증거는 그의 시에 있다. 그는 한국의 대부분의 시인들이 고통을 토설할 때에 행복을 노래하고, 그럴 권리를 거듭 주장하였다. 그것은 그가 낙원의 기억을 간직하고 있기 때문이다.

2.

정현종이 전하는 낙원의 기억은 그러나 인간의 언어로 발설될 수가 없고 인간의 지능으로 해독되지 않는다. 그것을 전달하는 매질은 언어이되 언어의 형태로서가 아니라 천상적 삶의 물질적 실물들로서 나타난 것들이다. 천상적 생의 형상이란 삶의 적나라하고 구체적인 실상으로부터 오는 실감을 담았으되 그것들을 담뿍 소화하여 맑게 정화하는 운동 그 자체로서 드러난다는 것을 가리킨다. 그러니까 그것은 곧 가장 깊이 드나들면서도 또한 가장 편안한 숨결의 운동이다.

3.

때문에 정현종의 시는 무엇보다도 존재들 사이의 화응과 교감을 축복한다. 화응과 교감은 존재가 지상의 때를 벗고 새로운 존재로 다시 태어나는 활동이기 때문이다. 교감은 무척 꾀까다로운 활동이다. 왜냐하면 그것은 모순적인 활동들의 복합태로서 작동하기 때문이다. 교감이란 이질적인 존재들 사이의 자유로운 교섭과 넘나듦을 뜻한다. 한데, 서로를 그렇게 가볍게 통과하는 것은 원래 상호작용하지 않는 것들이다. 과학은 모든 다른 물질들과 상호작용하지 않는 것들을 암흑물질이라 부른다. 서로를 관통하려면 상호작용하지 말아야 한다. 상호작용하면 충돌이 발생한다. 그런데 교감은 상호작용하면서 동시에 서로를 관통하는 것이다.

4.

따라서 엄밀히 말하면 교감은 충돌의 사건을 그대로 수용하여 그것을 소통의 운동으로 만드는 작업이다. 그러니 교감은 "고통의 축제"일 수밖에 없다. 그리고 이로부터 낙원의 기억은 지상의 율동으로 변신한다. 정현종의 시는 고난의 연속이었던 한국의 역사적 현실에 적극적인 생기를 불어넣는다. 삶 그 자체로부터 발원한 생의 리듬을 깨움으로써. 실로 시인은 지상을 낙원처럼 살 수 있는 존재인 것이다.

5.

정현종은 날개가 엷은 신천옹이다. 그 날개는 잠자리의 그것처럼 신경섬유가 환히 비치는 그런 날개로서, 그의 시가 매우 솔직한 마음의 표출임을 그대로 가리킨다. 그의 시는 허심탄회하고 화통하다. 정현종 시의 저 생기는 그의 허심탄회한 내면으로부터 솟아난다. 원래 내면이 숨어 은신한 별도의 주관의 영역이라면, 정현종의 내면은 그런 내면이 아니다. 그의 내면은 숨김없는 내면, 외부와 작란하는 내면, 내외가 없는 내면이다.

6.

그러나 이 순결한 시인이 지상적 삶의 전체적인 방향을 돌이킬 능력은 없다. 그는 다만 돌이켜야 할 절실성을 일깨울 뿐이다. 어쨌든 그건 새로운 자각이다. 쓸쓸한 자각이다. 그런 자각을 유발한 것은 지구적 규모에서의 환경의 점차적인 악화라는 기막힌 사태이다. 시인은 전 세계가, 그리고 전 세계인이, 욕심에 도취해 스스로는 느끼지 못하는 채로, 자기 생의 기반을 파괴해 '절멸' 쪽으로 나아가고 있다는 데에 절망하고 한탄한다.

7.

그러나 시인의 체질이나 다름없는 천상적 삶의 생기에 의해서, 시인은, 세계의 재앙을 일깨우는 과정 속에 그의 시가 세계의 오염물을 빨아들여 특별한 연금술로 반죽해 각성의 피와 살과 신선한 공기를 배출하는 정화 장치가 되길 소망한다. 이산화탄소를 먹고 산소를 뿜어내는 나무처럼 말이다. 가만히 읽어 보면, 정말 정현종의 시 한 편은 그대로 한 그루의 나무이다. 작고 큰 나무들, 널찍하고 길쭉한 나무들이다.

8.

탐욕의 자물쇠로 갇힌 세계의 방으로, 틈새가 보이지 않는 데도 빛다발이 쏟아져 들어와 문득 탐욕으로 하여금 스스로를 풀어버리게 하고, 저 빛의 소리에 귀 기울이게 한다. 그것은 저 빛이 탐욕 덩어리들 사이사이에서 새나와 용출하기 때문이다. "사람들 사이에 섬이 있"듯이 말이다. 저 빛은 나쁜 세상 속의 기쁜 소식이다. 모든 나무에는 그런 기쁜 소식을 전하는 정령이 산다. 시력 50년 동안 정현종의 시세계는 많은 변화를 거쳐 왔다. 그 가운데 결코 변하지 않은 건 그가 지혜 많은 정령처럼 살아 왔다는 것이다.

—『문학관』 제39호, 2008 가을.

'범속한 트임'의 의미
김광규의 『희미한 옛사랑의 그림자』

　김광규의 시선집 『희미한 옛사랑의 그림자』(문학과비평사, 1988)를 읽으면서 나는 김주연에 의해 명명된 후, 그의 시에 꼬리표처럼 따라다니는 '범속한 트임'의 의미를 되묻는다.

　널리 알려져 있듯, 시인이 그리는 세계는 이른바 소시민적 일상의 세계이다. 그 세계에는 한편으로 강압적이거나 혹은 은밀히 조직적인 권력의 억압이 있으며, 다른 한편으로는 그 억압에 의해 알게 모르게 숨막히고 주눅들어서 왜소해질대로 왜소해진 사람들과 사물들이 있다. 시인은 그러한 삶에 맥없이 이끌려다니는 사람들의 상태를 전하면서 그것이 얼마나 '자연스럽지' 못하며, 쓰라린 결핍과 지저분한 잉여를 동시에 낳는가를 폭로하고 비판한다.

　그러나 주목할 점은 폭로와 비판 자체에 있는 것이 아니라, 그가 일상인의 삶을 비추어보는 거울로 사용하고 있는 '자연'이 실은 일상인의 삶으로부터 생성된 것임을 보여준다는 데에 있다. 현대의 소시민들, 즉 주어진 삶을 맥없이 수락하고 사는 사람들은 나날의 평범한 경험들에서 삶에 대한 지혜를 얻는데, 그 경험들이 쌓여 굳어지면 그들에게 주어진 삶이 그만큼 자연스러운 삶이 되고, 그 자연스러운 삶은 곧 세계의 원리 자체와 동일시된다. 그 동일시가 어느 정도냐 하면, "일찍부터 우리는 믿어왔다/ 우리가 하느님과 비슷하거나/ 하느님이 우리를 닮았으리라고"(「도다리를 먹으며」)에서처럼, 자기 외부에 자신과 닮은 절대적 세계를 만들어낼 정도이다. 사람들은 자신의 외부로 떨어져 나간 그 삶에 자연(nature), 즉 당연함(the natural)의 의미를 부여한 후, 다시 그것으로 자신의 삶을 비추고 그것에 자신을 맞춘다. 지배와 피지배의 구조가 선명히 새겨지고 빈부가 갈라져 있는 세계에 대해, "인생은 참으로 알 수 없는 것이지/ 하지만 누구나 자기 길을 가는 거니까"(「늦깎이」)라고 체념하고 자위할 수 있는 것은 그 때문이다.

이 체념과 자위 속에는 세계는 움직일 수 없는 것이고, 세계를 움직일 수 없는 대신에 나는 열심히 움직여서, 언젠가는 세계가 암시하는 풍요와 힘의 버스에 올라탈 수 있으리라는 소박한 믿음이 깔려 있다. 그러나 버스는 결국 오지 않고 사람들은 어느 날 갑자기 느닷없는 파국을 맞는다.

그러니까 김광규의 '범속한 트임'은 어떤 일상적 경험에 비추어 다른 일상적 경험을 비교하는 데에서 나오지 않고, 이념에 비추어 경험을 재는 데에서도 나오지 않으며, 일상적 삶에 대한 믿음이 그 자체로서 자기 배반의 결과를 낳고야 마는 불가역적 과정을 꿰뚫어 제시하는 데서 나온다. 아니, 그 이상이다. "산에서 살고 싶은 마음/ 남겨둔 채 떠난다 그리고/ 크낙산에서 돌아온 날은/ 이름없는 작은 산이 되어/ 집에서 마을에서/ 다시 태어난다"(「크낙산의 마음」)가 보여주듯, 그의 '범속한 트임'은 그 자기 배반을 한복판에서 감당하여 극복하려는 의지를 잔뜩 곤추세우는 힘이기도 하다.

—『동아일보』, 1988.7.25.

두 차원의 이야기
김종철의 『못의 귀향』

김종철의 『못의 귀향』(시학, 2009)은 기본적으로 이야기의 세계이다. 이야기는 대체로 옛날의 신산한 삶을 애틋이 회상하는 일을 한다. 그 점에서 이야기는 위로와 용서, 거둠과 정돈의 역할을 하는 것, 다시 말해 격했던 마음을 가라앉히고 삶을 넉넉히 받아들이게 하는, 통풍 잘 되는 바구니 같은 것이다.

독특한 것은 그의 이야기가 은밀하게 두 이야기로 겹쳐져 있다는 것이다. '삶 이야기'와 '말 이야기' 그것은 그의 '삶 이야기'가 충분히 다스려지지 않는 데서 나온다. 즐겁게, 흔감히 추억하지만 뭔가가 못에 걸린 듯 떨어져 그 스스로 못이 되어 몸의 어느 구석을 슬그머니 찌른다. "못의 귀향"은 '못의 귀환'이다. 가령, 식구들이 "밤새 잘 발라 먹은 닭뼈"라든가, "내가 세상에서 제일 좋아하는"(그렇게 생각하고 싶어하는) "불어터진 국수" 같은 것이 그런 못들이다. '말 이야기'는. 어느새 그러나 기필코, 떨어지고야 마는 이 못들을 다시 다듬기 위해서 동원된다. "아직도 그리워합니다"의 '아직도' 같은 어휘, "오, 정말 입 밖에 낼 수 없는/ 큰 똥통이었습니다" 같은 진술이 '말 이야기'의 기능을 잘 보여준다.

말 이야기는 삶 이야기를 강화한다. 삶 이야기의 모난 데를 갈고 헤진 데를 깁는 방식을 통해서, 그렇게 한다. 말 이야기는 말 놀이이고, 말 놀이는 삶 이야기를 삶 놀이로 만든다. 김종철의 이야기 시는, 두 겹의 이야기를 통해, 놀이의 공간을 둥그렇게 순환케 한다. 돌면서 계속 웃음이 퍼져 나가게 한다. 간혹 흘리는 눈물도 순수한 아픔의 씨앗이었다가도 곧 웃음의 효과로 바뀐다.

—2009.1.20.

동물적인 세상을 반성케 하는 식물성의 시학
최석하의 『희귀식물 엄지호』

최석하의 『희귀식물 엄지호』(문학과지성사, 1996)는 첫 시 제목을 그대로 시집 제목으로 쓰고 있다. 제목에 등장하는 엄지호 씨는 평범한 공무원인데 "숱한 남의 자식 키워 장가보내는" 선행을 말없이 실천하며, 해마다 벚꽃 만개일을 수첩에 꼬박꼬박 적어두는, 요컨대 가슴이 따뜻한 사람이다. 이 엄지호 씨에게 시인은 '희귀식물'이라는 별명을 단다. 헌데, 하필이면 왜 '식물'일까? 다시 말해 희귀 인종 엄지호, 천연기념물 엄지호라고 할 수도 있었을 텐데 꼭 식물이어야만 하는 이유는 있는가?

야릇하게도, 첫 시만을 빼고 다른 시들은 식물적이라기보다 차라리 동물적이다. 시인이 그리는 세상은 날이면 날마다 "전쟁 또는 파괴 그 자체"가 벌어지는 곳이기 때문이다. 낚시꾼들이 무심코 내던지는 라면봉지들, 깡통들이 바다를 쓰레기장으로 만드는가 하면, 길거리는 "매연과 차 소리, 인파들, 정치 구호들"로 시끄럽기 짝이 없고, 소매치기는 "다른 선량한 사람들한테/ 무수히 사기당하고/ 배신당하고, 얻어터지고, 실신당하고, 실연당하"는 인생을 살아왔다. 이 "살기등등"한 싸움 세상에서는 짓밟히는 자, 이른바 민초들도 동물적이 될 수밖에 없다. 같이 악을 써야만 간신히 살아남는다. 그래서, 시인은 괭이갈매기의 울음소리를 "색안경 낀 사람들의 침입을/ 사생결단으로 막는 울부짖음들"로 듣는 것이고, 횟감으로 잡힌 도다리의 눈이 "이것마시고 직장암에나 걸려 뒈져라"는 표정으로 노려본다고 느낀다.

그런데 시인은 엄지호 씨를 두고 "음지에서 자라는 이름 모를 민초를 빼닮았다"고 적는다. 살기 위해 아득바득거리는 사람들, 폐광 광부, 산재 노동자, 양아치, 창녀들과 엄지호 씨가 한 부류임을 슬그머니 암시하고 있는 것이다.

이 암시에 의해 불현듯 엄지호 씨의 식물성은 야수같은, 야차같은 세상에 대한 투명한 거울로 기능을 한다. 한편으로는 들끓는 욕망들의 그악스러움을 비추고, 다른 한편으로는 이 야간지옥에서 더불어 악을 쓸 수밖에 없는 사람들의 비애를 비춘다. 그 비애는 "소주잔을 비우고 또 비우다가/ 웃음 마르고 소주병도 바닥나고/ 조금씩 남은 맥주병들 죄 바닥나고/ 바닷물 소리, 바람구멍 허한 내 가슴 뚫고/ 아침해가 불그레 돋는구나/ 젖어 있는 해/ 허허바다" 같은 구절에서 보이듯이 허한 가슴의 비애인데, 그러나 그렇게 가슴을 텅 비울 때 아침 해 불그레 돋는 자리가 열린다. 그때는 욕망과 비애가 연출하는 허망한 몸부림이 맑게 보일 때이기 때문이다. 그 순간은 허심탄회한 긍정, 삶에 대한 겸허한 수락이 태어나는 순간이기도 하다. 엄지호 씨의 식물성은 그러니 단지 거울인 것만이 아니다. 그것은 동시에 작은 햇덩어리이기도 하다. 여기에서 표현의 중심은 '햇덩어리'에 있지 않고 '작은'에 있다. 작은 햇덩어리는 이글거리는 큰 해, 다시 말해, 펄펄 산 것들이 저마다 키우는 욕망의 무분별함을 반성케 하면서 살아있음의 소중함을 일깨운다. 식물성이란 스스로를 반성하고 제어할 줄 아는 동물성의 다른 이름이다.

— 『한국일보』, 1996.8.20.

어떤 생의 아름다움도 생 바깥에 있지 않다
나태주의 『풀잎 속 작은 길』

아마도 누구나 한 번쯤은 어느 날 골목길을 무심히 지나다가 아스팔트를 비집고 풀이 돋아난 것을 보았을 때 문득 생명의 경이를 느꼈을 것이다. 그러나, 그 감동을 "얼랄라/ 저 여리고/ 부드러운 것이!" 하는 즉각적인 언어로 직역해낼 줄 아는 사람은 소수의 언어마술사들뿐이리라. 생각해보면 그런 탄성은 누구나 낼 수 있는 것이고 따라서 지극히 상투적일수도 있을 법한데, 그러나 시인은 아무도 눈여겨보지 않은 마음의 언어를 날것 그대로 이끌어냄으로써 놀람을 자아내는 것이다. 그럼으로써 시인은 생명의 경이라는 게 저 드높은 곳에 살고 있는 어떤 백익조 같은 것이 아니라, 바로 우리 마음의 밑바닥에 놓여 있는 아주 친숙한 것임을, 아니, 그렇게 친숙하게 받아들여야만 생명의 경이로움을 스스로 실천할수 있음을 새삼스럽게 깨닫게 해주는 것이다.

나태주의 『풀잎 속 작은 길』(고려원 刊)에는 그런 시인의 소중한 깨달음이 곳곳에서 반짝인다. 그는 아주 일상적인 언어로 말하지만, 그 언어에는 마음의 결들이 다 살아있어서 독자를 정겨운 대화의 공간 속으로 안내한다. 가령, 물고기를 방생하면서 "이젠 가 봐/ 이젠 나를 떠나도 좋아/ 떠나가서 풀밭에 가로눕는/ 초록의 바람이 되든지/ […]/ 네 맘대로 해봐" 하며 속내 이야기를 하듯 속삭이고, "하늘이 개짐을 풀어헤쳤나// 비린내 두어 마지기/ 질펀하게 깔고 앉아/ 속눈썹 깜짝여 곁눈질이나 하고 있는/

하늘" 같은 구절에서처럼, 딴청하면서 슬그머니 여인의 옷을 벗기듯 "은근짜"한 목소리로 독자를 유혹한다.

이런 친화감은 그가 그것을 바깥 세상으로부터 배웠기 때문에 더욱 생생하고 감동적으로 울린다. "사람들한테 실망하고/ 세상일이 재미없어지면서/ 자주 들판에 나가 풀을 만나"러 간 것은 그가 세상 일을 잊고 싶어서였으리라. 그러나, 그는 "풀들한테 놀라고 풀들한테/ 한 수 톡톡히 배우"게 되었던 것이니, 왜냐하면, 풀들의 저 무심한 표정들도 "실상 어렵사리 세상의/ 중심으로 돌아가고자 오솔길을/ 여는 하나의 땀흘리는 노역"이라는 것을 문득 깨달았기 때문이다.

그렇다. 어떤 생의 아름다움도 생 바깥에 있지 않다. 그것은 오직 징그러운 세상 한복판으로부터 태어나 세상을 따뜻한 화해의 공간으로 만들기 위해 애쓰는 우리의 작은 실천들 바로 그것들 속에 있다. 나태주의 시는 이런 작은 실천들의 아름다움을 일깨운다. 그의 시는 어떤 거창한 생명 사상보다도 더 깊이 있다.

—『한국일보』, 1996.12.4.

고통과 평화를 함께 찾아가는 길
이성복의 『그 여름의 끝』

『그 여름의 끝』은 이성복의 세 번째 시집이다. 『뒹구는 돌은 언제 잠깨는가』와 『남해 금산』을 거쳐 그가 다다른 이번 시집의 세계는 그의 시적 주제는 이전과 변함이 없는데, 그의 시적 관점은 조금씩 이동하고 있다는 것을 알게 해 준다. 그의 시는 언제나 고통과 평화 사이에 있었다. 시인은 말한다. "세상에는 사람들이 살고 있는 가장 더러운 진창과 사람들의 손이 닿지 않는 가장 정결한 나무들이 있다 세상에는 그것들이 모두 다 있다 그러나 그것들은 함께 있지 않아서 일부러 찾아가야 하니 그것들 사이에 찾아야 할 길이 있고 시간이 있다"(「산」). 좀더 정확히 말하자면 그의 시는 언제나 고통과 평화를 함께 찾아가는 시간이며, 길이었다. 그 시간은 그러나 수많은 나날과 수없는 고장을 거쳐 가면서, 끊임없이 새 길을 내어 왔다.

첫 시집의 그 길이 치열한 반성적 해부의 길이었다면, 『남해 금산』의 그 길을 통해 시인은 고통의 한복판으로 걸어 들어가 그 속에서 인고의 평화를 길어내었었다. 이번 시집에서 그는 이제 고통이 지나간 뒤의 세상에 대해 말한다. 시인이 말하는 고통 뒤의 세상은 고통이 가라앉은 세상이 아니라, 얼핏 평화롭지만 고통이 저 깊은 곳에서 다친 몸을 힘겹게 뒤채이고 있는, "얼룩이 지고 비틀려/ 지워지지 않는 흔적"으로 남아있는 세상이다. 그 세상엔 "헐어터진 소 잔등 같은 산길"이 "오래 전에 끝난 흐느낌처럼 …… 흘러내리고 있"고, 그 세상은 맛있게 고기를 먹다보니 "입가에 피범벅을 한 세상이 어그적어그적 고기를 씹고 있"는 왼통 도살장인 세상이다. 세상은 무성하고 푸르르나, "세월의 무덤처럼" 푸르른 세상이다.

그러나, 이번 시집의 초점은 세상의 허위를 해부하는 데 있지 않으며, 또한 삶의 끔찍스러움을 비관적으로 바라보는 데에 있지도 않다. 이번 시집이 독자에게 감동적으로 보여주고 있는 것은 파묻힌 고통이 "고요히 전율"하면서 펼쳐내는 삶의 풍경들이다. "목숨이 지나간 자리는 아직 푸른빛이었습니다"고 말하는 시인은 고통하는 몸짓이 곧 삶의 표징임을 본다. 그는 그곳에서 "정갱이가 부러진 것들이 자꾸 일어서려 하"고 "눈 녹은 진흙창 위로 꺾인 뿌리들이 꿈틀거리"는 것을 본다. 그때 "그대 가까이 하루 종일 햇빛 놀"지 않는가? 고통 저 너머의 평화의 아득함과 고통이 고통의 몸으로 실천하는 평화의 몸짓이 동시에, 한 몸체로 있다.

『그 여름의 끝』은 고통 속에서 피어오르는 생명의 시이다. 고통 속에 생명이 있다고 주장하기는 쉬우나 그 실제를 되살리고 그것을 실천하기는 어렵다. 이성복의 시집을 구축하고 있는 대화 구조, 다의적 구문, 조용히 공간을 넓히는 움직임 등 그의 시의 독특한 상관적 구조는 그 자체가 고통 속에 피어오르는 생명의 몸짓이어서, 독자를 그 생명과 삶을 함께 나누고 싶다는 설레임으로 덮혀 준다. 그것은 그것을 '사랑의 시'로 읽거나 '해탈의 시'로 읽는 성급한 해석들을 성큼 뛰어넘는다.

—『서울신문』, 1990.10.16.

이성복의 '차원 이동'이 뜻하는 것

이성복의 강연

지난 월요일(2009.1.12) 이성복 시인이 문지문화원 사이에서 '내가 쓴 시, 내가 쓸 시'라는 주제로 강연을 하였다. 그 자리에서 그는 새로운 창작 개념을 제시하였다. 그는 자신이 생각하는 시적 창조는 "중간이나 종합이 아니라 위", "변증법이 아니라 '차원의 이동'"임을 강조하였다. "중간이나 종합이 아니라 위"라는 말은 2차원 평면에서 보면 중간과 종합, 중용과 변증법만이 보이지만, 3차원에서 보면 극단과 중용과 종합이 모두 위의 다른 차원에서 보인다는 것을 가리킨다. 다른 한편 그는 그러한 새로운 차원이 가시적인 차원 아래에 말려 있다고도 하였다. 헬리콥터에서 보면 지상의 호스는 하나의 선에 지나지 않지만 그 호스 위를 기어가는 개미의 입장에서는 그것은 면이라는 것이다. 이런 다양한 비유를 통해서, 그가 강조하는 것은 위나 아래 즉, 어떤 방향이나 위치에 있는 게 중요한 게 아니라 '차원의 이동' 혹은 내 식으로 해석하면 '상위 차원의 열림'이 중요하다는 것이다. 나중에 따로 얘기를 나누기도 했지만, 그는 최근 과학의 논리적 성과인 평행우주나 그 근거인 막 이론에 대한 서적들을 읽었던 것으로 보이는데. 그 이론으로부터의 유추를 통해 새로운 시 개념을 제시하려고 한 것이다. (그런데 이러한 관점은 동시에 괴델에 의해 '논증'된 것이기도 하다.)

어쨌든 많은 사람들이 그 의미를 해독하기 어려워 곤란한 표정을 띠었었는데, 그의 시에 실제로 적용해 생각해 보면 의외로 쉽게 이해할 수 있고, 덕분에 그동안 잘 이해되지 않았던 그의 시의 어떤 측면이 요해를 얻을 수도 있는 것 같다. 가령, 이 블로그의 '시 한 편 읽기'에서도 언급된 그의 「파리」를 보자.

(1) 파리의 교미에서 어떤 시적 이미지도 못 느끼거나 파리를 순전히 더러움과 천함의 비유로 이해하는 건, 2차원 평면에서 특정한 한 위치를 선택하는 사고라고 할 수 있다.

(2) 파리의 교미에서 그 비천한 것의 숭고함, 더 나아가 성스러움을 읽으려 하는 것은, 2차원 평면에서 두 대립개념들을 변증법적으로 종합하려 하는 사고라고 할 수 있다.

(3) 두 번째 생각은 그러나 「파리」에서 파리의 무표정이 특별히 강조되는 걸 이해하지 못한다. 상위 차원에서 보면, 파리의 교미가 사람의 눈으로는 성과 속의 문제로 보이겠지만 파리의 입장에서는 단순히 종족 번식의 행위일 뿐이라는 사실이 동시에 보인다. 이 관찰을 통해서 시가 환기하는 것은, 일차적으로, 삶을 성과 속의 문제로 환원하는 태도의 부정성이다. 즉 인간은 생존의 문제를 성속의 문제로 치환시킴으로써 삶에 가치를 부여할 수 있게 되었지만, 바로 그 과정을 통해서 삶을 좋은 가치(라고 일컬어지는 것)에 '예속'시키게 되었다는 것이다. '차원의 이동'이 가져온 이러한 일차적 깨달음으로부터 다음과 같은 인식이 잇달아 나타날 수 있다. 즉 시적 인식은,

(a) 그러한 좋은 가치의 일방적 지배의 억압성을 깨닫게 하고,

(b) 삶에는 성속의 의미 차원으로도 종족 번식의 본능의 차원으로도 환원될 수 없는 다른 영역이 있다는 것, 아니 좀더 정확하게 말해,

그런 다른 영역이 끊임없이 발생한다는 것을 알아차리게 하며

(c) 그 다른 영역은 집요하게 의미를 주려고 하는 의식적 운동의 영역과 본능적으로 충족되고자 하는 존재적 운동 사이에 놓여 있으며, 따라서 그것은 의미집중의 영역도 순수 존재의 영역도 아니라, 그 스스로 의미를 만들고 있으나 해독되지 않는 영역, 아마도 의미생산(significance)의 영역이라고 명명하는 게 좋을 그런 영역이라는 것을 이해하게 한다.

덧붙이자면,

(d) 이러한 시적 인식은 인식의 개방이라는 효과를 가지고 있는데, 그 개방은 무엇보다도 주관성으로부터의 개방이라고 할 수 있다. 즉 파리의 교미에 의미를 부여하는 건 그걸 바라보는 인간이 아니라, 파리 그 자신들이라는 것, 아니, 좀더 정확하게 말해, 행위자 파리와 보는 자 인간 사이의 관계라는 것(왜냐하면 파리 그 자신은 의미 부여를 행하는 기관을 가지고 있지 않으므로), 그것을 제대로 바라보는 인간은 오직 그러한 파리들의 의미생산의 행위를 정신적으로 함께 겪는 방식으로만, 그 행위에 동참할 수 있다는 것이다.

📖 우리의 일상적 미의식은, 어떤 이데올로기를 가지고 있는가에 관계없이, 대체로 (1)의 수준에 완강히 들러붙어 있다. 그러니 이성복의 시가 간 거리가 얼마나 먼 것인가?

—2009.1.15.

깊은 우물 속의 미광방전(微光放電)

이성복의 『래여애반다라』

이성복의 새 시집, 『래여애반다라』(문학과지성사, 2013)를 읽으니, 그의 시는 아주 깊은 우물을 파서 지구의 내핵에 이른 후 더 이상 바깥으로 나올 생각을 할 여지가 소멸되어버린 듯한 느낌이다.

> 자벌레가 파먹은 어떤 눈은 옹이같다 눈물은 빗물처럼 밖에서 흘러든
> 다 기어코 울려면 못 울 것도 없지만 고성능 양수기가 필요하리라
> ——「눈에 대한 각서」 부분

그의 눈이 '옹이'이고, 아예 그의 육체가 옹이다. 『아, 입이 없는 것들』(문학과지성사, 2008)에서 그는 '말'을 건너 '침묵'의 세계로 건너갔고 거기에서 "육체가 진저리치는 광경"에 사로잡혔다. 그리고 이제 그는 저 육체의 버둥거림이 남긴 적막 속에 스스로 유폐된 듯하다. "흐릿한 눈"을 뜨고.

> 내가 밥 먹으로 다니는
> 강가 부산집 뒤안에
> 한참을 늘어지게 자던 개,
>
> 다가오는 내 발자국 소리에
> 깨어나, 먼 데를

보다가 다시 잠든다

그 흐릿한 눈으로
나도 바라본다,

어떤 정신 나간 깨달음처럼
허옇게 펼쳐진
강 건너 비닐하우스

—「강가」 전문

바깥에서 생의 미각을 즐기는 사람들은 결코 이런 표현을 알지 못하리라. "어떤 정신 나간 깨달음처럼/ 허옇게 펼쳐진/ 강 건너 비닐하우스." 하물며 느낄 수가 있으랴. 허옇게 펼쳐진 게 비닐하우스인지, 비닐인지… 그게 펄럭이는 건지, 철썩이는 건지… 철, 썩이는 건지…

그래서 그런지, '산다는 것'에 대한 그의 묘사는 잔혹하기 이를 데 없다. "부푼 똥배 아래, 수영복 실팬티만 한 음부/ 한가운데 못에 긁힌 핏자국 같은 구멍", "오직 쾌락을 마시고 무명을 배설하는/ 이 흉물스런 기계"(「조각」에서)나, "그리운 탯줄 대신 빨간 고무호스를 달아줄까"(「눈에 대한 각서」) 같은 표현을 보라. 그는 인간의 절실한 감정이나 핍진한 사건 뒤에 남는 건, 더러운 오물, 너저분한 잔해, 그리고 "아, 어쩌면 저렇게 내버려 둘 수 있을까,/ 돼지 껍데기처럼 말라가는 검은 비밀"(「앉아 있는 누드」)이라고 생각하는 듯하다. 이런 끔찍한 구절은 또 어떠한가?

수건, 그거 맨정신으로는 무시 못할 것이더라
어느 날 아침 변기에 앉아 바라보면, 억지로
찢어발기거나 태워 버리지 않으면 사라지지도 않을
낡은 수건 하나가 제 태어난 날을 기억하기
위해서가 아니라, 이제나 저제나 우리 숨 끊어질

날을 지켜보기 위해 저러고 있다는 생각이 든다
—「소멸에 대하여 1」 부분

　게다가 그가 수다히 반복해서 그 더러움을 지목하는 대목은, 쿠르베
(Courbet)가 「세계의 기원」이라고 명명했던 그 부분, 여자의 음부이다. 요
컨대 그는 "태초에 말씀이 있었다"가 아니라 "태초에 불결함이 있었다"
라고 말하고 있는 것이다.

　그러나 슬며시 눈길을 주어야 하는 것은, 그가 그 추잡한 생의 폐허를
'비밀'이라고 말하고 있다는 점이다. 삶의 '신비'는 그의 초기시부터 내
장되어 있었던 그의 중요한 주제적 특성인데(「신기하다, 신기해, 햇빛 찬연한 밤마다」
(『남해 금산』)라는 제목에도 나와 있듯), 그는 그 신기함에 대한 인식을 한 번도 버
린 적이 없다. 그 신기함의 인식은 모든 선이해를 접어 놓은 일종의 이해
의 현상학적 환원에서 시작하는 것인데, 그러나 동시에 감정의 차원에서
는 혐오와 호기심이라는, 사전적인 감정 훈련(혹은 감정 교육)이 없었더라면
갖지 못했을, 호(好) / 오(惡)를 기본으로 하면서 감정의 모든 스펙트럼을
아우르는 그런 느낌을 동반하고 있다. 그리고 그런 감정이 없다면, 그의
신기함에 대한 인식은 단지 거기에 그쳤으리라. 그런데 거기에 그치지
않고 그 인식을 기점으로 시에서 무언가가 움직이고 있는 것이다. 가령,

이번 생의 기억은 시퍼런 강물이 물어뜯는 북녘 다리처럼 발이 시리다
—「노래에 대한 각서」 부분

에서와 같은 '발시림' 같은 몸의 움직임이 그런 것이다. 그리고 그렇다는
것은, 그 감정이 어떻게 가능한가라는 물음을 유보하는 걸 전제로, 그가
그렇게 자신이 스스로 파놓은 동굴의 깊이 속으로 침잠하고 있는 동안에
도 세상과 교통하는, 혹은 세상에 작용하는, 즉 세상과 나를 동시에 변화

시키려는 움직임을 포기하지 않고 있다는 것을 가리킨다. 실로 그는, "나도 떨고 있는 별 하나를 뱃속에 삼켰다"라고 분명한 과거형으로 또 박또박 말하고 있지 않은가? "여러날 굶은 생쥐가 미끄러운 짬밥통 속 에서 엉덩방아 찧다가 끝내 날개를 얻었다 하리라"(「생에 대한 각서」)라고 자 신의 삶을 규정하고 있지 아니한가? 그래서 역시 다음과 같은 끔찍한 시 에서도

> 둥근 탁자, 비치파라솔 쇠막대가 들어가야 할 자리에
> 사이다 병이 거꾸로 꽂혀 있다 전에 엠시 하던 김 모가
> 가수 이 모 양의 그곳에 깨진 소주병을 박아 넣은 것도
> 저랬을 것이다 그러니까 마구 쑤셔 헐어 터져 진물 나는
> 구멍에 날카로운 구멍 하나 덧쑤셔 넣은 것이다 문제는
> 처박힌 구멍이 게울 것 다 게우고도 좀처럼 주둥이를
> 쳐들 수 없다는 것, 나는 아무래도 저 구멍이 "풀밭 같은
> 너의 가슴에 내 마음은 뛰어놀았지" 하던 이 모 양의
> 목소리로 흥얼거리는 것 같다 순한 양 같은 그녀는 또
> 어느 풀밭을 헤매며 험한 꼴 당하고 있을까 삼십 년도 더
> 지난 지금 그녀의 그곳은 마침내 아물어 붙었을까 아무래도
> 지난 삼십 년은 "이 모 양!" 하고 불렀을 때의 그 떨림
> 같아서, 눈 비비면 순한 양떼 같은 졸음이 마구 쏟아진다
> ─「유원지에서」 전문

　어떤 소리, 생의 소리라고 할 밖에 없는 그런 소리, 또는 떨림이 여전히 흘러나오고 있는 것이다. 그것도 바로 "게울 것 다 게우고도 좀처럼 주둥이를 쳐들 수 없"는 그 "구멍"으로부터 흘러나오는 것이다.
　그 비밀이 무엇인가? 그것을 물어보기 전에 우리가 느끼는 것, 그래서 더욱 그 비밀을 캐내고 싶다는 충동에 사로잡히게 만드는 것은, 시 전반에 걸쳐 흐르고 있는 리듬이다. 그 리듬은 어떤 시적 규칙에 따른 리듬이

아니라 삶이 동반하는 언어가, 좀더 과감하게 말해, 삶 그 자체인 말이 일으키는 운율이다. 즉 일상의 느낌이 자연발생적으로 창자로부터 구강을 거쳐 입 밖으로 나오는 소리의 다발들이 연주하는 기이한 화음이다. 정신분석학이 말하는 그대로, "언어학적으로 구조화된 무의식" 그 자체의 리듬이다. 이게 밤하늘의 우주의 음악소리인가? 지구 전체의 삶이라는 이름의 지진인가? 그것이 무엇이든, 그 리듬은 시집의 제목, '래여애반다라(來如哀反多羅)'로 수렴된다. 이 까다로운 이두문자를 간단히 줄이면, "오다, 서럽더라"가 되고, 자세히 풀이하면 "이곳에 와서, 같아지려 하다가, 슬픔을 맛보고, 맞서 대들다가, 많은 일을 겪고, 비단처럼 펼쳐지다" 쯤 된다고 시인은 「시인의 말」에서 적고 있다. 이럼으로써 시인은 한국인의 전통적인 감정, 적어도 1988년 이전의 한국인들의 가장 큰 광상의 집단무의식을 이루고 있던 '설움'을 완벽히 재주조하고 있다. 설움은 비단처럼 펼쳐진다! 내가 정말 궁금해 하는 게 그것인데, 그것을 여하튼 시 하나하나는 부인할 수 없는 물증으로서 내 코 앞에 엄지 손가락을 펼치고 있는 것이다. 독자의 그런 당황스러움을 예견한 듯, 시인은 짐짓,

> 하기야 날마다 떠오르는 해가
> 그곳의 나무와 물안개를 알 것이며,
> 날마다 지는 해를 나무와
> 물안개가 무슨 수로 알았겠는가
>
> —「오다, 서럽더라 4」 부분

라고 시치미를 떼고 있으나, 그 질문을 던지는 자가 그 리듬을 '드러내는' 자임은 틀림없다. 그리고 그 점에 착목한다면, 저 기괴한 일상이 그대로 자신을 드러내는 게 아니라, 그로부터 튀어나온 무엇(질문)이, 그것을 드러낸다고 말해야 하리라.

시편들을 다시 음미하면, 일상이라는 괴저(壞疽)로부터 튀어나오는 것은 '빛'이다. 시인은 「생에 대한 각서」에서 "사람 한평생에 칠십 종이 넘는 벌레와 열 마리 이상의 거미를 삼킨다 한다 나도 떨고 있는 별 하나를 뱃속에 삼켰다"고 말했다. 그것은 드러내는 자, 시인이 삼킨 것은 '별'이고, '별'은 벌레들과 거미들과 더불어 있지만 시인이 특별히 삼킨 것이라는 뜻을 품고 있는 진술이다. 이 별과 벌레들의 관계를 시와 시 아닌 것의 관계로 바꾸어 보고, 시 「시에 대하여」를 읽으면, 그 점이 더욱 명확해진다.

> 어느 접도 구역에서나 그렇지만, 경상북도 상주시 화북면은 충청북도 보은군과 가깝다 사람들 말씨도 벌써 충청도고, 지세도 해발 천오백이 넘는 속리산 문장대에 가깝다 그저 행정구역으로 상주시 화북면이고, 아무리 가까이 있어도 충청북도 보은군이 아니다 한번도 상주시 화북면이 되려 한 적 없고, 되지 않으려 한 적도 없다 시 아닌 모든 것들이 그렇다, 시는 해발 천오백이 넘는 속리산 문장대 어느 절벽에……
> ─「시에 대하여」전문

삶은 모든 명명을 가로지르며 스스로의 존재를 드러내며 묵묵히 저의 운동을 진행한다. 시인은 "시 아닌 모든 것들이 그렇다"고 말한다. 그렇다면, '시'는? 시인은 곧바로 '시'에 대해 말하는데, 이 어순은 시 역시 삶과 근본적으로 다르지 않다는 것을 전제로 한다. 시 역시 '삶'이다, 라고 그 어순은 말하고 있다. 다만, 삶 중에서 "시 아닌 것들"과 시 사이에는 차이가 있는데, "시 아닌 것들"이 "지세도 해발 천오백이 넘는 속리산 문장대에 가깝다"면, 시는 "해발 천오백이 넘는 속리산 문장대 어느 절벽에……"이다. 이 비교 항에서, "속리산 문장대"가 갖는 기능과 말없음표의 존재 양태를 주목해야 할 것이다. "속리산 문장대"는 이중으로 기능한다. 우선 그것은 똑같이 "시 아닌 것들"과 '시'에 인접됨으로써, "시 아닌 것들"과 '시'의 조건적 공통성을 지시한다. 시 아닌 것들도 시도 모두 속리산 문장대에 인접해 있거나 붙어 있다. 다음 그것은 거꾸로 "시 아닌 것들"과 시를 구별하는 근거가 된다. 즉 '속리산 문장대'는 "시 아닌 것들"이 '시'에 가장 가까이 다가가는 지점이며, 동시에, "시 아닌 것들"이 '시'가 아님을 보여주는 장소이다. 그 구별의 실제는 "시 아닌 것들"은 그것에 '가깝고', '시'는 그것의 "어느 절벽에..."라는 것이다.

통사적으로 보자면, "시 아닌 것들은" "속리산 문장대"에 인접할 수 있으나 "속리산 문장대"는 아니며, 또한 거기에 완전히 다다를 수도 없다. 반면 '시'는 "속리산 문장대"의 "어느 절벽에" '다달아 있거나', 거기에서 '~이다.'(으로서 존재한다.) 즉 '속리산 문장대'는 '시 아닌 것들'과 '시'를 하나로 통합시키는 최종적 가두리이며, 동시에 그 둘을 구별하는 결정적 경계이다. 다른 한편, '말없음표'는 '시'가 언어로 정확히 서술될 수 없음을 가리킨다. 서술되지 못하는 대신에, "시 아닌 것들"을 이해하게 해주는 다양한 참조 사항들을 제공한다. 이 점을 「생에 대한 각서」의 "나도 떨고 있는 별 하나를 뱃속에 삼켰다"에 빗대어 보면, '시'는 빛이고 시 아닌 것들은 어둠(존재 그 자체)이며, 시는 시 아닌 것들을 비추어 무엇인가 알게 해주며, 대신 그 자신은 결코 분명한 모습을 드러내지 않는다.

이제 독자는 그의 시 「빛에게」를 진정한 시의 존재론으로 읽을 수 있다.

> 빛이 안 왔으면 좋았을 텐데
> 빛은 왔어
> 균열이 드러났고
> 균열 속에서 빛은 괴로워했어
> 저로 인해 드러난 상처가

싫었던 거지
빛은 썩고 농한 것들만
찾아 다녔어
아무도 빛을 묶어둘 수 없고
아무도 그 몸부림 잠재울 수 없었어
지쳐 허기진 빛은
울다 잠든 것들의 눈에 침을 박고,
고여 있던 눈물을 빨아 먹었어
누구라도 대신해
울고 싶었던 거지,
아무도 그 잠 깨워줄 수 없고
아무도 그 목숨
거두어줄 수 없었으니까

—「빛에게」전문

이것을 두고 혹 어느 편협한 사람은 이 역시 시와 시 아닌 것들의 이분법이 아니냐고 힐문할지도 모르겠다. 편 가르기 아니냐고. 시인의 선민의식 아니냐고. 그러나 그런 반박은 쓰잘 데 없는 것이다. 빛과 어둠 사이에 미리 위계질서를 만들어 놓는 사람의 어리석은 고정관념이다. 정고집을 피운다면 이렇게 대답할 수 있으리라. 저 빛은 어둠을 비춘다기보다 어둠 속에 스며들어 그 내부로부터 밝아지는 전구라고. 빛의 삶의 "뱃속에" 들어앉았고, 삶의 가장 밑바닥을 찾아갔고, 삶과 더불어 몸부림치고 진저리쳐서, 사실 삶 그 자체에 지나지 않는다고. 다만 다른 게 있다면 시가 들어섬으로써 삶은 자신의 모습을 자각하고 자신을 굴리던 운동에서 자신을 일으켜 세우는 운동으로 종목을 바꾸었고, 사는 게 괴로워졌다고, 괴로워지는 대가로 새 삶을 얻었다고.

그러나 내가 이런 어물쩡한 대답으로 그쳐서는 안되리라. 무엇보다도 이 모든 얘기들의 물증처럼 내게 밀려왔던 이 개개 시편들의 시적 존재

양태를, 그 모습과 그 목소리와, 그 율동과 그 리듬을 분석해야 하리라. 그것을 그냥 삶 그 자체의 시됨의 증거라고 말해서는 안 되는 것이다. 저 물건이 어떻게 작동하는지를 밝혀야 하는 것이다. 그래야만 지금까지 수도 없이 반복했던 '괴로움'이 실은 생의 희열임을 알 수 있을 테니 말이다. 아니 나 스스로 즐거움을 시늉해 볼 시도를 할 수 있을 테니 말이다.

—2013.4.10.

치욕 속에서 부화하는 신생

우리는 일반적으로 정서적 압축을 통해 삶에 대한 이해와 느낌을 순수한 언어의 결정(結晶)으로 빚어낸 것을 시라고 배워 왔다. 시에서 통일된 이미지를 사람들이 기대하는 건 이로부터 비롯된다.

이성복의 시가 1980년대 초엽에 처음 발표되었을 때, 독자들은 그러한 기대가 철저하게 무너진 것을 보고 경악한다. 거기에 "잘 빚어진 항아리"(Cleanth Brooks)는 없었고, 찢기고 파편화된 이미지들이 파노라마처럼 펼쳐지고 있었던 것이다. 그 이미지들은 조각났지만 선명했고 알쏭달쏭하지만 강렬한 정서적 울림을 가지고 있었다.

이성복 시의 이 형태적 반란의 배경에는 1980년을 전후해 한국사회의 내부에서 들끓는 모순들의 첨예한 충돌이 놓여 있었다. 한편으로 한국사회는 제 3공화국의 경제근대화 정책이 효과를 얻어 급속한 경제성장을 이루며 소비 자본주의 사회에 접근하고 있었다. 다른 한편 한반도는 오랫동안 외세의 침입에 시달려 왔으며 독립국이 된 이후에는 독재정권에 의해 통치됨으로써 한국인들은 천형과도 같은 피압박자의 삶을 견뎌 왔다. 그러나 독재권력이 주도한 경제 성장은 한국인들에게 민주화에 대한 열망을 불러일으켰고 독재에 저항하는 힘을 키워가게 하였다. 그러던 중 1979년 대통령의 죽음으로 민주주의의 불꽃이 잠시 지펴지는 듯 했는데, 재발된 군사쿠데타와 계엄군에 의한 시민 학살이라는 정치적 재앙을 통해 무참하게 진화되었다.

이성복의 시는 시민 의식의 성장과 정치적 압제에 의한 민주주의의 좌절과 변질이라는 바탕 위에 놓인 한국인의 삶을 '치욕'의 구도 하에 압축하였다. 그 치욕은 한국인의 노예적 상황을 그대로 가리키면서 동시에 그러한 사태를 방치할 수밖에 없었던 한국인 자신의 책임을 지목하고 있었다. "이곳에 입에 담지 못할 일이 있었어! 가담하지 않아도 창피한 일이 있었어!"와 같은 비명이 가리키는 정황이 그것이다. 그리고 "격렬한 고통도 없이" 일상은 모른 척 흘러가고 있었다. 다만 사람들은 "소리없이 아팠다."

그러나 이성복의 시는 치욕의 분뇨더미에서 분노의 알이 부화(孵化)한다는 것을 예리하게 포착하고 있었다. "저녁이면 미친 듯이 떨리는 미루나무 잎새들"이 거기 분명히 파닥이고 있었던 것이다. 그 떨림이 있는 한, "희미한 불이 꺼지지는 않았다 아 꺼졌으면 하고 중얼거[려도] 꺼지지 않았다." 이성복의 시가 통일된 이미지를 보여주지 않고 조각난 이미지들을 파노라마처럼 전개한 까닭이 여기에 있다. 재앙의 한복판에서 희망이 솟아나야 한다면, 그 희망은 어떤 순결한 새가 그 쓰레기장으로 날아옴으로써 시작하는 것은 아니다. 왜냐하면 하늘은 억압자들의 비행선이 이미 점령하고 있기 때문이다. 오히려 희망은 재앙 그 자체로부터 나와야 하는 것이다. 다시 말해 재앙이 스스로의 움직임으로 제 본래의 사태를 부정하고 희망의 몸짓으로 재탄생해야만 하는 것이다. 그러니 중요한 것은 재앙의 이미지도, 희망의 그것도 아니라, 재앙이 스스로 희망으로 변신하는 과정이었던 것이다. 따라서 통일된 현상이 아니라 분열과 변형과 교섭과 융해의 운동이 시시각각으로 펼쳐지는 풍경들의 전개가 현시되어야 했던 것이다.

그런데 이 풍경들의 천변만화는 어떤 계기에 의해 시작되는가? 「序詩」는 그에 대한 명료한 대답을 보여준다. 두 연으로 이루어진 이 시는 첫

연에서 삶의 요소들이 무의미하게 미끄러져 버리고 '나'는 갈 곳을 몰라 방황하는 현상을 보여준다. 그러나 두 번째 연에서 이 무의미한 풍경은 불현듯 살아 춤추는 광경으로 변신한다. 어떻게 해서 이런 변화가 가능했는가? "당신이 나를 알아보"는 순간 그 일이 일어난다고 시는 적시하고 있다. 그 순간 "당신을 부르는 내 목소리/ 키 큰 미루나무 사이로 잎잎이 춤춥니다." 그리고 이때 나와 당신은 단 둘이 아니다. 모든 존재들이 동시에 사방에서 서로를 부르는 동작으로 번쩍거린다. "사방에서 새소리 번쩍이며 흘러내리고/ 어두워가며 몸 뒤트는 풀밭"인 것이다.

이 시는 재앙이 희망의 몸짓으로 변신하는 기본 형식을 제시한다. 존재가 존재를 부르고 이미지들이 서로의 형상을 바꾸고 감각들이 착란적으로 마구 뒤섞이는 것, 그것이 기본 형식이다. 또한 이런 광경의 계기도 알려준다. 그것은 상대방을 알아보고 부르는 순간이다. 모두가 서로를 알아볼 때, 다시 말해 비참의 늪에 빠진 존재들이 서로에게서 삶의 가치와 살아야 할 이유와 살아내고자 하는 의지를 찾아낼 때 신생은 마침내 개화하는 것이다.

그러나 그렇다고 해서, 이 생동하는 삶의 무도가 문자 그대로 휘황찬란한 축제로 펼쳐지는 것은 아니다. 왜냐하면 그 신생의 발심은 억압적 상황과의 힘겨운 싸움을 통해서만 나타나는 것이기 때문이다. 오늘 소개되는 시편들이 수록된 시집 『남해금산』은 바로 그 생동하는 삶의 몸짓을 기나긴 인고(忍苦)의 행적과 겹쳐 놓는다. 그렇게 해서, 신생과 인내가, 생동과 끈기가, 무도와 포복(匍匐)이 하나로 뒤엉켜 나아간 끝자락에 시 「남해금산」이 놓인다. 거기에서 하늘과 바다는 하나로 통하면서도 승천한 이와 바닷물 속에 잠기는 이가 각기 나뉜다. 독자들이여, 이 기묘한 사연을 오래 되새기시기를!

— 2014.10.4.

이성복의 네 겹진 생각

이성복 산문집 『네 고통은 나뭇잎 하나 푸르게 하지 못한다』

우리는 대체로 네 겹의 생각 속에서 살고 있다. 맨 바깥에 감정 그 자체인 생각이 있다. 그 아래엔 논리화된 생각이 있다. 더 깊은 곳엔 반성적 성찰이 움직이면서, 논리가 품고 있는 이기심을 풀어 헤쳐 보다 많은 사람들이 동의할 수 있도록 생각의 피륙을 짠다. 그러나 때로 이 성찰이 크레인의 쇠공처럼 난폭해지는 순간이 있다. "사랑하라, 무조건 사랑하라" 같은 명령은 사랑의 예외적 가치에 근거하고 있으나 그것을 이해하지 못한 사람의 몸속에서는 광란을 유발할 수도 있다. 이성복의 생각은 그 아래에서 움직인다. 반성적 사유가 절대적 명제로 굳어버리는 걸 경계하고 그것이 본래 질문이라는 것을 환기시키면서, 그것이 스스로 대답을 찾아가는 과정 속에 독자를 동참시킨다. 우리는 이러한 사고의 움직임을 근본성의 사유라고 이름붙일 수 있다. 일찍이 나는 그보다 더 깊은 생각의 우물을 보지 못했다.

—이성복 산문집, 『네 고통은 나뭇잎 하나 푸르게 하지 못한다』(문학동네) 뒤표지 글, 2014.7.

되풀이와 변화 사이

유병근과 이성복의 시

이 달에 발표된 이성복과 유병근의 시들(『문학사상』, 『한국문학』)이 흥미롭다. 이 시들은 한국문학의 오래된 주제 중의 하나인 '한(恨)'의 문제에 새롭게 접근한다.

우리에게 '한'을 노래한 시들이 유달리 많았다는 것은, 혹은 그런 시들이 애송된다는 것은 우리에게 잃어버린 것, 빼앗긴 것, 헤어진 사람들이 많았기 때문일 것이다. 그리고 그 잃음과 박탈과 이별이 느닷없고 부당하며 납득할 수 없기 때문일 것이다. 한국의 근·현대사는 그 잃음·박탈·이별을 야기한 사건들로 점철되어 있다. 그리고 그것들의 '장기지속'은 한국인의 집단무의식 속에 넓고 깊게 스며들어 '한'이라는 독특한 심리구조를 형성하였다.

시인들은 끊임없이 그 한을 시로 노래해 해원과 회복을 꿈꾸어 왔다. 행동가들은 죽음을 불사하며 그것을 위해 온몸을 던졌다. 그럼에도 회복은 계속 지연되었고, 해원은 아득했던 게 또한 사실이다. 회복과 해원의 실패는 한의 크기를 증폭시켰다.

유병근과 이성복의 시들은 이 자리에서 시작한다. 유병근은 심청을 찾아 나선 심청 아비의 심정을 빌려 이렇게 말한다. "하늘 보면 하늘은 거기 없고/ 나날이 세상은 절벽입니다/ 절벽보다 더 캄캄한 눈앞입니다/ 눈앞에 갇힌 절망입니다"(「沈淸閣碑文 4」). 점층법이 잘 발휘된 구절이다. 심청 아비의 절망은 '하늘의 부재'라는 추상적 수준으로부터 '세상'과 '절벽'을 거쳐 '눈앞'의 구체적 절망으로 변용되고 절박해진다. 그 절박함은 '나날이' 같은 부사, 그리고 '보다' 같은 조사에 의해 더 깊어진다. 그러나 이 구절의 묘미는 여기에 있는 것이 아니라, 심청 아비의 절망이 최고도의 극에 달한 순간 절망에 대한 반성의 계기로 뒤바뀐다는 데에 있다. "눈앞에 갇힌 절망입니다"라는 마지막 시행은 절망의 누적과 심화가 우리를 절망이라는 관념 자체에 빠뜨리고 있는 것은 아닌가 라는 문제를 예리하게 제기한다. 우리는 절망을, 넓혀 말해 '한'을 우리 눈앞에 가두고 있는 것은 아닌가, 그리고 그것은 한을 강요한 정황에 대한 이성적 인신과 한의 극복을 위한 논리의 개발을 방해하는 것은 아닌가?

이성복의 「숲」은 그 문제를 좀더 구체적으로 개진한다. 그는 우리의 한서린 삶을 둘로 분화시킨다. 그 하나가 한의 감정과 몸짓, 즉 고통·절망·원망·아우성·몸부림 등이라면, 다른 하나는 그 고통에도 불구하고 생생히 살아있는 한 서린 삶 그 자체다. 후자는 바탕이며, 전자는 그 표면이다. 그런데 그 표면의 고통이 되풀이되고 거세어지는 동안, 삶의 바탕, 즉 우리의 살아내는 힘은 지워진다. "숲은 지워지고 고통의 형체만 남았습니다." 그래서 시인은 안타깝게 묻는다. "숲이 고통을 떠났습니까/고통이 숲을 묻었습니까."

우리가 고통에 갇혀, 혹은 고통을 강요한 자가 우리를 고통에 가두어 숲을 지울 때, "아우성치던 숲은 아무것도 낳지" 못한다. "그 다음날도, 다음 다음날도 숲은 아무것도 낳지" 못한다. 그럴 때 숲은 부끄럽다. 그러면 어떻게 해야 하는가? "입술은 그리워하기에 벌어져 있습니다. 그리움이 끝날 때까지 닫히지 않습니다"(「입술」).

중요한 것은 '그리움' 자체가 아니라 그리워하기에 벌어져 있는 입술이다. 그 입술은 물질화된 그리움, 다시 말해 그리움을 새기고 그리움을 북돋고 그리움을 부채질하는 우리의 생생한 삶이다. 그리움(관념)에서 입술(삶)로의 이동이 있을 때 그리움의 주체와 대상은 함께 살아 움직인다. "내 그리움이 크면 당신의 입술이 열리고 당신의 그리움이 크면 내 입술이 열립니다." 그리고 그들이 함께 살아 서로를 그리워할 때 그리움의 대상, 회복의 대상은 단순히 과거의 것으로 복원되는 것이 아니라, 새로운 무엇으로 변화한다. "우리의 입술은 동시에 피고 지는 두 개의 꽃나무 같습니다."

한은 해원되고 회복되어야 한다. 그러나 변화가 없는 복원은 없다고 말해야 하리라. 회복을 주장하는 그 순간에 우리는 동시에 그것이 어떠한 새 삶을 낳을 수 있는지 늘 끊임없이 모색해야 한다. 이성복과 유병근의 시들은 그 문제를 깊이 환기한다.

—『한국일보』, 1988.2.12

시가 되살아나고 있다

시가 다시 살아나고 있다. 80년대에 절정을 맛보았던 시는 한동안 사소한 음향으로 잦아드는 듯싶었다. 시는 화살과 같은 것이어서, 핵심에서, 언제나 핵심에서만 놀려고 한다. 그러니, 중심이 와해된 시대에 시가 덩달아 허물어져내리는 것은 예정된 운명 같은 것일 수도 있다. 물론 시가 아주 사라진 것은 아니다. 사라지기는커녕 시는 시방 대량생산 중이다. 그러나, 시에 기생해 성장했던 온갖 문화적 원소들, 감성, 이미지, 리듬, 기지 들이 문자의 딱딱한 껍질을 뚫고 나가, '직접성'의 이름으로 정의할 수 있는 현란한 새 문화 체제들을 이루게 되면서, 시는 오직 문자의 시원만을 재산으로 갖게 되었다. 성(聖)-문자가 붕괴되고 있는 세상에서 문자의 시원을 고집한다는 것은 불행을 자초하는 일이다. 그리고 불행을 자초하기란 말처럼 쉬운 일이 아니다. 어떤 시들은 도를 터득하고, 어떤 시들은 예전의 자신의 기생물들 속으로 쫄레쫄레 셋방을 차리려 들어간다. 요 근래에 시는 도와 상품 사이를 방황하였다. 시를 텅빈 원형으로 비워두고 도의 세상으로 상품의 세상으로 줄기차게 땅띔을 하였다.

그렇게 내 눈에 비쳤을 뿐일까? 최근의 시들은 시인들이 시의 망가져가는 폐허에 여전히 남아있었다는 것을 보여준다. 그들의 오만한 해탈의 포즈는 실은 자꾸 무릎이 꺾이는 직립인의 마지막 안간힘같은 것이었음을, 그들의 경쾌한 율동은 독분을 뿔뿔 날리고 있음을, 그들은 그 안간힘으로, 그 독분으로 둔한 내 감각을 강타한다.

최근에 발표된 시들만을 꼽자면, 황지우의 「거울에 비친 괘종시계」(『세계의 문학』), 이성복의 『호랑가시나무의 기억』(문학과지성사)과 '겨울 비가' 연작 (『문학과 사회』), 박노해가 옥중에서 상자한 『참된 시작』(창작과 비평사), 김혜순의 「슬픈 서커스」(『창작과 비평』), 이문재의 『산책시편』(민음사), 황인숙의 「생의 찬미」(『문학과 사회』), 유하의 「향기의 낭떠러지」(『문예중앙』), 이태수의 『꿈 속의 사닥다리』(문학과지성사), 유병근의 『설사탕꽃이 떠나고 있다』(전망), 신협의 『어린 양에게』(대교출판) 등으로부터 나는 고압전류로 흐르는 시의 부르짖음을 듣는다.

이 시들에 대해 일일이 다 말할 수는 없으니까, 거칠게 한 다발로 묶어서 그들의 힘의 기둥에 대하여 말하기로 하자. 그것들이 보여주는 시의 오늘의 가능성은 시인들이 망가진 중심에 남아 있으려고 애씀으로써, 거꾸로 한계에 위치한다는 데에 있다. 무슨 한계에? 그 한계는 현실개조가들의 상황의 한계가 아니며, 내면주의자들의 내면의 바닥도 아니다. 삶과 죽음 사이의 경계도 아니다. 그것은 그냥 삶의 한계이다. 그것이 그냥 삶의 한계라는 것은 그것이 어떠한 이항 대립 사이에도 위치하지 않는다는 것을 뜻한다. 모든 것의 밖에 위치하면서도 무가 아닌 것. 그래서 끝끝내 모든 것에 저주를, 그리움을, 환희를 쏟아붓는 것. "벙어리 그림자"의 딴지걸이(김혜순), "이 다음 세상에선 우리 만나지 말자"(황지우)는 선언, 그러나, "꽉찬 幻化"로 울기(이성복), 저마다 죽어가고 있는 세상에서 죽지 않기, 그래서 "정붙일 데 없어지기"(황인숙), "환멸의 힘으로 바라보"기(유하), 소박성을 끝까지 밀고 나가기(신협)가 그 몸짓들이라면, "그대 기쁨의 처마에서 툭/ 떨어지면서 그날부터 파랗게 고여/ 거미줄 만들었거늘, 이제/ 소리쳐 부르지 않을"(이문재) 거미 여인과, 찬 바람에 찌렁찌렁 종우는 '나'(박노해)와, "사닥다리 끝에서 어쩔 수 없이/ 거꾸로 내려오는 나"를 응시하는 나(이태수), "세심교 교각을 붙잡고 맴돌며" "제 발바닥을 교각에 싹싹 문지"르는 물(유병근)이 그 형상들이다.

이 몸짓들, 이 형상들을 두고 전망이 보이지 않는다고 질타하는 독자가 있다면, 언제나 현명한 그대여, 이 시대에는 피안을, 전망을 부재시키는 것이야말로 가장 무서운 힘이다. 그것이 당신을 도피로부터 미련으로부터 체념으로부터 박탈해내는 힘이다.

—『한겨레신문』, 1993.7.27.

얼굴 없는 시인 박노해 현상

실천문학사에서 제정한 제1회 노동문학상이 노동자 시인 박노해에게 주어졌다. 박노해는 얼굴이 없는 시인이다. 그의 시집 『노동의 새벽』(1984)에는 1956년 전남 출생, 15세에 상경하여 현재 기능공이라고 소개되어 있지만, 아무도 그것을 믿지 않는다. 『시와 경제』 제2집(1983)을 통해 시를 쓰기 시작한 이래 그는 한 번도 얼굴을 공개한 적이 없다. 그렇지만 그의 시는 꾸준히 발표되었고, 노동운동의 현장에서는 그의 시가 뜨겁게 낭송되고 있다고 한다. 뿐인가. 지난번 대통령 선거 때는 민중후보 백기완 씨에게 출마를 결심하게 한 호소문을 보내서 화제가 되기도 했다.

박노해의 등장은 80년대에 대폭 확산된 노동자, 농민, 도시 빈민층 민중들의 문화적 자기 표현에 기폭제가 되었다. 그것은 한편으로 자본주의 경제의 확대과정 속에서 희생을 강요당해 온, 직접생산자들의 요구가 그들 자신에 의해 언어로 체계화되고 공개화되었다는 점에서, 다른 한편으로 문학이 현실과 무관한 것이라는 종래의 고정관념을 결정적으로 파기하였다는 점에서 중요한 의미를 지닌다. 게다가 노동자 시인의 시가 생생한 감동을 수반하고 있었기 때문에 그것은 기존 문학인들에게 충격을 몰아왔다. 민중문학을 외쳐온 어떤 시인은 자신의 시가 얼마나 관념적이었는가를 뼈저리게 반성하였고, 어느 평론가는 박노해 시의 성취를 어쨌든 종래의 문학 개념 속에서 이해하려고 갖은 애를 썼다. 박노해의 시를 두고 민중문학의 시대가 도래한 가장 큰 증거물로 삼은 이들이 나온 건 자연스런 현상이었는데, 이 중에서는 박노해 시의 한계를 지적하는 사람도 나왔다. 우리의 심성에 중요한 농민적 정서를 빠뜨리고 있다는 것이었다. 그러자 반박이 튀어나온다. 기성 평단은 박노해를 기존의 소시민적 문학의 유통권에 편입시키기 위해 온갖 잔소리를 늘어놓고 있다고.

이러한 박노해 충격은 그의 얼굴이 감추어져 있다는 것 때문에 더욱 확대되었다. 공식적으로 발표된 약력에도 불구하고 대학생 출신의 노동운동가라는 소문이 떠돌기도 하고, 박노해의 시는 개인의 창작이 아니라 노동자들의 문학 소그룹에서 공동 창작된다는 얘기도 돌았다. 백기완 씨에게 보낸 호소문에서 박노해는 자신이 살아 온 길을 꽤 자세하게 묘사하고 있다. 그러나 곧바로 그 호소문은 시인 박노해와 관계없이 일군의 노동운동 그룹에서 작성했다는 풍문이 휩쓸고 지나간다. 소문은 시비를 낳기도 했다. 박노해가 얼굴을 내미는 것이 문학가로서의 책임을 투철하게 인식하는 것이 아니겠느냐는 제안이 나오자, 그것은 전문문인 위주, 문단 위주의 편견이 아니냐는 반론이 꼬리를 물었다.

그가 개인인지 집단인지는 모르겠으나 시인이 얼굴을 감추는 이유는 나름대로 있을 것이다. 노동자 시인이라는 독특함으로 인하여 자칫 대중매체의 상업성에 이용당하는 것을 막기 위해서일 수도 있으며, 그의 노동자의 세계관으로 볼 때는 얼굴을 밝히는 것은 문학인의 명망서에 대한 집착, 즉 개인주의적 사과에 불과하기 때문에 거부하는 것일 수도 있다. 혹은 노동현장에서의 실천적 운동을 방해하기 때문일 수도 있다.

하지만 지배체제에 흡수되지 않으려고 하는 그 의도가 오히려 지배체제가 노리는 문화적 효과를 낳을 수도 있다. 왜냐하면 현대사회는 보이지 않는 것을 신비화시키고 그것에 대한 이성적 접근을 차단하기 때문이다. 자본주의 사회는 모든 것을 공개화하면서, 동시에 모든 것의 전체적 과정을 보여주지 않는다. 이를테면 노동자들은 상품생산에 공동을 참여하면서도, 분업으로 인하여, 그 생산 과정 전체를 알 수 없는 구조적 위치에 처해 있다. 그러한 단절은 노동자들에게 자신이 세계와 의미있는 연관을 맺고 있지 못하다는 자아 상실감에 시달리게 한다. 그때 그 자아 상실감을 해소하기 위한 대리충족물로 등장하는 것이, 다른 종류의 '보이지 않는 것들', 좀더 정확하게 말하면 보이긴 하지만 희귀한 것들이다. 골동품, 미술품 등이 그런 것들의 범주에 드는데 그것들은 사람들을 끊임없이 유혹하면서, 동시에 그것들의 희귀성은 그것을 소유하지 못한 이들에게 그것에 대한 끝없는 짝사랑을 부채질한다. 그리고 그 유혹과 짝사랑의 순환 사이에 사람들이 빠져 있는 동안, 세계 전체는 효과적으로 자신의 모습을 은폐한다.

나는 박노해 시의 문학성이 지배 이데올로기 체제의 어떠한 논리에도 환원되지 않는 건강한 생활성으로부터 말미암는다고 생각한다. 그러나 그러한 시적 특성과는 무관하게 그의 얼굴 없음은 그의 시를 신비화시키는 데 기능하는 것인지도 모르며, 그럴 때 그것은 시인이 애초에 의도하지 않았던 명망성을 드높이는 것이 된다. 그것은 곧 지배체제의 문화적 전략 속에 포섭되는 길이다.

— 『한국일보』, 1988.1.30.

(1) 다 아시다시피 박노해는 그 후 '사노맹' 사건으로 구속되어 옥고를 치른 후, 평화운동가로 변신하였다. 얼마 전 '민주화운동 관련자 명예회복 보상심의위원회'는 그를 민주화 운동 인사로 인정하였다. 여러 가지 의미에서 그 결정은 타당한 결정이라고 나는 믿는다.

(2) 이 글이 발표된 직후, 몇몇 언론이 비슷한 기사를 흉내내어 썼다. 사전에 양해를 구한 적은 없었다. 그때는 그런 시절이었다.

(3) 후반부의 문화적 진단은, 오늘날의 관점에서 볼 때는 많이 수정될 필요가 있다. '키치'의 문화적 생활화 이후, 희귀성은 배후로 물러나고 '군서성(群棲性)'이 그것을 대신했기 때문

이다. 그러나 배후에 있는 게 사라진 건 아니다.

(4) 이상의 부기들과 결부하여, 나는 이 글을 한 시대의 증언으로 남긴다는 것을 밝힌다.

—2009.1.11.

생명주의의 한 측면
이시영의 『길은 멀다 친구여』

　　김지하가 해월과 증산에게서 전거를 끌어내며 '생명사상'을 제기했을
때, 그것은 순간적으로 비상한 관심을 촉발시켰다가, 비과학적이고 신비
주의적이라는 이론가들의 비판과 함께 차츰 그 광도를 잃어왔다. 하지만
논의가 부정적인 쪽으로 기우는 도중에도 그것은 문학적 실천의 장에 은
근하고 깊숙이 스며들어간 모양이다. 많은 작가 · 시인들이 의식적으로
'생명'을 화두로 삼는 경우를 여러 번 목격할 수 있다.

　　이시영의 세 번째 시집의 시편들을 붙들어 매고 있는 주제 단위도 생
명이다. 그러나 그의 생명은 김지하의 생명과 다르며, 혹은 임우기가 발
굴을 시도하고 있는 60년대의 생명주의 문학(박상륭 · 이세방)의 생명과도 다
르다. 그 다름은 그것이 죽음과 맺고 있는 특이한 관계에서 뚜렷이 나타
난다.

　　김지하의 생명이 죽임의 세계를 살림의 세계로 바꾸려는 의도에서 나
온 것임은 주지하는 바이다. 그러나 죽음 자체는 생명과 대립되는 개념
이 아니다. 그것은 삶과 맞짝 개념이며 그 둘은 끊임없이 상호 순환한다.
하나의 삶은 잉태되고 태어나고 자라서 살고 죽고, 죽어 다시 생명체로,
다른 요소로 전환한다. 죽음은 새 삶을 위한 계기일 뿐이며, 삶과 죽음의
부단한 교섭을 통해 생명체들은 자신을 변화시키고 확장해 나간다. 김지
하에게 있어서 생명에 대립되는 개념은 죽음이 아니라 생명활동을 가르

고 막고 가두어 부패하게 만드는 일체의 인위적인 억압, 그의 용어를 빌리자면, 인위적 죽임, 분별지(分別智), 분할, 물질 등등이다. 생명의 자유로운 운동에 기대어 있다는 점에서 그것은 인간 / 사물, 성공한 인간 / 실패한 인간 등 인간이라는 개념을 중심으로 지배 / 피지배 질서를 구성하는 부르주아 인간주의에 대한 강력한 저항이며, 가르고 나누는 것을 거부한다는 점에서 세계를 개체화 · 계량화한 부르주아 합리주의에 대한 거부이다.

김지하의 생명주의에는 생명의 '활동'에 대한 선언적 강조가 두드러진다. 그 생명의 활동을 그는 "중심적 전체로서 활동하는 무"라고 명명하는데, 그러나 중심과 전체라는 두 어휘 사이의 연결고리가 빈약하기 때문에, 그의 생명은 광활하기는 하나, 분산적이고 기습적이며 미정형이다. 그것은 인간주의 · 합리주의에 대한 이념적 안티테제로서의 의의가 강한 반면, 생명 세계의 구체적 모습에 대해서는 크게 관여하지 않는다.

60년대의 생명문학은 생명의 광상(鑛床) 속으로 침닉한다. 그것은 우주 전체를 꿈틀거리고 뒤엉키며 끊임없이 변신하는 거대한 동물로 만드는데, 그 동물은 운동과 변화의 표상으로서의 뱀이다. 그것은 죽음 자체를 똥글똥글하게 또아리를 튼 뱀으로 만든다. 죽음은 삶의 새로운 계기가 아니라, 곧 삶이다. 그 생명문학은 60년대 이후 본격화된 서구적 합리주의의 체질화에 저항하는 다른 방식의 문화형을 제시한다.

이시영에게 생명은 탐구의 대상이 아니다. 그것은 인간적 세계를 비추고 그것에 의미를 부여하는 매개물이다. 그것이 매개물이라는 것은 "서울 근교의 낮은 산이/ 얇은 눈 이불을 덮고/ 허름하게 제 모습을 드러내고 있다"(「초겨울」)와 같은 구절에 잘 나타나 있다. 생명의 순수성은 인간적 세계의 더러움을 벗길 때 드러나는 것이 아니라, 인간세계에 덧씌워지고, 그것에 모종의 작용을 함으로써 드러난다. 생명이 매개물이라면, 시인이 본래 관심을 기울이는 곳은 인간 세계이다. 인간 세계는 인간다운 삶의 훼손된 세계이며, 인간다운 삶을 회복하려는 열망과 행동이 들끓는 세계이다. 그 열망과 행동은 죽음까지도 불사하게 한다. 그럼에도 인간다운 삶은 아득하다. 그러니 "길은 멀다."

그것은 고통과 아픔을 유발한다. 생명이 그때 죽음 / 삶의 단절 사이에 틈입한다. 시인은 밤이 지나면 당연히 새벽이 오듯, 죽음이 곧 새로운 생명의 탄생으로 이어지는 자연의 현상에 기대어 인간세계에서의 죽음르 새롭게 해석한다. 죽음은 고통과 아픔과 함께 있는 것이 아니라, 새 삶에 대한 믿음과 함께 있다는 것이다. 그래서 시인은 감히 말한다. "지는 꽃은 지게 하라/ 지금 죽어가고 있는 나무는 스스로 죽게 하라/ 꽃이 지고 나무가 죽는 자리에서/ 죽은 땅도 자신을 도려내고 새 흙을 품는다"(「終焉」). 피동적 죽음의 상태는 능동적 죽음-행위로 변모한다. 물론 여전히 "길은 멀다." 그러나 이제 그 발언에는 탄식이 아니라, 기대와 호소, 그리고 다짐이 있다. 그의 먼 길은 막막한 길이 아니라 아늑한 휴식과 여유의 길이 된다. 그 지연된, 넓혀진 거리를 생명은 빛으로, 냄새로, 소리로 술렁거리며 채운다. 시의 내용이 긴장되고 수축적인 데 비해 형식이 잔잔히 가라앉아 있는 것은 그 때문이다.

이시영의 시들은 생명의 부단한 변신과 확산의 복잡한 과정을 탐구하지 않는다. 다만 "생명은 변하고 다시 태어난다"는 것을 불변의 의미항으로 제시한다. 그래서 생명의 변화는 순환적 변화이고, 자연스러우며, 따라서 언제고 특별한 이유 없이도 일어나는 우발적인 것으로 나타난다. 그 자연의 세계를 시인은 인간세계에 대한 비유와 거울로 사용한다. 그 거울의 비춤을 통해 고통과 좌절의 인간세계는 희원과 믿음의 세계로 변모한다. 이시영의 생명은 자연의 이름으로 제시되지만 무척 인간적이다.

—『한국일보』, 1988.4.19.

공포의 문화
김수복의 『새를 기다리며』

김수복의 시들은 아름답다. 새, 나무, 별, 꽃 등 무구한 자연들로 덧칠되어 있는 김수복적 풍경은, 그러나 소멸의 쓸쓸한 분위기를 자아내고 있으며, 그 쓸쓸함 뒤에는 세상 전반에 대한 시인의 두려움이 은밀히 숨겨져 있다. 시인에게 법도를 모르는 감정적 싸움으로 이해되고 있고, 흔히 바람으로 표상되어 있는 세상의 현실적 움직임들은 그것이 무엇이건 모두 흉폭한 야만의 표정으로 시인의 문화적 꿈을 후려갈기고 휩쓸며 내몬다.

시인에게 세상은 왜 두려움 그 자체인가. 왜 두려움은 지속적이며 확산적인가. 이런 생각을 하다가, 불현듯 내 망각의 각질을 뚫고나온 것은 지난 선거였다. 흥분과 애탐과 아연의 소용돌이를 일으키며 심각한 후유증을 낳은 그것의 뒷말들 중에 참으로 납득하기 힘들었던 것은, 이념적으로 반대였지만 ㄷ후보가 당선될까 겁이 나 ㄱ후보를 찍었다는 해괴한 논리였다. (왜 해괴하냐 하면, 그 말의 전제와 결론 사이에는 아무런 논리적 인과관계가 없기 때문이다) 그 말을 이해하기 위해서는, 1980년대 한국인들의 집단 무의식 속에는 폭력에 대한 공포가 망령처럼 떠다니고 있었다는 것, 그 공포는 순간적이고 즉각적인 것이 아니라 깊게 가라앉고 끈질기며, 체질화되어 있는 무엇이라는 것, 그리고 그것은 끊임없이 자신을 증식해나가고 있다는 것, 즉 그것은 세계 내부에서 전방위적으로 새끼들을 까고 있는 하나의 '문화'라는 것을 나는 이해해야만 했다. 아니 그뿐만이 아니었다.

공포 자체는 인간을 벌레처럼 짓누르고 바스러뜨리는 거대한 괴물이다. 그 존재위협의 심리적 현상이 존재지탱의 문화로서 서고, 퍼지며, 이어지기 위해서는 나름의 합리화가 있어야 한다. 80년대 한국의 공포의 문화는 그 합리화를 대상의 전이를 통해서 실현하고 있었다. 한국인의 등짝을 점령한 공포의 하중을 벗어나기 위해서, 사람들은 자기 내부에 새로운 공포를 가공적으로 만들어내고, 힘의 극심한 차이 때문에 본래의 공포에 가할 수 없었던 폭력적 대응을 그것에 쏟아 넣음으로써 공포의 무게를 덜어낸 것이었다. 새롭게 만들어진 공포는 본래의 공포와 적절히 타협하는 데 쓰이는 알리바이였다. 이 공포의 변형과 증식이 상호적이라는 것은 덧붙일 필요가 있을 것이다.

김수복의 두려움도 이 공포의 문화에서 크게 벗어나지 않는다. 그러나 정직한 시인답게 그는 아리바이를 만드는 데 힘들어한다. 그에게 알리바이가 있다면 그것은 대나무가 되려거든 죽창이 되지 않고 피리가 되겠다는, 다시 말해 자신은 공포를 만들지 않으면서 공포의 세계에 살고 그러면서 공포가 아닌 다른 무엇을 노래하는 삶을 살고 싶다는 불합리한 꿈이다. 그 꿈이 불합리하다는 것 때문에, 아니 시인 자신이 그것이 합리화될 수 없다는 것을 감지하고 있기 때문에 그의 시들은 공포와 자기 사이에 큼 / 작음, 늠름함 / 부끄러움, 굳음 / 메마름 등의 힘의 우열을 솔직하게 인정하는 대립구조와 자기 연민의 의미망을 형성한다. 그 정직성과 연민이 시인을 터진 구름 사이로 무지개를 향해 초월하고 싶어 하게 하는 것일 것이고, 그 욕구의 시적 드러냄이 현실을 아름다운 정경묘사로 대치하는 그의 기법일 것이다.

하지만, 그것이 결국 현실도피에 불과하다는 비난에서 그는 자유롭지 못하다. 그는 자신의 작음에 부끄러움, 메마름에 기대어 그것들이 힘이 없다는 사실 자체에 힘입어서 자신을 변호하는 것은 아닌가. 그게 아닐 수 있다면, 그래서 그가 실존의 온 무게로 공포의 매운 바람을 거슬러 그것의 복잡한 변형의 굴곡을 관통할 수 있다면, 그의 초월에의 희원은 공포로부터의 도피가 아니라, 그것의 극복을 향해 나아갈 수 있을지도 모른다.

—『한국일보』, 1988.3.26.

진실의 되풀이로서의 역사에 대한 변론
김정환의 『순금의 기억』

놀랍게도 김정환이 속내이야기를 털어놓고 있다. 『순금의 기억』(창작과 비평사)에서 그는 마침내 말한다. 역사는 결코 생의 축적이 아니라고. 역사는 단지 썩은 자궁에서 분만된 고름덩어리라고. 그저 지리멸렬일 뿐이라고.

민중은 헐벗은 만큼 물들지 않았다는 순수의 역설로 군사정권의 압제에 대항해 살아냄의 윤리학을 맞세웠던 초기시나 민주화의 열풍 속에서 민중의 힘찬 진군을 "끈질기고, 길고/ 거무튀튀"한 기차에 비유한 나중 시들에 익숙했던 독자들은 잠시 아연할 법하다.

그러나, 본래 그는 역사를 믿지 않았다. 초기시의 그가 살아냄의 윤리를 왜 "숨가쁜 진실", "길보다 먼저 준비되고 있"는 "만남"이라고 말했던가. 그에게 살아냄은 지속의 영역에 속하지 않고 순간의 영역에 속했다. 그의 시는 서사시의 쪼가리가 아니라, 극(劇)의 정점이다. "전쟁터에 박수 갈채가 폭죽으로 터지고/ 극장 안에 비명 소리가 웅웅댄다." 그것이 김정환이 보는 삶의 진면목이다. 그것에 그는 '희망'의 이름으로 시간의 탈을 덮어씌웠었다. "길고 긴 먼 날 후 어드메쯤에서/ 다시 만날 수 있으리라는" 그 희망. 그러나, 그것을 이제 그는 버렸다.

왜 시간을 부인하는가? 희망의 나이를 가지기에는 너무 늙었기 때문이 아니다. 역사란, 버림받은 신의 시대(중세)와 새로운 신의 시대 사이에 인간이 설치한 가교에 지나지 않음을 그가 깨달았기 때문이다. 역사는 신이 되고 싶어 한 인간이 연출하는 환상극임을 그가 알아차렸기 때문이다.

그러나, 역설적이게도, 바로 그래서 그는 여전히 역사를 말한다. 지리 멸렬의 역사, 악취나는 역사, "녹아내리고 흐르고 마모되고 건조되는" 역사. 이 더럽고 데데한 시간을 그는 토악질하면서 끈질기게 말한다. 왜? 환상은 세상과 세상 사이에 장밋빛 희망의 가교를 설치한 진보주의에 있을 뿐만 아니라 세상과 세상 사이는 결국 허망한 아귀다툼밖에 없다고 설파하는 허무주의에도 있기 때문이다. 악취가 코를 찌르는 세상 속에서 여전히 우리는 숨을 쉬고 있지 않은가? 이 "틈 사이, 필사적인 역사가 놓여 있"지 않은가?

"삶은 전쟁터다." 그러나 그것은 "관념이 아"닌 것이다. 그러니, 계속 살아야 한다. 역사는 여전히 진행형일 수밖에 없다. 그러나, 그 역사는 이제 진보로서의 역사가 아니다. 그것은 檪死와 易事 사이에 놓인 기억이다. 온통 사라질 뿐이어서 "허망하고 허망하"지만, 바로 그 때문에 "아름다움의 주소"를 결코 못 잊는 기억. 모든 것이 무너졌어도 "살아있음의 아가리는 살아있다"는 것을 각인해놓은 기억. 그의 역사는 시간의 지속이 아니라 포기할 수 없는 진실의 되풀이이다. 그 역사주의자가 말한다. "누구나, 자기가 사는 시대를 낭떠러지라고 생각하면 안된다. 오히려, 세상을 변혁하려 한다면 더욱, 스스로 벼랑이 되어야 한다."

—『한국일보』, 1996.11.18.

몰락하는 시의 시대에 시가 갈 길

최승호의 「뿔쥐」

시집이 보이지 않는다. 서점은 늘어나는 책의 물량을 견디지 못해 난장(亂場)으로 변한 지 오래인데, 유독 시집만이 보이지 않는다. 혈안이 돼서 찾아야 저 한 귀퉁이로 그것들이 쫓겨나 있는 것을 알아차릴 수 있다. 그 모양이 꼭 성냥팔이 소녀가 쪼그려 앉은 꼴이다. 몇몇 인기 시인들의 시집들, 그리고 이제는 그마저 팔리지 않는 10대 소녀 취향의 낙서시집들이 누렇게 바래가며 꽂혀 있다. 그리고 몇 권의 신간들. 산업화가 절정에 달했던 70년대 말 김현 선생은 시의 몰락을 비장한 어조로 예언했었다. 그 예언은 10년이 지난 후에 들어맞았다. 그 10년은 군사독재가 아무런 까닭도 없이 폭력적으로 연장된 기간이었다. 그 기간은 정말 시의 시대였다. 그리고 느닷없이 시에 정적이 찾아왔다. 여론조사를 안 해도 그때는 소설이 문화 산업의 회오리를 타고 참새 떼처럼 날아오른 때와 한 치의 오차도 없다.

시집을 찾을 수 없어서 나는 다시 잡지를 뒤적인다. 우울하게, 심드렁하게, 건성건성 뒤적이다가 최승호의 「뿔쥐」(『문학사상』 4월호)에 문득 눈길이 멈춘다. 그도 세상이 마냥 허무하기만 하다. 이 문화산업의 시대에는 헛것들만이 판친다. 뻐꾸기 시계가 뻐꾸기를 대리만족시켜주는 시대, "이미테이션이 보석을 앞지르는 시대". 이 시대에는 좌판 위에서 뿔뿔거리는 "뿔쥐가 고양이들을 놀라게 한다." 이런 시대는 "고향이 없는" 시대라고 첫 행은 엄숙하게 선언한다. 그러나 그 선언은 "한밤의 딸꾹질"처럼 허망할 뿐이다. 고향 상실은 무차별적이어서, 세상만이 아니라 시인 자신도 이미 헛것처럼 변해가고 있기 때문이다. 그러나, 이 시의 핵심은 그 허무의 토로에 있지 않다. 그렇다고 "헛살았다고 중얼대는 것은/ 흔해 빠진 일이다/ 그 다음을 말하기가/ 어려울 뿐이지". 그렇다. 그 다음이 중요한 것이다. 하긴 생각해보면, 시란 본래 가장 큰 헛것이 아니었던가? 실재론의 시조인 플라톤이 그를 쫓아내려고 독심을 먹을 정도로. 그 큰 헛것이 작은 헛것들의 레밍스적 침략에 쫓기고 쫓겨 삼도천 앞에 서 있다. 그는 이제 죽음을 건너는 법을 익힐 때가 온 것이다. 그 길이 어디인가? 나는 정면으로밖에는 그 길이 보이지 않는다. 저 뿔쥐들의 한복판. 다시 말해, 모든 헛것들이 스스로를 진짜라고 우기는 아수라의 한복판 말이다. 그것은 바로 시가 가르쳐준 것이었다. 작은 헛것들은 시의 가르침을 먹고 이렇게 들끓게 되었다. 그러니, 시의 문화산업과의 싸움은 바로 그 자신과의 싸움이 되지 않을 수 없다. 한밤의 딸꾹질은 그러니까 그저 허망한 것이 아니다. 그것은 그 싸움의 시작종이다.

—『한국일보』, 1996.4.23.

세상의 사막을 알아버린 자의 더운 유랑

남진우의 『새벽 세 시의 사자 한 마리』

남진우 씨의 『새벽 세 시의 사자 한 마리』(문학과지성사, 2006)는 "내 낡은 모자 속에서/ 아무도 산토끼를 끄집어낼 수는 없다"(「모자이야기」)라는 이야기로 시작한다. 이어서 시인은 말한다. "내 낡은 모자 속에 담긴 것은/ 끝없는 사막 위에 떠 있는 한 점 구름일 뿐." 우리가 씨의 '낡은 모자'를 시의 비유로 읽는다면, 이 시구들은 하나의 시론을 선언하고 있는 것이다. 그 선언에 의하면 시인은 변신의 시가 아니라 유랑의 시를 쓰고 있다는 것이다. 변신의 시란 은유로 가득 찬 시를 뜻한다. 그리고 은유로 가득찬 시란 대상과의 합일이 때마다 충만하게 일어나고 있다는 것을 가리킨다.

물론 유랑의 시에도 은유에 대한 꿈이 없을 수는 없다. 그러나 변신의 시에서와는 달리 거기에는 즉각적인 동화가 일어나지 않는다. 동화가 일어난다 해도, 거기에는 합일이 가져다주는 행복감이 없다. 왜냐하면 그 동화에는 뿌듯한 느낌이 없을 뿐만 아니라, 하물며 지속의 예감은 더욱더 없고, 단지 오감을 잠시 스치다가 사라질 어떤 여운만이 있을 뿐이기 때문이다. "끝없는 사막 위에 떠 있는 한 점 구름"이 가리키는 게 바로 그러한 상태이다. 그 상태를 합일에의 욕망을 여전히 지속시키면서 유지하고 있을 때, 그 욕망은 결코 실현되지 못하지만 또한 동시에 실현되지 못하기 때문에 더욱더 들끓는 충동으로 격발하려고 한다. 그러나 유랑의 시는 그러한 충동을 낡은 모자 속에 담은 채로 저의 꿈을 찾아 편력하는 시이다.

물론 그 편력은 "끝없는 사막"을 떠다니는 편력이다. 당연히 이 사막은 은유의 불가능성을 가리키는 은유이다. 그렇게 남진우 시의 비유는 어떤 대상을 '포착'하지 못한 채 비유하고자 했던 생생한 몸짓만을 남기고 직설로 회귀한다. 만일 그가 새벽 세 시에 사자 한 마리를 보았다면 그 역시, 실제의 사자도 아니지만, 또한 『나니아 연대기』의 사자도 아니다. 그것은 말 그대로의 사자이다. 그 사자는 출몰하려고 하다가 그대로 출몰의 기척으로서 정지한 도래하지 못한 사자이다. 그 사자의 기척은 여전히 남아있기 때문에 "시계 똑딱거리는 소리"는 시시각각으로 울려, "잠자리에 누운 내 심장에 와 부딪치고/ 창 가득히 밀려온 밤하늘엔 별 하나 없"는 것이다.

그러니, 시인을 두고 오직 '신비'를 찾아 헤맨 낭만주의자라고 말해서는 안 된다. 은유의 실패로서의 그의 사막은 비천하고 저열한 일상 그 자체이다. "모든 예언은 거짓이거나 농담"임을 깨달은 사람이 헤맬 곳은 거기밖에 없다. 그러니까 여기에는 일종의 윤리적 태도가 있는 것이다. 그는 일상을 환상으로 분칠하는 환상주의자들의 농담을 뚫고 일상 속으로 내려와 또한 그것을 곧바로 역사 전망에 투영하는 역사주의자들의 거짓을 헤치며 헤매인다. 그 헤맴 속에서 시인은 비천하고 데데한 일상을 속화하지도 성화하지도 않는다. 그가 하는 일은 시인 자신이 아니라 그 일상의 풍경 자체가 신비를 향한 움직임으로 내내 꿈틀거리고 있음을 실감케 하는 것이다. 물론 시인은 목격자로서의 역할에 그치지 않는다. 그는 들끓는 일상 속을 천천히 주유한다. '천천히'라는 말을 '반성적으로'라고 바꾸어도 무방하리라. 그는 천천히 주유하는 가운데 한편으로 나날의 '망령들'이 제 안에 가득 채워지는 것을 기록하며 다른 한편으로 그 망령들의 통곡과 발버둥에 비추어 '나'의 삶을 되돌아본다. 되돌아보지만, 시인은 또한 "어느 시인도 독으로 일생을 살진 못했다"는 것을 새삼 되새긴다. 중요한 것은 "서서히 독에 마비되어가는 몸을 젖히고/ […] 책 속을 빠져나가는 독사 한마리"를 "길들이는 것"이다. 다시 말해, 저 좌절 하는 형상으로 솟구치는 일상을 제 몸에 육화시키는 것이다. 그 때문에 시인은 죄를 걸친 몸으로 세상을 평생 떠도는 것이니, 그것만이 생의 비밀을 밝혀 줄 생의 비밀인 것이다.

—『대산문화』, 2007 겨울.

죽음에 피를 불어넣는 청동불꽃
남진우의 『죽은 자를 위한 기도』

옛날 옛적에 시가 "떨기나무 불꽃"인 줄 알았던 시인들이 있었다. 그게 나무인 것은 형형색색이 다른 한떨기 꽃들이 그곳에서 피고 있다고 그들이 믿었기 때문일 것이다. 그러나 시는 차라리 그 불꽃 다 꺼지고 남은 잿더미에 불과했다. 마지막 연기에 재채기를 해대며 시인들은 뿔뿔이 흩어져갔다. 그리고 아주 오랜 시간이 흐른 후, 한 시인이 여전히 그곳에 남아 후일담을 기록한다.

남진우의 『죽은 자를 위한 기도』(문학과지성사)는 그렇게 죽은 시를 위한 기도이다. 그러나 그 기도는 죽음을 위로하는 기도, 영원한 안식을 희구하는 기도가 되지 못한다. 왜냐면 죽음은 온 세상에 "곤곤(滾滾)"하고, 마치 가시고기와 같이 날카로워서 사방에서 시인을 찌르기 때문이다. 시인의 기도는 그 자체로서 죽음의 위협, 죽음과의 싸움으로 진흙탕이 된다. 죽음 이후는 적막하긴커녕 시끄럽고 흉흉하고 "할퀸 자국투성이다."

그러니, 죽음은 결코 마감되는 법이 없다. 그게 시의 죽음이든, 전망의 죽음이든 아니면 진실의 죽음이든, 죽음이 90년대 시인들의 화두가 된 이래 시인들은 그 죽음과 싸우기 위해 오래도록 죽음을 지연시켜왔다. 죽음이라는 사건을 죽음의 과정으로 만들어, 다시 말해 시체를 강시로 만들어 오래도록 죽음을 뛰어다니게 했다. 그렇게 해서 죽음 속에서 꽃 필 수 있는 가장 치열한 생의 몸짓을 피워내려 하였다.

기어코, 떨기나무 불꽃은 한줌의 재로 사그러들지만은 않았다. 불꽃의 말을 상실한 시인의 말은 "그을음을 내며 오래오래 타"지만, 아니, 그렇게 오래오래 탐으로써, 기이한 청동 불꽃을 피워내고 있었다. 검은 죽음의 세상 속에 붉은 불의 의지와 흰 빛 세상에 대한 희원이 한데 뒤섞여 들어서 "푸른 燐光"을 내뿜었다. 그 푸르딩딩한 인광은 부패해가는 죽음이 마지막으로 내는 소멸의 빛이 아니다. 그것은 죽음 속에 피를 부어넣으려는 마음이 어디에서도 피를 구할 수 없어서 시체를 뜯어 피로 만들 수밖에 없게 된 시인의 검은 연금술의 화덕에서 파닥이며 튀는 불꽃이다. 아니면 적어도 "피를 다오, 피를 다오" 하는 유령들의, 죽은 시들의 떼거리의 산 외침이다.

『죽은 자를 위한 기도』의 힘은 이 현란한 청동 불꽃의 회화성에 있다. 죽음이 살아서 피워내는 불꽃이기 때문에 그 불꽃은 무시무시하다. 죽음의 삶이 삶의 죽음과 드잡이하고 있기 때문에 그 불꽃은 음산하고 처절하다. 그리고 아름답다.

—『한국일보』, 1996.9.17.

3년 침묵 속에 더 깊어진 슬픔
백무산의 신작 시편들

백무산이 오랜만에 시를 발표하였다(『창작과비평』, 1996 가을). 그의 시를 마지막으로 본 게 93년 가을(『실천문학』)이었다. 거기서 나는 빙하처럼 가득하고 날카로운 슬픔과 마주쳤었다. 고단하고 병치레를 하는 여인이 있었다고 했다. 그 여인이 어려움에 처한 시인을 돌봐주었었다. 헌데 "안부전화를 했더니" 이 세상 사람이 아니었다. 시인은 "한 마디 미안하다는 한 마디는/ 꼭 해야 할 것만 같았다"(「슬픔보다 깊은 곳에」). 그 말은 들어줄 청자를 찾지 못한 채로 울음 가득히 허공을 떠돌았다. 그러나 유령처럼 떠돌지만은 않았다. 그것은 초혼가처럼 퍼지고 퍼져 그의 시를 좋아하는 독자의 가슴으로 파고들었다.

시인의 가슴이 무너질 때 독자의 가슴도 에이었다. 그의 슬픔이 피를 흘릴 때 독자는 슬픔이란 얼마나 가없고 속 깊은 것인지를 깨달았다. 슬픔이 슬픔다울 때 그것은 세상 전체를 장악한다. 그럴 땐 어느 곳에도 기쁨의 바늘구멍은 없다. 있다면 슬픔의 악화, 슬픔의 팽창만이 있을 뿐이다.

이번 발표한 시들에서는 그 슬픔이 어디까지 악화되었는가를 보여준다. 그것은 통분으로 확대된다. "내 손길이 닿기 전에 꽃대가 흔들리고 잎을 틔운다/ 그것이 원통하다"(「꽃」). 세상은 나를 슬깃 비껴갈 뿐 나와 만나주지 않는다. 그러나 통분은 원한이 아니다. 시인의 괴로움은 곧바로 노래를 부르지 못하는 자신에 대한 절망으로 옮겨가고, 급기야는 세상이 나를 해치는 게 아니라 내가 세상을 해치는 것이다, 라는 도저한 자기 모멸의 감정으로까지 치닫는다. "아무래도 내 가슴을 치는 것은/ 너와 나란히 꽃 피우는 것은 고사하고/ 내 손길마다 네가 시든다는 것이다." 3년 전의 그 여인도 시인을 돌봐주다가 죽고 말았지 않은가?

시인은 "위험한 물건"인 것이다. 행복이 가득한 이 시대에 고통이나, 슬픔이나 퍼뜨리는 자가 시인이기 때문이다. 그러니, 어쩌란 말인가? 시인은 "돌이나 치워주고/ 햇살이나 틔어주마/ 사랑하는 이여"라고 말한다. 조금은 난데없는 결구다. 돌이 그의 손아귀에 잡히지 않는 터에, 햇살이 그의 편이 아닌 터에, 어떻게 그것을 치우고 틔어줄 수 있단 말인가? 아니다, 아니다. 더 독해져야 한다. 그의 절망과 그의 유독성을 거듭 환기시켜야만 한다. 고통과 슬픔을 위로할 노래를 시인은 잃었기 때문이다.

이렇게 말하고 싶지만 실상 나는 그렇게 뻔뻔스럽지 못하다. 시인도 그렇게 할 만큼 독한 사람이 아니다. 시인이 슬픈 것은 그가 여린 사람이기 때문이다. 그러니 그 결구는 불가피했으리라. 다만, 그것이 결론이 되지는 않을 것이다. 그것은 실패를 예감하는 시작일 것이다. 무수히 많은 다른 시작들을 낳을 원(原)시도일 것이다.

—『한국일보』, 1996.9.3.

자기 응시의 미덕
백무산의 『그 모든 가장자리』

　백무산의 시집, 『그 모든 가장자리』는 노동시의 존재 이유에 대해 근원적인 질문을 제기한다. 그는 노동자 시인이었다. 지금도 그러한가? 그의 시에 등장하는 어휘들은 여전히 그 호칭을 추억하고 있다. "변두리 불구를 추슬러온 퇴출된 노동들"(「예배를 드리러」) 같은 시구가 그것을 또렷이 보여주지만, 그보다는 그가 '노동'을 "더 작게 쪼갤 수 없는 목숨의 원소들"이라고 지칭하는 데서 그의 추억의 끈덕짐이 더 진하게 드러난다. "생산수단을 소유할 수 없어서 자신의 노동력을 상품으로 팔 수밖에 없는 존재"가 '프롤레타리아'라는 마르크스의 정의가 매우 강렬한 실존적 의상을 입은 채로 드러나기 때문이다. 그러나 이 노동자적 정념 혹은 사유의 지속을 시인은 어쩔 수 없이 추억의 범주 안에 넣을 수밖에 없다. 그가 보기에 그것들은 "퇴출"된 상태이기 때문이다. 생존을 가능케 하는 필수의 질료가 삶 저편에 위치해 있는 상태, 그 앞에서 시인의 마음도 무너지고 정신도 망실된다.

　이러한 정서적 공황은 1990년대 이후 대부분의 변혁적 지식인들이 겪었던 것과 다를 바가 없다. 현실사회주의의 몰락, 소비문화의 빅뱅 앞에서 바로 직전까지만 해도 전복의 열기를 가득 싣고 질주했던 트럭들이 일제히 파열된 타이어 위로 튀어오르며 부르주아 시민사회의 벼랑 밑으로 나뒹굴었던 것이다. 그리고 이 추락을 노래한 시와 소설은 지금까지 수없이 씌어졌다. 그렇다면 백무산의 이 시집이 가지는 변별성이 무엇인가?를 우리는 물어야 한다. 그리고 그 물음은 그의 지금의 정신적 지향이 어디로 움직이고 있는가에 비추어 던져져야 할 것이다. 만일 그가 노동자의 대의를 여전히 보듬고 있다면 우리는 그것의 실현을 위해 그의 시가 어떤 길을 뒤지고 있는가를 물어야 한다. 만일 그가 다른 전망을 향해 이동하고 있다면, 우리는 그 이동의 근거는 무엇이고 그 경로는 어떻게 되는가를 물어야 한다.

그러나 사정은 그렇게 간단치가 않다. 그가 노동자의 생리를 간직하고 있는 게 사실이다. 그것이 그로 하여금 노동자의 대의를 놓지 못하게 할 것이다. 그러나 동시에 그가 다른 전망에 눈길을 돌리지 않을 수 없는 까닭이 있다. 한편으로 그는 대의의 존속 여부를 물을 시간도 갖지 못한 채로 그것의 실현 가능성이 실종되었다고 느끼고 있다. 그는 "인간진화의 자기상실"(「진화론」)이 인간에 의해 저질러졌고 그것은 여전히 지속되고 있다고 생각하고 있는 것이다. 게다가 그가 목격한 또 다른 광경은, 그의 전망이 적에 의해서 이미 선점된 것이 아닐까, 하는 의혹을 불러일으키는 사태이다. 「이웃집에 도서관이 생겼다」 같은 시에 그 모습이 여실히 나타나 있다. 그런데 이것이 전향의 구실이 될 수는 없다. 그의 마음이 무엇보다 그것을 용납하지 못한다. 그 때문에 "인간진화의 자기상실"이라는 문명적 사태에 대해 그가 의견을 수정할 일은 없다. 그러나 그럼에도 불구하고, 다른 한편 그는 대의의 장소가 다른 데 있는 게 아닐까 하고, 아니 최소한 삶의 참됨을 보장해줄 수 있는 준거점이 다른 데 있는 게 아닐까, 하고 고쳐 생각하기 시작했다. 그는 "농사짓고 공장 일 하는 사람들의 공부 모임에서" 누군가의 질문에 대답한 일을 두고 이렇게 말한다. "나는 계급성이라고 말하려다/ 감수성이라고 말했습니다.// 계급적 감수성이라고 말하려다/ 생명의 감수성이라고 말했습니다/ 감수성은 윤리적인 거라고 말하려다/ 제길, 감수성은 고상한 것이 아니라 염치라고 말했습니다."

이 시는 마음의 복잡성을 잘 드러내고 있다. 그의 감정은 이중적이다. 그는 생명의 감수성, 혹은 염치에 만족하지 못한다. 그러나 그것은 노동자 세상의 전망(의 실종)보다 확률이 높은 것이다. 그는 노동자의 전망에 대해 말하고 싶지만 못한다. 정직하게 말해야 하기 때문이다. 그는 계급에 대해 말하지 못하고, 생명의 감수성에 대해 말할 수밖에 없는 자신을 탓하면서도 그렇게 말해야 한다. "제길,"이라는 비명 같은 간투사가 전달하는 게 바로 그 곤혹스런 감정이다.

이 때문에 그의 시에는 과거와 미래가 착종되어 있다. "내 몸에 새로 이어지는 길이 있을까/ 내 몸 안에서 잃어버린 새를 찾을 수 있을까"(「잃어버린 새」) 같은 시구는 이 착종이 멀어짐과 당겨짐의 장력을 생성하는 흥미로운 이미지를 제공한다. 그 장력은 새의 형상 자체가 내포하고 있는 미래를 향한 움직임과 그 새를 "잃어버린 새"라고 지칭하는 내 마음의 과거 지향이 겹쳐진 데서 오는 것이리라. 그 "잃어버린 새"라는 지칭에는 그의 과거의 이념이 '그때에는' 미래의 새였던 것이다. 그것이 잃어버린 새를 충동적으로 새로 찾을 새의 방향으로 밀어넣는다. 그럼에도 불구하고 시인의 정직성은 그 환각을 물음표 안에 가두고야 만다. 그 정직성 덕분에 새는 날개를 파닥거린다. 그렇지 않으면 "산새처럼 날라갔"을 것이다.

여기까지 오면 이 시집의 미덕은 무엇보다도 '자기 응시'의 철저성에 있다는 것을 알아차릴 수 있을 것이다. 그는 이제 희망을 갖지 못한다. 그러나 그럼에도 불구하고 포기하지도 못한다. 거기에는 그 스스로 살아온 오십여 년의 전 생애가 걸려 있을 것이다. 포기하지 않는다고 해서 그것에 집착할 수는 없다. 저 옛날처럼 무조건 믿을 수도 없다. 그러나 그것을 포기할 수 없을 때 그것은 미지의 과제가 된다. 그것은 비참한 패배의 외관을 벗고, 궁금증으로 남는다. 그것을 시인은 이렇게 표현한다. "새는 천천히 두려움을 거두고 내 눈을 깊이 들여다보고 있었다." 그 궁금증을 해결할 수 있는 것은 '나' 자신밖에 없다. 모든 것을 잃었으나 살아 있는 한 잃어버린 양을 몽땅 가능성으로 바꾸길 시도해야 하는 것이다. '주체'가 할 일이란 그런 것이다. 그렇다. "삶은 이미 벼랑 끝에 있었던" 것이고, 그 삶을 정직히 감당하려고 작정하면, "그대라는 실낱에 전부가 매달려 있"(「슬픈 인사」)다. 이 자기 응시가 그대로 박힌 못이 되어서는 안 되리라. 원한 것이 아니더라도 문명은 우리에게 시간을 주고 있으니, 그 응시를 넘어가 보아야만 하리라.

—『대신문화』, 2012 겨울.

시고 떫은 시

윤중호의 『본동에 내리는 비』

시집, 『본동에 내리는 비』(문학과지성사, 1988) 뒤표지에 의하면, 윤중호는 서울 사는 촌놈이다. 서울에선 "에그 촌놈" 소리를 들으며, 고향에 가면, 친구들이 말은 안하지만, 그의 몸 구석 어딘가에 빤지름한 도시의 물때가 묻어 있는 것 같아서 어색하다. 그는 이 '재수 없는 삶'이나, 그의 시들이나 꼭 같다고 말한다.

그러나 그가 도시 때가 묻어 있다고 어색해 하는 그만큼 그는 촌놈이며, '촌놈' 소리를 들으며 버티는 그만큼 서울과 싸우는 서울놈이다. 그 싸움은 서울로 상징되는 지배적 생활양식이 낳은 갖가지 부정적인 삶의 모습들, 물질 만능, 속도 경쟁, 투기, 조직적 폭력, 자기 보존 본능, 타인에 대한 무관심 등과 그로 인해 촌으로 상징되는 사람들이 당해야 하는 가난과 소외와 죽음, 그리고 설움과 부끄러움을 이겨내려는 싸움이다.

윤중호 시의 힘은, 그러나, 그 싸움 자체에 있는 것이 아니라, 그 싸움을 하는 방식에 있다. 얄팍한 시들의 현실 비판이, 역설적이게도 제도 언어의 틀 속에 갇힌 채 배설되고 있다면, 그는 비판 대신에 '살아냄'의 의지와 과정을, 생활로부터 우러나오는 언어를 통해 생생하게 구성해낸다.

그 언어는 크게 두 가지 방법의 뒤섞임으로 이루어진다. 하나는 비유이며, 둘은 목소리이다. 비유는 가령, "고향의 살구꽃 대신, 줄줄이 때낀 가난을 걸어놓아도"에서처럼 가난을 널린 빨래에 비유하거나, "비가 왔다, 부는 바람으로/ 올라오던 강냉이가 일제히 엎드려 있고"에서의 촌사람들의 빈약한 삶을 대리하는 '강냉이'에서 잘 볼 수 있으며, 목소리는 가령, "내가 벽을 쿵쿵 두드리자 그 아저씨 한물간 목소리로 '총각 왜 시끄러워서 그랴' '아뉴 볼륨좀 높여 달라구유' 어쩌구 악을 쓰며 신이 났는데" 같은 구절의 대화 부분, 혹은 "사흘 동안이나 꽁꽁 얼며 구한 방은/ 보증금이 모자라, 하루만 참아달라고 빌어도 소용없어/ 그 집 대문 앞에 짐을 쌓아두고/ 이리 뛰고 저리 뛰는데, 웬 청승이랴?/ 이 차가운 겨울비는……"의 '웬 청승이랴' 같은 구절처럼 시 속 인물들의 여실한 육체의 모습을 전달한다.

그의 비유나 목소리는 모두, 생활의 구체성으로부터 솟아나오는 언어의 움직임들인데, 비유는 그 언어의 감춤이며, 목소리는 그것의 드러냄이다. 비유일 때, 그 언어는 제도 언어의 뒷면에 끼여 그것과 비벼지면서 현실에 억눌리는 사람들의 아린 마음을 분비하는 방향으로 나아가며, 목소리일 때, 그 언어는 제도 언어와 거칠게 부닥쳐, 그것의 번지르르한 겉면을 치고 부순다. 전자의 방향으로 나갈 때 그의 시는 시어지고, 후자의 방향으로 나갈 때 그의 시는 떫어진다.

그 시고 떫은 시들은 가난하고 소외된 사람들의 삶이 그저 힘없고 억눌린 것이 아니라, '살아내는' 삶이라는 것을, 그리고 그 살아냄은 제도 언어가 포장하고 있는 서울의 지배적 생활 양식과 그것과 싸우는 사람들의 생활로부터 우러나오는 독특한 생활 양식 사이의 갈등과 긴장과 충돌 속에서 실현된다는 것을 깊이 생각케 한다.

—『동아일보』, 1988.11.28

📖 윤중호는 2004년 9월 23일 췌장암으로 타계하였다. 나와 윤중호는 충남중학교 동기동창이다. 그가 살아 있을 때 나는 그와 자주 만나지 못했지만, 어쩌다 볼 때마다 그는 엊그제 만났는데 바쁜 일이 있어서 아쉽게 헤어졌던 사람처럼 대해 주었다. 그의 음성과 표정과 미소가 눈에 선하다.
— 2009.1.24.

못잊을 소망의 역사를 이루기 위하여
정일근의 『경주 남산 시·판화展』

지난 달 끝무렵, 경주에서는 시인 정일근이 화가 김세원과 함께 『경주 남산 시·판화전』을 열었다. 아시다시피 경주 남산은 이름 모를 불적들이 들풀처럼 가득 번져있는 산이다. 그 불적들만큼 온갖 전설들이 그 산에 둥지를 트고 있다. 삼국유사에 따르면 이곳에서 모임을 가지고 나랏일을 의논하면 반드시 성공하였다는 산, 박혁거세가 그 기슭에서 났고, 또한 헌강왕 때는 산신이 현신하여 나라 멸망을 경고했다는 산이 바로 남산이다.

영화와 패망을 동시에 간직하고 있는, 아니 탄생으로부터 멸망에 이르기까지의 내력들이 중중첩첩으로 포개져 있는 이 산을 두고 시인이 노래를 왜 지었겠는가? 내력이란 단순한 역사적 사실들의 진행이기 이전에 마음의 집단적 발화이고 굽이치는 소망의 강줄기인 것. 시인은 남산의 불적들이 저마다 머금고 있듯, 정토(淨土)에 대한 희원을 오늘의 살벌한 박토 위에 싹틔우고 싶었으리라. 그 소망을 그대로 누천년 잇게 하고 싶었으리라. 한 조각 사랑의 노래로, "어둔 밤길 걸어 남산 돌부처 찾아오는 눈먼 그믐달을 위해/ 기름진 살을 태워 불 밝히고 싶어"졌으리라.

허나, 그게 가당키나 한 일인가? 겨우 한 줄의 시로 세상의 등불이 되는 게 있을 법한 일이긴 한가? 시의 교과서에 그런 말이 적혀 있는 건 분명하지만, 거기에 이르는 길을 우리는 어떻게 아는가? "경주 남산 돌 속에 누워 속 편한 그대는/ 사랑이면 겁인들 견딜 수 있다고 속삭여주"지만, 나는 "아이구, 겁을 기두릴 수 있"는가?

그러나, 보라, 저 불적들이 어떻게 소망을 전하는가를. 풍상에 닳고 닳아 뭉개진 돌부처의 얼굴로 말하고 있지 않는가? 그 자신 폐허이며 쇄락인 모습으로 끈끈한 생의 지속을 증거하고 있지 아니한가?

부활은 언제나 폐허의 틈새로 부는 바람에 실려오는 것이며, 생명은 언제나 귀신들의 보살핌으로 태어나는 것이다. 시인이란 무릇 귀신들과 내통하는 자이니, 시인이 경주 남산을 찾은 이유가 바로 거기에 있다 하지 않을 수 없다. "朴씨 성을 가진 그 사내가 남긴 잇자국처럼/ 서기 927년에 남은 선명한 슬픔이 영화처럼 펼쳐"지는 마음 자락에 시인은 그 높은 순도의 슬픔들을 실삼아 사랑의 무늬를 한뜸한뜸 수놓는 것이다. "우리 한지에 쪽물을 들인 紺紙는 천년을 견딘다는데/ 그 종이 위에 金泥銀泥로 우리 사랑의 詩를 적어" 보내면, 바로 그것이 천년 기억의 강에 물 한방울 보태는 일이 아니겠는가?

그러니, 시인은 훗날 읽히기 위해 시를 쓰는 게 아니다. 다만 그는 시를 쓸 뿐이니. 냉혹한 이기의 거리에 흩날리는 시 쓰기의 절망과 잔해들이 저들 스스로 한데 모여 결코 못잊을 소망의 역사를 이루는 것이다.

—『한국일보』, 1996.11.6.

변혁을 열망한 생의 무너져 내림
윤재철의 『생은 아름다울지라도』

생에 대한 물음이 곧바로 생의 붕괴를 확인하는 절차가 되는 때가 있다. 장례, 이별, 파산, 시한부 생명 같은 것들이 바로 그런 나락에 빠지게 하는 수렁들이다. 그러나, 사람들은 결코 그 수렁에 오래 머물지는 않는다. 사람이라는 동물은 어떤 두께의 암흑 속에서도 빛을 향해 튀어오르고야 마는 특이한 순발력을 가지고 있다. 언젠가 '누벨 옵쇠르바퇴르'지는 후천성 면역 결핍증 환자들이 남은 생애 동안 건강했을 때는 전혀 맛보지 못했던 강렬하고 행복한 삶을 누린다는 보고서를 제출한 바가 있다. 그들은 죽음마저도 하나의 생의 기획으로 만듦으로써 죽음의 공포를 이겨냈던 것이다.

하지만, 생의 붕괴가 어느 순간에 지나가는 것이 아니라, 항구적이라면? 다시 말해 우리의 일상 그 자체가 온통 삶의 붕괴이고 죽음이라면? 그래서 죽음이 삶이 될 수 있는 것이 아니라, 그냥 죽음의 표지로서만 삶이 있다면?

윤재철의 『생은 아름다울지라도』(실천문학사, 1995)는 바로 그 생이 무너지는 소리를 내고 있다. 그것은 그 혼자만의 소리가 아니라 80년대의 변혁 이념을 함께 나누었던 사람들의 집단적인 목소리이다. 아니, 그 사람들 전부의 목소리는 아니다. 많은 사람들이 다양한 방식으로 변신을 꾀하였다. 그 변신이 모조리 부당한 것이라고 말할 수는 없다. 그러나, 기어코 변신못하는 사람들도 있다. 그 '변신못하는 사람들'이 몸의 "엄연함"을 어쩌지 못해서, "텅 비인 가슴 속으로" 지나가는 바람소리를 어쩌지 못해서 기괴한 소리를 쉼 없이 웅얼거린다.

그 목소리는 그 자체로서 목소리의 붕괴이다. "변화는 어디에 있을까/ 붉게 도드라진 입술/ 살아 숨쉬는 말은 어디에 있을까/ 아지랑이 피어오르는 땅의/ 향기는 어디에 있을까/ 노래하듯이 결단하는/ 나는 어디에 있을까"는 시구는 노래도, 한탄도, 하물며 분노도 아니다. 전망이 망실된 때에는 말도 살아 숨쉴 수가 없다. 시의 말은 설렁거리는 한담과 헛헛한 잡담들 속에서 고통스럽게 침묵당하고 있다.

그러니, 이 시편들은 단지 시가 아니다. 그것은 억눌린 피울음이다. 그 피울음이 생의 더러움에 절망해 꺽꺽거린다. 그러나, 제목을 보라. 『생은 아름다울지라도』가 아닌가? 그것은 생이 아름다울 수 있다는 믿음을 시인이 포기하지 않고 있다는 것을 보여준다. 그러나 그 믿음은 희망을 가지고 있지 않다. 그래서 '생은 아름답다'가 아니라 '생은 아름다울지라도'이다. 이 양보절에 이어지는 말은 무엇인가? 생은 아름다울지라도 "끊임없이 피흘리는 꽃"이라고 시인은 말한다. 그것은 김수영이 "혁명에는 피의 냄새가 섞여 있다"고 말한 것보다 힘차지 못하지만 훨씬 더 고통스럽다.

—『한국일보』, 1996.1.30.

희망의 예감마저 버린 절망의 울음
서원동의 『꿈 속에서 꾸는 꿈』

선진조국의 시대에도 시인들은 끊임없이 절망의 보고서를 제출하고 있다. 시란 본래 천상의 노래라서 이 아랫 세상과 불화할 수밖에 없는 것일까? 이른바 '시적인 것'이 카피와 개그와 대본에게 광범위하게 잠식당하고 있는 반면, 정작 시는 독자를 잃어가고 있는 이 문화산업의 시대에 시인들은 시의 위기를 세상의 위기로 치환시켜 표현하는 것일까?

어떤 이유에서든 시는 시방 죽음 속을 기어가고 있다. 타락이 만연한 세상에게 잡아먹히지 않으려면 죽음으로써 항거하지 않을 수가 없는 것이다. 절망의 노래는 세상에 대한 시의 가장 절박한 응전인 것이다.

서원동의 『꿈 속에서 꾸는 꿈』도 절망의 노래를 부른다. 시인은 "우리들이 꿈꾸고 아파해 온 희망"이 "구겨지고 짓밟"혔음을 말한다. 그는 "인간들 토해 놓은 오물 찌꺼기/ 버림받은 사랑처럼 둥둥 떠다녀/ 송사리도 물이끼도 살지 못하는/ 죽음의 늪으로 변하고" 만 세상을 한탄한다. 그 한탄은 그러나 시인이 여전히 희망을 버리지 못하고 있음을 보여주는 것이 아닐까? 절망을 노래하는 '나'는 뻔뻔스레 이 세상에 살아남아 울고 사랑하고 외치고 있기 때문이다. 그러니, 절망은 언제나 희망을 담보로 하고 있으며, 절망이란 희망을 강조하기 위한 일종의 역설법에 지나지 않을 수도 있다. 때로 절망은 얼마나 가식적이고 상투적인가?

하지만 시는 그곳에 있지 않다. 절망의 시는 나는 절망한다고 외치는 데서 오는 것이 아니라 그것을 끝까지 사는 데에서 온다. 절망을 사는 사람은 그의 마지막 희망 연습조차도 절망의 표정을 짓고 있음을 느낀다. 가령, "삶은 텅 빈 뱃속마냥 어디에서나 꾸르륵거렸다"고 그가 말할 때, 또는 "잡을 것 없어/ 바람을 안고 우노니"라는 울음을 그가 울 때, 희망은 희망없음을 증거하는 결정적 물증일 뿐, 더 이상 절망의 마지막 담보물이 되지 못한다.

희망의 예감마저 버린 절망은 더 이상 절망도 아니다. 절망의 끝까지 살아 본 시인은 "몸은 덧없고/ 마음마저 뜻을 잊었으니/ 한 마리 짐승처럼 눈을 밝힐 뿐"이다. 그래서 어쩌자는 건가? 생각해보라. "생각해보면 죽음은 언제나 내 가까이 있어/ 같이 숨쉬고 행동하며 같은 잠자리 속에서 뒹굴었나니", 시인이 할 수 있는 일이 그것 말고 또 무엇이 있겠는가? "밤마다 천천히/ 내 몸으로부터/ 세계의 가장자리로 걸어 나"와, 절망과 희망의 비빔밥을 떠먹고 있는 당신에게 당신의 컴컴한 비밀을 비추어보여주는 것 외엔.

—『중앙일보』, 1995.10.29.

자유가 덫이더라
황인숙의 『새들은 하늘을 자유롭게 풀어놓고』

    황인숙의 시들(『새들은 하늘을 자유롭게 풀어놓고』, 문학과지성사, 1988)은 탄성의 바닥을 싱싱하게 튀어오른다. "얏호, 함성을 지르며/ 자유의 섬뜩한 덫을 끌며/ 팅!팅!팅! 시퍼런 용수철을 튕긴다." 그는 세상의 깊이를 무시한다. 세상을 그는 미끄럼 지치거나, 고양이의 발을 가지고 사뿐사뿐 뛰고 쏘다니고 내닫는다. 말을 바꾸면 세상은 알 수 없는 비밀을 가진 해독(解讀)의 대상이 아니다. 그가 '분홍새'를 보았다 해서 "무슨 은유인지, 상징인지" "갸우뚱 거릴" 필요는 없다. 그것이 무엇인가에 관계없이 그는 장난하듯 세상을 놀고 세상을 어린이의 상상 속에서처럼 자유롭게 변용한다.

    그 장난이 얼마나 혈기방장한가 하면, "지구를 팽이처럼/ 돌리기./ 쉬운 일이다./ 사시나무 등어리건 초등학교의 철봉대건/ 세종문화회관 기둥뿌리건/ 이 낡은 지구의 굴대를 붙들고/ 대여섯 바퀴만 돌라./ 좀 빡빡히 안 돌아간다면/ 다시 대여섯바퀴를./ 오, 수천의 뻐꾸기가 머리 위를 날 것이다"(「당신들의 문제아」)라는 식이며, 그 장난에 의한 세상이 변화가 얼마나 자유롭고 천연스러운가는 소낙비를 만나 집으로 뛰어 돌아가는 모습을 "와, 와, 나는/ 헤엄쳐서 돌아왔네./ 풀섶을 나뭇가질/ 수초처럼 헤치고"(「산책」)라고, 바닷속의 헤엄으로 묘사하는 데서 짐작할 수 있다.

    그는 깊이를, 그러니까 뿌리를 무시한다. 그래서 그의 시는 불량하다. 뿌리를 무시하는 자는, 전통을, 세대를, 오랜 세월 동안 쌓인 역사를 무시하는 자이기 때문이다. 그는 세상에 몸담지 않는다. 그는 그것을 치고 달아난다. 그의 시들에 나타나는 온갖 종류의 전도된 시선들은 그래서 생긴다. 그러나 자세히 보라. 그는 불량한 게 아니라 불량함을 꾀한다. 그는 "하느님, 시험에 들게 하오소서./ 조그마한 미끼라도 저는 물겠나이다"(「기도」)라며 노골적으로 신성을 조롱하려고 든다.

이 지나친 과시 속에는 상투화된 삶에 대한 반란의 욕구가 꿈틀거린다. 그러나 그의 시들이 낳는 문학적 효과는 반란의 욕구를 부추기는 데에 있다기보다는, 한편으론 상투화된 삶을 지속적으로 유지해나가는 사람들의 욕망의 구조를 드러내는 데에 있으며, 다른 한편으론 그 반란의 행위 자체가 상투화되는 현상을 고통스럽게 성찰하는 데에 있다.

상투화된 삶이란 아마도 낡아 생기를 잃고 썩어가는 삶을 가리킨다고 할 수 있다. 낡은 것은 곧 무너지고 부서질 위험에 처한다. 썩는 것은 더럽게 질척거린다. 하지만 부서지고 썩는 것 그 자체가 문제가 되는 것은 아니다. "부서지는 건/ 아름답다/ 부서져 눈부신/ 별, 별빛들"(「믿지 못하여」) 같은 구절을 보라. 또한 썩은 것은 거름이 되어 다른 생명들의 원료가 될 수 있다. 그러나 세계는 부서지지도 썩지도 않고 한결같은 그 상태로 하염없이 계속된다. 왜냐하면 사람들은 낡음과 부패를 제조된 희망으로 도배하여 그 진행을 악착같이 막으며 살기 때문이다. 이 상투성에 대한 희망은 매우 유동적인 세상을 단단히 굳은 것으로 믿고(믿고 싶어하고), 그것에 뿌리를 내리고 살고 있는(살고 싶어하는) 현대인들의 의식-욕망 속에서 제조된다. 그 의식-욕망은 완강한 고정관념을 바탕으로 끝없는 생각의 변화를 시도하고, 주어진 세상에 대한 수동적 용인 속에서 자기 발전을 꾀하는 욕망이다. 변하지 않는 세상에서 홀로 변하고자 하는 것이다.

현대의 개인주의에 대한 그의 놀라운 통찰은 이런 과격한 시구를 낳기도 한다. "오, 집어치우자. 갈참나무를/ 단풍나무를, 오동나무를./ 우리가 어느 나무의 몸을 통해 나온 욕망인가를/ 욕망이면 욕망이었지, 집어치우자"(「복받을진저, 진정한 나무의」). 욕망에서 갈참이며, 단풍이며, 오동 등의 개별성을 지우는 것은 욕망의 자기중심성을 제거하려는 의도에 다름 아니다. 대신, 시인은 욕망의 행위에 집중하며, 그것을 통해 다른 존재로 이행하려 한다. 한데, 어떤 존재로?

시의 역설은 여기에 있다. 욕망에서 개별성들을 제거하자 그것은 무차별적이 되어 어떤 곳으로 이행하든 새로움의 의미를 제공할 수가 없게되기 때문이다. 그래서 욕망의 행위는 최대한의 자유를 누리는 가운데어떤 방향성도 가지지 못한다. 욕망은 무한히 공회전한다. 그래서 욕망은부단히 변형되려는 운동으로서 화석화된다. 황인숙의 시가 거듭 고뇌하는 것은 바로 그 상황이다.

황인숙 시의 싱싱함이 현대인들의 개인주의적 욕망을 등치는 데서 나온다면, 그 씽씽함 뒤에는 자유가 덫이라는 발견술적인 고뇌가 있다. 그는 고양이의 탈을 쓴 붉은 지네이다.

—『한국일보』, 1988.6.1.

시적 현실주의의 두 모습,
반어적 악마성과 참여적 도피주의
고형렬의『해가 떠올라 풀이슬을 두드리고』와 이영유의『영종섬길』

　고형렬이『해가 떠올라 풀이슬을 두드리고』(청하, 1988)를, 이영유가『永宗섬길』(도서출판 흐겨레, 1988)을 상자했다. 고형렬의 새 시집을 읽으면서 나는 그의 첫 시집『대청봉 수박밭』(1985)에 실린「백두산 안 간다」를 되새긴다. 반어적 제목의 그 시는 통일에 대한 논의조차 불온시되던 시대에, 통일이 이루어진 가상 상황을 설정해 백두산에 놀러가자는 친척들의 제의를 거절하는 이야기를 담고 있었는데, 현실의 상황을 통째로 뒤집어보는 파격적인 상상력에, 행복은 고통을 뚫고서야만 다다를 수 있다는 주장에 명령법의 강도를 부여하는 뱃심이 얹혀, 통일에 대한 열망과 정치적 억압에 대한 비판, 그리고 체제 내에 안주하는 향락에 대한 비판, 비현실적 환상에 대한 경고 등등의 다양한 목소리를 복합적인 화음으로 빚어내고 있었다.

　고형렬 시의 중요한 구성원리 중의 하나인 이 반어적 상상력과 뱃심의 결합에 대해 시인 자신은 "물살에 안기는 그물을/ 상상과 심줄로 후려 올릴 때/ 함께 점겨 있던 빛만이/ 무거운 물 속에서 건져진다"고 진술한 적이 있는데, 이번 시집에서도 그것들은 여전히 되풀이되고 있다. 하지만 무작정 되풀이되는 게 아니라 모종의 변화를 동반하고 있는 것도 사실인데, 무슨 변화냐 하면, "빛만이 건져"지지 않고, 현실의 고통과 빛이 한덩어리로 뒤엉켜 칙칙하고 번들거리며, 격렬하고 쓸쓸하며, 시커멓고 휜한 공간을 키워내고 있다는 것이다.

그리하여 그의 '상상'은 현실을 거꾸로 비추는 거울이길 넘어서서, 상상세계의 빛을 모아 현실의 표면을 태우고 지지는 볼록거울이 되고 있다. 그래서 그의 '심줄'은 그의 시들을 "힘찬 서정"(閔暎의 평)이 되게끔 하던 탄력을 버리고, "파르륵파르륵 꼬여지는 새끼줄"로 뒤틀리고 있다. 이러한 변화는 시인의 눈이 더욱 고통의, 혹은 원한의 뿌리 쪽으로 쏠리고 있다는 것을 가리키는데, 그러나 그의 새끼줄의 형상과 또한 무궁무변으로 휘어감긴 고통-원한의 칡덩굴 같은 세계의 모습이 하나라는 걸 간파한 독자라면, 그 새끼줄은 세계라는 악과 드잡이하기 위해 그 악을 제 몸에 품어버린 것임을 알아챌 수 있을 것이다. 그러니 그의 심줄-새끼줄은 실은 저주와 욕설의 "쌍(!) 꽃창"으로 변신하기 위해 그렇게 몸을 비트는 것이다. 현실주의적 악마주의란 이런 시세계를 두고 이르는 말이 아닌가 한다.

이영유의 시적 공간은 가벼운 현실풍자가 무거운 우울을 뒤에 감추고 있는 공간이다. 진형준이 "우수와 야유"라고 명명한 그 공간의 우수는 현실을 구속의 형식으로 통제하는 법의 지배와 그 법에 갇혀 구속을 수락한 대가로 "무어든지 제것 삼아 하나씩/ 하나씩 꿰차"는 사람들의 욕망에 "숨이 막혀/ 널부러진" 반성인의 우울인데, 그 반성인의 '야유', 아니 '야지'는 법과 욕망의 팽팽한 줄다리기를 슬그머니 놓아버리고 "딴짓거리"를 하는 걸로 나타난다. 그러나 이 딴짓거리는 현실도피가 아니다. 그의 시는 참여를 강요하는 시대에 형식적인 참여(동반)로써 실제적인 불참을 실행함으로써, 법의 지배를 시종 허탈하게 만드려고 하는 현실적 도피주의이다. 그의 시구 하나를 빌리자면 그건 "모든 굴욕을 웃음으로 깨달은/ 어머니의 노래"이기도 하다. 「인사」는 그 무거움의 한복판에서 가벼움이 솟아나는 과정을 뛰어나게 형상화한 시편이다.

—『동아일보』, 1988.8.29.

두 편의 게에 관한 명상

이번 달 문학지에는 공교롭게도 게를 소재로 한 시 두 편이 동시에 실렸다. 김여정의 「게」(『현대문학』)와 강은교의 「월명이 던진 곡조」(『문학사상』)가 그것이다. 나는 본능적으로 김광규의 「어린 게의 죽음」(1980)을 떠올린다. "달려오는 군용 트럭에 깔려/ 길바닥에 터져 죽"은 게, 그 게를 통해 시인은 폭압적 군사정권에 의해 최소한의 생각의 자유도 압살당한 상황을 압축적으로 재현했었다.

지금은 군사정권이 심판받는 시대. 그러니, 길바닥에 터져 죽을 게는 없을 것인가? 어쨌든 게는 여전히 옆걸음질을 친다. 게의 그것은 앞만 보고 걷는 보행과 대비되어 생각하는 걸음의 표상으로 떠오른다. 물론 게의 생각은 황지우가 「게 눈 속의 연꽃」에서 보여주었듯 종종거리는 생각이다. 종종거리는 생각은 사건화되지 못한 생각, 생각의 울타리에 갇혀버린 생각이다.

그 종종거리는 생각이 김여정에게서는 "역사의 사막 위를 허적허적 걷"는 꼴로 나타난다. 그러나 사막이 은유한 적요 속의 모래사장에는 둥근 달이 떠 있어 그곳을 "깊고 푸른 밤"으로 만들어준다. 깊고 푸른 밤에 둥근 달은 아이를 품은 어머니로 변용되고, 다시 태아는 둥근 지구가 된다. 게 한 마리 걷고 있는 달빛 바닷가는 지구의 새로운 부활이 마악 시작되기 직전의 전야다. 은밀한 사건에 대한 기대로 시는 둥근 달처럼 꽉

차고, 은밀한 웃음을 흩뿌린다. 게가 제 안에 품었던 "천만의 알"을 까듯.

강은교의 게는 행동으로 외현되지 못한 생각의 슬픔을 그린다. 그 시에도 둥근 달이 은은히 빛을 발한다. 제목의 '월명'은 「제망매가」를 지은 월명사가 아니라, 말 그대로 달 밝은 저녁을 가리키는 것으로 보인다. 하지만 아무리 밝은 달도 해보단 못하다. 이 저녁에 사람들은 집으로 돌아가지만 해는 바닷속으로 잠긴다. 시인은 하얀 달과 붉은 해가 연출하는 기이하고 아름다운 풍경에 넋을 잃는다. 하얀 달은 붉은 해의 몰락을 따라 덩달아 침몰하고 싶다. 시인은 옛 동화에서처럼 피리를 분다. 그러나, 종종거리는 생각은 황급히 집으로 돌아가야 함을 깨닫는다. 게는 재빨리 집속으로 사라진다. 이 잡념들은 우리를 도대체 놓아주지를 않는다. "다음날 떠나기 위해" "우리 모두 집으로 돌아"간다. 언제나 되풀이되는 출분과 귀환. 날마다 되풀이되는 이 헛헛한 슬픔. 하얀 달은 그 슬픔의 은유다.

세상이 바뀌었어도 게의 횡보는 변함이 없다. 시인의 몽상도, 그의 깊은 슬픔도 여전하다. 우리는 결코 가나안에 이르지 못할지니.

—『한국일보』, 1996.7.23.

시 밑바닥에 깔린 자갈스런 느낌들

저 순백의 치자꽃에로
사방이 함께 몰린다.
그 몰린 중심으로
날개가 햇빛에 반사되어
쪽빛이 된 왕오색나비가 내려 앉자
싸하니 이는 향기로
사방이 다시 환히 퍼진다. 퍼지는
그 장엄 속에선
시간의 여울이 서느럽고
그 향기의 무수한 길들은 또
바람의 실크자락조차 보일 듯
청명청명, 하늘로 열려선
난 그만 깜깜 길을 놓친다.
놓친 길 바깥에서
비로소 破精을 하는
이 깊은 죄의 싱그러움이여!

— 고재종, 「장엄」

서정의 극점을 비추는 시다. 극점이 보인다는 것은 서정의 표준이 아
니라는 뜻도 된다. 서정을 '자기의 순수한 제시'라는 말로 요약한다면,
이 시는 그 자기표현의 끝에서 문득 자아의 소멸을 겪는다. "저 순백의

치자꽃에로 사방이 함께 몰린다/ 그 몰린 중심"에서 자기로의 몰입이 시작되어 "그 향기의 무수한 길들은 또/ 바람의 실크자락조차 보일 듯/ 청명청명"에서 완연한 '개화'를 만끽하다가 순간, "하늘로 열려선/ 난 그만 깜깜 길을 놓친다." 이 충만과 소멸 사이의 긴장을 장엄이라고 말할 수 있다.

신사임당/ 李奇善(내 어머니)/ 한석봉의 어머니 某씨/ 柳寬順/ 잔다르크/
클레오파트라/ 楊貴妃/ 크산티페/ 보다도 더 악랄한
女子(?)와 한 10년살다보니 거의/ 半병신,
骨病든사나이(우)가 되어버렸다
[......]
이혼을 할까 자살을 할까/ 둘 중의 하나 개불알이다/ 雪山, 苦行의 佛院
처럼/ 熱考를 하다가,
그냥/ 아무 일도 없었던 것처럼/ 살기로 했다.
[......]
그런 不可解한/ 어느 먼 나라에서 온/ 신비한/ 처참할만큼 아름다운/ 犯
接할 수 없는/ 官能의/ 女人이겠거니/ 우리는 피차 서로에게/ 死僧習杖하
는 꼴이겠지,
[......]
그런데도 사는 것이 너무 억울하다/ 發狂欲大叫, 조금은 정정당당하게/
울었다,
나도 울 수 있는 인간 아니냐고/ 무척 슬프다는 듯이 으하하하/ 痛快하
게/ 울었다.
— 김영승의 「瀕死의 聖者」

김영승은 자조를 아주 능글맞게 표현할 줄 아는 시인이다. 그 능글맞은 태도는 그가 자조를 즐기기조차 한다는 것을 알려주는데 그러나 거기에는 교묘한 간지가 숨어 있다. 그것은 이중적인데, 즉 그 자조를 바탕으로 시인을 비참케 하는 세상의 온갖 적들을 공격하며(약한 자를 못살게 구는 자

들은 얼마나 악한 자들인가), 동시에 적들의 공격을 통해서 그만큼 자신은 정신적인 높이를 획득한다는 것이다(악한 자들에게 시달리는 것은 항상 성자의 특권인 법). 물론 시의 재미는 그 태도 자체에 있다기보다는 그 능글맞은 태도에 상응하는 능청스런 말재주이다. 이 타고난 시인은 개구(開口)와 발성 사이의 시간이 제로치라고 말할 수 있을 만큼 자연스럽게 표현하는 능력을 갖고 있으니, 그 능청스런 말재주는 그만큼 적들과 자신 사이의 거리도 없애 버린다. 그의 적들에 대한 공격이 풍자가 아니라 해학으로 골인하는 것은 그 때문이다. 파괴되는 적의 파편으로부터 자신을 보호하기 위해서라도 공격적 풍자는 항상 일정한 거리를 필요로 하는데, 김영승의 천연덕스런 공격에는 그 거리가 존재하지 않아 그의 공격은 함께 견디는 수난이 되고, 그가 재주를 부려 낚아채려 한 정신적 품위는 함께 사는 자의 기묘한 비애로 바뀌는 것이다.

> 눈이 내린다 거세게, 내 뺨에 부딪치고 않고 그 눈, 그 바깥에 바깥에 바깥에 네가 있다
> 눈이 내린다 지워질 듯, 도시가 화려하다 그 눈, 그 바깥에 네가 있다
> 바깥은 이별보다 가깝다 사랑이여 사랑이여 사랑이여 사랑이여, 눈은 눈보다 가깝다, 육체여
> 매끈하고 육중한 자동차 전시장과 전시장과 전시장과 전시장과 숯검댕 낀 초록색 공중전화 공중전화 공중전화 공중전화 부스
> 눈이 내린다 무너질 듯, 내 몸을 파묻지 않고 그 눈, 그 바깥에 바깥에 바깥에 네가 있다
> 눈이 내린다 말살하듯, 네 육체가 육체가 육체가 화려하다 그 눈 그 바깥에 바깥에 바깥에, 네가 있다
> ─ 김정환, 「사랑노래 2」

김정환이 마침내 여기까지 왔다. 여기는 부동의 심연이다. 언제나 콧

김을 거칠게 내뿜는 철마였던 그의 시가, 육중해서 더욱 역동적이었던 그것의 움직임이 마침내 멈춘 것이다. 왜 멈추었는지는 묻지 말기로 하자. 시는 논리도 상황도 아니므로. 아니 논리 이전이고 상황 다음이거나, 상황 이전이고 논리 다음이므로. 중요한 것은 그가 철마의 기억을 잊지 않고 있다는 것이며 더욱 중요한 것은 정지의 자리에서 무언가 새로운 것을 찾아내었다는 것이다. 보라, 그는 "매끈하고 육중한 자동차 전시장"을 기어코 말하지 않는가? 그것이 그의 육체다. 그 육체가 정지하고 있다면, 육체의 반대말은 정신이 아니라, 정지한 육체 대신에 날렵히, 가볍게 춤추는 다른 움직이는 것이다. 그것이 바로 눈(雪)이며, 좀더 정확하게는 바깥에서 날리는 눈이다. 왜 바깥인가? 자동차는 사방 갇혀 있기 때문이다. 그러나, 그렇기 때문에 자동차는 눈의 화려한 "말살"로부터 보호되며, 더 나아가 무언가를 통해 여전히 움직인다. 그 움직이는 것, 그것은 바로 눈(眼)이며, 좀더 정확하게는 바깥 너머를 응시하는 눈이다. 응시의 눈을 통해서 시인은 내 바깥의 눈 바깥의 '너'를 찾아낸다. 시의 제목이 「사랑노래」인 것은 그 때문이며, '자동차'와 함께 "숯검댕 낀 초록색 공중전화 부스"가 나오는 것도 그 때문이다. 그 공중전화 부스는 물론 움직이지 못하는 자가 통화하는 비밀 통로이다. 이 시의 기본 대립은 눈/눈의 대결이며, 동음성이 마련한 긴장의 밀도로부터 추진력을 받아 사랑으로 진화하는 것이 이 시의 내부 서사이다. 그는 끝끝내 변증법을 포기하지 않았다.

　　한 잎 꽃잎이 되어 떠가는 육신이 되어 구름과 지나는 버드나뭇가지
　흐늘거리는 천을 보며
　　청량한 새소리 피를 올리며 종소리 종소리 들으며 떠가는 한 잎 꽃 잎
　이 되어가는
　　이 생도 거룩한 귀신이 걷는 흐르는 착란의 삶임을 이 차가운 물에 떠

알고 있으니

　화려한 불빛을 툭 치며 이 잠바도 땀 흘리며 허이, 허이, 걸어가는 하늘이야 이미 이승과 저승을

　포기한 지 오래지만 마지막 미련 남아 있어 이 서늘한 심장을 어디에 놓아두어야 할지

　화려한 비수의 눈동자는 하늘로 하늘로 올라간다오

　계단을 밟으면 이미 꺾여진 나무 줄기처럼 접힌 하늘이 내 살 길이라고 알려주는 무덤 있어

　우는 새는 이미 멀리 멀리 떠나 더이상 미련이 없다 나는

　가고 오는 계절이 되나 흘러다니는 공기가 되나 흔적을 찾은들 무슨 비애가 물결치나

　　　　　　　　　　　　　　　— 김태동, 「흐르는 꽃잎이여」

　김태동은 점점 집단적 삶에 참여하고 있다. 참여라는 어사에 주목해주기 바란다. 참여는 동화(同化)가 아니다. 동화가 아니라는 것은 그가 집단과 하나가 되는 게 아니라 그가 집단을 형성한다는 말이다. 참여가 동화와 다른 또 하나는 동화가 주체의 신비화를 목표로 하고 있는 데 비해 참여는 주체의 망실을 실천한다는 것이다. "나는 가고 오는 계절이 되나 흘러다니는 공기가 되나 흔적을 찾은들 무슨 비애가 물결치나"의 마지막 구절은 그 망실을 직접 가리키고 있다. 그러나 주체는 망실의 과정 속에 있을 뿐 전적으로 망실되지 않는다. 그렇게 되면 시 쓰기의 주체도 사라지기 때문이다. 그래서 시의 주체는 육신의 해체를 겪게 되는데 마지막까지 남는 것은 "마지막 미련 남아 있어 이 서늘한 심장을 어디에 놓아두어야 할지"의 '서늘한 심장'이다. 그것은 그가 참여해 이루는 집단적 삶이 운명적 고난이기 때문이다. 참여는 주체만이 할 수 있는데 고난의 운명은 주체의 비주체화를 낳는다. 참여를 통해 이루어지는 주체

의 비주체화가 이성의 의지에 의해 실천된다면 남는 것은 가슴이되, 그러나 참여의 운동력은 그 가슴에도 작용하여 그 가슴을 서늘한 심장, 다시 말해 의지에 베임으로써 의지를 비추는 거울로 변형된 심장으로 만드는 것이다.

> 비 내리는 시월 오후/ 붉게 타오르는 담쟁이 넝쿨이/ 잿빛 건물을 휘감고 있다
> 일층 행복비디오/ 이층 카페 숲속의 빈터/ 삼층 건국기원/ 사층 소망교회
> 그을음도 내지 않고 타들어가는 벽에 매달려/ 담쟁이 넝쿨이 뿜어내는 불길한 불길
> 일층 유리문이 열리고 닫힐 때마다/ 작은 종소리 울려 퍼지고/ 담쟁이 넝쿨도 따라서 붉은 이파리를 흔든다
> 우산을 들고 그 앞을 지나가는 사람들/ 뜨거운 기운에 놀라 한 번씩 하늘을 쳐다보고/ 그때마다 담쟁이 넝쿨은 더욱 붉은 화염을/ 허공으로 쏘아 올린다
> 오래 연옥의 시절을 맞아/ 스스로를 태우고 있는 담쟁이 넝쿨/ 비를 맞아도 꺼지지 않는 불길이/ 슬프게 타오르고 있다
> ─ 남진우, 「화려한 유적」

남진우의 시는 문명 사회에 대한 가장 화려한 조종(弔鐘)이다. 그는 문명 사회를 "오랜 연옥의 시절"이라고 지칭하고 있는데, 그것이 '오래다'는 것은 오래 되었다는 뜻이 아니라 아주 오래 갈 것이라는 뜻이다. 그런데 그 오래 갈 연옥에 달라붙어 있는 게 항상 있는데, 이를테면 담쟁이 덩쿨이 그것이다. 그 덩쿨은 한편으로 문명의 연옥을 가리면서 동시에 문명사회의 연옥성을 부각시킨다. 그것은 문명에 기대어 사는 자연이며 동시에 문명을 추문으로 만드는 자연이다. 그 덩쿨의 실물은 무엇일까? 시가 바로 그것?

꼬리로 바다를 치며 나아간다
타아앙――――
갈매기 떼, 들, 들, 갈매기들 날고
타아앙――――.
어디 머리가 약간 모자라는
돌고래 한 마리도 꼬리에 걸리며
타아앙――――
자기가 고래인 걸로 잠시 착각한 늙은
숫물개 한 마리도 옆구리에 치인다
타아앙――――
입 안에 가득 고이는 새우, 새우들,
타아앙――――
나는 이미 바다이고 바다는 이미 나이다
타아앙――――.
나는 이미 고래이고 고래는 또한 나이다
타아앙――――
분별하려는 것들은 이미 고래가 아니다
타아앙――――
분별하려는 것들은 이미 바다도 아니다
타아앙――――
꼬리로 바다를 치며 나아간다
타아아아앙.
꼬리로 나를 치며 니아간다,
타아아아아아앙――――

　　　　　　　　　　　　　　―박남철, 「고래의 항진」

　"꼬리로 바다를 치며 나아가"는 것은 분명 고래이다. 그 고래는 고래
아닌 것들을 마구 치면서 나아간다. 그때 "나는 이미 바다이고 바다는 이
미 나다." 여기에서의 '나'는 고래가 자신을 가리키는 말이다. 그런데 "나
는 이미 고래이고 고래는 또한 나이다"에 와서 나와 고래는 분리된다. 여

기에서의 '나'는 화자이며, 화자로서의 '나'가 인물로서의 '나'로 돌변하였다. 인물로서의 '나'와 인물로서의 고래는 엄연히 다른 두 존재인 것이다. 그런데 인물 '나'가 하는 말은 "나는 이미 고래이고 고래는 또한 나이다"라는 나/고래의 분별의 거부이다. 앞에서 고래는 고래 아닌 것들을 마구 배제하면서 나아갔다. 다시 말해, 분별의 극단을 실천한 것이다. 그런데, 화자 '나'가 무대로 뛰어들자마자 '나'는 모든 분별을 거부한다. 고래가 분별을 집행하면서 양양히 과시한 그 힘을 그대로 빌려서 말이다. "타아앙...." 몰아치면서. 한데, 그 힘을 빌려서 하는 것이기 때문에 그 분별의 거부가 실은 분별이다. 그것은 분별은 거부하는 것들은 모두 틀렸다고 윽박지르고 있기 때문이다. 분별하지 않는 것이 실은 분별하는 것이 아닌가? 잘 분별하는 것이 실은 분별의 욕망을 다스리는 것이 아닌가? 이 시의 묘미는 이러한 인식론적인 물음을 각성 촉구의 형식으로 제시하는 데에 있다. 바로, '타아아아아앙....' 하는 그 분별의 억센 힘을 그대로 실어서 말이다.

> 느티나무 가지에 앉은 눈의 무게는 나무가 가진 갓맑음이 잠시 모습을 드러낸 것이다 느티나무가 입은 저 흰옷이야말로 나무의 영혼이다
> 밤새 느티나무에 앉은 눈은 저음부를 담당한 악기이다 그때 잠깐 햇빛이 따뜻하다면 도레미 건반을 누르는 손가락도 보일 게다
> ─송재학, 「눈의 무게」

송재학은 자주 정의를 한다. 그 정의는 학술적 정의가 아니다. 그것은 대상을 하나의 주체로서 세워주고자 하는 마음의 작용이다. 그 마음 운동 주위에 깨달음이라는 인식론적 의미소, 겸손함이라는 도덕적 의미소가 붙어 있다. 그러나 거기에 붙은 가장 중요한 전자(電子)는 상대방의 살아있는 육체를 느끼는 체감이라는 미학적 의미소이다. 그 체감이 눈의

무게를 느끼게 한다. 눈의 무게란 무엇인가? 그 가벼운 것이 그토록 낮은 소리를 낸다는 것. 다시 말해 눈은 절대로 높이 쌓이지 않고 깊이 쌓인다는 것, 그리고 따뜻하다는 것.

> 너는 아무 것도 아니었지/ 순식간에 불타는 장작이 되고/ 네 몸은 흰 연기로 흩어지리라
> 나도 아무 것도 아니었지/ 일회용 건전지 버려지듯 쉽게 버려지고/ 마음만 지상에 남아 돌멩이로 구르리라
> 나는 아무 것도 아니라도 괜찮아/ 옷에서 떨어진 단추라도 괜찮고/ 아파트 풀밭에 피어난 도라지라도 괜찮지
> 나는 아무 것도 아닌 것의 힘을 알아/ 그 얇은 한지의 아름다움을/ 그 가는 거미줄의 힘을/ 그 가벼운 눈물의 무거움을
> 아무 것도 아닌 것의 의미를 찾아가면/ 아무 것도 아닌 슬픔이 더 깊은 의미를 만들고/ 더 깊게 지상에 뿌리를 박으리라
> 내가 아무 것도 아니라고 느낄 때/ 비로소 아무 것도 아닌 것에서/ 무엇이든 다시 시작하리라
> — 신현림, 「아무 것도 아니었지」

아무 것도 아닐 때에, 아니, 아무 것도 아니려고 할 때에 부활이 시작되는 법이다. 아무 것도 아니려고 하는 것은 낡은 생을 죽이고 다른 생을 준비하는 것이니까.

> 질기고 억센 잡풀들을 뜯어 먹고 사는 덩치 큰 짐승들은 필경 위가 여러 개다. 눈 지긋이 감고 앉아 씹고 또 씹고 삭히고 또 삭혀야 할 슬픔이 있기 때문이다. 아무리 그렇더라도 말뚝에 묶인 염소처럼 평생 도회적 삶의 언저리를 맴돌던 봉두난발의 시인 이상은 대체 어쩌자고 그날 뜨겁디 뜨거운 매미 소리를 되새김질하는 황소의 권태, 그 살 두터운 혓바닥을 보게 된 걸까?

옆으로 누운 여인들의 허리선을 빼어 닮은 길고 부드러운 구릉들 너머 지글대는 지평선을 망원렌즈로, 좀 길다싶게, 그리곤 모래바람을 핥으며 입맛을 다시는 낙타를 짧게 클로즈업, 블라인드처럼 드라워진 길고 뻣뻣한 속눈썹을 화면 가득 클로즈업, 화면을 정지시키고, 고딕으로, "너무 멀리 보는 낙타는 멀리 못 갑니다."

20년 전이던가 10년 전이던가, 문득 자신을 낙타로 만들어버린 이 땅의 시인들이 질근질근 제 혓바닥을 씹으며 줄지어 반도를 가로지르던 시절이 있었다, 아득한 사막-신기루의 지평선 위에서 크고 작은 시인-낙타들이 단 하나의 권태-양식을 온갖 방언으로 직접 인용하던 시절이 있었다, 뱉어도 뱉어도 우리의 입 안을 그득 채워주는 은총의 모래알들이 있었다 그제였던가 어제였던가, 모래바람보다도 뜨겁게 우리의 가슴 속을 휩쓸고 지나가던 "아직도 그대는 내 사랑," 노래방에만 가면 부르고 싶다, 아직도

— 심재상, 「되새김위」

한국의 지리를 호랑이도 토끼도 아니라, 낙타에 비유한 사람은 심재상이 처음일 것이다. 그것은 시인이 땅에서 신화와 환상을 보지 않고, 역사를 보았기 때문이다.(물론 역사 속의 한국인을 낙타로 비유한 사람으론이미 황지우가 있었다.) 그 역사는 물론 고난의 역사인데, 또한 그것을그냥 고난이라고 말하지 않고 권태-양식의 역사라고 지칭한 사람도 심재상이 처음일 것이다. 왜 권태이고 왜 양식인지는 독자들이여 손수 궁리하시라. 그러면 이 낙타-한국 앞에 왜 카메라가 "자꾸만" 번쩍거리는지도 알게 되리라.

급작스레 비가 왔다 양철 지붕 위에 찌그러져 엎혀 있던 해는 어느새뭉개지고 잠자리 몇몇이 비행 고도를 한번 높였다가 낮추고 다시 높였다가 낮추더니 훌쩍 담을 넘었다 여자 아이 하나는 급히 나무 밑동에 쪼그리고 남자 아이 하나는 나무에 기대어 섰다 골목 끝에서 울며 솟구친 매

미 한 마리가 허공에서 다시 솟구치고 나뭇잎들은 일제히 수평을 유지하려고 빗줄기에게 부딪쳐 갔다 다름없이 그곳에 있는 것은 빗줄기를 꼿꼿하게 세우고 있는 허공이다 비가 오자 지붕은 더 미끄럽고 담장은 보다 두터워졌다 어느새 남자 아이도 쪼그리고 앉아 한 나무에서 다른 나무로 가는 길과 한 나무에서 문이 닫혀 있는 집으로 가는 길과 닫혀 있는 집에서 다시 나무로 돌아오는 길과 그 길에서 새가 떠난 새집으로 가는 길에 떨어지고 있는 비를 함께 보고 있다

― 오규원, 「골목과 아이」

언어와 형상 사이에 간극이 보이지 않는 이 분명한 사건, 설명의 말문이 그냥 개폐된다. 그런데 이 열리고 닫히는 찰나도 엄연한 시간성이다. 다시 말해 시간의 길이이고 두께이다. 이 찰나를 통해 순수 형상은 뜻의 빈 항아리로 움푹 패인다. 이 시에서 두께의 찰나로 기능하는 것은 빗줄기이다. "다름없이 그곳에 있는 것은 빗줄기를 꼿꼿하게 세우고 있는 허공뿐이다"의 빗줄기는 허공의 기둥이고 허공의 버티칼이다. 기둥이란 사원의 기둥, 즉 사원의 골격이니 그 기둥 때문에 저 그림이 보존되고(생각해보라, 비가 안 왔다면 저 그림이 어떻게 그려졌겠는가), 버티칼이란 몰래 엿보는 도구이자 동시에 주체(이게 블라인드와 다른 점이다)이니, 저 빗줄기 때문에 보는 자는 보기만 하며 그가 보는 것은 모든 생이 젖는 광경이다.

꽃은 지는 꽃을 보며 지고
동박새 마주 보고 울다가
남쪽으로 귀를 세운다
나는 그냥 보고만 있다
섬과 섬 이어가다 잃어버린 이름
파도 속에 숨어 돌아오는 것을
낯선 집 기웃거리다 몰래 베낀 經
예송리 깻돌밭에 암호 남기며

모락모락 남쪽으로 떠나는 것을
서리 낀 외길 다시 맞닥뜨릴 때
내다 본 창이 곧 벽임을 절감할까
질문 또한 대답인 것을
슬며시 수평선 끌어당겨 입맞추면
지는 꽃 피는 꽃
나비처럼 나풀거린다

—이동백, 「보길도에 드러눕다」

　세 인물이 있다. 꽃(들), 동박새, 나. 꽃들은 줄줄이 지고, 동박새는 울며,
나는 그냥 보고만 있다. 이 세 인물을 하나로 잇는 동작이 있는데, 그것
은 '보다'라는 동사이다. 그 셋을 가르는 것은 '보다' 이후의 행동이다.
꽃은 보고 지고, 동박새는 보고 울다가 귀를 세우고, 나는 보는 채로 그
냥 있다. 꽃의 '보다'는 동일화를 유발하며, 동박새의 '보다'는 행동의 변
화를 낳고, 나의 '보다'는 순수 동사이다. 꽃의 '보다'는 감염적이며 별다
른 설명이 필요없다. 동박새의 '보다'는 인접적인데 왜 행동의 변화를 낳
는 것일까를 물어야 한다. 왜 "남쪽으로 귀를 세"울까? 6행 건너 "모락모
락 남쪽으로 떠나는 것을"을 읽었을 때에 그 까닭을 알 수 있다. 무언가
가, 아니, "잃어버린 이름"들이 남쪽으로 떠나고 있어서 그 소리에 귀를
기울이는 것이다. 잃어버린 이름이 복수라고 말하는 이유는 그 모양이
"모락모락"이라고 표현되어 있기 때문이다. 저 남쪽으로의 움직임은 집
단 이주의 움직임이다. 헌데 그 이름들이란 도대체 무엇인가? 우선은 그
것이 섬이름들임은 쉽게 짐작할 수 있다. "섬과 섬 이어가다 잃어버린 이
름"이란 "섬 이름을 하나하나 이어가다 잊어버렸다"는 뜻을 문자적 의미
로 가지고 있을 테니까 말이다. 그것을 "잃어버린 이름"이라고 표현함으
로써 시인은 바다에 자욱이 깔린 섬들의 이어짐에 박탈과 유배의 분위기

를 입히고 있는 것이다(그래서 보길도이리라.) 여기까지 오면, 꽃들이 무엇의 비유인지 드러나고, 그 꽃들이 섬으로 변환되었다는 것도 알 수 있다. 이 꽃들 곧 섬들은 조선조 선비와 같은 유배자("내다본 창"이라는 언술은 그래서 나온 것이다)와 살 곳을 찾아 집단적으로 이주하는 민중들(꽃들, 섬들의 복수성, 그것들의 이동이 암시하는)의 고난이 겹쳐진 특이한 이미지이다. 그걸 보고 동박새는 우는데, 나는 왜 "그냥 보고만 있"는 것일까? "서리 낀 외길 다시 맞닥뜨릴 때/ 내다 본 창이 곧 벽임을 절감할까"를 읽으면 나의 '보고만 있음'이 무심히 보는 게 아니라 그 집단 망명 혹은 유배의 길이 결코 안식을 얻지 못하리라는 것을 알고 있다는 데에 그 까닭을 두고 있다. 그것을 알고 있는 자는 안타까이 그저 보고만 있을 뿐이다. 그저 할 수 있는 일은 상상 속에서 "슬며시 수평선 끌어당겨 입맞추"는 것뿐. 그래서 지는 꽃이 피는 꽃으로 나비처럼 춤추기를 기원할 뿐. 그러나 그건 읽는 이를 얼마나 애틋하게 하는가.

> 모래주머니를 베고 누워 잠든다. 나의 귀에서 모래들이 쏟아져 나온다. 눈에서, 손가락에서, 잠의 문을 열고 자꾸 모래들이 쏟아진다. 어제 먹은 우동 가락이 아무리 내 목을 칭칭 감아도 입에서 쏟아지는 모래를 막을 길 없다. 나는 모래바람이 부는 이 언덕의 뜨거운 목구멍을 통과한다. 나는 여기 가장 많은 모래를 보태고 있다 나는 지금 가장 많은 모래를 죽이고 있다. 나는 잠에서 깨어난다. 길을 막던 모래주머니 한 덩어리가 내게 달려들고 있다.
>
> — 이수명, 「모래주머니」

어떤 양식을 섭취하여도 나는 모래만을 분만한다. 내 잉태의 원천이 모래이기 때문이다. 그러니, 분만은 사산이다. 그러나 모래는 본래 사막에서 서식하는 생명. 저절로 뜨겁게 달구어져 불모를 다산으로 바꾸려고 무섭게 달려든다. 오래 굶은 똥보 마르고처럼.

생각의 수면도
위는 밝고 아래는 어둡다
밑바닥에는 우렁이 기어간 길들이 여러 갈래로 나 있다
어구를 챙기며 어부가 물속을 들여다보면
수면을 거대한 잎들로 덮고도 사려 깊게 내다보는
늪의 푸른 눈

제 안의 꽃을 내헤쳐 보이고 싶은 늪은
어부 앞에서 망설인다
가시연마저 온몸의 가시로 제 몸을 찢고
수줍음을 불빛처럼 켜낸다
제 안에 있는 힘이 끊임없이
밑바닥을 차고 올라와서 펴는 생의
說明이 왜 저러할까

가시연의 거대한 바퀴를 돌리며
어부 김씨는 잠깐 뱃길을 낸다
그 길 따라 그만이 아는 깊이까지
늪은 제 속을 둑둑 열어제켰다가
어부의 꿈이 걸어내려간 우렁이의 길까지
여전히 제 힘으로 꼭꼭, 다시 여민다

— 이하석, 「늪」

이하석의 시는 묘사의 시이며 동시에 이야기 시다. 그는 사물의 단면
을 떠서 그것을 체험의 방식으로 풀이한다. 그가 그렇게 하는 것은 사물
에서 생의 깊이를 인식하기 위해서이고, 또 그 인식에 절실성을 부여하
기 위해서이다.

허드렛일, 잡역부도 무심히 해치울
일당과 근육만이 고려되는 그런 때가, 와버렸으면 아니 오겠는가

이 작고 반짝이고 심지어 날카로운 것이

그것이 하루에도 몇 번이나 내 가슴속에서 뛰어오른다

부딪힐 내벽이나 높이를 잊게 만드는 데 충분한

그 약동, 푸우 …… 하는 깊은 숨소리에 앞이마에 흘러내린 머리카락이
흔들릴 때

아 이 사람도 알고 있구나 내가 쉽지 않다는 거

한꺼번에 도저히 맛볼 수 없는 상념이 몰려오고

한순간 거세게 복받쳐올라 대체 무슨 감정인지 이해할 수 없는 그 와
중에도

공모의 음성, 덩굴장미의 암도 아래서 들이마신 일생의 심정처럼

아무도 없는 곳에서 또르르 굴러다닌다 링거액같이 느리게, 어쩔 땐
토끼똥처럼 짧게 뚝

나를 마주보며 똑 채우라, 거듭 채우라, 이렇게 건너오는 말소리

몰입이 말을 안 듣고 빛이 깨지는 기운이 완연할수록

그 무념무상의 노동일은 쿵쿵거리며 뛰어온다

들여오는 하늘,

울리는 땅

마치 그것은 비탈처럼 급격히 떠오른다

비탈길 옆 비탈처럼

한방울 안에 한방울 안에,를 똑, 이 구슬소리

한마디 한마디 잠그려면

오 내 마음씩이나

내미음에펼요라니

직경이 같은 홈통끼리 서로 알아보는 것처럼

아무 형상도 그리지 않고

멍멍거리며, 아 그들

— 임후성, 「이 시간이면」

"무념무상의 노동일"은 무엇인가? 무위(無爲)로서 노동하기. 나태(懶怠)
를 가장 성실히 실천하기. 임금도 포기하고 성취감도 버리고 파괴의 검

은 마음조차 없이 불수의적인 동작을 의지로 하는 것. 왜냐하면 필요한 인생이 되고 싶지 않으니까. 필요한 인생은 피로한 인생이니까.

> 너의 가느다란 녹색 줄기에서/ 어떻게 그토록 아름다운 목청이 쏟아지는지/ 수양버들은 하염없이 네게로/ 축축 늘어지기만 했고/ 햇빛은 소리에 닿는 순간 뜨겁게 타올랐다./ 공기는 그 소리에 흥건히 젖어/ 돌아다니며 모든 다른 사물들을 애무했으니
>
> 그 화려한 흥분의 현장에서/ 나는 돌보다 더 무겁게 가라앉고/ 증발하는 물보다 더 가볍게 떠올랐다
>
> [......]
>
> '수련'이란 글자를 아는 것은/ 너를 아는 것이 아니다./ '6월과 8월에 걸쳐 꽃이 피는/ 수련과의 다년생 수생 식물'이라는 지도가/ 너에게 다가가는 길을 알려주지 않는다./ 처음부터 너는 알 수 없는 그 무엇이었다.
>
> [......]
>
> 내가 모르는 그 깊이에서부터/ 너는 흰 꽃잎들을 분만한다./ 너의 얼굴 아래 물속에 잠긴/ 그 육체를 나는 영원히 바라볼 수도 없다.
>
> [......]
>
> 너무나 분명해서 부인할 수 없는 사실 : / 수련, 너를 백지 위에 옮기려면/ 너를 죽여야만 한다./ 너를 내 시선의 밝은 빛 속에/ 아름답게 가둘 수 있는 것은/ 겨우 사흘뿐─ 세 번의 밤에/ 세 번 꽃봉오리를 닫는 순간/ 너는 사라지고 말 것이기에
>
> [......]
>
> 한여름 계절의 한창때,/ 한낮의 꽃인 수련이여!/ 꿈이 베일처럼 너의 나체를 가리고 있는/ 수련이여!
>
> 너를 갖기 위해선/ 글자의 무덤을 파헤쳐야 한다.
>
> ─ 채호기, 「수련」

우리가 인간의 방식으로, 다시 말해 인간의 음험한 용도에 의하여, 그것이 실리적이든 심리적이든, 규정한 타자의 의미를 배제했을 때, 그 타

자가 인간이든 사물이든 상관없이, 그 순수 타자와 우리는 도대체 어떻게 만날 수 있을 것인가? 그것이 이물감이든 까닭 모를 쾌감이든 다른 존재가 주는, 공기가 나르는, 강렬한 느낌만이 생생하게 살아 있고 그 앞에 선 나는 "돌보다 더 무겁게 가라앉고/ 증발하는 물보다 더 가볍게 떠올"라 그저 지나치게 과잉되거나 지나치게 결핍될 뿐 어떤 의미도, 다시 말해 어떤 통화의 가능성도 열리지 않는다. 그러나 언어의 존재 이유는 거기에서 피어나는 법이니, 원래 그것의 용도였던 의미의 수레로서의 언어가 아니라 무의미의 현존을 증거하고 지속시킬 유일한 방법론으로서의 언어가 그 존재 이유인 것이다. 상처도 두께도 없는 "건조한 검은 흔적"인 글자가 무수히 되풀이되는 의미 부여의 실패로 무덤을 이룰 때 타자는, 다시 되풀이하지만 그게 사물이든 인간이든, 저의 인간적 의미를 넘어, 그것의 적나라한 나체성을 뚫고, 무한한 상상의 지평으로 펼쳐지는 것이다. 그래, "꿈이 베일처럼 너의 나체를 가리고 있는/ 수련이여!// 너를 갖기 위해선/ 글자의 무덤을 파헤쳐야 한다".

녹음이 짙어가는
광릉 소리봉에서
넋 놓고 꿈꾸듯이
크낙새를 기다린다
새라면 마땅히
깃들이고 싶을 만큼 우람한
참나무 밑둥에 기대앉아

까만 옷에 붉은 모자
크낙새가 나타나
온 숲을 목탁소리로
쟁쟁히 울리기를 기다린다

광릉 숲에서 아니 지상에서
거의 영원히 사라졌으리라는
추정을 외면한 채

오지 않을 줄 번연히 아는
애인을 기다리듯
기다림을 통해
사랑을 완성시키겠다는
어리숙한 순정으로
광릉 숲이 광릉 숲으로
다시 태어나기를 기다린다.

— 최두석, 「광릉 숲에서」

크낙새의 나무 쪼는 소리가 목탁 소리임을 처음 알았다. 목탁 소리가
나무 쪼는 소리라는 것도 처음 알았다. "어리숙한 순정으로/ 광릉 숲이
광릉 숲으로/ 다시 태어나기를 기다린다"를 읽었을 때 나는 마침내 깨달
았던 것이다.

줄달음쳐 오는 가을의 속도에 맞추어 나는 조금 더 액셀러레이터를 밟
습니다
차가 빠르게 머리를 들고 나아갑니다
산굽이를 돌고 완만하게 경사진 들을 지나자 옛날 지명 같은 부추 마
을이 나오고 허리 굽은 노인들이 앞서거니 뒤서거니 가는 모습이 보이고
가랑잎도 비명을 지르며 떨어져 내립니다 물이고 가랑잎이고 가을에
는 비명을 지르지 않는 것이 없습니다
산속의 짐승들도 오늘은 그들의 겨울을 생각하며 골짜기를 빠져 나와
오솔길을 가로질러 달립니다
가을은 우리 밖에서 그렇게 빠른 걸음으로 달리고 우리는 안에서 아가
리를 벌리고 비명처럼 있습니다
— 최하림, 「가을의 속도」

가을에서 낭만을 찾지 말라. 높은 하늘도 살찐 말도 없는 세상이다. 서점은 쓰레기장이고, 무엇보다도 이제는 가을도 온 듯하면 벌써 갔다. 이런 세상에서 가을은 가을이 아니라 입동이다. 온갖 생명을 삽시간에 겨울 속으로 삼키면서 스스로 경악하는 아가리이다.

4
어머니, 왜 냉장고 안에 계세요?
천천히 상하기 위해서란다
너는, 오래오래 나를 먹을 거잖니?

꽃의 웅크림 속에는 다른 광막함이 있다 사람들은 그 땅을 찾아가 죽는다 세계는 수와 상징을 향한, 그리고 열정으로 이루어졌다고, 적는다

5
아버지 왜, 이러세요? 잠시 그 고장을 들여다 보았습니다 완전한 침묵속에 던져졌던 것이지요 소금 구덩이에 얼굴을 묻고 질식해 죽어가는 염소처럼, 내 몸으로부터 그 강가의 비린내가 흘러들어가는 물속의 집을 보았습니다 그리고 사람들이 나를 그 죽음 속에서 건져 올렸을 때 나는 물고기처럼 울었지요 기묘한 상실감이었으나— 아직 피지도 않은 벚꽃에 마음은 취해 갈피를 잃어 나, 횡설수설하며 해군 사관학교 부근을 서성이다 새벽 목욕탕에서 잠든다 기차는 멀고 버스는 가깝다 웬 성당이 헛묘처럼 성가신 부재를 파묻고 있다 간절한 기도소리가 봄 바다를 헤엄쳐간다 모두 행복하라, 모든 고통과 함께
　　　　　　　　　　　　　　　—함성호, 「고요한 재난」 제4,5부

살륙이 풍경이 된 시대. 때로는 광경(spectacle)이고 때로는 주마등(panoroama)인 시대. 이런 시대에 어떤 언어로 말할 것인가? 함성호는 이 살륙-풍경을 내삽의 글쓰기를 택한다. "어머니, 왜 냉장고 안에 계세요?/ 천천히 상하기 위해서란다/ 너는, 오래오래 나를 먹을 거잖니?"가 그 내

삽의 가장 깊은 곳이다. 살육되는 진실을 살해자의 행동 한복판 안에, 그 톱니바퀴로 삽입하는 일! 이 시의 언어가 편지와 묘사와 기록과 탐구로 마구 뒤엉켜 있는 것은 그 내삽을 실천하기 위해서 불가피했으리라.

여울 바닥에 갈앉아 살이 삭은 가랑잎 한닢. 여린 그 물엽맥을 흔들며 파란 하늘과 하나가 되어 버린 고추잠자리의 눈부신 잠적.
빈 손이 잡고 있었던 것은 손가락 사이에 끼고 있었던 금빛 잠자리 날개가 흔적처럼 남긴 갈잎 서걱이는 소리였다.
바람의 그늘이 바람을 앞서서 들길처럼 흐르기 시작할 때 손은 윤곽부터 서서히 무너지기 시작했다. 그때부터 바람은 바닷가 앙당그러진 외딴 헛간 같은 내 몸을 무시로 드나들고 있다.
한때 캄캄한 사랑의 살을 용암처럼 더듬었던 손. 지금 내 손이 거머쥐고 있는 것은 저무는 하늘을 찌르고 있는 솟대 끝에서 일렁이고 있는 밤의 그늘이다. 별자리 뒤켠에서 조용히 피 흘리고 있는 시원의 어둠이다.
— 허만하, 「손」

그의 시답지 않게 첫 두 연까지는 추억이 있고 여운이 감돈다. 그러나 곧이어서 여운은 서서히 무너지기 시작해서 급속도로 폐허의 광풍으로 돌변한다. 그리고 격렬한 결핍이 읽는 자의 뼈마디를 들쑤시고 "지금은" 잦아든다. 격렬한 결핍이 다시 결핍되는 것. 결여의 결여가 불안이라고 누가 말했던가? 그런데 여기에서 결여의 결여는 그게 아니라 의지이다. 폐허의 잔해들이 새 생을 위해 "일렁이는" 것 말이다.

어둠이 온다.
달이 떠오르지 않아도
물소리가 바다가 된다
밤새가 울만큼 울다 만다
왜 인간은 살 만큼 살다 말려 않는가?
생선들 누웠던 평상 위

흥건한 소리마당 같은 비릿함,
그 냄새가 바로 우리가 처음 삶에,
삶에 저도모르게 빠져든 자리!
그 냄새 속에 온폼 삭듯 젖어
육십 년 익힌 삶의 뿐새들을 모두 잊어버린다.
이 멈출 길 없는 떠남, 또 새 설렘!
내 안에서 좀체 말 이루려 않는
한 노엽고, 슬거운 사람을 지나친다.
곰처럼 주먹으로 가슴 두들기고
밤새처럼,
울고싶다.

— 황동규, 「소유언시」

발견의 시에서 깨우침의 시로! 인식의 시에서 반추의 시로. 왠일인가? 이 영원한 방랑자가 세계 방방곡곡에서 타인이 아닌 자기를 보고 있다. 새로움이 아닌 과거를 보고 있다. 제 생의 아주 먼 뿌리를 들여다보고 있다. "육십년 익힌 삶의 뿐새들을 잊어버"리는 일의 희한한 역설 속에서! 거기서 다시 "멈출 길 없는 떠남"을 느끼면서. 육십년 익힌 삶의 뿐새들을 돌이키면서.

부엌에 서서 창밖을 본다
높다랗게 난 작은 창 너머에
나무들이 살고 있다
이따금 그들의 살림살이를 들여다본다
까치집 세 개와 굴뚝 하나는 그들의 살림일까?
꽁지를 까딱거리는 까치 두마리는?
그 나무들은 수수하게 사는 것 같다
잔가지들이 무수히 많고 본줄기도 가늘다
하늘은 그들의 부엌

오늘의 식사는 얇게 저미서 차갑게 식힌 햇살
그리고 봄 기운을 두 방울 떨군
잔잔한 바람을 천천히 오래도록 씹는 것이다.

　　　　　　　　　　　—황인숙, 「조용한 이웃」

　나도 얇게 저민 햇살을 씹어보고 싶다. 그러려면 저 나무들처럼 공중
부양을 해야만 하리라.

　　　　　　　　—『현장비평가가 뽑은 올해의 좋은 시 2000』, 현대문학사, 2000.10.

가는 연필심으로
세상의 어둠을 들어올리기
김연신의 『시를 쓰기 위하여』

신간 시집들을 보면서 나는 다시 흥겨워진다. 내 상태는 거의 히스테리다. 보름 전만 해도 나는 시집이 보이지 않는다고 신경질을 부렸었다. 이 변덕은 내부로부터 오는 것일 게다. 라깡이라는 정신분석학자에 빗대어 생각하면 나의 히스테리는 시의 욕망을 무기력한 채로 지탱하려는 욕망에서 나오는 것인지도 모른다. 나는 죽어가는 시가 생의 전파를 쏘아 올리는 것을 볼 때마다 즐겁다. 나는 다시 한 번 난장이의 공을 꿈꾼다. 그 공은 야구공이 아니다. 난장이가 쏘아 올린 작은 공은 지구다. 시인들이여, 지구를 쏘아올리시기를!

시인들이라고 시의 근황을 모르겠는가? 그들이야말로 시의 빈사를 제 몸으로 옮겨 덩달아 앓는 이들이다. 그들은 풍요의 시대에 적빈을 자청한 사람들이며, 헬스클럽으로 가는 대신에 고스란히 질병을 앓아내기로 작정한 사람들이다. 그러니, 이 덩달이 시인들에게 단순히 시에 대한 소박한 꿈만이 있겠는가? 그래서는 시가 써지지 않는다. 그들은 필사의 전략을 꾀하지 않을 수 없다.

김연신의 첫 시집 제목은 『시를 쓰기 위하여』다. 왜 하필이면 그 제목인가? 시 쓰기의 첫 경험으로 그가 매번 되돌아오지 않을 수 없기 때문이다. 시는 세상의 바다로 출항하고 싶어한다. 그는 "잘 있어라, 다시 돌이킬 수 없는 많은 것들아/ 붉은 흙 위에서"라고 노래하고 싶다. 그러나, 오늘의 시인은 가수가 아니다. 시인은 다만 "쓴다." 그렇게 쓰고는 "연필의 끝으로/ 배를 조금 건드려보아도 배는 움직이지 않는다." 시는 "돛을 부풀린" 채로 시의 부두에서 출렁거리기만 한다. 헌데, 이 출렁거림이 시인이 선택한 전략인 것이다. 출항하기만 하면 난파하는 시. 문화산업이라는 이름의 온갖 해적선들에게 약탈당하기만 하는 시. 시인의 붓방아는 이 난파와 약탈의 고리를 끊어버리려는 욕구에서 나온다. 그것을 끊는 대가로 시인은 오직 시라는 관념의 둘레를 맴도는 유형에 처해진다.

하지만, 그것이 그냥 맴돎일까? 탑돌이나 강강수월래를 보라. 소원이 표상되고 노적가리가 창을 들지 않는가? 과연, "풀잎의 끝들이 조금씩 흔들린다/ 먼 산 아래 강물이 꿈틀거린다"고 시인은 적는다. 노랑나비가 풀잎 끝을 살짝 건드리자, 일파만파로 온 세상이 화사한 외양을 잃고 괴로운 몸을 뒤척이기 시작한다. 시인은 생의 대양으로 유람가기를 포기한 덕분에 생의 심해로, 다시 말해, 생의 이면으로 들어가는 통로를 빠끔이 열 수 있게 된 것이다. 그 이면은 우리 사회의 어둠, 우리 가족의 어둠, 우리 마음의 어둠, 벼라별 어둠들이 다 모여 있는 곳이다. 물론 그의 시의 묘미는 어둠의 묘사에 있지는 않다. 그것은 가는 연필심 하나로 세상의 그 큰 어둠을 살며시 띄어올리는 곡예사적 솜씨에 있다. 그 솜씨를 완상하고 싶은 독자는 특히, 「난지도」를 읽어보기를 권하는 바이다.

—『한국일보』, 1996.5.14.

종말로부터 생을 향해 부는 바람의 현상학

성윤석의『극장이 너무 많은 우리 동네』

바람 부는 거리엔 길이 없다. 바람은 거리 안에서 불지 않는다. 바람은 거리를 통째로 몰고 다닌다. 바람은 거리의 항우다. 바람은, 때문에, 언제나 세계의 이동을 동반한다. 바람이 많은 시인들을 자극한 까닭은 그것이 세계 전체의 변화를 일으키기 때문이다. 그러나, 바람의 현상학은 시인마다 다르다. 정현종에게 있어서 바람은 생의 에로티즘을 불지피우며, 황동규에게 바람은 인식의 청량제다. 이성복의 바람은 미끄럽고 유하의 바람은 끈적거린다.

방금 또 하나 바람의 아들인 시집이 태어났다. 성윤석의『극장이 너무 많은 우리 동네』가 그것이다. 그 동네에 부는 바람은 황막스럽다. 그 바람은 서부극의 바람이고 사하라의 바람이다. 바람의 양태는 시인이 세상을 종말 이후의 눈으로 보고 있다는 것을 암시한다. 과연 그 동네는 "검은 개미 집단이 세운 모래 도시"이고, "달은 차고 딱딱하고 여기저기 지붕 위에/ 모래를 날린다." 모래 날리는 이 바람 속을 한 남자가 걸어가고 있는데, 그의 "시야는 완전 제로"이고, 때때로 "쥐가 지나"가는 것을 느낄 뿐이다. "이 도시의 변함없는 징후"란 "삶이란 전멸해가는 것"이라는 것이다. 모든 생은 이미 호박(琥珀) 속에 갇힌 화석이고, 우리의 생을 향한 모든 열정들이란 실은 "헛된 육체만 봄날을 천천히 반복해서 걸어나갈 뿐"인 것이다.

이 "줄줄이 엮"여 전멸을 향해 나아가는 생이, 그러나, 무작정 그렇게 가는 것은 아니다. 그것들은 "차고 외로운 소리"를 낸다. 차고 외롭다는 것은 그 소리들이 서로 통화하지 못한다는 것을 뜻한다. 서로 나누지 못하는 생들은 이미 생이 아니다. 생의 고뇌, 생의 환각들 모두가 저마다 외롭고 쓸쓸한, 무용한 수난일 뿐이다. 그러나 그 소리들도 어쨌든 소리다. 통화하지 못한다고 해서 귀에 아무 소리도 들리지 않는 것은 아니다. 그러니까 이 차고 외로운 소리들이 실은 얼마나 뜨거운 통화에의 열망을 담고 있는지를 들어야 한다. 그걸 들을 줄 아는 귀는 그걸 들을 때마다 더 많은 귀들을 연다. "셀 수가 없어져버"릴 정도로 많아진 귀들 사이로 다시 바람이 분다. 그 바람은 더 이상 황막한 바람이 아니다. 그것은 "쟁쟁 우"는 바람이다. 전신주 위를 쟁쟁 울며 생의 전파를 끊임없이 송신하는 바람이다. 종말 이후에도 생은 있다. 종말에서의 노래는 모두가 생으로의 귀환을 가리키는 화살표들이다. 그 화살표를 보는 나의 눈은 어느새 내 몸까지 쓰윽 끌어당겨 죽음으로부터 생으로의 엑소더스에 참여케 한다. 성윤석의 시는 그러한 엑소더스, 외로움의 거대 행렬을 몰고가는 바람이다.

—『한국일보』, 1996.2.27.

포크레인이 찍힌 어머니

이재무의 『몸에 피는 꽃』

제목이 심상치 않다. 『몸에 피는 꽃』(창작과비평사, 1996)이라니? 이재무는 "엄니 무덤가에 피는 꽃"을 줄곧 노래해 왔던 시인이다. 죽음마저도 따뜻한 안식처가 되는 존재가 바로 그의 어머니이다. 그만이 그렇다고 말할 수는 없으리라. 그것은 차라리 한국적 집단무의식이다. 이성복이 인고의 어머니를 투시했을 때나, 박노해가 "어머니, 당신 속에 우리의 적이 있습니다"라고 외쳤을 때나, 그 응시와 절규는 그리움이 없으면 나올 수가 없는 것이다. 어머니는 영원한 회귀의 심연이다.

다만 다른 시인들이 어머니의 바깥으로 빠져나가려고 애쓰고 있을 때, 이재무는 항상 그 자리에 머물렀다. 머물러 단지 서성이지만은 않았다. 그는 그것의 의미를 규정하는 대신에 그것에 거푸집을 설치하고 형상을 본뜨는 일을 했다. 그 형상 본뜨기가 끝간 지점에서 둥근 젖가슴과도 같고 역시 둥근 밥그릇과도 같은 어머니 무덤이 태어났다. 신생의 젖줄이 되는 무덤! 그럼으로써 생의 보금자리가 되어줄 죽음이 마침내 생을 얻었다. 그는, 어머니의 심연을 거울로 치환시켜 탄생과 죽음의 격렬한 교대를 추적한 김혜순과 방향은 정반대지만 똑같이 어머니의 삶을 어머니 그 자신에게로 돌려주는 힘든 작업을 했다.

그 어머니가 이제는 없다고 시인은 말한다. "다시 한 번 옛날을 울며/ 울음의 동그라미 속에/ 나무며 꽃, 사람을 가두고 싶다"에서의 그 울음의 동그라미가 이제 사라진 것이다. 그의 밥그릇은 깨어졌고 그의 젖줄은 끊어졌다. 그는 허기지고 상처 입은 짐승이 되어 "저 직선의 마을길"을 "삐뚤삐뚤하게 걸어"간다. 그러나 사라졌다고 해서 아예 부재하는 것은 아니다. 사라지는 모든 것들은 흔적을, "끈적끈적한 콜타르"와도 같은 얼룩을 남긴다. 그러니까, 어머니는 사라진 것이 아니다. 그의 어머니는 그의 몸 사방에 지워지지 않는 생채기로 남아 더운 김을 피워올린다. 깨진 것은 흩어졌고 끊어진 것은 퍼졌다. 그리고 그 파편과 방울이 튄 자리에서 새 꽃들이 피어난다. 그것이 '몸에 피는 꽃'이다. 시인은 큰 어머니를 잃은 대신에 작은 어머니들을 회임하였다. 그는 어머니를 먹고 어머니들을 낳는 어머니가 되었다. 이 기이한 어머니가 "이곳저곳 기웃거리고 동요도 없이/ 포크레인은 빨갛게 익은 울음덩이/ 꼭지 비틀어 따내고 있다"와 같은 끔찍한 이미지를 던지고 있다. 그것은 그의 몸에 피는 꽃이 꽃핌을 방해하는 현실과 격렬히 싸우고 있다는 것을 보여준다. 그 싸움이 치열하지 않다면, 그 이미지가 그렇게 선연할 리가 없다.

—『한국일보』, 1996.3.26.

시인 Y의 생존기

Y는 괴리씨가 편집에 관여하던 잡지로 등단한 시인이다. 괴리씨가 무려 70매에 달하는 해설을 곁들여 세상에 내 놓았으나 오랫동안 원고 청탁도 받지 못한 채로 무명 시인으로 살았다. 그렇게 된 까닭으로는 세 가지 정도가 있었다. 우선 그의 시가 알쏭달쏭하기 짝이 없다는 것. "세상의 모든 시를 시작하리라"는 거창한 선언으로 시작한 그의 시에는 미래의 모든 시의 씨앗이 들어있는지는 알 수가 없었으나 어쨌든 기존의 어떤 시와도 닮지 않은 건 사실이었다. 그것이 세상의 모든 시인들과 세상의 모든 시 잡지 편집자들의 몰이해를 야기한 가장 중요한 원인이었다.

다음 그의 시에 대해 해설이랍시고 붙은 괴리씨의 글이 또한 난삽하기 이를 데 없었다. 뭔가를 꼼꼼히 분석하는 것처럼 보였는데, 도대체 시종이 분명치 않았다. 독자들은 눈에 쥐가 날 것 같았다. 괴리씨의 이상한 습성에 물려 버린 것 같았다. 이상한 습성이란 대상이 된 작가·시인의 스타일을 흉내내는 성향을 가리킨다. 원본이 쉬우면 괴리씨의 글도 쉽게 빨리 끝나고 원본이 고약하면 괴리씨의 글도 굵은 눈두덩 같이 씌어졌다. 마치 검지를 까닥거리면 가운데 손가락도 덩달아 까닥거리고 집이 무너지면 주인 허리가 쑤시는 꼴이었다. 요컨대 괴리씨는 비평가로서의 객관적 거리를 확보하기는커녕 시인의 품속으로 파고들길 좋아하는 사랑의 침입자 같은 데가 있었다. 말이 좋아서 '사랑의' 어쩌구지, 독자 쪽에서는 혹부리 시인의 덤터기 혹에 지나지 않았다.

마지막으로 Y가 등단한 잡지의 문단적 위치가 문제였다. 거기는 문학의 본령을 지키고 있다는 자부심이 지나치게 강한 데였다. 그러다보니 선망과 질시가 끊이질 않았다. 거기에서 배출된 작가·시인 중에 먹힐 것 같은 사람은 자연에는 존재하지 않는 매 떼들이 달려들어 낚아채려고 수선을 떨지만, 팔릴 것 같지 않으면 문단의 재능 사냥꾼들은 일심동체로 황소 눈알을 끔벅거리면서 외면하였다.

한동안 괴리씨는 Y만 보면 걱정이 태산 같았다. 자식 하나를 세상에 내어 놓았더니 부랑아로 떠돌고 있으니 말이다. 하지만 괴리씨에게는 묘수가 없었다. 괴리씨가 처음 문학을 하겠다고 결심했을 때 함께 결심한 게 더 있었다. 돈 벌지 않겠다, 가 그 하나였고, 정치, 법, 관직 이런 것과는 담을 쌓고 살겠다, 가 그 둘이었다. 그 결심들을 충실히 실천한 덕분이라기보다는 괴리씨가 본래 모자란 탓이겠지만 괴리씨는 돈도 권력도 없었다. 하지만 살다 보니 어딜 가나 필요한 게 돈이었고 절실한 게 백이었다. 괴리씨는 자식만 주절이 낳고 밥도 못 먹이는 흥부나 다름이 없었다. 게다가 요새는 공해가 심해 제비도 날아오질 않았다. 그러다 보니 괴리씨가 그런 식으로 유기한 작가·시인들의 수가 꽤 되었다. 괴리씨는 그들이 혹시 연락해오지 않을까 전전긍긍했다. 그런데 Y는 너무 자주 찾아주는 쪽이었다. 당연히 술은 괴리씨가 샀다.

그런데 참 신기하게도 독자가 하나 둘 개미들처럼 꼼지락거리며 다가왔다. 독자가 Y의 무엇을 이해했는지는 모를 일이었다. 여하튼 문단이 소금을 뿌리자 독자가 소위 '집밥'을 차리다가 간 맞추는 데 썼던 것이다. 시 강좌를 하면 학생이 꾀었고 낭송을 하면 청중이 들었다. 조금씩, 서서히. 시집의 독자도 그렇게 불어났다. 그래서 시집 내는 수가 잦더니 어제 새 시집을 하나 들고 괴리씨를 찾아 왔다. 시는 한창 무르익어가고 있었다. 일상의 언어 그 자체에 시가 푹 가라앉아 있었다. 요란한 율동은 없었으나 이 삭막한 세상에도 작은 신명들이 있다는 듯 삶의 언어가 졸졸졸 흘러가고 있었다. 그렇게 세상이 잔잔한 생기를 띠고 반짝이고 있었다.

괴리씨는 시집을 잠시 접으며 고개를 들고 물어보았다. 독자가 좀 있나? 500명 정도 고정독자가 있다는 대답이 돌아왔다. 보들레르보다 낫구면. 역시 한국은 시의 왕국이야. 그러나 생계를 해결할 수 있는 수준은 아니었다. 여전히 그는 타닥거리는 신세를 면치 못할 것이었다. "잘 견디시게." Y는 떠나갔다. 저녁에 괴리씨는 인터넷에서 Y가 올린 글을 읽었다. 낮에 둘이 만났다는 얘기였다. Y는 그 글에서 괴리씨가 "잘 버티라"고 격려해 주었다고 적었다. 버티라고 했다라고라? 괴리씨는 Y가 자기보다 더 나은 사람이라는 걸 알았다.

—『창조문예』, 2016.1.

주체성이 결정적으로 무너진 허공
이수명의 『언제나 너무 많은 비들』

　　이수명의 시집, 『언제나 너무 많은 비들』(문학과지성사, 2011)을 읽다가 이전 시집에 비추어 어떤 변모가 있다는 느낌이 들었으나 변모라기보다는 확대로 보는 게 더 낫겠다는 생각이 들었다. 그의 시는 여전히 그만의 특장인 면모들을 세차게 밀고 나가고 있다. 즉 주체는 희미해지고 동작이 전면에 등장하고 있다는 점, 동작들이 기호들로 추상화되고 그 과정에서 동작이 주체로의 변신과 소멸을(왜냐하면, 그의 시에서 주체는 소멸의 운명에 '처'해져 있기 때문이다. 그는 혁명을 꿈꾸는 게 아니다. 운명을 겪고 있는 것이다) 번갈아 되풀이한다는 점, 그런 것들이 어느 누구도 흉내내지 못한 그만의 시적 특징들이다. 내가 그의 이번 시에서 어떤 변모, 사실상의 확대를 느낀 것은, 낯선 타자들이 툭 튀어나온 광경들이 빈번했기 때문인 것 같다. 그런 광경들에 비추어 보자면, 전 시집들에서는 주체가 희미해져가고 있는데도 불구하고 '나'의 육체성이 분명히 감지되었는데 비해, 이번 시집에서는 '나'는 분해되어 이리저리 날아가 타자들이 되어 버리고 '나'는 오로지 '응시'로서만 남는다. 가령 이런 시구가 그렇다.

　　　　내 머릿 속에 있는 손들이 나를 떠나
　　　　너에게 날아가 앉았을 때

너에게 가서 비로서 너의 형식이 되었을 때에

나는 그쳤다.

내가 그친 후 나를 목격했다. 내가 더 이상 너와 교환되지 않았을 때에

—「토르소」

내 손들이, 즉 내 것들이 너의 형식이 되면, 너와 나는 더 이상 교환되지 않는다. 나의 의사와 무관하게, 혹은 나의 의지를 벗어난 상태에서 타자는 마구 번식하며 나를 위협한다.

콩이 반복해서 발생하는 것이다.
콩을 가려낼 수 없는 것이다.

—「검은 콩 모티프」

그러나 이 타자들, 나의 통제를 벗어나는 낯선 것들은, 나의 주체성을 회수하여 권력을 휘두르는 그런 타자가 아니다. 그것은 다만 무의미한 채로(즉 어떤 의도도 가지지 않은 채로) 시적 공간을 휘젓고 다닌다. 시의 벽은 금이 가고 시의 창문은 깨어지고, 시의 방 안에는 잡동사니로 변한 것들이 굴러다니고 쌓인다. 시의 관계는 모두 깨진다.

그런데 여기에는, 그런 광경을 응시하는 텅빈 동공 속에는(왜 텅빈 동공이냐 하면, 주체가 응시로만 남는 그 순간 주체는 오로지 목격되는 자로서만 존재하기 때문이다. 그래서 "내가 그친 후 나를 목격했다"와 같은 진술이 성립되는 것이다), 묘한 즐거움이 있다. 아마도 주체됨의 욕망이 결정적으로 무너진 상황이 거기에 있기 때문인 것으로 보인다.

—2011.9.29.

독자의 눈을 춤추게 하는...
오정국의 『파묻힌 얼굴』

오정국의 『파묻힌 얼굴』(민음사, 2011)은 괴이한 풍경들로 가득 차 있는데, 그것은 그의 시들이 모든 이후의 장소에서 첫 날의 환희를 욕망하기 때문이다. 파장에서 개업을 꿈꾸고 하수도에서 상수도를 그리며 인생이 다 끝나 간 자리에서 청춘을 목말라 한다. 마치 노파가 초야의 기대로 들떠 있는 것과 같다.

도대체 이런 묘사의 근원은 어디에 있는 것일까? 그것은 그의 시가 본질적으로 실패한 인생, 주저앉은 의욕들, 꽃으로 피지 못한 채 밟힌 싹들과 공동의 정서를 이루고 있기 때문이다. 요컨대 그는 루저들의 대변인이다. 그러한 사정을 그의 시 한 편은 다음과 같이 명료히 기술하고 있다.

> 이것이 만약 진흙이 아니라면, 숨 막히는 만삭의
> 보름달을 통과하여
> 당신 어깻죽지의 날개가 되었겠고
>
> 만약 이것이 진흙이 아니라면, 내 눈을 멀게 한
> 태양의 흑점을 뚫고 나가
> 여름날의 장미가 되었겠
>
> ─「진흙들─재의 길, 재의 몸」 부분

지만, 그러나 진흙인 것이다. 진흙으로 날개를 만들 수 없고, 진흙이 장미로 피어날 수도 없다. 그 좌절, 그 실패는 그러나 오정국적 존재들을 마냥 의기소침케 하지 않는다. 이상하게도 그 좌절과 실패만큼이나 성공과 돌파의 욕망은 정확히 대칭적으로 들끓는다. 그래서 못 이룬 꿈, 못 다한 한이기 때문에 그 열망의 강도는 정상의 범위를 지나 엽기적일 정도로 증폭된다. 날개가 되기 전에 이미 보름달을 통과했고, 장미가 되기 위해 흑점을 먼저 뚫고 나간다.

오정국 시의 묘미는 이러한 극단적 의지를 한결같이 쉼 없이 뿜어내면서 좌절의 최하수준과 욕망의 최고수준에 똑같이 에너지를 부여해, 양쪽의 삶의 길을 동시에 겹쳐 놓는 분열적 상상력에 있다. 그의 의지는

> 꽃봉오리 열리다가 멎어 버린 듯, 당신이 눈독 들인 이 자리는
> 더 이상 파먹을 게 없는
> 구멍, 가시
> ─「굶주림이 나를 키워」 부분

가 되고 만 것인데, 그 구멍, 가시의

> 어떤 눈빛은 야차 같고, 어떤 눈빛은
> 캄캄한 우물 같
> ─「그렇게 눈빛을 마주치고는-절벽의 꽃 2」 부분

지만, 그것들은 실은 똑같이 "진흙 덩어리, 흠뻑 젖은/ 빛의 범벅들"이서, 그렇게 야차-우물인 채로, "암약"하고 "흘러다"닌다.

> 내 등뒤에서 암약하던
> 밤의 수렁들, 땅 밑의 물길을 따라

야차처럼 흘러다니던
밤의 짚신벌레들

　　　　　　　　　　　　—「진흙들─골목의 입구」

　독자는 앞앞에 인용된 시구가 두 개의 "눈빛"을 한 행에 모아 놓아 두 이질적 움직임의 연결성을 암시하고 있다는 것을, 또한 마지막으로 인용된 시구의 첫 행과 세 번째 행이 연결되고, 두 번째 행과 네 번째 행이 연결되어, 마치 서로에 대해 꼬인 두 가닥 줄의 형국을 이루고 있다는 것을 눈여겨 볼 수 있을 것이다. 이런 광경은 썩 도발적이다. 다시 말해 독자의 눈을 춤추게 한다.

　　　　　　　　　　　　　　　　　　　　　　　—2011.11.1.

적극적 수동성의 세계
허수경의 『슬픔만한 거름이 있으랴』

    허수경의 시들(『슬픔만한 거름이 있으랴』, 실천문학사, 1988)의 밑바닥엔 '살붙이 정서'라고 이름붙일 만한 감정이 도저한 무게와 속력으로 소용돌이친다. 그 감정은, 이웃으로부터 민족 전체에 이르기까지 모든 사람을 자신과 피를 나눈 이로 여기며 그들의 불행과 슬픔을 제 몸의 그것들로 느끼는 감정을 말하는데, 한국 시, 특히 근대 이후의 한국 시 독자들에게 광범위한 공감을 받아 온 감정이다. 그 감정은 긍정적이기도 부정적이기도 하다. 한편으로 그것은 근대 이후 전 민족적 차원에서 고난과 상실과 분열을 경험한 한국인들을 하나로 묶어주어 끝끝내 삶을 지탱하게 한 동력 중의 하나이었다. 다른 한편으로 그것은, '우리'와 '우리 아닌 것' 사이의 심정적인 편가름을 축으로 맹목적인 동류애와 타자에 대한 극단적인 배타감을 낳아, 한국의 역사적 현실에 대해 우리가 맡은 책임의 몫과 우리 아닌 것의 정교한 구조적 체계를 진지하게 성찰하는 것을 가로막는다. 소위 베스트셀러 시집들의 많은 경우는 그러한 감정을 교묘하게 이용하여, 그것을 사적 욕망의 충족과 배설의 차원으로 끌어내림으로써 상업적 성공의 기회를 잡는다.

    허수경의 시들은 그 살붙이 정서 속에 거의 절대적으로 동의를 보낸다. 그는 모든 사람들을 "내 가슴 속에 살붙이로만/ 영판 살붙이로만"(「한 고개 또 한 고개 너머」) 느낀다. 그러나, 그는 그 감정을 이용하지도, 그것을 관념적으로 외치지도 않는다. 그는 그것의 구체성 속에 몰입하고, 그의 시를 그 감정의 생생한 물질적 현존으로 만든다. 그 몰입 속에 세 가지 순차적인 결과가 나타난다. 하나는 인간의 삶을 자연의 일부로 만드는 것이며, 둘은 온몸으로의 받아들임이고, 셋은 역사의 정화이다.

우선, 살붙이 감정이 극단적으로 퍼져 흐르면서 인간들 사이의 유대를 넘어서서 인간의 삶이 자연과 동일화된다. 한국인의 슬픔은 '거름'이 된다. 그럼으로써 자연의 광활한 넓이는 한국인의 고난을 받쳐줄 지반이 되고, 그 지반 위에서 사람들 저마다의 슬픔은 단단하게 모여 뭉친다. 보라, "막 옮기기 끝낸 고추밭에/ 편편이 몸을 누인 슬픔"은 "아랫도리 서로 묶으며/ 고추모 사이로 쓰러진다."(「탈상」)

그러나, 허수경 시의 인간적 삶은 자연과 동일화될 뿐만 아니라, 스스로 자연이 된다. 스스로 자연이 된다는 것은 그 삶이 자연 속에 스며들 뿐만 아니라, 그 자신 타인의 삶들을 무한정 온몸으로 받아들인다는 것을 말한다. "혈육같은 꽃 속으로 들어가/ 얼른 봄이 되고 싶었읍니다/ 꽉 찬 젖을 맘껏 빨리고 싶었읍니다"(「조카 이름 같은 꽃이」) 같은 구절에서 잘 드러나듯, 자연 속으로 들어가고 싶어하는 마음은 자연 그 자체가 되어, 타인들을 넉넉한 가슴으로 받아 안는다. 그때, 모든 삶들, 사물들은 살아 움직이며 몸섞는다. 그것들은 공간적으로뿐만 아니라, 시간적으로도 이어진다. 그 뒤섞임을 통해서 한국인의 누대(累代)에 걸친 슬픔이 하나의 역사로 재구성되어 그 역사 전체가 오래 오래 되새겨지며 정화된다. 허수경의 시들은 김지하가 '적극적 수동성'이라고 말한 세계를 이루어낸다. 그것은 한국인의 슬픔을 안으로 수용하여 오래 달이고 익힌다. 그것의 가장 깊은 의의는 한국인의 역사의 전체적인 수용과 정화이다. 그 수용과 정화를 통해서 시인은 한국사를 새롭게 만들어내려 한다. 그는 "비듬보다 못한/ 날들을/ 등짝에 모진 짐처럼 지고" 사는 한국인의 삶을, 탄식과 비하 그리고 감정적 분노로부터, "한반도는 처녀지가 많아 가슴 깊이/ 밭갈이 한 번 해보지 못한 것 많아/ 현대사 산맥 넘기/ 이렇게 힘겨운 것 뿐/ 우린 입성조차 변변치 못한/ 당당한 백성입니다"(「진주초군」)와 같은 새로운 삶에 대한 신뢰와 전망으로 변환시킨다.

—『동아일보』, 1988.12.18.

희망에 중독된 이의 고통

정해종의 『우울증의 애인을 위하여』

　비극인가 하면 풍자로 읽힌다. 세상 버림의 노래도 아니고, 그렇다고 생의 찬가도 아니다. 정해종의 『우울증의 애인을 위하여』는 그렇게 어정쩡하다. 시로 말할 것 같으면 정리되지 않은 초고들처럼 보인다. 그런데도 기묘한 전율이 있다. 그의 우울은 사탕을 씹는 듯이 살똥스럽고, 그의 냉소는 흑염소만큼 쓰다. "LP시대는 물 건너갔다/ Liberty, Peace…… 이 케케묵은/ 먼 훗날 인사동 골목에서나 들어 볼/ 자유니 평화니 하는 것들, 깨지기 쉬운 것들" 같은 시구는 그런 고통과 독함이 없으면 씌어지기 어려운 시구다.

　이 고통과 독한 마음이 어디서 오는 것일까? "삶의 어느 순간엔 미치도록/ 죽음의 언저리를 방황하고 싶은 때가 있다"고 시인은 말하고 있거니와, 희망이 덧없음을 알면서도 희망에 "중독"되어 있기 때문일 것이다. 모든 시인은 희망의 공범자라서, 이 뜻없는 인생 저 너머를, 다시 말해 죽음의 언저리를 자꾸만 방황하면서, "죽어라고 살만한 시절을 꿈"꾸는 것이다. 아니, 그냥 희망에 중독되어서가 아니다. 그렇게 중독되어 있음을 잘 알면서도 어찌지 못하기 때문이다. 이 고통스런 자기 인식이 있기 때문에 그는 사회사업가처럼 "내가 외면할 수 없는 것들이 이 세상에 있다"고 말하지 않고, 외면할 수 없는 것들이 "내 모가지를 잡아/ 흔든"다고 말하는 것이며, 예쁜 시의 기술자들처럼 그냥 귀뚜라미 소리를 녹취

하는 대신에, 원고지 "칸칸마다 숨어서 귀뚜라미가 울"고 있다고 하소연하는 것이다. 귀뚜라미의 그 추한 육체성을 아는 사람이라면, 이 말의 뜻을 알리라. 청음의 뒷무대엔 더러운 몸이 있고, "사랑의 뒤통수는 고통"일 뿐이라는 것을.

그러니, 알겠다. 그의 시가 어긋지고 풀어지는 까닭은 시에 대한 중독된 사랑 때문이라는 것을. 시의 거울엔 언제나 "피가 배이도록 문질러도 모자랄 [시인의] 찌그러진 얼굴"이 비치는 것을 짐짓 모른 체 할 수 없어서라는 것을. 그래서 그의 시에는 틈새마다 먼지들이 피어올라서, 시인은 소주와 삼겹살에 취할 수밖에 없는 것이다. 이 중독자 시인이 말한다. "내가 마신 술들을 한 순간 토해낸다면 집 앞에 작은 또랑 하나를 이루리라". 헌데, 이 정직성이야말로 시의 핵심으로 뚫고 들어가는 유일한 문인 것이다. 독한, 격렬한, 또랑만이 깊은 소용돌이의 구멍을 파놓는 법이다.

—『한국일보』, 1996.3.12.

변혁의 힘 들끓는 이념 몰락 이후의 시
김용락의 『기차 소리를 듣고 싶다』

시를 읽으면, 생각은 같아도 느낌은 얼마나 다른가를 새삼 느끼게 된다. 김용락의 『기차 소리를 듣고 싶다』(창작과비평사)는, 이런 명명이 가능하다면, '몰락 이후의 시'에 속한다. 몰락 이후란 80년대의 사회변혁의 열기에 불을 지폈던 이념의 몰락을 가리킨다. 홍두깨처럼 닥친 90년 이후, '몰락 이후의 시'는 적지 않다. 이념의 몰락과 더불어 시의 음조도 한숨과 신음의 악몽 속으로 쫓겨갔던 것이다.

그러나, 그 한숨과 신음들은 하나가 아니라, 여럿이다. 가령, 얼마 전에 이 지면을 통해 다루었던 윤재철의 『생은 아름다울지라도』에는 억제된 피울음이 가득하다. 그 피울음은 몰락의 상황을 어느 다른 무엇으로도 해소하지 못하고, 그것을 고스란히 견디는 정직성으로부터 새어나온다. 시인은 다른 것은 모른다. 다만, "생은 아름다울지라도/ 끊임없이 피흘리는 꽃"임을 거듭 체현할 뿐이다.

그와 비교하면, 김용락의 시는 무엇이 특징인지 잘 드러난다. 『기차 소리..』의 시들도 이념의 몰락을 뼈저리게 느낀다. "인간의 마음을 데워주던 따뜻한 이념의 별빛과 등불"은 이제 어디 있는가? 그런데도 그 이념은 그의 시에서 여전히 불끈 치솟아 오른다. 윤재철에게 하나였던 이념(몰락)과 생은, 여기에서는 둘로 분화된다. 이념은 "봉화는 내 마음 속에 있었다"의 '봉화'처럼 마음의 충동으로, 생은 "피투성이 짐승/ 서성임/ 한

때의 사내들 울음소리"의 짐승의 생으로 변질한다. 그의 시의 묘미는 여기에 있다. 갈라진 두 국면을 맞부딪쳐 스파크를 일으키는 것. "절정으로 타오르는 삶"과 "남루한" 인생을 붙여서 산화의 꿈을 되새기는 것. 그의 시는 기이한 환각 속으로 접어든다. 희망과 절망이 엇갈리고, 전생과 후생이, 다시 말해, 몰락 이전과 몰락 이후가 한데로 뒤섞인다. "쓸모없는 것들 죄다 버린/ 벗은 몸으로 더욱 당당한 겨울 정상에서/ 나도 이제 수사를 버린다"에서와 같은 겸허와 "밴드가 끝나면 흩어질 뿐이다/ 그리고는 아무도 기억하지 않는다/ 왜냐하면 그녀는 철저히 무명이니까/ 그녀가 바로 세상이니까"에서 뿜어져 나오는 독기가 뒤엉킨다.

윤재철의 시가 죽음을 견디는 숙명주의자의 시라면, 김용락의 시는 변혁의 에네르기가 투하 장소를 찾으려고 법석이는 투쟁주의자의 시다. 그러니까, 느낌이 다르다면, 실은 세계관도 다른 것이다. 아주 다양한 전망, 아주 이질적인 태도들이 몰락 이후에도 들끓는다. 물론 나는 어떤 세계관이 더 올바른가를 따지고 있는 것은 아니다. 기운이 빠진 시대일수록 세계관들의 쟁론이 필요할 때임을 지적할 뿐이다.

—『한국일보』, 1996.7.9.

시의 적막을 깨는 박쥐의 시학
전대호의 『가끔 중세를 꿈꾼다』

아무래도 90년대는 시의 시대가 아니다. 민주화라는 뚜렷한 목표가 있었던 80년대가 시의 시대였다면 그것은 시가 무엇보다도 삶의 본질에 육박하려는 의욕 속에 꽃피기 때문일 것이다. 시인의 좁은 가슴 속에는 우주가 충만해 있어서, 그의 한마디는 그대로 삶의 비밀을 꿰뚫었던 것이다. 그러나 90년대에는 시인의 가슴은 있으나, 우주는 간 곳이 없다. 중심이 사라진 시대, 모든 것들이 "허무의 블랙홀"(진이정)로 빨려들어가버리고, "팽팽히 긴장해도 겨냥할 과녁이 없"(김중식)다고 시인들은 말한다. 시인들의 모든 의욕은 이제 헛심일 뿐이고 "대개의 문자들은/ 실은 무늬일 뿐이다."

전대호의 『가끔 중세를 꿈꾼다』는 90년대 시의 적막 중에 태어난 귀중한 사건으로 기록될 만하다. 그의 특이성은 시대와 더불어 시 그 자체도 시적 사유의 대상으로 삼는 데서 나온다. 그도 이 시대의 적막과 혼돈을 민감하게 느낀다. "안간힘을 써서 나를 놀래려 하지만/ 지겨운 공중 열차"처럼 "낯설고 지루한 것뿐인 이 세상"에 대한 그의 적의는 "세상은 살만한 곳이 아니다"는 도저한 부정어를 낳기도 한다. 하지만, 그의 관심은 그로부터 더 뻗어나가, 이 거짓의 시대에 "시가 무엇을 할 것인가"를 묻는다. 그가 보기에 전시대의 시적 방법론인 외침과 반성은 더 이상 유효하지 않다. 80년대 시의 "공기를 찢는 속도가 쏟아 놓는 소리/ 불타 오르는 몸뚱이가 내뿜는 빛"은 결국 상업 문화의 더미 속에 합류하는 결과를 낳았을 뿐이고, 모든 반성의 언어는 홀연 대상을 상실하고 반성의 악순환에 빠져들 뿐이다. 그는 이 외침과 반성의 말들을 다시 근본성 속으로 되돌려 놓으려 애쓴다. "땅끝에서" 들려오는 소리, 삶의 밑바닥으로부터 솟아나올 목소리가 되어야 한다고 생각한다. 그러나 중심이 사라진 시대에 더 이상 땅끝은 보이지 않고 삶의 밑바닥은 아주 컴컴한 어둠일 뿐이다.

전대호의 특이한 방법론은 여기에서 태어난다. 박쥐의 시학이라고 명명해도 좋을 그것은 두 가지로 요약된다. 하나는 "결정은 모두 핵을 중심으로 자라나는데,/ 그 핵은 대개 불순물이다"는 시구에 제시된 대로 이 더러운 세상을 그 자체로 삶의 중심으로 파악하는 것이고, 다른 하나는 박쥐의 비막이 그러하듯, 우리를 가두고 있는 어둠의 그물을 그 자체로서 날개의 조직으로 만드는 것이다. 박쥐는 어둠 속의 삶을 "삼켜선 안되고 삼킬 수도 없는/ 돌멩이처럼 버"티어 내며, 그의 활공은 "지나치게 직선적이고 살기등등"하게 허공을 날아다니며 이 세상에 대해 "다함께 환멸을 느끼"게 만든다. 그렇게 해서 또한, 이 세상을 박차고 나갈, 저 사라진 의욕을 다시 불러일으킨다. 그러니, 누가 시가 죽었다고 말할 수 있으랴! 그가 우리의 평온한 일상에 "무례하게 작별인사"를 고하며 활개치는 모습이 여전히 눈앞에 살아 있는 것을

—『한국일보』, 1996.1.16.

아름다움을 노래하는 시인의 자유와 위험
손진은의 『눈먼 새를 다른 세상으로 풀어 놓다』

　이제는 아름다움을 노래할 때인가? 그렇다고 한 시인이 말한다. 『눈먼 새를 다른 세상으로 풀어놓다』(문학동네 刊)를 출판한 손진은이 그 시인이다. 하긴 매일 절망을 짓이기는 것으로 시를 채울 수는 없다. "사물들은 가끔 운율들을 내장하는 법", 역사가 무너졌거나 세상이 온통 지옥이라도, 또는, "구더기들처럼 바글거리는 요리사들"이 "칭칭 우리를 감고 있"다 하더라도, "허우적거리는 고깃덩어리 속"에서도, "따뜻한 상상이 데워지는 화음이/ 파릇하게 돋아날" 수 있는 것이다.

　이 상징주의자의 태도는 어쩌면 오늘의 시에 긴요한 처방일 수 있다. 이제는 단호히 반환점을 돌아야 할 때. 죽음의 심연으로부터 이제는 창조의 대공(大空) 속으로 날아오를 때, 반성의 순환로를 돌기보다는 이제는 개입이 필요할 때. 시의 아름다움으로 둑을 쌓아 거짓 아름다움들의 범람을 막아야 할 때. 정말 그때가 온지도 모른다.

　물론 그때는 자연스럽게 오지 않는다. 그때는 시간이 아니라 의지이다. 그때는 시인이 부를 때만 오지, 부르지 않으면 영원히 오지 않으며, 게다가 제대로 불러야만 와준다. 그것을 제대로 부르려면 자유와 긴장의 틈새를 잘 가늠해야 한다. "햇살에 불붙은 몸으로 재잘되는/ 노래도 알고 보면 자유와 긴장/ 그 틈새에서 터져나온다"는 금언에 시인은 항상 긴장하고 있어야 한다.

그러나 아름다움을 부른다는 것은 정말 가능한가? 바르트가 지적했듯 이 미(美)의 비유는 오직 동어반복을 낳을 뿐이다. 양귀비는 서시만큼 아름답고 마릴린 몬로의 몸매는 완벽한 팔등신이다. 다시 말해, 미인은 미인만큼 아름답고 미인은 미인답게 아름답다. 이 동어반복을 벗어나고자 한다고 해서, 양귀비의 아름다움을 지방의 함유량과 색의 분배와 턱의 각도로 정의할 수는 없다. 그렇게 할라치면 미인은 추한 고깃덩어리로 변해버리고 만다.

아름다움을 노래하려는 시인들은 이 비유의 불가능성과 싸워야 한다. 이 싸움이 없으면, 동어반복과 수다의 늪 속으로 빠져버린다. 수다는 영원히 정의되지 않는 것을 정의하려는 욕망의 조바심이 구겨던지는 파지(破紙)들이다. 파지가 시가 될 수는 없다. 말라르메는 이 수다의 위험과 싸우다 언어의 살해로 나아갈 수밖에 없었다. 랭보는 신비에 취한 배의 결코 끝나지 못할 표류에 몸을 실었다.

다른 세상으로 날아가고픈 눈먼 새도 이 위험 앞에 직면해 있다. 그가 어떻게 화이트 홀을 빠져나갈 것인지 나는 모른다. 나는 경계 경보를 울릴 뿐이다.

—『한국일보』, 1996.10.22.

진실의 부인이 진실을 향락하는
시대에서의 시(詩)의 사활
심보선의『슬픔이 없는 십오 초』

시를 읽는 사람들이 갈수록 희박해지고 있다. 언론에서는 지난해 말부터 현대시 100주년을 홍보하기 시작했고 새해에 들어서자마자 주요 일간지들이 날마다 시를 연재하는 당찬 의욕을 보이긴 했지만, 실질적인 차원에서 얼마나한 효과를 내었을지 의심스럽기만 하다. 물론 언론의 담당 기자들은 반응이 뜨거웠다고 소식을 전한다. 그러나 내가 '실질적인' 효과라고 말한 것은 이 요란한 행사들이 자아낼 팬시 상품적 효과가 아니라 시를 온몸으로, 다시 말해, 뜨거운 심신의 몸살로 체험하는 일의 크기를 뜻한다. 그 체험은, 사실 오늘날 시 향유의 문법 때문에 더욱 더 올 수 없게 되었다. 버려두자니 적막이요 보살피자니 가짜가 되는 궁지에 빠지고 만 것이다.

심보선의『슬픔이 없는 십오 초』(문학과지성사, 2008)는 오늘날 시가 존재하는 양식을 독하게 보여준다. 시는 죽었다. 그것은 "신은 죽었다"는 외침과 거의 동의어이다. 1980년대 한국시를 흥성케 한 근본적인 원인은 시가 진실의 핵심을 관통하고 있다는 믿음이었다. 그 믿음의 절정에 6월 항쟁이 있었다. 그리고 항쟁으로부터 대통령 직접선거와 현실사회주의의 붕괴와 정보화사회의 도래와 문화산업의 창궐이라는 역사적 사건들이 도래하였다. 그렇게 해서 진실은 이 사건들에 의해 삼켜져 소멸하였다.

그와 더불어 시도 카피들이 대체해 버렸다.

심보선은 이러한 역사적 사태의 증언자이다. 그는 말한다. "두 가지 사건만이 있다/ 하나는 가능성/ 다른 하나는 무(無)." 이것은 시인이 선악의 분법에 사로잡힌 가짜 예언자임을 가리키는 표지가 아니다. 그는 그렇게 말할 수밖에 없다. 진리의 유일무이한 사건이 저마다 진리를 자처하는 사건들에 의해 찬탈된 이 광경을 두고 이렇게 단호히 말할 수밖에 없다. 그렇게 말하지 않으면 이 사태는 기념비적 장관이 되고야 만다. 진실의 부인이 희희낙락하는 시절이 오게 된다. 그래서 시인은 거듭 부정하는 것이다. "깃발, 조국, 사창가, 유년의 골목길/ 내가 믿었던 혁명은 결코 오지 않으리"라고 쐐기 박아야 하며, "우리는 썩은 시간의 아들딸들/ 우리에겐 그 어떤 명예도 남아 있지 않다"고 손사래를 쳐야만 한다.

그러나 이 부정의 일방성은 아무것도 이루지 못한다. 그것은 투정으로 전락하고야 만다. 부정의 정신을 끌고 가되, 현실의 경계 너머로 달아나는 방식으로서가 아니라 현실의 한복판 속에 그것을 심는 방식으로 끌고 가야 한다. 옛 시인들도 그 방법을 깨닫고 있었다. 김수영은 "풍자가 아니면 해탈이다"라고 했고, 김지하는 "풍자가 아니면 자살"이라고 했다.

그런데 우리의 젊은 시인은 여기에서 '아니면'을 제거해 버린다. 정확하게 말해, '아니면'의 가능성을 없애 버린다. 왜? 오늘의 사태들이 그 가능성을 미리 없앴기 때문이다. 해탈도 자살도 오로지 현실 한복판에서 향락되는 방식으로 실현되는 방법론을 체득함으로써 완전한 돌연변이에 성공한 것이다. 해탈은 판타지가 되었고 자살은 게임, (자살 방법들의) 흥정, 혹은 굿판이 되었다. 실로 "알레르기가 종교를 능가하는 시대라서/ 파멸과 구원이 참 용이해"진 것이다. 그러니 풍자만이 남을 밖에 없다. 하지만 시인은 마냥 풍자만을 고수할 수는 없다. 해탈과 자살도 이토록 진화했을진대. 낡은 풍자는 그저 "내 귀 언저리를 맴돌며, 웅웅거리"는

"살아있음"의 소문만을 전할 뿐이다.

그러니 시인은 '풍자'의 축에 꽤 많은 풍자의 일가친척들을, 장수들을 모으듯, 끌어 모은다. 왜 풍자뿐이랴. 연민도 있는데. 해학도 있고 골계도 있는데. 야유도 있고 때로 비애도 있는데. 다만 생존의 전략이자 대결의 방책인 이 온갖 시초(詩抄)들은 제각각 떨어져서는 매우 자멸적이다. 풍자는 풍문이 될 수 있고 골계는 간살이 될 수 있으며 해학은 해찰이, 야유는 자조가, 연민은 엄살이, 비애는 비굴이, 욕설은 배설이 될 수 있는 것이다. 심보선 시의 풍자네 친척들은 그 다양성도 다양성이지만 모였다는 사실로 의미심장하다. 이 일족은 그렇게 모여서, 대동단결하기보다는 매우 불화가 심해, 연민이 풍자를, 해학이 야유를, 혹은 욕설을 골계가 통제하면서 상대방의 에너지가 최적의 저항성을 유지하도록 하는 데 한 몫을 저마다 떠맡는 것이다. 가령, "시대를 초월"하고자 하는 욕망이 "사람은 바람의 지경을 꿈꾸고, 바람은 사람의 치욕을 가꾸"는 사태에 이르게끔 하기 일쑤라서, 시인의 '묵묵'이 초월에게 "아주 먼 데서 머리에 검은 띠를 두르고 묶고, 장거리주자처럼 달려오거라"고 충고하는 것이니, 그렇게 치욕으로의 회로를 단락(短絡)시켜 각성의 전류 쪽으로 돌려서 바람의 지경을 계속 "가꾸"게끔 하고자 하는 데에 그 뜻이 있는 것이다. 심보선 시의 마지막 무대가 여기에 있을 것이다. 굴종과 죽음에 맞서는 이 시대의 모든 언행들을 저마다 새된 소리기둥들로서 현실의 한복판에 서 있게끔 하는 것 말이다. 그래서 진실을 희롱하는 현실에도 저항하고 진실의 변질에도 저항케 해, 거듭 진실의 최종적 가능성을 직시하도록 하는 것 말이다.

— 『책&』, 2008. 7.

절박한 말장난
오은의 『유에서 유』

    오은의 새 시집, 『유에서 유』(문학과지성사, 2016)는 그가 말장난에 천재적인 재능을 가졌다는 걸 유감없이 보여주고 있다. 그의 손은 말의 분수이고 거기서 뿜어져 나오는 물은 형형색색일 뿐 아니라 춤까지 춘다. 그런 버라이어티 쇼를 보면서 나는 오은이 입이 간지러워 미칠 지경인 줄로 알았다. 그러나 차츰 그의 입은 시방 침이 바짝 말라 있다고 짐작하게 되었다. 입이 간지러운 사람은 언어의 풍요를 갈망하지만, 입이 마른 사람은 정말 하고 싶은 이야기를 못해서 입의 수액을 계속 소모시키고 있다. 그것은 시인이 오늘의 상황은 언어의 과잉으로 인하여 진실의 드러냄으로써의 언어의 기능이 망실된 지경에 이르렀다고 판단하고 있다는 것을 보여준다. 그의 수다는 이 과잉된 언어를 눙치고 비틀고 찌르고 깨물고 늘리고 접고 하는 해체적 작업의 하나이다. 그가 그렇게 할 수밖에 없는 까닭은 말해야 한다고 생각하는 데도 말할 수 없는 이야기가 그의 마음속에 있기 때문이다. 거꾸로 말하면 좋지 않는 말들이 너무나 기세등등하게 진리를 주장하고 있기 때문이다. 그것도 천편일률적으로. 그래서 할 수 없이 그는 교묘한 말장난을 통해서 간신히 그 사정을 표징하고 있는 것이다. 그의 말장난은 언어의 사투이다. 나는 다중적으로 읽히는 다음 시구가 시인의 절박한 처지를 명료하게 지시하고 있다고 생각한다.

여기 옛날이야기가 있어. 여기 아직 있어. 여기 아직 그대로 있어. 우리가 지금 여기서 살고 있는 이야기. 입을 벌려도 차마 나오지 않는 이야기. 귀를 기울여도 답이 없는 이야기. 마찬가지 이야기.

—2016.10.6.

구조들 사이의 탄력

이정주의 『홍등』

이정주의 시집 『홍등』(황금알, 2009)을 읽는다. 아주 오래 전에 그의 시를 읽은 것 같은데 기억이 가물가물하다. 하지만 『홍등』을 읽으면서 개성적인 시인 한 사람이 어둠 속에 가두어져 있었다는 걸 알겠다. 그렇게 되는 사정에는 나를 포함해 비평가들의 게으름이 가장 큰 원인이라는 건 두말할 게 없다. 한국 비평의 특징적 욕망인 아젠다 주의(아젠다 주의는 말을 험하게 하면 '건수 주의'다)도 또 하나의 중요한 원인이리라. 아젠다 주의는 깃발을 올릴 것만을 골라내는 매우 인색한 여과기를 장치하고 있다.

여하튼 『홍등』의 개성을 실감나게 보여주는 시는 「실크로드」다. 거기에는 미싱을 타는 인물을 중심으로 그녀가 짜는 옷감으로부터 실크로드가 태어나 한 자락 사막으로 펼쳐지고 미싱 바늘로부터 "부자가 하느님의 나라에 들어가는 건 낙타가 바늘구멍에 들어가는 것보다 더 어렵다"는 성경의 말씀이 피어 올라 달처럼 떠오른다. 그 달빛 아래, 미싱타는 여자들의 노동과 낙타의 한없는 걸음이 겹쳐져 노예들의 울음소리 같은 게 깔리며 천국에 들어가지 못하는 건 부자가 아니라 바로 미싱 타는 여자들이라는 느낌을 부정할 수 없는 강력한 것으로 만든다. 여기에는 구조들 사이의 탄력이 있다. 현실과 문화와 말씀이 각각 제 운동을 하면서 상대 구조를 민활케 하는.

— 2009.3.1.

존재전이에 골몰한 형상

유희경의 『오늘 아침 단어』

　　유희경의 『오늘 아침 단어』(문학과지성사, 2011)는 일기체의 수필 형식과 사막을 걷는 듯한 기형도식의 메마른 묘사의 합성을 기본 형태로 삼고 있다. 수필은 자기 확인의 장르이다. 자신의 행적을 되돌아보고 지나친 것을 쳐내고 희미한 것을 강조해 지나온 삶에 의미를 부여하여 심리적 안정을 얻고자 하는 운동이다. 일기는 말할 것도 없지만 대부분의 수필이 하루의 일과가 끝난 후에 씌어지는 것은 그 때문이다. 물론 여기에도 삶에 대한 질문이 있고 고통스러웠던 사건이 있으며, 회오와 반성이 있다. 그러나 결국 그것들은 다듬어지게 된다. 다듬어져서 '나'의 개인 유산으로 정돈되어 언어의 서랍 속으로 들어가 보존된다. 그리고 잠에 빠져드는 것이다. 거기에서는 반성조차도 고즈넉한 졸음 속으로 가라앉는다. 그것이 일기의 작업이다.

　　물론 꿈의 작업은 일기의 작업과 정반대가 될 수 있음을, 꿈 꿔 본 사람은 능히 알리라.

　　유희경 시가 꿈의 작업을 재현하는 건 아니다. 그의 시의 특색은, 일기체의 수필 형식을 취하되, 그곳에서 삶의 정돈을 실행하지 않고 그곳을 돌발적인 의문부호들로 가득 채우고 있다는 점에 있다. 그 의문부호들은 잠에 빠져들게 하기는커녕, 오히려 각성제의 기능을 한다. 그의 시편들이, '밤에 쓰는 하루의 기록'이 되지 않고, 그날의 '명령' 같은 '오늘 아침 단어'가 된 것은 그러한 사정 때문이다.

그 각성제로서의 아침 단어는 그러나 명료한 과제를 전달하지 못한다. 그것은 조각 난 사건, 느낌, 기억, 예감 들이 무의미의 딴딴한 돌처럼, 가령, 로캉텡의 조약돌이나, 영문 모르게 손에 쥔 차돌, 혹은 이빨을 깨뜨릴 듯한 기세로 씹힌 돌 같은 것으로 출현한다. 시 속 인물들은 그것들의 현신에 문득 몸을 떨었다가 곧바로 그것이 뿜어내는 불투명의 안개 속에 사로잡힌다. 뭔가가 시작될 듯한데, 도시 분명치가 않은 것이다. 시는 바로 이 불투명한 신선함으로 가득 찬다. 시인은 그것들을 한편으론 묘사하고 다른 편으론 굴려 본다. 존재 차원과 의미 차원 사이의 왕복 운동이 일어나고 현존에 대한 기대와 의미에 대한 기대가 언제나 결핍된 채로 교번하게 된다. 그러나 그 때문에 기대는 불만 속에서 증폭된다.

유희경 시의 또 다른 특징은, 이 왕복 운동을 진행하는 주체는 바로 시 속의 인물이 될 수밖에 없다는 것이다. 즉 오늘 아침 단어의 비밀은 저 단어 속에 있는 게 아니라, 그 단어를 발견한 '나'에게 있는 것이다. 그래서 시인은 말한다.

> 거기 가장 불행한 표정이여. 여기는 네가 실패한 것들로 가득하구나.
> 나는 구겨진 종이처럼 점점 더 비좁아지고. 책상 위로 몰려나온 그들이
> 사라진 지는 이미 오래. 그러니 불운은 얼마나 가볍고 단단한지.

그렇게 실패한 것들은 '나' 스스로가 된다. 내 앞에 구겨진 종이가 쌓이는 것이 아니라, '나'가 "구겨진 종이처럼 점점 더 비좁아지"는 것이다. 그러나 바로 그렇기 때문에 이어서,

> 지금은 내가 나를 우는 시간. 손이 손을 만지고 눈이 눈을 만지고 가슴
> 과 등이 스스로 안아버리려는 그때

가 시작되는 것이다. 이 시간은 "뭔가가 일어날 듯한데"의 '뭔가'를 직접 실행하는 순간이다. "내가 나를" 작동시킴으로써. 이 '나'는 그래서 무척 "외로운 사업에 골몰"(이상)하게 되는데, 외로움으로 시작된 그 사업이 골똘함으로 귀결되는 광경을 독자는 목격하고 얼마간의 체온을 시 속의 '나'와 공유하게 되는 것이다. 외로워서 골몰할 수밖에 없었던 그 사업이 실은 골몰해서 외로울 수밖에 없는 것으로 변모하는 그 존재 전이의 흐름 속에 독자 역시 들어가 보는 것이다.

—2011.8.26.

사는 슬픔 속의 정직한 지성
정한아의 『어른스런 입맞춤』

정한아의 시들 밑바닥에 슬픔의 감정이 가득 고여 있다는 것을 발견하는 것은 놀라운 일이다. 장문의 「시인의 말」에는 '우산' 대신 Enough to say it's far라는 제목의 시집을 주는 이야기가 나오는데, 그 시집은 박재삼의 영역시집, 『아득하면 되리라』를 가리킨다. 그리고 이 사실을 확인하는 순간, 독자는 정한아가 박재삼과 정서적 친연성이 있다는 점을 환기하고, 그의 시를 들춘 순간 근원을 알기 어려운 슬픔을 얼핏 엿본 느낌을 되짚게 된다.

근원을 알 수 없다고 했지만, 좀더 정확하게 말하자면, '개인적인' 근원을 알 수 없다는 말이고, 담화적 근원, 즉 독자와 함께 이루는 사회적 세계에서 슬픔이 미만하게 된 원인은 알 수가 있다. 그것은 상황은 붕괴되었는데 인간은 멀쩡히 살아 있는 사태에 대한 감정적 반응이다. 이 상황 인식은 저 옛날 길재의 "산천은 의구한데 인걸은 간데 없네"라는 시구를 떠오르게 하는데, 실제 그것이 가리키는 것은 길재의 상황과 정반대이어서, 길재가 나라의 멸망을 아쉬워한다면, 정한아의 시는 현대 문명 속에서 사는 '인간들'의 존재의 무의미, 아니, 차라리 '희비극'을 가리키고 있다고 할 수 있다. 따라서 길재의 시에선 무상함과 섭섭함이 동시에 떠오른다면, 정한아에게서는 엉뚱함, 부당함, 황망함, 막막함 등의 주체할 수 없는 감정들이 튀어나오게 된다. 그래서 가령,

지금 에덴에는 뱀과 하느님뿐
그 외 나머지인 우리는

입을 맞추고 눈꺼풀을 핥고 우주선처럼 도킹하고 어깨를 깨물고
피를 흘리고 그 피를 얼굴에 바르고 입에서 모래와 독충을 쏟고 서로
의 심장을 꺼내어
소매 끝에 대롱대롱 달고

재투성이 심장으로 탁구라도 치면서 위대한 죄나 지을 수밖에
뱀마저 자기도 모르게 하느님과 연애한다는데
　　　　　　—「그렇다면 우리는 언젠가 천사였을 거야」

　같은 시에서, 독자가 읽는 것은 '이곳은 에덴이 아니다'라는 시대와 상황
에 대한 절망이 아니라, '우리는 낙원 아닌 곳에서 형편없이(좀 더 자극적으로
말하면, 지랄맞게) 살고 있다'는 자조, 자기모멸의 감정이다. 전자의 인식이었
다면, 마지막 행에서 '에덴'마저 붕괴되고 있는 사태는 목격되지 않았을
것이다.
　"이곳에 바닥도 천당도 없다"는 상황 인식, 또한 "왜 나는 돌이 아닐까
썩어서 따뜻한 거름이 안 될까 왜 여전히 눈은 부시고 입술은 미풍에 벌
어져 너의 손톱도 쓱싹쓱싹 자라는지 알고 싶을까"(「타인의 침대」)라는 자기
인식에 의해서, 그의 시에 등장하는 세상 사람들은 한편으로 "자기의 유
한을 깨달은 하룻강아지들의/ 폭우 속 기우제 만세!/ 쨍쨍한 목숨들은 갈
증으로 몸부림치"(「눈을 가리운 노래」)는 존재들, 즉 무너진 상황을 환각적으
로 재현하는 존재라는 하나의 극과

네가 "그만!"이라고 말할 때까지
네가 소환한 너의 웬수 같은 하느님은 황폐한 발바닥으로 너의 등짝을
밟고 서서,

(양심, 이다지도 더러운 고통이라니!
이토록 탐욕스런 발바닥이라니!)

라고 한탄하는 존재, 즉 상황의 붕괴를 따지려고 신을 불렀다가 죄를 고
스란히 떠맡는 자라는 또 하나의 극 사이를 왕복한다.

정한아 시의 개성이 특별히 드러나는 부분은, 저 멀쩡한 인간들이 아
무리 무의미하게 존재하고 있다 하더라도, '멀쩡하다'는 그 사실에 의해
서 실존의 부피와 무게를 확보하고 있다는 사실에서 나온다. 화자를 포
함해 시의 인물들은 두루 작지만 감각적인 물질을 이루고 있다. 그것은
그들이 '깨달음'을 가진 존재라는 걸 가리킬 수도 있다. 적어도 그들은
자신들의 '유한'은 아는 것이다. 또한 그것은 그들이 상황 속에 매몰되지
않고 상황을 '다룰' 수 있는 능력을 가지고 있다는 것을 가리킬 수도 있
다. 그래서 상황은 그들을 압도하기보다는, 홍수졌으나 그들의 발목 근처
에서 찰랑거리는 물과도 같다.

> 유유히
> 길이 보인다는 듯
> 무섭도록 깔깔한 수다를 흘리며
> 사람들은 제 발에 꺽꺽 차이는
> 단단한 울음을,
> 차일수록 자욱해지는
> 지랄 같은 외로움을,
> 몰고 간다.
>
> ──「이상한 가투(街鬪)」

게다가 이 인물들에게는 시인 자신으로부터 오는 게 틀림없는 '지성'
이 있다. 그 인물들에게서 절망과 여유가 동시에 있고, 그래서 그들이 그

사이에서 "얇은 흔들림"을 생의 신호처럼 느끼고 사는 건 그 때문이다.

　　이 더러운 새벽, 순결한 것은 오직 내일의 폐허 위 간신히 몰래 내리는
　　피, 피곤한 빗소리 ─ 얇은 흔들림.
　　　　　　　　　　　　　　　　　　　　　　　　　　─「타인의 침대」

　　그의 인물이 마침내 '·'로 수렴된 건 불가피한 일이다. 동시에 그 크
루소 씨가 디포(Defoe)의 '로빈슨 크루소'처럼 자유의지로 충만하지 않고,
"간신히 노련"(「이상한 가투」)하게 사는 키작은 크루소 씨인 것도 불가피한
일이다. 전자의 불가피함은 정한아가 자신의 시의 운명을 정확히 바라보
고 있다는 걸 가리키고, 후자의 불가피함은 시인의 정직성을 가리킨다.

　　📖 그의 시집에는 짧지만 매우 밀도가 높은 두 편의 시가 있는데, 「애인」과 「상사」가 그것들이다.
　　둘 다 '사랑'과 관련된 시다. 개인적으로 나는 후자의 시를 더 좋아한다. 「애인」이 세상에 절망
　　한 이가 상황을 고스란히 감내할 수밖에 없을 때 막바지에 취할 수밖에 없는 자세를 보여준다
　　면, 「상사」는 자신(화자)의 불모화를 상대방의 흥분으로 치환함으로써 두 남녀를 동일화하면
　　서 동시에 상황을 반전시킬 틈을 여는 기묘한 재주를 연출하고 있다.

　　　　　　　　　　　　　　　　　　　　　　　　　　　　　─2011.9.11.

무명의 시
정현옥의 『띠알로 띠알로』

    지극히 검박한 표지가 암시하듯, 정현옥의 시집, 『띠알로 띠알로』(도서출판 가림토, 2012)는 소박한 시들의 모음을 싣고 있다. 그러나 가만히 읽어 보면 시인의 섬세한 눈길과 겸손한 태도가 읽는 이의 마음에 잔잔한 호응의 물결을 일으킨다. 가령,

> 귀까지 멀었는데
> 파도 소리는 노인의 꼬부라진 잠까지 따라와
> 가슴을 쥐어박는다
>
>   —「홀트 서핑」 부분

같은 시구는 소수자의 내면에 갇힌 삶에 대한 열정과 그 절실함과 안타까움을 여실히 전달하고 있으며,

> 처마 끝 우설(牛舌)이 피운 연꽃을 보다
> 입안에 혀만 말아 넣었다
>
>   —「개심사」 부분

같은 시구는 대상에 대한 시인의 허심탄회한 수용성과 겸손한 자세, 그리고 섬세한 언어감각을 동시에 느끼게 한다('우설'은 절 건물의 '쇠서받침'을 뜻한다.)

사람들이 떠난 강제철거지를 그리고 있는 「공동주거」는, 최근에 읽은 비슷한 성격의 시들 중에서 가장 울림이 깊다고 할 수 있다.

> 함부로 허물지 마라
> 고대를 흔드는 붓꽃이
> 마당 내려설 때 헛기침하던
> 주인을 대신 한다
> 돌쩌귀 떨어져나간 정지문이
> 바람에 어긋난 관절을 추수른다
> 마루 밑 끈 떨어진 슬리퍼 한 짝은
> 방치가 아니라는 말
> 그러니까 동고동락의 증거이자 동행의 빌미다
> 문살에 덧붙여진 신문지에
> 물 맞은 대통령이야 끼지 못해도
> 초막의 명창 귀뚜라미의 세레나데가 있다
> 별채의 거미도 세 들어 산 지 오래
> 분리주거가 되더라도
> 입주권을 가질 자격은 다들 갖추고 있었다
> 사람들이 다 쫓겨갔다 해서
> 이주가 끝난 것은 아니다
> 철거단지에서 버티는 목숨들이
> 포크레인과 맞서고 있다.

독자는 "마루 밑 끈 떨어진 슬리퍼 한 짝은/ 방치가 아니라는 말/ 그러니까 동고동락의 증거이자 동행의 빌미다"를 읽으며, 저 '슬리퍼 한 짝'에 인간만이 '연민(compassion)'을 가지고 있다는 레비나스의 말이 새겨져 있는 듯한 환상에 문득 빠지며, "물 맞은 대통령이야 끼지 못해도/ 초막의 명창 귀뚜라미의 세레나데가 있다"는 구절이 풍기는 수수함만큼이나 은근한 풍자에서 감칠맛을 느낀다. 흥미로운 것은 "분리주거가 되더라도"의 미묘함이다. 이 독립된 한 행은 슬그머니 '분리수거'를 떠올리게 하는데, 시의 전반적인 어조는 그런 생각의 이월을 부추기고 있지 않다. 요컨대 그의 시들에서 되풀이해서 읽는 대목들은 '감춤'이라는 자기 억제의 움직임 속에 감싸여 있다. 그리고 시의 표면은 이 잘 보이지 않는 감춤과 소박한 드러남의 교직으로 이루어져 있다. 아마도 이 시인이 무명의 상태에 머물러 있는 것은(나는 이 시집을 통해 시인을 처음 접한다) 시인의 그러한 독특한 태도와 연관되어 있는 듯이 보인다.

—2012.4.21.

시는 문명도 테러도 아니다
김춘수의 「허유(虛有) 선생의 토르소」

안다르샤
잡풀들이 키대로 자라고
그들 곁에
머루다람쥐가 와서 엎드리고 드러눕고 한다. 그
머루다람쥐의 눈이 거짓말 같다고
믿기지 않는다고
장군 후랑코가 불을 놨지만, 너
천사는 그슬리지 않는다.
안다르샤,
머나먼 서쪽
봄이 가고 여름이 와도 그러나
죽도화는 피지 않는다.
피지 않는다.

　　　　　　　　　　　　　　　—『거울 속의 천사』, 민음사, 2001

　시인이 직접 주를 달아 허유 선생은 '아나키스트 하기락(河岐洛) 선생의
아호'라 하였다. 하기락 선생은 50년대에 대구 매일신보에서 실존철학을
강의하셨다 하니 해방 직후의 지식인으로 보인다. 안다르샤는 '스페인령,
1930년대 아나키즘의 본거지'라고 또한 주가 달려 있다. 안달루시아
(Andalusia)를 가리키는 듯한데 확실치는 않다. 주(註)로 보건대, 이 시는 아

나키즘에 관한 시이지만 시의 본문에는 정치적 내용이 흔적도 없다. 시인의 눈으로 보기에 아나키즘은 "잡풀들이 키대로 자라고 그들 곁에 다람쥐가 와서 엎드리고 드러눕고 하는" 자연 그대로의 삶과 동의어이기 때문일 것이다. 아나키즘은 정치적 이념이라기보다 모든 체제며 제도며 전략을 거부한다는 점에서 순수 자연 아니 순수 자연이고자 하는 의지를 가리킨다. 그런 의지가 존재할 수 있을까를 의심하며(왜냐하면 모든 의지는 인공이며 따라서 체제의 단초이기 때문에) 스페인의 파시스트 프랑코 장군이 "불을 놓았다." 그러나 그 의지의 천사는 "그슬리지 않는다." 그러나, 또한, 그슬리지 않긴 했지만 그 의지가 꽃을 피울 수는 없었다. 영원히 "죽도화는 피지 않는다." 이 시의 아름다움은 그 불가능한 순수 의지를 우리 마음속에 조용히 불러일으킨다는 데에서 개화한다. 죽도화는 피지 않는다는 사실로 말미암아 이 시가 피었다. 시란 이런 것이다. 불가능성을 불가능성 자체의 현존으로 제시하는 것. 그에 비하면 테러는 똑같이 자연의 이름을 달고 나오지만, 문명을 파괴한다. 문명의 체제를 거부한다는 명목으로 문명의 체제를 '이용'하여 그것을 파괴함으로써 또 하나의 문명에 대한 강한 의사를 표현한다. 죽음에 개의치 않는 자연이 죽음을 두려워하는 사람들을 이용하여 격렬한 살해의 드라마를 만들어낸다. 시는 문명도 테러도 아니다. 불가능성을 불가능성 자체의 현존으로 제시하는 시는 문명을 반성케 하며 동시에 테러도 반성케 한다.

—『주간조선』1676호, 2001.11.1

삶을 되새기게끔 하는 어두컴컴한 우물

황동규의 「재입원 이틀째」

성긴 눈발 속에 바다로 가던 길이
모퉁이를 돌며 주춤주춤 멈춘다
마지막으로 한번 되돌아보듯,
하긴 살다가 나도 모르게 도달한 곳,
돌 성글게 박아 몸 뒤틀며 내려가는 좁은 길,
잎 진 나무 하나
앙상한 팔을 들어 눈을 맞고 있다.
팔꿈치에는 찢어진 그물과
팔등에는 새파랗게 얼어 있는 겨우살이
그 옆에는 마른 우물
들여다보면
가랑잎 얼굴들이 모여 있다.
가장자리가 온통 톱날인 얼굴들.

잎 진 나무 하나
마른 우물
모퉁이를 돌며 주춤주춤 멈춘 길.
돌기 전엔 성긴 눈
돌고 나면 밴 눈
하늘과 앞길이 대번 하얗게 질려……

— 『버클리 풍의 사랑 노래』, 문학과지성사, 2000

황동규는 주춤거리고 있다. 길은 늘 인생의 은유이다. 시인은 아팠고 그 아픔이 새삼 종착지에 이르고야 마는 길로서의 인생을 돌아보게 한 듯하다. 그런데 길의 종착지는 길이 아니다. 거기는 바다다. 길이 바다로 가는 것은 모든 강이 바다에 이르는 것과 같을 수 없다. 후자에는 이어짐과 합류와 완성이 있으나 전자에는 불현듯 닥치는 단절이 있다. 그래서 바다로 이르는 길에는 모퉁이가 있게 마련이고 그 단절의 모퉁이가 길을 주춤거리게 한다.

실은 시인을 주춤거리게 한다. 길은 사람이 갔을 때만 길인 것이고, 따라서, 그것은 행적으로서 존재하는 사람인 것이다. 어쨌든 그가 주춤거리는 이유는 그 긴 생을 살았는데도 "나도 모르게" 산 생이었기 때문이다. 삶의 의미의 막연함, 그것이 시를 쓰도록 충동한 원인이다. 그래서 시인은 바다로 급격히 내려가면서 지금까지 살아 온 생을 요약적으로 다시 산다. 또한 그렇기 때문에 급격한 단절의 문턱으로서의 저 바다는 죽음의 바다가 아니라 새 삶으로 열리려고 애쓰는 바다이다(그 점에서 저 주춤거리는 동작은 또한 느린 무도이다.) 그러나 어떤 생도 되풀이될 수는 없는 법. 그가 다시 산 것은 지나온 생이 남긴 흔적들뿐이다. 그 흔적들은 그러나 지나온 생의 존재를 증거하는 엄숙한 형해(形骸)이고 그것을 되새기게 하는 어두컴컴한 우물이다. 그 우물이 바다와 비스듬히 포개지고 긴장한다. 이 시의 아름다움은 거기에 있다.

—『주간조선』 1678호, 2001.11.15.

새의 몸짓으로

신경림의 「새」

머리채를 잡고 자반뒤집기를 하던 시누이도 울고
땅문서 갖고 줄행랑을 놓던 서숙질도 운다
들뜨게도 하고 눈물깨나 짜게 만들던 그 사내도 울고
부정한 어머니가 미워 외면하고 살던 자식도 운다
고생고생한 언니 가엾어 동생도 울고 그 딸도 운다
새도 제 울음 타고 비로소 하늘을 높이 날고
곡소리 타고 맹인 저 세상 수월히 간다지만
얼마나 지겨우랴 내 이모 또 이 울음 타고 저승길 가자니
진 데 마른 데 같이 내디디며 평생을 살아왔으니
저승길 또한 그런가보다 입술 새려 물겠지
—신경림, 『어머니와 할머니의 실루엣』, 창작과비평사, 1998

「새」에는 3중의 소리가 포개져 있다. 하나는 망인과 인연을 맺었던 모든 사람들의 울음이다. 싸웠던 사람도, 돈 떼먹은 사람도, 안달나게 했던 사람도 운다. 미워했던 사람도, 동정했던 사람도 운다. 그 울음은 그러니까 인연의 다채로움을 실감케 한다. 그러면서 죽은 사람이 살았을 때 겪은 온갖 고생을 아직 살아남은 사람들의 가슴 속으로 무차별적으로 감염시킨다. 우는 사람은 죽은 이가 불쌍해서도 울고 자신의 인생이 서러워서도 운다. 다른 하나의 소리는 슬픔을 위무하는 속설의 그것이다. 고난은 언제나 축복을 위해 있다고 속담들은 말한다. 그것은 죽은 이를 위로

하며 산 자들을 안심케 한다. 그러나 그것은 한갓 소망일뿐이다. 소망은 저절로 이루어지는 게 아니라 의지와 싸움을 통해 획득된다. 저승길이라고 다르겠는가. 저승길이든 인생길이든 "입술 새려 물"고 나아가지 않으면 안 된다. 이 의지가 제 3의 소리이다. 이 소리는 화자의 목소리가 아니다. 그것은 "진 데 마른 데 같이 내디디며" 함께 살아 온 사람들의 집단적 목소리이다. 그 집단적 목소리를 가능케 한 것은 바로 인연의 다채로움이다. 그것은 삶의 아주 다양한 몸짓들이 모두 고난을 뚫고 삶을 헤쳐 나가는 의지의 몸짓임을 깨닫게 한다. '입술 새려 무는' 표정은 날아오르는 새의 모습과 똑 닮았다.

📖 시인에게 여쭈었더니, 제 7행의 '맹인'은 '망인(亡人)'의 속된 발음이라 한다. 소경의 뜻으로 읽지 마시길.

—『주간조선』 1680호, 2001.11.29.

신명의 시론
정현종의 「꽃잎 2」

꽃병의 물을 갈아주다가
신종인지 송이가 아주 작은 장미
꽃잎이 몇 개 바닥에 떨어졌다
저 선홍색 꽃잎들!
시멘트 바닥이 홀연히
떠오른다, 무가내하
떠오르고 떠오른다.
또한 방은 금방
궁궐이 되느니,
꽃잎 하나 제왕 하나
꽃잎 둘 제왕 둘,
길은 뜨고, 건물도 뜨고
한 제왕이 떠오른다.

— 『정현종 시 전집』 제 2권, 문학과지성사, 1999

정현종의 시가 갈수록 신명으로 흥청거린다는 것은 경이롭기까지 하다. 그 신명은 생명에 대한 경탄이 몸으로 옮겨 붙어서 참을 수 없는 가려움으로 추는 춤과도 같은 것이다. 저 무가내하(막무가내)로 추는 말의 춤, 그게 경이롭다는 것이다. 생각해보면 산업 문명사회가 발전하면서 세상은 얼마나 딱딱해졌으며 인간들은 얼마나 각박해졌던가. 그걸 시인이 모를 리 없다. 저 꽃잎이 떨어진 곳이 "시멘트 바닥"이라고 명시하고 있지 않은가. 그것은 본래 "문명의 난민"이고 "아스팔트의 지옥"인 "도시 생활"에 대한 기막힌 은유인 것이다(기껏 횟가루와 모래의 합성물에 불과한 것이 우리를 이리도 짓누르다니!) 그런데 문득 시인은 본다. 꽃잎 몇 개가 그 바닥에 떨어진 것을. 그것들은 썩 작아서 마치 시멘트 바닥에 선홍색의 물감이 몇 방울 떨어진 것처럼 보인다. 그 이름을 알지 못하는(그러니까 신비한) 꽃잎들은 크지 않기 때문에 결코 시멘트 바닥을 위협하지 않는다. 맞서지도 않는다. 그러나 그렇게 작은 덕분으로 그것들은 문득 시멘트 바닥 속에 스며 버렸다. 시멘트 바닥은 어느새 빨강 꽃잎들의 미래형이 되어 버렸다. 꽃잎들이란 무릇 우리의 머릿속에서 언제나 춤을 추는 법, 꽃잎이 춤추니 덩달아 시멘트 바닥도 "홀연히 떠오른다." 도시의 방은 어느새 "궁궐"이 된다. 그처럼, 시는 그 미약한 모습으로 세상 속에 슬그머니 끼어들어 세상 전체를 시로 물들인다. 그게 정현종의 신명의 시론이다.

—『주간조선』 1682호, 2001.12.13.

탄생의 때는 언제나 미묘한 법

김지하의 「줄탁(啐啄)」

저녁 몸 속에
새파란 별이 뜬다
회음부에 뜬다
가슴 복판에 배꼽에
뇌 속에서도 뜬다

내가 타죽은
나무가 내 속에
나는 죽어서
나무 위에
조각달로 뜬다

사랑이여
탄생의 미묘한 때를
알려다오

껍질 깨고 나가리
박차고 나가
우주가 되리
부활하리.

　　　　　—『결정본 김지하 시전집 2』(1986-1992), 도서출판 솔, 1993

해가 저물고 있다. 유한자 인간의 눈으로 볼 때 세모(歲暮)는 죽음을 연상시킨다. 그러나 순환하는 자연의 눈에 비추어 볼 때 모든 죽음은 새로운 탄생으로 이어진다. 옛날부터 사람들은 사람과 자연의 두 눈을 포개어 죽음의 비애와 신생의 희열이라는 두 개의 근본적 감정을 증폭시켜왔다. 비애가 클수록 희열은 더욱 차오른다. 김지하의 「줄탁」도 그러한 재생 신화의 한 자락을 펼쳐 보인다. 그러나 낡은 의례를 되풀이하는 것은 결코 아니다. 이 시에는 제의적이라기보다 실존적인 절박감이 농무(濃霧)처럼 깔려 있다. 자전(字典)에 의하면, '줄탁'이란 병아리가 껍질을 깨고 나오는 장면을 가리킨다. 병아리가 안에서 쪼는 것을 '줄(啐)'이라 하고, 암탉이 밖에서 쪼는 일을 '탁(啄)'이라 한다. 그러니까 사람과 자연의 역할 분담이 여기에는 없다. 병아리와 암탉이 함께 신생을 쪼고 있으니까 말이다. 시인이 줄곧 역설해 온 '상생의 철학'의 비극적 변용이라고 할 수 있다. 왜 비극적인가?

저 쪼는 행위가 너무나 미약하기 때문이다. 더구나 채 굳지도 않은 부리로 딱딱한 것에 부딪는 광경이라니! 하지만 그 서로를 향해 함께 쪼는 행위는 얼마나 생기롭고 아름다운가? 시인이 발굴해낸 저 '줄탁'이라는 어휘 또한 얼마나 신선한가? 그러니 탄생의 때는 언제나 미묘한 법이다. 새해에는 미묘한 때를 많이 만났으면 좋겠다.

—『주간조선』 1684호, 2001.12.27.

삶의 완성으로서의 철저한 소진

이수익의 「한 번 만의 꽃」

대나무는 평생
좀체로 꽃을 피우는 법 없지만
만에 하나
동지 섣달 꽃 본 듯, 꽃을 한 번
피우기라도 할 양이면

온 대밭의 대나무마다 일제히
희대(稀代)의 소문처럼 꽃들 피어나지만,
그 줄기와 잎은 차츰 마르고 시들어
결국
죽고 만다고 한다.

꿈같은 개화의 한 순간을 위하여
스스로 죽음을 선택해야 하는 대나무, 오오
눈부신
자멸(自滅)의 꽃
　　　—이수익 시집, 『눈부신 마음으로 사랑했던』, 시와시학사, 2000

　새해에는 어떻든 소망의 시를 읽고 싶다. 그러나 소망은 얼마나 자주 배반당하는가. 삶은 늘 기대 저편에서 처연히 자빠져 있거나 보기 흉하게 아득바득거리고 있다. 헛산 인생의 잡동사니들로 가득찬 넝마 자루의 꼴이거나, 증오와 분노로 투닥투닥대는 티검불 더버기의 형상이거나.

하지만 생각해 보면 이게 소망 탓도 아니고 현실 탓도 아니다. 소망과 낙담 사이에 무언가가 빠져있는 탓이다. 시인은 우리에게 결핍된 그 무엇이 대나무에게 있음을 본다. 그리고 그것을 "꿈같은 개화의 한 순간을 위하여/ 스스로 죽음을 선택하는" 태도라 이른다. 그렇다. 삶을 꽃 피우기 위해서는 죽을 각오로 몸을 던져야 하는 것이다. 그래서 '진인사(盡人事)'라 하는 게 아닌가. 삶의 완성은 철저한 삶의 소진을 요구하지 않는가.

이 '한 번 만의 꽃'이 한 번 만이라도 피었으면 좋겠다. 그래서 '희대의 소문'이 세상을 감동시켰으면 좋겠다. 요즘처럼 모든 잘못을 남에게 미루는 세상에서 이 시만큼 절실한 소망의 시도 없다 하겠다.

— 『주간조선』 1686호, 2002.1.10.

순환하는 거울

이우걸의 「거울·3」

무명의 시간들이 익사해 간 거울 속에는
분홍으로 가려 있는 추억의 창도 있지만
빗질을 하면 할수록
헝클리는 오늘이 있다

그러나, 아침마다 잠이 든 넋을 위해
누군가 힘껏 쳐 줄 종소릴 기다리며
우리는
거울 앞에서
머리를 빗어야 한다.

비가 오고 서리가 오고 국화꽃이 길을 열고
우리 맞는 계절은
늘 이렇게 조화로운데
거울은
무슨 음모에
또 가슴을 죄는구나

— 이우걸 시집, 『사전을 뒤적이며』, 동학사, 1996

보통 독자들은 무심코 지나가겠지만 이 작품은 시조다. 시조하면 무위
자연과 음풍 농월을 떠올리겠지만 그것은 전통에 대한 잘못된 인식과 실

천 탓이다. 그 잘못된 인식을 바꾸고 시조란 곧 생활 속에서 피어오르는 시절가요임을 보여주기 위해 많은 시조인들이 노력하고 있다. 이우걸도 그중 한 사람이다. 이 시는 그 건조한 묘사와 삶에 대한 집요한 질문으로 저 '무위 자연'을 철저히 부수고 있다. 그러나 이 시의 맛은 깔끔한 구성이 범상치 않은 인식을 보여주고 있다는 데에 있다.

이 시는 '거울'에 대한 시인데, 거울은 주제뿐만 아니라 구성에도 깊이 관여하고 있다. 전체적으로 보아 2연이 거울 역할을 하면서 1연과 3연을 거꾸로 비추고 있다. 1연의 거울은 차라리 '창'으로서 존재한다. 그 창 사이에서 추억과 오늘이 대립하고 있다. 2연은 그 창을 진짜 거울로 바꾼다. 바꾸니까 바깥의 풍경이 나의 문제로 탈바꿈한다. 무릇 거울은 반성의 상징이다. 헝클어지기만 하는 오늘의 세태는 거울 앞에 서 보니 바로 내가 반듯하지 못하기 때문이다. 거울 앞에 서면 우리는 세상을 탓하기에 앞서 나를 점검하지 않을 수 없다. 그 어떤 종소릴 기다리면서 마음과 몸을 깨끗이 하지 않을 수 없다. 여기까지는 꽤 도덕적인 교훈을 담은 시로서 이해할 수도 있다. 그러나 3연에 오면 달라진다. 3연은 1연의 되풀이인데 되풀이함으로써 무언가 크게 달라졌다. 계절은 추억의 변용이다. 즉 과거의 시간이 현재로 옮아오면서 공간화되었고 그 공간의 이름은 계절이다. 이 순환하는 자연에 '거울 앞에 선 나'가 대립하고 있다. 그런데 거울 앞의 자아는 자신을 비추어 보면서 끊임없이 자신을 키우고 있다. 때로, 아니 빈번히, 거울 앞에서 우리는 승리를 위한 의욕을 키운다. 모든 일을 자신으로 집중시키면서 무언가 음모를 짜고 있다. 저 순환하는 자연은 그 거울 뒤의 창인데, 이제 창은 차라리 거울로서 존재한다. 그것이 거울 앞에 선 자의 조인 가슴과 핏발선 눈초리를 비추고 있다. 과거에서 오늘로, 오늘에서 자연으로 거울은 순환한다. 순환하면서 거울은 거울 앞에서 서는 행위마저도 반성케 한다. 거울의 힘은 그 순환의 운동

성에 있다. 거울의 우주, 순환하는 우주로서의 거울은 분첩 속의 거울이
아니다.

—『주간조선』 1688호, 2002.1.24.

눈부신 오식

조영서의 「나의 오식(誤植)」

바람이 기어 온다 성큼성큼, 바람 틈에 태어난 나는 하늘땅이 비틀거리는 오식이다 햇살 한줄기 뿌리 깊이 박힌 誤字, 오자는 눈이 부시게 시리다 황홀하다 오식 사이사이 심심찮게 드나드는 바람은 사투리다

나는
오늘
지우개가
닳고
없다

　　　　—조영서 시집,『새, 하늘에 날개를 달아주다』, 문학수첩, 2001

　조영서 선생이 27년 만에 시집을 상재하였다. 시들과 함께 뒹군 시인의 땀내가 진하다. 그 땀내를 맡아 보니, 시인은 느릿느릿 그러나 시 한 편마다에 온몸을 던지며 살아 왔다. 그것을 두고 "성큼성큼" "기어" 왔다고 시인은 말한다. 그가 성큼성큼 기어 온 세월은 시 쓰기를 충동하는 바람을 계속 맞으며 살아 온 세월이다. 그런데 그는 오직 오식만을 심으며 살아 왔다. 하나의 완전한 시, 정식으로서의 시는 오직 결여로서만 존재한다. 이것을 두고 한 유대인 철학자는 '절대의 형이상학'이라 불렀다. 참된 절대는 결여로서만 존재한다는 것, 그것은 지상적 삶의 어떤 것도 미완의 것으로 만든다. 그럼으로써 인간에게 겸손을 가르쳐준다. 아무리

뛰어난 일일지라도 부족하고 미흡할 뿐이다. 그뿐만이 아니다. 더 나아가 그것은 인간의 모든 행위에 결코 고갈되지 않는 활달한 운동을 부여한다. 이미 완성된 시가 있다면 더 이상 시 쓰기가 계속되어야 할 이유가 없지 않은가? 그러니, 오식은 가짜 정식을 뛰어넘으려는 의지의 능동적 전개이다. 모든 굳어진 형식과 틀을 깨뜨리려는 의지 말이다. 오식은 그래서 "눈이 부시게 시리다 황홀하다." 그러면서 스스로 부족하고 미흡함을 알기 때문에 끊임없이 교정된다. "지우개가 닳고 없"게 되는 것이다. 그걸 읽으며 나는 너무 쉽게 씌어진 내 글이 부끄럽다.

—『주간조선』 1690호, 2002.2.13.

자유로운 생체험

오규원의 「밤과 별」

밤이 세계를 지우고 있다
지워진 세계에서 길도 나무도 새도
밤의 몸보다 더 어두워야 자신을
드러낼 수 있다
더 어두워진 나무는 가지와 잎을 지워진
세계 위에 놓고
산을 하늘을 더 위로 민다
우듬지 하나는 하늘까지 가서
찌그러지고 있는 달을 꿰고 올라가
몸을 버티고 있다 그래도 달은
어둠에서 산을 불러내어
산으로 둔다 그 산에서
아직 우는 새는 없다
산 위에까지 구멍을 뚫고
별들이 밤의 몸을 갉아내어
반짝반짝 이쪽으로 버리고 있다
　　　　—『토마토는 붉다 아니 달콤하다』, 문학과지성사, 1999

　오규원이 99년에 상재한 시집 『토마토는 붉다 아니 달콤하다』는 시인
이 수년 전부터 주창해 온 '날이미지'의 전모를 보여주는 시집이다. 날이
미지의 기본 발상은 일체의 관념으로부터 해방된 순수한 사물의 움직임

을 보여주겠다는 것인데, 실제로 드러나는 시적 효과는 단순하지가 않다. 관념의 해방은 그냥 상투적인 의식으로부터의 해방일 뿐 아니라 동시에 습관적 시선으로부터의 해방, 이미지의 사물성 자체의 해방을 포함하기 때문이다. 가령, "길 한켠 모래가 바위를 들어올려/ 자기 몸 위에 놓아두고 있다" 같은 구절은 시선을 풀어 놓을 때 어떤 경이로운 광경이 펼쳐지는가를 실감케 하며, "허공은 사방이 넓다/ 위에 둥근 해가 반쪽/ 밑에 둥근 해가 반쪽" 같은 구절은 나뭇가지 하나로 말미암아 태양이 천상과 지상 두 곳에 동시에 위치하는 마술을 보게 한다. 날이미지의 시적 효과는 그러니까 근본적으로 새롭고 자유로운 생의 체험이라고 할 수 있다. 오늘 소개하는 「밤과 별」은 저 자유로운 생체험이 깊은 현실 인식과 절묘하게 만나고 있는 시이다. 밤의 어둠 속에서는 "밤의 몸보다 더 어두워야 자신을/ 드러낼 수 있다" 혹은 "그래도 달은/ 어둠에서 산을 불러내어/ 산으로 둔다", 그리고 마지막 두 행, "별들이 밤의 몸을 갉아내어/ 반짝반짝 이쪽으로 버리고 있다" 같은 시구를 가만히 음미해보시라.

—『주간조선』1692호, 2002.2.27.

'우수'의 지나가는 바람

최하림의 「우수(雨水)」

雨水라는 말이 그럴듯하다고 생각하면서
무심히 창을 여는데 길 건너편 슬레이트 지붕
아래로 달려들 듯 노을이 흘러가고 가는 바람이 흘러
가고 볼이 붉은 아이가 간다 누가 스위치를 눌렀는지
어두운 창이 밝아지면서 추녀가 높이 솟아오르고
불분명한 시간들이 산허리를 타고
강둑 버드나무숲 쪽으로 휘어져간다
　　　　　　　— 최하림, 『풍경 뒤의 풍경』, 문학과지성사, 2001

　밖에 따사로운 봄비가 내리는 줄 알았나 보다. 계절의 이름에 새삼 고개를 끄덕이면서 무심히 창을 여니, 비가 아니라 노을이 흘러가고 바람이 부는 소리였다. 그런데 노을과 바람은 봄비처럼 촉촉이 대지에 스며들지 않는다. 노을은 "달려들 듯 흘러가"며 지붕 아래의 세상을 붉게 물들이고 있다. 그러나 "대동강물이 풀리고 봄바람이 불기 시작한다"고 사람들이 말하는 우수(雨水)의 바람은 시에서는 "가는 바람"이다. 봄기운은 내게 달려들 듯 하지만 실은 내 앞에 저만치 거리를 두고 지나가고 있는 것이다. 건너편 집이 불을 밝혀서 봄이 지나가는 광경이 훌쩍 확대되고 또 그만큼 세상의 모습이 밝아지는데, 꼭 그만큼 시인은 아직도 겨울인 것이다. "춘래불사춘"인 심정으로 그의 마음은 저기 휘어져 달아나는 봄

바람을 멀찍이 지켜보고만 있다. 시인의 마음이 투사되면 저 환히 열리는 봄 세상은 분명 "불분명한 시간들"이다. 그 복잡한 마음이 "볼이 붉은 아이"를 만들어낸다. 그 아이는 신생의 계절을 은유하기도 하고, 불분명한 세상을 쫓아가고 싶은 시인의 마음을 가리키기도 한다. 그러고 보니 올해의 봄도 기대와 환멸이 불분명하게 뒤얽힌 채로 막 다가오고 있다.

—『주간조선』1694호, 2002.3.14.

4중주의 음악
정진규의 「交感」

몇 해 전 요즈음 나는 잘 먹힌다고 쓴 적이 있는데, 그러면서도 행복한
것은 아니었는데, 그저 빼앗기고 있다는 기분이었는데 오늘은 아이에게
젖을 물리고 있는 한 엄마를 보면서 고함치도록 행복하였다 그는 정말
잘 먹히고 있었다 아이가 배가 고플 때쯤이면 젖이 찌르르 신호를 보낸
다고 했다 이건 분명 먹이다가 아니라 먹히다이다 먹히다는 고함치도록
행복하다이다 그러니 모유가 제일이다! 그대 오늘 사랑이 고픈가 이 몸
이 지금 찌르르르 신호를 보낸다
　　　　　　　　　— 정진규 시집, 『도둑이 다녀가셨다』, 세계사, 2000

인생은 고달프다. 그래도 잘 나간다고 시인은 '뻥친다.' 그걸 "잘 먹힌
다고" 표현하고 다녔다. 뻥칠 때의 의미는 '세상일이 내게 잘 들어맞고
있다'는 뜻이다. 그러나 속뜻은 내가 '되는 일 하나 없이 남에게 먹히기
만 하고 있다'는 뜻이었다. 그것은 자조이자 세상에 대한 은근한 힐난이
다. 그런데 "오늘" 나는 "젖을 물리고 있는 한 엄마"를 보았다. 그것 또한
먹히는 광경이었지만 "고함치도록 행복한" 먹힘이었던 것이다. 그 광경
이 얼마나 감동적이었는지, 처음엔 사는 게 한심하니 말하는 것도 지겹
다는 듯 두 번 연달아 쉼표를 찍더니 그 다음엔 쉼표도 마침표도 없이
한달음으로 말을 쏟는다. 마치 시인의 입이 말에 먹히고 있는 것 같다.
고함치도록 행복하게! 중간에 느낌표는 그래서 나왔으리라. 고달픈 인생

은 고픈 인생에게 마구 먹힐 때 행복해진다. 그런 행복은 피붙이 간에 있을 수 있는 것이지만 그 광경이 타이들과의 다른 관계를 꿈꾸게 한다. 동족 간의 사랑이 이성 간의 사랑을 촉발한다. 그렇게 촉발된 다른 삶을 증폭시키는 것은 물론 시인의 '언어'이다. '먹힘'이라는 단어를 네 번 포개서 사중주의 음악을 만들어낸 그 말솜씨이다.

—『주간조선』 1696호, 2002.3.28.

알긴 뭘 알아

김형영의 「알긴 뭘 알아」

알긴 뭘 알아
안다는 거지
혼자서는 모르니까
혼자서는 안되니까
끼리끼리 모여 안다고 우기는 거지
없는 것도 있고, 보지 않은 것도
보이지 않는 것도
보았다고 우기면 본 거지

예수는 하느님이라고
(혹은 사람이라고)

예수는 독생성자라고
(혹은 장자라고)

예수는 부활했다고
(혹은 소생했다고)

예수는 재림한다고
(혹은 환생한다고)

끼리끼리 모여 그렇다면

그런 거지

모르는 건 모르는 것이고
몰라되 되는 건 몰라도 되는 것인데
그건 죄가 아니니까
그저 괄호 속에 넣어두면 되는 것인데
저승에 가서나 알 일들까지
(정말 저승이 있는지는 또 누가 알아)
끝끝내 살아서 알려고만 그러니
어쩌랴, 법에 걸리는 일이 아닌걸
어쩌려, 돈이 생기는 일인걸

그게 진짜 사는 맛인걸
　　　　　— 김형영 시집, 『새벽달처럼』, 문학과지성사, 1997

　시인의 첫 시집『모기는 혼자서도 소리를 친다』(1979)에서 "오, 우리의
왕국인 무덤아"라는 외침을 들었을 때의 놀라움이 지금도 잊히지 않는
다. 버림받은 인생들을 모두 짐승으로 은유하고 그 짐승들의 서식처를
무덤으로 지칭했을 때, 거기에는 소외된 인생들이 은밀히 파내려간 그들
만의 생과 그런 은밀한 생은 까마득히 모른 채 그저 행복의 착각에 빠져
있는 세상 사람들에 대한 야유가 한데로 어울려 기이한 군무를 이루어내
고 있었다.
　오랜 병을 앓고 난 후 시인의 시세계는 많이 변했다. 되찾은 생의 감격
과 절대자에 대한 겸허한 순종이 언어의 훈륜을 그리게 되었다. 하지만
핵심을 '찍어내는' 시인의 직관력은 여전히 살아 있다는 것을 이 시는 보
여준다. 우리가 삶을 사랑하는 것은 그 삶이 우리의 참된 노동과 실천을
기다리는 넓게 열린 공간이기 때문이다. 그런데 사람들은 쓸데없는 지식
으로 그 자리를 채우고 거기에 자신들마저 집어넣어서 지식을 고정관념

으로 만들고 자신들을 지식 패거리로 만든다. 그런 사람들이 알긴 뭘 알겠는가? 허위를 남용하는 자유 빼고는. 돈의 달콤함 빼고는. 무리에 기생해 남을 지배하는 쾌감 빼고는.

—『주간조선』 1698호, 2002.4.11.

각성은 명령이라

노향림의 「어떤 개인 날」

낡고 외진 첨탑 끝에 빨래가
위험하게 널려 있다.
그곳에도 누가 살고 있는지
깨끗한 햇빛 두어 벌이
집게에 걸려 퍼덕인다.
슬픔이 한껏 숨어 있는지
하얀 옥양목 같은 하늘을
더욱 팽팽하게 늘인다.
주교단 회의가 없는 날이면
텅 빈 돌계단 위에 야윈 고무나무들이
무릎 꿇고 황공한 듯 두 손을 모은다.
바람이 간혹 불어오고
내 등뒤로 비수처럼 들이댄
무섭도록 짙푸른 하늘.
　　　　—노향림 시집, 『후투티가 오지 않는 섬』, 창작과비평사, 1998

　시를 읽다가 눈앞이 하얗게 비워질 때가 있다. 필설로 다할 수 없는 것
과 문득 마주쳤을 때다. 「어떤 개인 날」은 감히 마주볼 수 없는 신의 표
정을 그려 보여주고 있다. 그 표정은 위태롭고 슬프고 맑다. 위태로운 것
은 인간들이 참된 삶을 버렸기 때문이다. 그때부터 신은 인간에게 쫓겨,
낡고 외진 첨탑에 유폐되었다. 그때부터 신은 인간처럼, 아니, 그보다 더

낮은 존재가 되어 빨래를 한다. 인간이 주인되고 신이 노예가 되었다. 신의 표정이 슬픈 것은 그러나 몰락한 자신의 처지를 슬퍼해서가 아니다. 그것은 신이 한결같은 위엄을 잃지 않고 인간을 슬퍼하기 때문이다. 그 슬퍼함으로 "하얀 옥양목 같은" 순수의 하늘을 "팽팽하게 늘인다." 마지막 대목에서 '나'가 등을 돌리고 있는 것은 인간이 한 짓이 부끄럽고 두렵기 때문이다. 그러나 하늘은 인간의 모든 곳에 임한다. 그것을 피할 길은 없다. 신의 한없이 맑은 슬픔이 나의 등을 비수처럼 찌른다. 참된 삶에 대한 각성은 인간이 살아 있는 동안은 끊임없이 마주쳐야만 하는 명령이다.

📖 시인에게 문의했더니, 이 시의 배경은 '절두산 성지'라고 한다. 고무나무는 물론 어느 가냘픈 나무들에 시인의 상상력이 붙인 이름일 것이다. 아주 야윈 고무나무들은 야위었으나 불변의 나무들이다. 가장 사악한 세상에서도 누군가는 참된 삶을 향해 경배하고 있다. 가장 약한 사람들이. 스스로 야윌 줄 아는 사람들만이!

— 『주간조선』 1700호, 2002.4.25.

노동자의 세계관
최종천의 「집」

나는 왜 고집스럽게 집으로 가야 하는가?
많은 사람들이 집을 가지려 등이 휘고
그 능선에서 해가 뜨고 진다
집안의 장롱이나 책상에 사람들은
저마다의 의미를 가두어 놓고 있을 것이다
나는 거리를 헤매면서 알았다
이토록 많은 사람들 사이에서 마저
빛나는 언어를 얻을 수 없는 까닭은
우리가 의미를 낭비하고 있기 때문이라는 것을
행복이라는 상징은 얼마나 춥고 배가 고픈가
나는 오늘도 많은 의미를 소비했다
가엾은 예수와 노자에게
다시는 언어를 구걸하지 않으리라고 생각하지만
사실 그들에게는 집이 없었다고 한다
눈사람의 집은 그의 몸이다
그의 몸은 그의 전집이다
나도 눈사람처럼 집 없이 살고 싶다
　　　　—최종천 시집, 『눈물은 푸르다』, 시와시학사, 2002

　최종천의 시를 읽다가 나는 깜짝 놀란다. 그가 노동자이기 때문이 아니라, 그의 시에 노동자의 세계관이 농축되어 있기 때문이다. 우리는 지난 30여 년 동안 노동자에 대해 수많은 말을 해왔다. 그러나, 실은 노동자의 역할, 지위, 상황에 대해서만 말했을 뿐이다. 이제 처음으로 최종천이 노동자의 '존재'에 대해 말한다. 시에 의하면 노동은 가치를 생산하고 재화를 축적하는 데 쓰이기 이전에, 그 자체로서 살아있는 움직임이다. 그가 다른 시에서, "우리를 누가/ 임금 노예라고 하는가 노동의 고통이/ 피를 휘젓는 동안은/ 우리는 생명이다"라고 말했듯이 말이다. 집이며, 장롱이며, 행복은 그 다음의 문제이다. 그런데도 우리는 집에, 장롱에, 행복에 먼저 들려서 살아 왔다. 그 결과는 바로 그것들에 짓눌려 등에 휘어지고 만 것이다. 그래서 시인은 존재로의 회귀를 촉구한다. 물론 노동자의 세계관은 존재 자체로부터 나오는 게 아니라 존재와 상황의 불일치로부터 나온다. 다만, 존재의 입장에서 그 불일치를 말할 때만 노동자의 세계관이 보일 수 있다. 그 말을 지금까지 어떤 학자도 시인도 한 적이 없었다.

―『주간조선』 1702호, 2002.5.9.

환한 넓이

김명인의 「바닷가 물새」

바닷가 물새 한 마리. 너무 작아서
하루 종일 헤맨 넓이 몇 평쯤일까.
밀물이 오면
그나마 찍던 발자국도 다 지워져버리고
갯벌은 아득한 물 너비뿐이다
물새. 물살 피해 모래밭 쪽으로 종종쳐
걸음을 옮기다가
생각난 듯 다시 물 가장이로 돌아가
몇 개 발자국 더 찍어본다
황혼은 수평선 쪽이고 아직도 밝은 햇살
구름 위지만
쳐다보는 저무는 바다 어스름이 막 닫아거는
하늘 저쪽 마지막 물길 반짝이는 듯.

        — 김명인 시집, 『길의 침묵』, 문학과지성사, 1999

  이 풍경은 훤하게 넓어져 가는 운동 자체이다. 시를 읽는 시방도 풍경
은 시나브로 넓어져가고만 있다. 이 훤한 넓이가 어디에서 오는가? 저 햇
살에서? 아니다. 그것은 바닷가에 발자국을 찍는 물새의 아주 작은 움직
임에서 나온다. 그것이 작기 때문에 그것을 둘러싼 공간은 더욱 커 보인
다. 물새는 스타카토로 움직인다. 때로는 종종거리고, 때로는 깡총대면

서. 그렇게 움직일 때마다 풍경의 둘레는 꼭 그만큼 옆으로 자리를 옮기고, 그럼으로써 스타카토로 연속해서 둘레들이 포개진다. 한편, 이 풍경을 흔들고 있는 물살은 물새의 발자국을 지우면서 동시에 포개진 둘레들의 경계선들도 지운다. 햇살은 이 넓어져가는 운동을 잘 보이게 도와주는 신비의 안경이다. 햇살은 왜 그런 일을 하는가? 물새들의 발자국 찍기는 금세 지워져버리는 도로(徒勞)의 운동이다. 그러나 그 도로의 운동이 없었다면 어떻게 세상이 더 넓어질 수 있었겠는가? 무용한 듯 보이는 움직임이 곧 세상을 변화시키는 움직임인 것이다. 그러니, 물새의 발자국 찍기를 흉내 내어 풍경 저 끝은 "하늘 저쪽 마지막 물길 반짝이는 듯"하는 것이다. 저물녘의 햇살이 비추이는 것이 바로 이 호응이다. 그것은 어둠을 희미하게 퍼져가는 바탕 빛으로 만든다.

—『주간조선』1704호, 2002.5.23.

은유로 기능하지 않는 자연
이시영의 「한 눈빛」

어머니 병원 가시고 난 지 일주일
창 밖 후박나무 가지 위에 웬 이름 모를 멧새 하나 찾아와
종일을 앉았다가 날아가곤, 앉았다가 날아가곤 한다
어머니 아예 먼길 뜨시려고 저러는 걸까
새는 날아가고 날아간 새의 초점 없는 희미한 눈빛만이 가지 끝에 앉아
밤새도록 흔들거리며 나를 굽어보고 있다
　　　　　　—이시영 시집, 『사이』, 창작과비평사, 1996

어머니가 입원하신 것과 창 밖에 새 날아온 것이 서로 무슨 관계가 있
는가? 인간의 사건과 자연의 광경을 정면으로 맞대놓고 시침 떼는 것은
후반기 이시영 시의 아주 특징적인 면모이다. 그 두 세상 사이의 관계를
눈치 채기 힘들어서 독자는 종종 어리둥절해지는데, 가만히 들여다보면
때로 내밀히 조응하는 연결이 숨어 있어서 복잡한 심사를 귀신처럼 드러
낸다.

새가 날아 앉은 '후박나무'에 열쇠가 있다. 후박나무는 굵은 나뭇가지
가 넓게 퍼져서 마치 거대한 거북이가 우듬지에 올라 커다란 그늘을 드
리운 모양을 하고 있는 상록교목이다. 또한 쓰임새가 많은 나무이기도
하다. 한국에서 흔히 볼 수 있는 이 나무는 자연스럽게 어머니의 이미지
와 엇비슷이 포개진다. 그 후박나무에 "앉았다가 날아가곤" 하는 새는

어머니를 근심하는 나의 모습과 그 역시 엇비슷이 포개진다. 그러나 후박나무는 어머니가 아니고 새는 내가 아니다. 나의 마음은 어떤 자연으로도 번역될 수가 없다. 그러니, 그게 문자 그대로 근심인지도 알 수가 없다. 이 생각의 불투명성이 새가 날아간 자리에 "새의 초점없는 희미한 눈빛"으로 남았다. 자연이 인간의 은유로 작용할 때는 오직 '무지' 혹은 '무의미'로서만이다. 이시영 시 특유의 메시지이고, 형식이다.

—『주간조선』 1705호, 2002.5.30.

수필적 서정의 시

마종기의 「아침 출근」

이를 닦는다
지난밤을 닦아낸다.
경황 없이 경험한 꿈들을
하얗게 씻어낸다.
모든 밤의 장식을 씻어낸다.

밥상 앞에서도
허황하지 않기 위해
몇 번이고 되풀이되는 동작으로
숟가락에 담는 현실.

출근, 출동 혹은 충돌!
하루의 모든 충돌이
빛이 되기를 기대한다.
상처가 만져지기 시작하는
우리들 나이의 이마.
피 흘리지 않고 모든 충돌이
불이 되어주기를 기대한다.

최근에 읽은 마종기 시인의 몇몇 시편들이 내 마음속에 남긴 감동의
여운이 자못 깊어서 그의 옛 시집들을 다시 들추어보게 되었다. 「아침

출근」은 '수필적 서정성'이라고 불리는 마종기 시의 특징적인 면모가 잘 드러난 시이다. '수필적'이라는 말은 생활의 자질구레한 사건들을 솔직 담백하게 기술하고 있다는 것을 뜻하며, 서정성이라는 것은, 그에 대한 흔한 정의와 부합하게, 그러한 생활사를 마음의 용기에 담아 새로운 삶에 대한 깨달음, 소망, 의지로 변용한다는 것을 가리킨다. 첫 두 행, "이를 닦는다/ 지난 밤을 닦아낸다"는 그러한 수필적 서정이 말끔하게 드러난 대목이다. 이를 닦는 행위는 지난밤까지 입 안에 끼인 찌꺼기를 세척하는 행위이며, 동시에 새 아침을 시작하는 마음의 의례이다. 물리적 사건과 심리적 사태가 재치있게 결합한 것이다.

그러나 이 심상은 자연발생적인 것이 아니다. 여기에는 시인의 소망 혹은 의지가 깃들어 있다. "상처가 만져지기 시작하는/ 우리들 나이"에서 그가 소망하는 것, "하루의 모든 충돌이/ 빛이 되기를 기대"하는 마음이 이 닦는 행위의 묘사를 가능케 한 것이다. 이를 닦듯이 마음을 정갈케 해야, 대낮에 벌어질 모든 충돌에서 사심의 찌꺼기들을 걸러내고 진심의 알맹이들을 정련해, 보다 나은 삶을 향한 상생의 불을 지필 수가 있는 것이다.

—『주간조선』 1707호, 2002.6.13.

거미줄과 오솔길

강은교의 「줄 – 해인사에서 하나」

그림자들이 떠도는 아침 하늘 밑
해인사 올라가는 숲, 오솔길에 가보면
은빛 거미줄들이 수없이 햇살을 받고 있다.

내가 모가지를 걸 때까지
구름에 양팔이 묶인 채
심장을 탈탈 털어
내, 거기 눕혀질 때까지.

줄의 주인은 보이지 않는다.
　　　　　—강은교 시집, 『어느 별에서의 하루』, 창작과비평사, 1996

　　한국시에서 '거미'는 아주 상반된 이미지들을 표상해왔다. 이성복의
"금빛 거미"는 착취자의 은유였고, 후기 정현종의 거미줄은 이슬이 맺히
고 서늘한 공기가 들락거리는, 잘 숨쉬는 소통망이었다. 반면, 서양문학
에서 거미는 실을 잣는 존재, 즉 육체를 길게 뽑아서 언어의 집을 짓는
존재로서 이해되기도 했다. 강은교의 '거미줄'은 이 표상들의 접점에 위
치한다. 그의 거미줄은 무엇보다도 예속의 줄이다. 그러나 그 복종은 한
용운이 "남들은 자유를 사랑한다지마는 나는 복종을 좋아하여요"라고
노래했을 때의 '복종'과 동의어, 즉 무한자 앞에 선 인간의 겸손한 순종

이다. 거미줄은 이 순종을 통해 참된 진리를 향해 가는 구도의 길, 그 쓸쓸하고 미로처럼 헤메이는 수없는 고행의 길들을 표상한다. 이 시의 아름다움은, 그러나, 그 구도의 길을 곧바로 거미줄에 은유한 데서 오는 것이 아니라, 그것을 "해인사 올라가는 숲" 속에 꾸불꾸불 얼키설키 난 오솔길들에 포개놓은 데에서 온다. 오솔길은 거미줄의 비유에 기대어 또렷한 의미를 회득하고, 거미줄은 오솔길 속에서 생생히 살아난다.

—『주간조선』 1709호, 2002.6.27.

파리의 성스러움
이성복의 「파리」

초가을 한낮에 소파 위에서 파리 두 마리 교미한다 처음엔 쌕쌕거리며 서로 눈치를 보다가 급기야 올라타서는 몸 구르는 파리들의 대낮 정사. 이따금 하느작거리는 날개는 얕은 신음 소리를 대신하고 털복숭이 다리의 꼼지락거림은 쾌락의 가는 경련 같은 것일 테지만 아무리 뜯어보아도 표정 없는 정사, 언제라도 손뼉쳐 쫓아낼 수도 있겠지만 그 작은 뿌리에서 좁은 구멍으로 쏟아져 들어가는 긴 생명의 운하 앞에 아득히 눈이 부시고 만다

— 이성복 시집, 『호랑가시나무의 기억』, 문학과지성사, 1993

시가 아름다움을 노래하고 그 아름다움이 종국에는 신성(神性)에 닿아 있는 것임은 틀림없다. 그러나 그 천국의 문 안으로 인간만이 들어설 수 있다는 믿음은 터무니없는 것일 텐데 사람들은 거의 본능적으로 그렇게 생각한다. 파리가 시커먼 털을 비비며 '그짓'을 하는 게, 인간의 사랑과 다를 바 없다고는, 결코 생각하지 않는다. 더러울 뿐만 아니라 더러움을 전파시키기도 하는 저 파리의 성애도 "긴 생명의 운하"를 흐르는 눈부신 행위라는 것을 말이다. 이거야말로 그 잘난 인본주의자들뿐 아니라 소위 범생명주의자들도 짐짓 모른 체 해 온 것이다. 민들레와 플랑크톤은 기꺼이 아꼈지만 유해곤충은 오로지 박멸의 대상이었던 것이다. 하지만, 이 시의 깊이는 극단적 범생명주의, 아니 차라리, 범생물주의를 설파하는 데

서 나오는 건 아니다. 이 시의 핵심은 살아 있는 모든 존재들이 힘껏 실천하고 있는 저 "생명의 운하" 흐르기 사업 한가운데 도사리고 있는 "표정없는 정사"의 무표정이다. 인간으로부터 모든 위엄을 박탈당한 파리에게서야 겨우 본색이 드러나는 그 표정 없음을 통해서 시인은 바로 성스러움의 실체는 무엇인가라는 무서운 질문을 던져대고 있는 것이다. 왜 생명은 사는가? 산다는 것은 도대체 무엇을 어떻게 한다는 것인가... 인생살이의 때마다 도처에서 만나는 근본적인 질문들의 근본인 질문 말이다. 저 눈부신 행위가 "아득히 눈이 부신" 것은 그 때문이다.

—『주간조선』 1711호, 2002.7.11.

배롱나무가 구부정한 까닭

황지우의 「나의 연못, 나의 요양원」

목욕탕에서 옷 벗을 때
더 벗고 싶은 무엇인가가 있다
나는 나에게서 느낀다
이것 아닌 다른 생으로 몸 바꾸는
환생을 꿈꾸는 오래된 배롱나무

탕으로 들어가는 굽은 몸들처럼
연못 둘레에
樹齡 三百年 百日紅 나무들
구부정하게 서 있다

만개한 8월 紫薇꽃,
부채 바람 받는 쪽의 숯불처럼
나를 향해 점점 밝아지는데
저 화엄탕에 발가벗고 들어가
생을 바꿔가지고 나오고 싶다
불티 같은 꽃잎들 머리에 흠뻑 쓰고

나는 웃으리라, 서울서 벗들 오면
상처받은 사람이 세상을 단장한다
말하고, 그들이 돌아갈 땐
한번 더 뒤돌아보게 하여

저 바짝 藥오른 꽃들,
눈에 넣어주리라
　　―황지우 시집,『어느 날 나는 흐린 酒店에 앉아 있을 거다』,
　　　　　　　　　　　　　　　　　　　　　문학과지성사, 1998

　　수년 전, 시집으로서는 예외적으로 베스트셀러를 기록한 황지우의『어
느 날 나는 흐린 酒店에 앉아 있을 거다』는 40대 후반에 들어 '잘못 살았
다'는 우울한 각성에 사로잡힌 중년의 울적한 심사로 근근한 시집이다.
시인의 몰골은 시종, 다른 생으로 탈출하고 싶은 낭만적 충동이 세상의
녹진녹진한 막에 농락당하다가 생기와 물기가 다 빠져나가버려 무두질
당한 가죽부대의 모양으로 축 늘어져 있다. 그러나 이 맥 빠진 시들을 읽
어나가다 보면, 이 닳아빠진 생을 살아야 하는 사람의 비애가 가슴 밑바
닥에 자우룩하게 깔리는 만큼 똑같은 정도로 지친 생을 기어이 끌고 가
활활 태우고 싶어하는 열망이 "부채 바람 받는 쪽의 숯불처럼" 일어나는
것을 느낄 수 있다. 그 숯불은 물론 생 한복판으로 통하는 아궁이에서 일
어난다. 생을 바꿔치려면 생 한복판으로 "발가벗고 들어가"야 하는 것이
다. 그러니까 세상 밖으로 탈출하는 데에 지쳐버린 인생이 실은 생의 한
가운데를 꿰뚫기 위해 열심히 골몰한 생이기도 할 것이다. 배롱나무가
구부정하게 선 포즈로 백일의 꽃을 피우고 있듯이.

　　📖 '배롱나무'의 표준말은 배롱나무다. 그런데 남쪽에서는 '룡'으로 발음하는가보다. 황지우의 시
　　에는 이렇게 구체적인 장소와 시간대에서 소리 나는 대로 적은 어휘들이 빈번히 등장한다.
　　살아 있는 언어를 있는 그대로 표출하는 것이 시의 본령이라면 황지우의 이런 습관은 존중되
　　어야 한다.

　　　　　　　　　　　　　　　　　　　　　―『주간조선』1713호, 2002.7.25.

목구멍의 흡입력

김정환의 「목구멍」

옛날에
나를 켕기게 만들던
우리 식구 목구멍 하나 둘 셋
그것을 채우던 내 노동
일년 이십년 한평생
뼈빠지게 고생하던 옛날에
울분 삭히던 가슴에
쐬주 고이던
뻥 뚫린 구멍 하나 둘 셋
지금은 내가 채울 목구멍이
세상 도처 내 몸보다 크구나
제 혼자 허한 목구멍
자본가의 거대한 목구멍
정치가의 거대한 목구멍
역사의 거대한 목구멍
그러나 켕기지 않네
채우기에 노동자 이 가슴
모자랄 뿐이네 그것이 노동자 나를
구멍보다 거대하게 키우고
성장이 넘쳐 목구멍도
뒤집히고, 경사나겠네
　　　— 김정환 시집, 『노래는 푸른 나무 붉은 잎』, 1993, 실천문학사

우리는 언제부터인가 가난을 잊고 살고 있다. 80년대에 소비사회가 시작되고 90년대에 문화 산업이 급격히 팽창하면서 일상적 향유는 무람없는 일이 되었다. 봉지쌀을 사야만 했고 '허리띠를 졸라매라'는 국가적 강요에 시달려야 했던 가까운 과거는 까마득한 옛날이 되어 버렸다. 세상이 좋아지긴 좋아진 것인가? 그러나 갈수록 각박하고 야박해지는 치열한 약육강식의 사회에서 가난은 사라지지 않는다. 단지, 가난의 문화가 실종되었을 뿐이다. 그 실종 속에서 결핍의 의식은 기승한다. 우리는 날마다 자신의 부당한 결핍을 저주하고 타인의 부를 시샘하며, 샘을 이기지 못해 과잉 소비에 매달린다. 그래서 가난도 재빨리 소비된다. 3D 업종을 기피하고 카드 빚에 쫓겨 범죄를 저지르는 것도 가난을 소비하는 방식들이다. 김정환의 시가 함축적으로 지시하고 있는 가난의 문화는 단순히 가난에 대해 절망하고 울분을 터뜨리는 것만으로 이루어지지 않는다. 그것은 가난한 자가 견뎌야 하는 내핍의 윤리만을 뜻하는 것도 아니다. 그것은 절망과 울분과 윤리를 함께 아우르면서 그것들을 통째로 모종의 힘으로 변화시킨다. 삶을 이겨내는 힘을. 나를 집어삼키는 세계를 거꾸로 빨아들이는 힘을.

📖 얼마 전, 나는 최종천의 노동자의 세계관을 소개했었다. 노동자의 세계관이 일을 함으로써 세계와 자신을 함께 변화시키는 자의 세계관이라면, 가난의 문화는 그 노동자의 세계관이 정련되는 제련소이다.

— 『주간조선』 1715호, 2002.8.8.

아우성 한복판의 절대적인 침묵

채호기의 「수면 위에 빛들이 미끄러진다」

수면 위에 빛들이 미끄러진다
사랑의 피부에 미끄러지는 사랑의 말들처럼

수련꽃 무더기 사이로
수많은 물고기들이 비늘처럼 요동치는
수없이 미끄러지는 햇빛들

어떤 애절한 심정이
저렇듯 반짝이며 미끄러지기만 할까?

영원히 만나지 않을 듯
물과 빛은 서로를 섞지 않는데,
푸른 물 위에 수련은 섬광처럼 희다
　　　　　　　　—채호기 시집, 『수련』, 문학과지성사, 2002

　채호기가 얼마 전 상자한 『수련』은 뜨거운 여름에 읽을 때 완벽한 실
감을 느낄 수 있는 시집이다. 『수련』은 삶의 진상 혹은 사물의 본질을 탐
구한 시편들로 이루어져 있다. 그런데 시인은 통상적인 구도의 길, 즉 수
직적 초월이나 내면 탐구의 방향을 택하지 않았다. 오히려 진실을 은폐
하거나 훼손하고 있다고 생각되기 일쑤인 '현실'의 한복판으로 뛰어든다.

그것의 고도로 추상화된 표상이 한여름의 수련이다. 생각해보라. 여름에 모든 내부는 밖으로 튀어 나와 번쩍이고 미끌거린다. 해수욕장의 비키니 여인들, 모든 것을 녹일 듯한 강렬한 햇빛, 저의 모든 생명의 힘을 일제히 펄럭이는 듯한 무성한 녹음(綠陰), 거기에서 시끄럽게 울어대는 쓰르라미 소리. 그러나 그 완전한 노출, 모든 내면이 말소된 소란하고 화려한 외관은, 그런데, 결코 손에 잡히지 않는다. 그것들은 눈부셔 눈앞에서 차단되고 그것들은 손에서 미끌거리며 살아있는 물고기처럼 빠져나간다. 명백히 보이지만 그 의미는 결코 포착되지 않는다. 한여름의 아우성 한복판에 절대적인 침묵이 도사리고 있는 것이다. 저 고요한 수련처럼. 저 우아한 수련처럼. 저 뇌새(惱殺)적인 수련처럼. 이러한 세계를 일찍이 한국 시인 중 누가 그린 적이 없다.

—『주간조선』1717호, 2002.8.22.

남성주의를 녹이는 여성주의

김혜순의 「잘 익은 사과」

백 마리 여치가 한꺼번에 우는 소리
내 자전거 바퀴가 치르르치르르 도는 소리
보랏빛 가을 찬바람이 정미소에 실려온 나락들처럼
바퀴살 아래에서 자꾸만 빻아지는 소리
처녀 엄마의 눈물만 받아먹고 살다가
유모차에 실려 먼 나라로 입양 가는
아가의 뺨보다 더 차가운 한 송이 구름이
하늘에서 내려와 내 손등을 덮어주고 가네요
그 작은 구름에게선 천 년 동안 아직도
아가인 그 사람의 냄새가 나네요
내 자전거 바퀴는 골목의 모퉁이를 만날 때마다
둥글게 둥글게 길을 깎아내고 있어요
그럴 때마다 나 돌아온 고향 마을만큼
큰 사과가 소리없이 깎이고 있네요
구멍가게 노망든 할머니가 평상에 앉아
그렇게 큰 사과를 숟가락을 파내서
잇몸으로 오물오물 잘도 잡수시네요
　　― 김혜순 시집, 『달력 공장 공장장님 보세요』, 문학과지성사, 2000

　가을을 노래하고 있지만 동시에 신생에 환호하는 시다. 아니 가을을
노래함으로써 신생을 작약하는 시다. 모든 것이 무르익은 계절, 무르익은

모든 것을 풀어 놓는 계절. 가을엔 신경세포들이 유별나게 법석거린다. 여치는 '한꺼번에' 울고, 땡볕 여름에서는 하얗게 돌아가는 모습만 보이던 자전거 바퀴가 '치르르치르르' 소리를 낸다. '보랏빛 찬바람'도 빻여져 분분히 날린다. 세상의 만물에게로 흩어져 날려 모두가 바람나게 한다. 그렇게 가을엔 모든 것이 화통한다. 저마다 익어 독립된 개체로 살아 움직이면서 동시에 서로 따뜻한 기운들을 뿜고 쐰다. 그렇게 보니, 가을날의 '차가운 한 송이 구름'은 무수한 이슬방울들의 입자들이다. 새벽의 찬 이슬 한 방울이 새 삶의 명징한 거울이라면, 저 이슬방울들이 뭉친 구름은 신생의 꿈틀거림들로 둥그렇게 부풀어 오른 것이다. 둥그렇게 부풀어 오른 그것은, 둥글게 깎인 사과 껍질처럼 길다란 길을 낸다. 이것이 김혜순의 여성주의이다. 무르익은 것이 풋풋한 새것이라는 것. 호호할머니에게서 아가의 웃음을 보는 것. 그의 여성주의는 남성적 세계에 저항하는 여성주의가 아니라 남성주의를 위액으로 녹여 새로운 인간을 잉태시키는 여성주의이다.

—『주간조선』 1719호, 2002.9.5.

생의 허무를 문득 알고 말았으니...

송찬호의 「머리 흰 물 강가에서」

봄날 강가에서 배를 기다리다 머리 흰
강물을 빗질하는 늙은 버드나무를 보았네
늘어진 버드나무 가지를 밀고 당기며
강물은 나직나직이 노래를 불렀네
버드나무 무릎에 누워 나, 머리 흰 강물
푸른 머리카락 다 흘러가버렸네
배를 기다리다 기다리다 나는 바지를
징징 걷고 얕은 강물로 걸어들어갔네
봄날 노래 소리 나직나직이
내 발등을 간지르며 지나갔네
버드나무 무릎에 누워 나, 머리 흰 강물
푸른 머리카락 다 흘러가바렸네

　　　　　—송찬호 시집, 『붉은 눈, 동백』, 문학과지성사, 2000

한국인에게 아주 친숙한 풍경이다. 실제로 살기로야 아득바득 식식대며 용트림하고 싶어 용쓰고 있지만, 어느 쉴 참에, 두 손 놓을 어느 참에, 가만히 거울 앞에 서 보면 그저 얻은 것 없이 무언가 한없이 기다리다 머리만 허옇게 세고 말았다는 느낌이다. 시인은 그런 기분을 강가에서 배를 기다리는 사람의 심정에 투사하고 있는데, 이 투사 속에는 치유 불가능한 비애감이 스며 있다. 우선, 하필이면 봄날의 강가라는 것. 봄날이 흔히 신생의 비유라면, 이 시는 신생이 곧 쇠락이라고 말하고 있는 것이다. 다음, 얕은 강물이라는 것. 얕은 강물에 배는 오지 못한다. 마지막으로, 건너지 못하고 흘러간다는 것. 아무리 기다려도 배가 오지 않으니, "나는 바지를/ 징징 걷고 얕은 강물로 걸어들어갔"다. 하지만, 나는 흘러가는 강물의 잦아드는 노래 소리처럼 머리만 희어지고 말았다.

　세상은 얄팍하고 천스럽기 짝이 없지만, 우리는 그곳을 미로처럼 허청허청 헤매고 있지 않은가? 한없이 밀리고만 있지 아니한가? 이 비애의 노래는 세상을 다 살아본 자의 노래가 아니라, 세상살이의 한복판에서 그것의 허망한 비밀을 문득 알고 만 자의 노래이다.

—『주간조선』 1721호, 2002.9.19.

외로움은 표현되지 않는다
임영조의 「그대에게 가는 길 6」

그대에게 가는 길을 묻지 않는다
지금 내 생각 내 몸을 끌고
홀로 걷는 이 길이 나의 길이다
아무도 밟지 않는 첫 눈길 같은
그 깨끗한 여백 위에 시 쓰듯
밤낮 온몸으로 긴 자국
이 세상 모든 길은 자기가 낸 업보다
내가 언제 어느 길을 택하든
내 그림자가 한평생을 동행하리라
외롬나무 한 주가 내 뒤를 따르고
내 발자국에 음각되는 불립문자가
구천까지 나를 밀고 가리라
그대에게 언제쯤 당도할까
스스로도 묻지 않고 나선 길인데
어느덧 앞길이 뉘엿뉘엿 저문다
물 위를 달리는 배도 정박하려면
진창에 닻을 박아야 한다, 허나
생의 닻은 때때로 제 발등도 찍는다
잠시 마음의 돛 내리고 방파제에 올라
저린 발 주무르며 쉬려니 멀리
줄포 앞바다가 허연 혓바닥을 낼름거린다
저 바다 한 페이지를 넘기면 과연

깊고 푸른 중심으로 드는 길이 보일까
해도, 나 함부로 따라가지 않는다
　　　— 임영조 시집, 『지도에 없는 섬 하나를 안다』, 민음사, 2000

　외로움은 말로 표현되지 않는다. 외로움은 침묵의 영역에 속하기 때문이다. 세상으로부터 버림받았다는 느낌이 들 때, 모든 사람들이 자신에게서 등을 돌렸다고 생각할 때, 자연조차도 낯설어질 때, 그도 하늘이 낯설고 하늘도 그가 낯설 때, 그것이 외로움이다. 그러니까, 외롭다고 말하는 사람은 어딘가 그 외로움을 들어줄 만한, 그를 외롭지 않게 해줄 누군가가, 무엇인가가 있기 때문이다. 그 외로움은 진짜 외로움이 아니다. 그러나 그것만으로 끝나지 않는다. 외로움을 겪는 사람은 또한 외롭지 않은 상태에 대한 열망으로 못 견뎌한다. 지금-이곳에는 없으나 어디엔가 언젠가 만날 '그대'에 대한 상정이 없으면 외로움은 생겨날 수가 없다. 그렇게 외로운 사람이 할 수 있는 유일한 일은 '그대'에게 무작정 가는 것이다. 그가 가는 길은 이미 나 있는 길이 아니다. 세상은 그의 편이 아니기 때문이다. 그러나 그럼에도 불구하고 그가 갈 길은 세상에 자국을 내며 가는 길이다. 어디에도 기댈 데가 없는 그는 역설적이게도 지금 이곳의 현재성 속에서만 살 수 있기 때문이다. 그것은 그의 '업보'이다. 그 업보 속에서 그는 휴식 불허의 형벌에 처해진다. 생의 쉼터는 그의 '발등'을 찍는다. 그는 쉼 없이 가야 하지만, 그렇다고 이 땅의 바깥에서 낼름거리는 저 '바다'를 "따라가는" 것도 할 수 없다. 바다도 그의 편이 아니다. 그는 오직 스스로 갈 뿐이다. 세상에 갇혀, 세상을 타고, 세상을 넘어. 다시 말하지만, 외로움은 표현되지 않는다. 오직 외롭지 않으려는 외로움의 실행만이 언어로 기록될 수 있을 뿐이다.

　　　　　　　　　　　　　　　　— 『주간조선』 1723호, 2002.10.3.

차연(差緣)의 생
김명리의 「거울 속의 새」

황사 폭우를 피하려다
새는 기어코 자동차 백미러에 부딪힌다
뇌수의 기어를 중립으로 풀고
아득히 鳴砂山 모래 울음소리에 귀를 파묻으려니
내 안의 새 한 마리
흠뻑 젖은 날개를 파닥이며
거울 속 붉은 새의 부리를 쫀다
누구냐? 너는 누구냐?
거울 속에서도 폭풍에 갇혀 파닥이는 새
거듭 문풍지를 세우는
빗줄기의 덧문 밖으로 빠져나가지 못한다
캄캄하구나, 그토록 먼 곳에서
더 먼 곳으로 내 생의 差緣을 되비추는 새여
　　―김명리 시집, 『불멸의 샘이 여기 있다』, 문학과지성사, 2002

　운전을 하는 사람은 누구든 난데없이 내리 닥쳐 한 치 앞도 분간할 수
없게 하는 장대비를 만나 한동안 꼼짝달싹 못한 경험이 있을 것이다. 마
침 칠흑 같은 밤이었다면, 납량물의 무대로는 더할 나위 없었으리라. 시
인이 폭우를 만난 그 순간엔 더군다나 새 한 마리가 비바람에 뒷날갯짓
당해 차의 앞유리에 부딪쳤다. 당황한 시인은 망연자실("뇌수의 기어를 중립으로

풀고") 운전할 엄두를 내지 못한 채 멍하니 앉아 있기만 하다. 비 쏟아지는 소리는 마치 모래가 울음을 운다고 해서 붙은 명사(鳴砂)산의 모래가 쓸려 내려가는 소리 같다. 발을 내딛을수록 뒷걸음질만 하게 하는 모래 언덕의 그 소리는 모래가 우는 건지 오르는 내가 우는 건지 알 수가 없다. 문득 시인은 폭우 같은 인생을 힘겹게 나아가다가 뒤로 밀리기만 하는 자신의 불우 속에 빠져든다.

한데 새가 충돌한 자리가 하필이면 백미러 부근이었다. 그것이 시인에게는 백미러에 부딪힌 것처럼 느껴진다. 그리고 그 순간 차의 앞 유리는 거울이 되어 그의 힘겨웠던 생의 근원으로 시인을 귀환시킨다. 뒷걸음질 당해 온 생을 가장 멀리 뒷걸음질시켜 그 삶이 시작되려는 순간으로 그를 데리고 간다. 그리고 묻는다. "너는 누구냐?" 그래 거기까지 밀려가며 시인이 무슨 생각을 할까? 돌아간다면 다른 생을 살 수도 있지 않을까?, 라는 생각을 할까? 아니면 이 어긋난 생을 물려 돌아가는 길도 어긋나기만 하는구나, 라고 탄식을 할까? 그 두 생각이 막막한 메아리처럼 허공 속을 교차한다. '내 생의 差緣'은 '다른 삶'과 '어긋난 삶'의 얼키설킨 인연이다. 그런데 실은 그게 삶의 본래 모습 아닌가? 생의 差緣은 此緣의 생인 것이다.

—『주간조선』 1725호, 2002.10.17.

📖 '명사산'은 잘 아시다시피 돈황(敦煌)에 있는 산의 이름이다. 그 산에서 울리는 모래의 울음을 맨 처음 부각시킨 한국문학작품은 윤후명의 「돈황의 사랑」이었다.

갑자기 윤동주가 생각난다
유재영의 「젊은 무덤」

지난해도 무성했던 망초꽃 하얀 들길

들불까지 지난 자리 덧없는 그 자리에

겨울을 물고 떠나는 쇠기러기 한 떼가……

흙집에 누워서 몇 십 년 또 몇 십 년

아무도 오지 않는 젊은 무덤 하나 있어

오늘도 공짜 달빛만 출렁이고 있구나.

조국아! 흙을 다오 큰 삽으로 던져 다오

무너지는 봉분이 참으로 부질없다

이 밤도 멍이 든 몸이 왠지 더욱 푸르구나.
—유재영 시조집, 『햇빛 시간』, 태학사, 2001

갑자기 윤동주가 생각난다. 내가 생각하는 윤동주는 순수에 대한 갈구
와 시대의 불우 사이를 방황하다가 돌연 일경에게 체포되어 숨겨 간 창

백한 청년이다. 그의 죽음은, 내게, 역사의 포충망에 붙잡혀 포르말린 처리된 나비를 떠올리게 한다. 피를 다 빼고 바스러질 것만 같은 몸통만 파리하게 한닥거리고 있는 무구(無垢)한 수난자의 모습이다. 해방이 된 이후, 그는 한국인의 마음속에서 다시 부활하였다. 그러나 정말 부활하기는 한 것인가? 실제, 그는, 채집되어 표본 속에 담긴 곤충이 그러하듯, 아프되 아름답게 전시된 것은 아닌가? 어쨌든 식자들에 의해 그는 저항시인이 되기도 했고 순수성의 상징이 되기도 했다. 그런데, 그렇게 그를 하나의 상징으로 만든 우리는 지금 기만과 협잡과 폭력의 소용돌이 속에 휘말려 있지는 않은가? "하늘을 우러러 한 점 부끄럼이 없기를"을 하루에도 열세 번씩 복창하면서 말이다. 윤동주의 이름은 다시 살아났지만, 윤동주의 몸은 우리의 행위에 의해 다시 한번 뭉개지고 있는 것은 아닌가?

유재영의 시조는 그런 윤동주를 생각게 한다. 이 시는 시조의 기본 규칙을 정확하게 따르고 있다. 그러나 그 순종 속에서 그는, "산천은 의구한데 인걸은 간 데 없네"라고 노래하는 시조의 세계를 뒤집어 "무너지는 봉분", "공짜 달빛" 속에 붕괴하는 산천을 허망해 하고 있다. 허망이 야기한 침묵 때문에 겹으로 행갈이가 되었다. 거기에 유재영 시조의 현대성이 있는지도 모른다.

—『주간조선』 1727호, 2002.10.31.

귀싸대기 맞고 싶은 가을
나희덕의 「또 나뭇잎 하나가」

그간 괴로움을 덮어보려고
너무 많은 나뭇잎을 가져다 썼습니다
나무의 헐벗음은 그래서입니다
새소리가 드물어진 것도 그래서입니다
허나 시멘트 바닥의 이 비천함을
어찌 마른 나뭇잎으로 다 가릴 수 있겠습니까
새소리 몇 줌으로
저 소음의 거리를 잠재울 수 있겠습니까
그런데도 내 입술은 자꾸만 달싹여
나뭇잎들을, 새소리들을 데려오려 합니다

또 나뭇잎 하나가 내 발등에 떨어집니다
목소리 잃은 새가 저만치 날아갑니다

가을이다. 릴케의 참으로 경건한 가을도 있고 최승자의 "매독 같은 가을"도 있지만, 이런 가을도 있다. 바야흐로 침잠의 계절이기 때문이다. 미래는 보이지 않고 현재의 생은 젖은 모래더미처럼 무겁다. 저 여름에 우리는 너무나 가볍게 살았던 것일까? 때마다 흥분하고 흥분할 때마다 대의와 명분과 아름다움을 남용했으며 그러는 한복판에서 오직 나만의 희열을 즐겼던 것일까? 그래도 시멘트 바닥이 비천한 건 비천한 것이고 저 소음이 영원히 화음인양 착각될 수는 없는 법이다. "누군가 맵찬 손으로/ 귀싸대기를 후려쳐주었으면 싶은// 잘 마른 싸릿대를 꺾어/ 어깨를 내리쳐 주었으면 싶은// 가을날 오후"이다.

—『연세춘추』1498호, 2004.9.6.

2. 문학을 읽다

황순원 선생의 작품을 읽어 온 나의 짧은 역사

1972년 새해의 겨울, 고등학교 입학을 앞두고 참으로 귀하게 얻은 휴식 속에서 나는 한국문학에 푹 빠져들고 있었다. 삼중당에서 나온 '한국 대표문학전집'을 합격 기념으로 부모님께 받은 덕분이었다. 12권에 담긴 그 많은 작가들의 작품이 다 흥미진진하였다. 박종화 선생의『금삼의 피』같은 통속역사소설도 박진하였고, 이상과 장용학의 난해한 의식의 흐름도 내 전두엽을 왕성히 발동시키고 있었다. 이 시기의 독서가 결국 나를 문학의 길로 들어서게 한 최초 원인이 되었다.

제 6권이 '심훈·황순원' 편이었고, 거기에『카인의 후예』,『나무들 비탈에 서다』,『일월』그리고 단편 소설 약간이 수록되어 있었다. 내가 왜 특히『나무들 비탈에 서다』에 매혹되었는지는 지금도 잘 모른다. 아마도 동호, 현태, 윤구 세 친구의 행로가 그렇게 달라지게 된 사정에 호기심이 일었는지도 모르겠다. 어린 나로서는 현태의 자멸적 광기와 동호의 집요한 우유부단함과 윤구의 야비한 실속주의, 어떤 것도 이해할 수가 없었다. 아니 무엇보다도 세 인물의 삶의 배경이 된 전쟁 자체를 이해하지 못하고 있었다. 그런데도 불구하고 나는 사건의 추이가 궁금해서 마음의 목을 의식의 고개 밖으로 잔뜩 빼고 있었다. 내가 결코 겪어보지 못했고, 앞으로도 경험하지 않을 가능성이 높은 그런 삶들 속에서 나는 인생의 비밀을 캐려고, 머리등은 못 단 채로, 달려든 광부로 초조해하고 있었다.

내가 다시 황순원 선생의 작품에 강렬한 관심을 갖게 된 건 「집」을 읽었을 때였다. 황순원 선생의 '고희기념무크지' 『말과 삶과 자유』(1985)에 한 꼭지 쓰라고 해서 이리저리 뒤적이다가 찾아낸 소설이었다. 황순원 소설이 문장과 구성은 아름다우나 사회성이 부족하다는 건 당시나 지금이나 이상한 고정관념으로 상존하고 있는데, 그렇지 않다는 걸 입증해 줄 수 있는 증거를 수다히 담고 있는 작품이 「집」이었다. 해방기의 황순원 소설은 사회성이 짙다, 는 얘기는 이미 염무웅 선생의 글에서 읽었었다. 그러나 나는 그 글에서 소개된 행동주의적 작품들보다 「집」이 해방 후 격변 속에 휩싸인 한국사회의 심층을 묘파하고 있다고 판단하였고, 그러한 판단의 곡절을 써서 「현실의 구조화」라는 이름으로 발표하였다. 당시 내가 공부하고 있었던 뤼시엥 골드만의 '구조적 상동관계'라는 개념을 단순히 반영론적으로가 아니라 집단무의식의 조명이라는 차원에서, 말 그대로 생산적으로 조명해 보는 체험을 직접 겪었으니, 나로서는 매우 만족스러운 작업이었다. 그러나 글을 발표하고 얼마 후, 나는 나의 부족함을 절실히 깨닫게 되었는데, 무엇보다도 증거를 나열하는 일에 정신이 팔려 있어서 그것들을 깔끔하게 정돈하는 일을 너무 소홀히 하여, 글이 매우 지저분해졌기 때문이었다. 구조화라는 이름으로 구조가 부실한 글을 만들었으니 창피한 일이었다.

2000년 가을에 국문과로 직장을 옮긴 후 나는 황순원 소설을 다시 읽을 기회가 많아졌다. 그리고 황순원 문학의 대부분은 우리 사회의 정치·사회적 문제의 심리적 형상화라는 걸 깨달을 수가 있었다. 어떤 작품도 현실에 대한 통찰을 소홀히 한 게 없었다. 그러다가 나는 선생이 쓰신 시를 읽으면서 예술과 삶이 하나로 농축되는 현장을 맞닥뜨리고 깜짝 놀랐다. 1937년에 상자된 『골동품』에 수록된 적은 시편들은 하나하나가 시의 본질을 현시하고 있었다. 가령 첫 시, 「종달새」의 "이 점은/ 넓이와 소리와 깊이와 움직임이 있다."와 "종달새가 하늘 높은 곳에서 지저귄다"라는 산문적인 문장을 비교해 보자. 후자의 문장은 독자로 하여금 하늘을 쳐다보게 할 것이다. 그러나 전자의 문장은 독자로 하여금 시를 뚫어지게 쳐다보게 할지니, 왜냐하면 저 언어 조직 자체가 종달새 모습을 그대로 실연하고 있기 때문이다. 황순원 시의 이 미학성은, 1930년대의 한국어가 언문일치로부터 탈출해 미적 지평에 올라서는 데 이론적으로나(『문장강화』) 실천적으로(『무서록』) 기여한 이태준의 미문주의와 연결되어 있으면서도 근본적인 차원에서 달랐다. 이태준과 김용준의 미적 언어는 장식으로서의 미문이었으나, 『골동품』의 시편들의 아름다움은 언어 안에 자유를 내장시키는 언어적 세공에서 비롯된 것이었기 때문이다. 황순원 선생의 시는 오히려 이상 시의 '난삽함'과 더 친연성이 있다 해야 할 것이었다.

그러고 보니, 나는 황순원 선생의 작품을 읽을 때마다 새로운 발견으로 몸을 떨었던 것이다. 그 전율을 잊을 수 없어서 나는 항상 그이에 대한 글을 뭐든지 써보고 싶었다. 그러나 내게 닥친 일들이 그럴 시간을 허락지 않았다. 오, 하늘이여! 내게 그이의 글을 음미할 한 모금의 시간을 주셨다면 부디 그를 반추할 겨를 한 짬도 허락해주소서.

—『제12회 황순원문학제 세미나』, 황순원 문학관, 2015.9.11.

사랑의 두 모습
이청준의 『시간의 문』, 황순원의 『신들의 주사위』

1.

　이청준과 황순원은 오래도록 창작에만 전념해 온 작가들이다. 이미 한 작가는 자신의 문학세계를 어느 정도 완결 지었고, 또 한 작가는 완성의 도정에 있다. 그럼에도 그들은 이미 규정된 세계에 안주하지 않고 끊임없이 스스로를 변모·변혁해 왔고 앞으로도 그러할 것이다. 다른 것에 눈 돌리지 않고 창작의 세계 속에서 자신의 삶을 표현하고 확대시킨 이들의 장인 정신은, 현재의 젊은 문학도들에게 너무 큰 교훈을 안겨준다. 삶은 결코 정지되지 않는다는 교훈을, 삶의 한 방식으로서 문학은 정말 해볼 만한 가치가 있다는 교훈을.

　하지만 우리는 그들의 작품을 단순히 존경의 눈으로만 대해서는 안 될 것이다. 그들의 문학적 실천이 우리의 삶과 공존하고 있다는 인식과 함께 그들의 세계인식·태도와 우리의 세계인식·태도를 대비시킴으로써, 그리고 그들의 삶의 방식을 추체험하고 이해함으로써, 동일성과 상위성을 분별하여, 우리의 삶 또는 문학의 인식과 실천의 폭을 넓혀 주는 구성자로 받아들여야 할 것이다.

2.

　작품집 『시간의 門』(1982.10)에 내재하는 특징적 요소들의 하나는 작중
인물들이 현실의 압력에 고통스럽게 시달리고 있다는 것이다. 그리고 그
요소와 짝을 이루는 또 하나의 요소는, 작중인물들은 그 가혹한 현실의
압력에 대해 이성적으로 추론·대처하기에 앞서, 일차적으로 본능적인
공포감을 가지고 있다는 사실이다. 가혹한 현실이 구체적으로 어떠한 모
습을 가지는가 하는것을 「조만득氏」를 제외하고는 그다지 선명하게 나
타나 있지 않다. 「여름의 抽象」에서 그것은 카메라 플래시로 상징화되어
있고, 「시간의 門」에서는 '절망'이라는 추상명사로 요약되어 있다. 상징
적 표현이나 추상명사로 드러난다는 것은, 그만큼 현실의 가혹성이 작중
인물의 의식의 표면에 자연스럽게 떠오르지 못할 정도로 지대하다는 것
을 의미한다. 기실 「조만득氏」의 경우에도 조만득을 짓누르는 현실의 모
습은 다른 사람들 사이에서 간접적으로 얘기해질 뿐, 조만득 씨 자신은
정신이상으로 인해 그것을 완전히 망각하고 있다. 아니 망각하고 있기보
다는, 미친 상태에서, 거꾸로 받아들이고 있다. 과대망상이라기보다는 역
망상인 조만득 씨의 미침은, 현실의 압력이 그의 잠재의식을 완벽하게
지배하고 있었음을 가리켜 준다. 그럴 때, 현실의 압력에 대한 대처는 이
성적인 것이 될 수 없다. 그러기엔 압력의 힘이 너무 압도적인 것이다.
그에 대한 반응은 본능적이거나 파행적인 것이 된다. 마찬가지로 「여름
의 抽象」의 '나'는 카메라로부터 반사적으로 도피하려는 충동을 드러내
고 있으며 「시간의 門」의 유종열은 인간의 모습을 자신의 사진작품 속에
서 배제하려고 하며, 또는 현재에서 비켜서서 다른 시간대로 달아나려는
욕구를 버릇처럼 가진다. 요컨대 작중인물들은 하나같이 실제 현실로부
터 '비켜 있으려' 한다. 이와 같은 '현실의 가혹성'과 '본능적 공포감'은

「시간의 門」의 기저동기라 할 수 있는데, 그러나 그것들의 평면적인 보여줌만으로 작품이 성립되지는 않는다. 달리 말하면, 비켜 있으려는 본능적인 충동에도 불구하고 현실은 여전히 엄연한 현실로서 작중인물을 짓누르는 것이다. 이 짓누름과 짓눌림이 엄연한 현실이라는 사실이 인식될 때, 현실은 작중인물에게 회복되거나 치유되어야 할 현실이 된다. 그 회복의 노력은 현실의 부정성을 넘어서는 생산적 인간의 기본항이다. 『시간의 門』에서 그 노력은 근원의 질문으로부터 극복에 이르기까지 가혹한 현실을 추체험하고 이해하여 새롭게 넘어서는 과정을 그려 보이고 있다. 그 과정을 이끌어 주는 힘은 주관적이든 객관적이든, 작중 화자의 상념에 크게 의존하고 있다. 화자는 제시된 현실을 '수수께끼'로 받아들여, 성실한 탐정처럼, 그 근원과 전개를 세밀히 추적한다. 그 추적의 도정에서 화자는 끊임없이 현실로 되돌아오고, 또 근원의 이해를 번복한다. 그러면서 그는 앞의 이해를 수정하고 새로운 이해의 문으로 들어선다.

작중 화자의 상념을 통해 드러나게 되는 세계의 의미는 심층적으로 현실과 개인의 대립이다. 이때의 현실은 현실 그 자체의 모습이라기보다는 현실의 지배적인 관념을 지칭한다. 이를테면 그것은 「시간의 門」의 '김형'의 '죽은 사람의 사진이 대단하면 어떻고 시시하면 어떻겠소'라는 심드렁한 발언에서 볼 수 있는 것처럼, 현실 외부의 것을 전혀 인정하지 않으려는 태도나 「여름의 抽象」의 '너를 기어코 찍고 말겠다. 너를 언제든 카메라 렌즈 앞에 세우고 말겠다. 그 일방적인 강압, 누구누구의 표정, 아무개 아무개의 하루 일과…… 그 작위적인 독선과 독단, 카메라의 조작은 언제나 한쪽이 다른 한쪽을 일방통행식으로 관찰할 뿐이다'의 구절에서처럼 삶의 복잡하고 다양한 양태를 획일적인 틀 속에 통합하고 지배·조작·변형시킨다. 그 지배적 관념에 의해 개인은 일방적으로 평결을 받는다. 개인은 자신의 주체를 떳떳이 내세우지 못하고, 자기 외부의 것들에 의해 자의적으로 규정당한다. 「여름의 抽象」에서 '친정 편에 사람 없고 논밭 없어서' 설움을 당해야 했던 누이는 그 극명한 예이다. 자기 나름의 진정한 삶을 갖지 못하고 규정된 삶에 흡수당해야 할 때, 그럼에도 살아 있음을 지탱하기 위해선 —『시간의 門』에서의 살아 있음은 물리적 생존이 아니라 의식의 생존이다 — 어떤 방식으로든 또는 어느 것에서든 자신의 존립 근거를 찾아야 한다. 그 찾음은 크게 두 가지 방향으로 갈라진다. 하나는 현실의 압력이 아무리 심대하다 하더라도 현실 속에 끝까지 남아, 현실과 정면대결해야 한다고 주장하는 방향이고, 다른 하나는 정면대결을 피해서 현실 외부의 것에 자신을 귀의시키게 되는 방향이다. 전자의 인물은 「조만득氏」의 '민박사', 「시간의 門」에서의 처음의 '나'인데, 그들의 입장을 구체적으로 들어보면, '비록 자시의 짐 속에 깔려 넘어지는 일이 생긴다 하더라도, 진짜 자기 자신으로서 현실과 맞서야 한다. 그게 비록 단 한순간에 그치는 일이라 하더라도 그 순간만이 진짜 삶이랄 수 있겠고 누구의 삶에나 그런 순간은 있어야 한다'는 것이다. 후자의 입장은 '현실의 무게를 정면으로 감당해낼 엄두가 없을 때, 사람들은 그 현실로부터의 압살을 모면하기 위해 그가 직면하고 있는 현실을 잠깐 비켜 설 여유를 찾거나 소망하게 될 경우가 있다. 그럴 때 그것은 사람의 눈에 따라선 용기가 썩 모자라 보일 수도 있겠지만, 그렇게 해서라도 다른 시간대에서 자기 몫의 시간을 감당해 보려 한다면, 그게 당장은 압살을 당하고 마는 것보다야 나은 길이 아니겠는가' 하는 입장인데, 그것을 크건 작건, 긍정적이든 부정적이든 대변하는 인물들은 「시간의 門」에서의 유종열, 「조만득氏」에서의 조만득, 「여름의 抽象」에서의 '이동주 선생', '노인네', 「기로수씨의 마지막 심술」에서의 '기로수' 등이다. '유종열'은 미래의 시간대 속에 자신을 던지려 하고, '조만득'은 망상 속에서 행복을 실현하였으며, '이동주 선생'은 누울 땅을 통해, '노인네'는 내세에의 믿음에 의해 마음의 정처를 찾는다. '유종열'이나 '이동주 선생'이 현실을 비켜서는 입장의 긍정적 양식을 보여주고 있다면, '기로수'는 가장 극단적인 부정적 양상을 드러낸다. 긍정적 양상은 '땀흘려 사랑을 바칠 때, 그것은 그만큼의 용서와 사랑을 받아들여 준다'는 말로 표현되며, 부정적 양상은 '기로수'가 놀부의 심술을 자기 것으로 하고, 그것을 절대적으로 인정하여 극단적으로 밀고나간다는 것에서 보이듯, 현실 외부의 것을 신비화시키는 경우이다. 그것은 「여름의 抽象」에서의 '이웃집 노인네'의 경우와 같이 타인을 속박하고 타인의 다른 정처를 부인한다. 그런데 이 두 가지 양상은 기실 동전의 양면이다. 긍정적 측면은 항상 부정적인 측면을 예비하고 있으며 후자는 전자를 극대화시킬 때 발생하는 것이다. 그렇기 때문에 '시간 속으로의 실종'이라고 자주 표현되는 '어느 것에의 귀의'는 욕망과 더불어 불안을 함께 지닌다. 이때, 인물들은 다시 현실로 되돌아온다. 그러나 현실과의 대결은 항상 패배를 예정하고 있다. '현실에 끊임없이 남아 있어야 한다'는 주장은 의지의 표명일 뿐, 실제의 인물들은 각자 현실 외부로 달아나고 싶은 충동에 시달리게 되는 것이다. 현실 대결이 바람의 영역이고 회피가 실제의 영역이라는 것은, 전자의 주장이 작품 속에서 타인의 말을 통해 진술되고, 후자의 모습이 해당 인물의 실질적 행위를 통해 그려져 있다는 것에서도 확인될 수 있다.

　이와 같은 현실과 정처 사이의 한복판에 작중 화자는 위치한다. 둘 사이를 왕복운동하는 화자는 그 긴장 속에서 현실과 정처의 의미를 해득하고 그 괴리와 긴장을 이해하면서, 양자의 거리를 좁혀나간다. 『시간의 門』은 바로 이 좁혀나감의 과정을 화자의 상념에 의해 그려 보여주고 있다. 「여름의 抽象」에서 그 좁혀 나감의 과정은 은거와 떠남의 부단한 변주를 통해서 보이며, 「시간의 門」에서 그것은 '현실과 대결하라'는 주장과 긴장의 관계에 놓이는 가운데에서의 중심인물의 촬영 소재의 변모를 통해서 나타난다. 은거와 떠남의 부단한 변주는 수수께끼의 풀림과 발생의 끊임없는 반복과 동일한 궤적을 그리고 있다. 이미 지적했듯이, 수수께끼란 제시된 현실을 맹목적으로 대적하는 것이 아니라, 근원과 의미를 추적하여 극복의 대상으로 놓는다는 것을 의미한다. 그런 뜻에서, 은거 즉 어떤 것에의 귀의를 통한 자기 소재의 찾음 — 자아정립은 현실의 압도적인 무게로부터 풀려나 그 무게를 감당할 수 있게끔 이해하고 객관화할 수 있음으로 이어진다. 그러나 하나의 귀의가 부정성을 내포하듯, 이해와 객관화라는 수수께끼의 풀림은 새로운 수수께끼를 발생시킨다. 예를 들면, 전보의 내용인 죽음의 대상이 누군가를 알게 되었을 때, 새로이 전보를 친 사람은 누구인가 하는 의문이 발생하는 것이다. 그때 작중인물은 새 수수께끼를 풀기 위하여 다시 떠나야 한다. 은거는 갇힘이 되어 은거한 자를 권태에 질식하도록 만드는 것이다. 그리고 현실의 잠정적 해결은 그로부터 또 다른 문제를 파생시킨다. 이 때문에 작중인물들은 새롭게 귀의할 정처를 향해, 새로운 수수께끼의 풀림을 향해, 떠나고 귀의하고 또 떠나게 된다. 현실과 자아정립간의 긴장을 비교적 짜임새 있게 그려낸 「시간의 門」에서 그 좁혀나감의 과정은 발전적으로 드러난다. 미래의 시간대의 문을 열고 싶어한 '유종열'의 사진촬영의 문제를 보여주고 있는 이 작품은 유종열의 존재에 대해서는 신문 사진기자 → 결혼 → 월남전 취재 → 사퇴 → 개인 스튜디오 → 난민선 촬영 → 실종의 과정을 가지며, 존재의 활동과 세계인식에 있어서는 현실과의 단절[자연 촬영] → 현실 속에 들어감[전쟁터 인간의 참상 촬영] → 절망[대상을 뚫고 들어갈 수 없음, 즉 대상의 생생한 흐름을 촬영 순간은 정지시킴] → 촬영 포기 → 비절망의 현실발견[아이] → 인간의 참극 속에 뛰어듦[주체와 대상의 합일, 찍음과 찍힘이 동시성]이라는 과정을 드러낸다. 이 발전적 전개가 이루어져 나가면서, 작중인물을 내내 압박했던 강박관념인 주체와 대상의 대립관계 — 절망의 회피, 대상을 뚫고 들어가지 못함 등 — 는, 마지막 항목에 와서 순간적인 깨달음처럼 주체와 대상의 합일로 지양·승화된다. 달리 말하면, 찍으면서 찍힘으로써, 유종열의 사진촬영은 외부의 대상을 찍는 것이 아니라, 주체 자신을 찍는 것이 되며, 그리고 인간의 참상 속에 들어가는 것이 인간의 참상의 모습 그 자체가 됨으로써, 한 난민선의 참상은 우리 외부의 참상이 아니라, 바로 나 — 인간의 참상이고 고통임을 가르쳐 준다. 마찬가지로 「여름의 抽象」에서의 '나'에게 끊임없이 수수께끼로 작용했던 죽음의 문제는, 타인의 죽음이 아니라 바로 나 자신의 죽음의 문제라는 것으로 귀결된다. 이때, '나'가 늘 풀어야 했던 수수께끼의 연속적 반복은 해소되고, 대상과의 적극적 통화 — 떳떳한 편지쓰기로 변모한다. 이와 같은 주체와 대상 간 대립의 지양과 합일로의 승화는, "현실 속에 들어가라"는 주장의 자기 기만성을 은연중에 폭로한다. 즉 그 현장에 들어간다는 것이, 현장의 모습을 여전히 자기 외부의 것으로 상정하고 들어가는 한은, 진정한 현실참여가 되지 못한다는 것을 작가는 가르쳐 준다. 현실 속에 있어야 한다는 주장은, 그것을 주장하는 자기 자신이 현실 자체가 되지 않는 한, 자기기만이 될 수밖에 없는 것이다. 그 자기기만 — 무의식적인 또는 자기도 모르는 채로 자행하는 — 의 보다 명료한 모습은 「조만득 씨」에 드러나 있는데, 미친 조만득을 치료해 그를 본래의 현실로 되돌려보내려는 '민박사'의 행위를 조만득에게 초점을 맞추면, 그로 하여금 한순간이나마 현실과 정면으로 맞서게 하는 진실을 가지고 있지만, '민박사'에게 초점을 맞추면, 민박사 자신은 여전히 조만득의 현실 외부에 남아 있어, 자신과 동일한 한 인간의 불행과 비극을 천연덕스럽게 방관하는 꼴이 되고야 만다. 이 자기기만은 간호원 '미스 윤'의 상념을 통해 다음과 같이 비판적으로 질문된다. "민박사님이

나 저도 조만득 씨가 돌아가야 할 현실의 일부가 아닐까요. ─ 우리가 그의 현실의 일부라면 우리에게도 그의 병세의 변화에 대한 책임의 일부가 있는 게 아닐까요."

작품집 『시간의 門』의 심저에 내내 감정적 진실로서 관류하고 있는 것은, 이 인간의 자기기만에 대한 부끄러움이다. 그러고 이 부끄러움에서 벗어나는 길은 무엇인가 하는 모색이 작품의 표면에 끊임없이 부랑하고 있다. 일단 그 방법은 '동일화의 사랑'이라는 방법론으로 막연하나마 대답을 얻는다. '땅에 무언가를 바쳐야만 땅의 용서와 사랑을 받을 수 있다는 것', '우리가 대결해야 할 현실은 또한 우리 자신이 그 일부를 이루고 있다는 것.' 이처럼 주체와 대상을 동일 차원으로 수렴시키는 과정을 그리고 있는 『시간의 門』은 독자로 하여금 사랑의 의미를 새삼 생각케 한다. 타인에 대한 사랑은 타인의 삶을 자기화하는 과정을 거칠 때, 진정 사랑의 이름에 값할 수 있지 않을까 하는 것을. 동시에 그것은 이러한 사랑의 인식 자체가 새로이 사랑의 실천적 행위가 되어야 한다는 점을 일깨운다. 「시간의 門」에서 유종열의 '시간의 문의 열음' ─ 주체와 대상의 합일이 일어나는 사건 ─ 에 종지부를 찍어주게 되는 '나'와 '정여사'는 한 인간이 '시간의 문'을 열게 된 것을 인정하는 바로 그 순간에, 이제 그들 스스로 자신의 시간의 문을 열어야 한다는 문제에 입문하게 되는 것이다. 우리는 이것을 사랑의 끊임없는 연속, 주체와 대상의 대립과 합일의 발전적 반복으로 받아들일 수 있을 것이다. 그렇다면 독자인 우리는 우리의 현실로 되돌아오면서, 그 현실과 나의 대립과 사랑에 대해 질문하고 진정한 합일의 문을 두드려 보아야 할 것이다.

3.

앞의 작품집이 현실과 개인의 대립을 기저동기로 깔고 있다면, 황순원의 『神들의 주사위』는 인간과 인간의 대립을 작품의 출발점으로 삼고 있다. 그 대립은 외면적으로는 역사적·사회적 대립이며 본질적으로는 개인적·추상적 대립이다. 역사적·사회적 대립은 고전적 자본주의와 유교적 도의이념이 결합된 세계관과 서구적 개인주의간의 대립, 그리고 농경제 보수자본주의와 공업경제적 통합자본주의간의 대립이며, 개인적·추상적 대립은 자기세계를 이미 정립한 성인과 아직 자신의 삶의 방식을 갖추지 못한 젊은이와의 대립, 가부장적 권위와 자유간의 대립이다. 그두 개의 대립을, 작가는 한수 가족의 갈등 그리고 한수 개인의 사랑의 문제를 중심축으로 전개시킴으로써, 개인적·추상적 대립이 역사적·사회적 대립을 감싸고 있게 한다. 전자의 대립이 작품의 문학적 의미를 본질적으로 구성하며, 후자의 대립은 전자의 대립의 전개와 변모·확대에 촉매로서 작용한다. 개인적·추상적 대립이 보다 본질적이라는 것은 '한수'가 '고시공부'라는 것에 대해 할아버지의 강요에 의한 것이었다고는 말하나, 고시의 사회적 의미에 대해서는 의문을 건네지 않는다는 것에서도볼 수 있으며, 공장의 들어섬을 단순히 공해의 문제에 국한시켜 비판하고 있는 것, 또는 학교 교육의 전반적인 문제에 대해서보다는, 몇몇 학생들의 사춘기적 반항에 대해, 교사의 직분으로 이해·해결하려 한다는 등등의 많은 예에서 쉽게 알 수 있다.

그렇다면 그 본질적 대립의 양상과 의미는 무엇인가. 그것은 나름대로의 논리에 뒷받침된 자기세계를 가진 성인과 그 세계에 구속을 받으면서, 자신의 세계를 정립하지 못하고 방황하는 '자식' 또는 '젊음'간의 대립이다. 전자를 대변하는 인물들은 '두석영감' '문진노인'이며, 후자에 해당하는 인물은 '한영' '한수' '진희' '세미' 등이다. 그 대립의 의미는 전자의 자기세계에 후자가 지배당함으로써, 후자는 자아 정위성을 획득하지 못하고 노예처럼 끌려다니거나, 확실하지 않은 세계의 앞에서 방황을 하게 된다는 것이다. 물론 전자의 자기세계는 그 자체로 부정적인 것이 아니다. 두식영감의 '가부장적 권위'나 문진노인의 '고리대금업'은 그 나름의 일관성을 준비하고 있다. 두식영감에게서 그것은 '집안법도'와 '아들이나 큰 손자의 무능'이고, 문진노인에게서 그것은, 아무에게나 돈을 빌려주고 거두어들이는 것이 아니라 사업을 할 사람에게만 돈을 빌려준다는 '돈놀이에 대한 나름대로의 정견'이다. 사실 한영이 가지고 싶은 것도, 할아버지 즉 성인이 가진 것과 같은, 자기생활이다. 한수가 오토바이 사고로 병원에 입원했을 때, 그의 상태에 대하여 작가가 '혼수상태에서 좀 약하긴 해도 제힘으로 호흡을 하고 있었다'고 기술한 것은, 작가가 '제힘으로 산다' 즉 자기세계를 가진다는 것에 긍정적 의미부여를 하고 있음을 알 수 있다. 그리고 제힘으로 떳떳이 성인으로 성장한 예를 '건호'는 보여주고 있다. 그러나 그 자기 생활이 절대화되어 그것을 타인에게 강요할 때, 한 개인의 자기세계는 부정적 요소로서 드러나기 시작한다. 그것은 타인에 대해 이해를 거부하고, 타인을 자신의 한 부속물로 만든다. 두식영감의 황소를 끌고 가는 자신에의 희상은, 그 타인의 노예화를 잘 상징하고 있다. 한영과 한수는 코뚜레를 꿴 황소에 불과한 것으로, '가업'과 '출세'의 밭을 갈게끔, 할아버지에 의해 할당받는다. 이러한 자기세계의 절대화가 타인을 수동적 위치로 대상화시킨다면, 그것의 또 하나의 측면은 그것의 신비화이다. 자력개발원의 '윤원장'이 그 대표적인 경우이다. 삶을 방황하는 자에게 그것은, '할 수 있다'는 신념을 불어넣어 자신을 되찾게 하지만, 그것이 다른 개인에게 작용하는 순간, 그 신념은 무언의 압력―구속이 된다는 것을 윤원장과 세미의 관계는 보여준다. 달리 말하면 한 개인의 자기세계와 다른 개인의 자기세계가 부딪혔을 때, 그 자기세계의 태도를 수정 없이 끝까지 밀고 나가게 되면, 한쪽이 다른 쪽을 흡수하거나 속박시키게 되는 것이다. 기실 『神들의 주사위』는 이러한 자기세계의 확립과 그 세계간의 만남의 문제를 탐구하고 있는 작품이다. 한수의 가족문제의 고민과 자신의 사랑의 번민은 바로 이 자기세계와 타인과의 만남이라는 동일한 문제의 양면을 현현하고 있는 것이다. 자신을 올바르게 세계 속에 서게 하면서, 동시에 타인을 속박하지 않을 수 있을까. 타인을 만나는 순간 정립된 자아는 타인의 자아와 충돌하게 되어 있는데 말이다. 이 질문에 대한 작가의 대답을 들어보기 전에 우리는 자기세계의 문제, 즉 강요와 자유의 문제의 새로운 변모를 살펴보기로 하자.

그 변모는 두식영감 / 한영 · 한수의 권위와 자유의 갈등의 문제에서 송회장 — 심읍장 — 강사장 · 봉룡의 관계로 옮겨간 변모이다. 사회적으로 그것은 농경제 보수 자본주의가 공업경제적 통합 자본주의에 몰락하는 국면을 보여준다. 여기서 공업경제적이란 말은 근대화의 한 실현으로, 농촌에 공장이 들어섬으로써, 외면적 지배관계였던 종래의 지주 — 소작인의 관계가 외면적으로는 제약이며 본질적으로는 지배인 자본가 — 노동자의 간접화된 관계로 대체된다는 것을 의미한다. 통합자본주의란 보수 자본주의가 보여주는, 혼자 힘에 의한 한 사업에의 집착이 더 이상 지탱되지 못하고, 여러 분야, 이를테면 송회장 — 심읍장 그리고 자재납품업자 강사장과 송회장의 결탁의 힘에 의해 몰락하게 된다는 것을 말한다. 두식영감과 손자들간의 관계가 자기세계의 강요와 타인세계의 몰이해의 의미를 가졌다면, 송회장 · 심읍장 · 강사장의 관계는 자기세계를 위해 타인의 세계를 이용한다는 것을 의미한다. 전자가 맹목적이라면 후자는 계산적이고 전자가 순진하다면 후자는 교활하며, 전자가 직선적이라면 후자는 복선적이다. 『神들의 주사위』의 대립의 또 다른 국면인 이 순진한 교활의 대립은 순진을 교활 속에 지배시킴으로써, 애초의 대립의 국면인 인물과 인물의 대립을 인물과 인물의 공생관계로 변모시킨다. 그 공생은 나쁜 공생이다. 이용과 타협에 의거한 공생이기 때문이다. 강요와 자유의 대립으로부터 이용과 기생의 관계 — 송회장은 강사장・봉룡을 이용하고 강사장・봉룡은 송회장의 일을 해줌으로써 그에게 빌붙어서 살 수가 있다 — 로 대체된 그 변모의 의미는 순수의 타락이다. 이제 세계는 상호 충돌하지만 떳떳했던 세계가 아니라, 상호공존적이면서도 속임과 위장을 내포한 세계로 변모한 것이다. 송회장이 항상 오리무중의, 그러나 거대한 존재로 나타나는 것은 그 속임의 성격 때문이며, 작품 속에 공해의 문제가 빈번히 등장하는 것은 바로 인간관계의 타락을 암시하기 위해서인 것으로 보인다.

이 두 방향의 세계에 대한 태도는 둘 다 부정적인 성격을 발산한다. 두식영감으로 대표되는 자기세계의 강요는 타인을 예속시킨다는 점에서 정당한 인간관계를 맺지 못하게 하고, 송회장・심읍장・강사장의 관계로 상징되는 타인의 세계의 이용과 결탁은 사람들간의 관계를 속임과 기생의 오염된 관계로 변질시킨다. 이 두 부정적인 모습에 대한 긍정적인 삶의 방향은 무엇인가. 그것은 작가의 눈으로 볼 때, '제힘으로 제 구실을 하는 것'과 '타인에 대한 사랑'의 행복한 결합이다. 즉 자기세계를 주체적으로 정립하면서, 동시에 그 세계가 타인을 속박하지 않기 위해서는 사랑이 뒷받침되어야 한다는 것이다. 그러나 그것이 정말 가능할까. 일단 확립된 자기세계는 어떤 방식으로든 타인의 세계와의 마찰을 피할 수 없는데 말이다. 그렇기 때문에 '한수'와 '진희'는 자기세계와 사랑을 한꺼번에 밀고 가 보려다, 죽음의 지경에 이른다. 여기서 작가는 이러한 비극을 해소할 수 있는 한 가지 도덕적 전망을 내세운다. 그 전망은 자기세계와 사랑을 그 자체로 밀고 나가는 것이 아니라, 타인의 세계를 인정한 상태에서 쌓여진 자기세계, 그리고 세미의 열성적인 간호에서 볼 수 있듯, 한 사람을 사람이게끔 — 자기세계를 가질 수 있도록 — 도와줄 수 있는 사랑이다. 그 전망은 본질적으로 교사의 시선이다. 중학교 교사로서의 중섭이 '남학생이구 여학생이구 중학생쯤 되면 그 나름대루 이 불과 물을 지닌다구 봐요. 근데 대개 선생들은 불이 위험하다는 지레짐작에서 학생애들더러 물만 쓰라고 강요하고 있지 않나 해요. 학생애들한테두 불루 불을 태워 평정을 얻을 수 있다는 걸 이해해야죠. 그리구 선생들은 그럴 여지를 남겨주구 관망하면서 기다려주는 인내를 가져야 할 것 같애요'라고 말했을 때의 그 시선이다.

4.

　『시간의 門』과『神들의 주사위』는 각자 상이한 문학세계를 그리고 있으면서도, 둘 다 사랑을 세계에 대한 참된 전망으로서 탐구하고 있다.『시간의 門』에서의 사랑은 동일화된 사랑이며『神들의 주사위』에서의 그것은 認定과 도움의 사랑이다. 전자는 고통받는 인간들이 바로 나 자신이며, 또 나는 동시에 고통을 가하는 현실의 일부다라는 인식이 뒷받침된 사랑이며, 후자는 타인을 한 사람으로서 인정하며, 그가 사람으로서 정당하게 세계에 발을 디딜 수 있도록 해주는 한에서만 도와주어야 한다 ― 즉 타인에게 작용을 가해야 한다 ― 는 전망에 의거한 사랑이다. 전자는 타인과 자아를 동일체로 수렴시키며, 후자는 자아와 타인의 거리를 유지하면서 적절한 끈으로 맺어준다. 그런 의미에서 두 작품집의 사랑의 의미는 상이하다(가외로 덧붙이자면,『시간의 門』의, 작중현실을 끊임없이 주체화하는 주관적 상념의 전개와,『神들의 주사위』의, 작중인물들을 제각각의 적절한 자리에 있게 하고 섣부른 해석을 방지해 주는 객관적 서술 기법과 상징물―바다·검정말 등―에 의한 감정의 대치표현은 이러한 상이한 세계인식의 문체적 드러냄이다). 우리는 이 두 사랑의 모습에 대해 어느 것이 옳다, 그르다 할 수 없다. 다만, 우리는 자신의 삶과의 대비를 통해, 두 작품의 삶의 모습을 이해하고 분별함으로써, 우리 자신의 사랑의 실천을 확대시킬 수 있을 것이다. 서평자 개인으로서는『시간의 門』에 대해서는, '현장 속에 들어가라'는 주장의 이율배반성을 인정하면서도, 현실과의 대결이 사랑 이전에 더욱 치열하게 이루어질 때, 또는 그려질 때, 동일화의 사랑이 제 의미를 보다 깊이 있게 드러낼 수 있지 않겠는가 하는 것을『神들의 주사위』에 대해서는, 의식불명의 한수 또는 성인이 아직 안된 중학생들의 경우가 아닐 때, 즉 동일한 성인들끼리의 만남이 문제가 될 때, 그 인정과 도움의 끈의 적절한 거리는 어떻게 되겠는가 하는 것을, 내 삶의 새로운 질문으로 열어 두고 싶다.

—『세계의 문학』, 1982 겨울.

'자유를 산다'는 것의 의미를 거듭 일깨우는 소설

『광장』에 대하여

　『광장』은 4.19와 함께 태어났다. 작가 스스로가 그 점을 명시하였다. 1960년 11월, 『새벽』지에 그 작품을 발표하면서, "아시아적 전제의 의자를 타고 앉아서 민중에겐 서구적 자유의 풍문만 들려줄 뿐 그 자유를 '사는 것'을 허락지 않았던 구정권하에서라면 이런 소재가 아무리 구미에 당기더라도 감히 다루지 못하리라는 걸 생각하면 저 빛나는 4월이 가져온 새 공화국에 사는 작가의 보람을 느낍니다."라고 썼다.

　잘 알다시피 4.19는 독재정권을 무너뜨린 혁명이다. 한국인이 제 의지와 제힘으로 세상을 건설할 수 있다는 것을 입증한 최초의 역사(役事)였다. 4.19와 더불어 한국인은 시민으로서 살기 시작했다. 시민으로서 사는 것, 그것이 바로 1960년의 신진작가 최인훈이 감격적으로 토해 낸 "자유를 사는 것"이었다.

　그런데 참 자유를 살기 위해서 한국인에겐 꼭 에둘러 가야만 한 길이 놓여 있었다. 왜냐하면 한국인이 시민으로서 살기 위한 터전으로서의 정치사회구조, 즉 민주공화국이라는 정체는 한국인이 스스로 쟁취한 것이 아니었기 때문이다. 그것은 1945년 종전과 더불어 홍두깨처럼 던져진 것이었다. 그걸 함석헌 선생은 해방이 "도둑처럼 왔다"는 말로 가리켰다. 이 뜻밖의 선물을 누릴 능력과 자격이 조선 사람에게 있는가? 오랜 피식민의 세월을 보낸 조선 사람들은 능력을 키울 시간을 충분히 가질 수가 없었다. 또한 일본이 망할 것이란 예측을 못한 대부분의 지식인들은 일제에 저항하기보다는 시절 탓으로 돌리며 따르기 일쑤였다.

해방기의 식자들은 이 문제에 두 가지 처방을 내놓았다. 하나는 채만식의 「민족의 죄인」이 제출한 참회록이었고, 다른 하나는 이태준의 「해방 전후」가 제시한 '봉합론'이었다. 채만식은 일제에 협력할 수밖에 없었던 곡절을 상세히 고백하고 자기 세대의 역할을 포기하는 대신 젊은 세대에 희망을 걸었다. 이태준의 '봉합론'은 과거를 묻어두고 일단 조국 건설의 대의에 참여하자는 것이었다. 채만식의 참회록은 진실했으나 직무 상실이라는 결과를 대가로 치렀다. 그렇다고 젊은 세대에게 기대하는 건 가능한 일인가? 그들이 순수하다는 이유만으로 민주주의를 이룩할 능력과 자격을 갖추었다고 판단할 수 있는가? 반면 이태준의 '봉합론'은 다분히 편의적이었다. 우선 저 조국건설의 청사진에 대한 합의가 있어야 대의에 동참할 수 있을 것이었다. 그리고 합의를 온당하게 도출해내려면 다시 능력과 자격을 물을 수밖에 없다. 이태준을 비롯한 꽤 많은 지식인들은 청사진이 이미 주어져 있다고 착각하고 강요하였다. 그의 작품이 비교적 호응을 받은 까닭이 거기에 있다. 그러나 그 청사진이 오류투성이였음은 그로부터 40여 년 후에 드러나게 된다.

결국 해방공간의 사람들은 그들에게 던져진 질문에 제대로 대처할 수 없었다. 그것이 한반도를 남북으로 갈라 두 강대 진영의 이데올로기의 싸움터로 돌변하게끔 한 근본 원인이다. 준비가 안 된 사람들에게 해방은 도둑처럼 몰래 왔을 뿐 아니라 동시에 '신임 총독들'처럼 저벅저벅 들이닥쳤던 것이다.

최인훈의 『광장』은 바로 이 상황에서 출발한다. 이 상황을 통과해야만 민주 시민됨의 가능성을 점칠 수 있기 때문이었다. 작가가 1994년에 낸 장편, 『화두』를 면밀히 읽어 보면, 그가 이태준의 처방을 깊이 운산하고 있었다는 것을 알 수 있다. 그는 자신의 작품이 왜 해방기에서부터 출발해야 하는지 명확하게 인지하고 있었다. 그러나 그의 명징한 눈길이 포착한 광경은 출발선의 황폐함뿐이었다. 해방된 자유민의 사고를 이끌고 있는 것은 그들 자신의 의지와 이성적 기획이 아니라 바깥에서 들어온 이념적 원리들의 맹목적인 추수이고 강제적인 적용이었다. 확실한 언어는 어디에도 없었다. 들려오는 모든 소리들은 오직 풍문들이었다. 모두가 자유라는 남쪽에서는 오로지 자기만의 자유를 누리는 밀실들로 무한 쪼개져 있었으며 모든 것을 인민의 이름으로 행한다는 북쪽에선 마르크스의 정치론을 딴딴하게 경직화시킨 당의 교시를 무분별하고도 맹목적으로 수용한 조직원들의 발작적 발악만이 넘쳐흘렀다. 풍문 속에 휩싸인 사람들에게서는 허위의식이 진리를 대신하였고, 남의 삶이 내 삶 복판에 빙의되어 있었다.

그러나 하나 남는 게 있었다. 바로 민주공화국민이 된다는 것의 의미를 알고 있었다는 것이다. 생각해보라. 일제가 물러났을 때 조선 사람들은 왜 조선왕조로 복귀할 생각을 하지 않았을까? 그것은 그들이 근대적인 삶에 대해 충분히 학습하였고 또한 열렬히 기대하였기 때문이다. 한반도의 주민들이 왕조와는 전혀 다른 정치체제를 발견하고 그것을 체득하려 애써 온 게 이미 반세기 이상이나 흘렀던 것이다. 굵직한 사건만 짚어 봐도 갑신정변(1884)과 '인내천'을 앞세운 동학혁명(1894), 갑오개혁(1894)은 그 형식과 목표는 달랐으나 기본적인 동인은 모두 인간 일반의 자주·평등과 근대적 생활 및 제도의 도입에 대한 각성과 열망이었다. 그 각성과 열망은 일제가 강점하고 있을 때도 위축되지 않고 오히려 더 불타올랐다. 1919년의 3.1운동은 "오등은 자에 아 조선의 독립국임과 조선인의 자주민임을 선언"하였고, 조선인 자신의 언어를 뿌리내리기 위한 한글의 정립과 일상화를 위한 운동은 1921년 경부터 시작되어 1950년대

말까지 쉼없이 이어져 70%를 넘어서던 문맹률을, 세계에 유례가 없게 거의 제로에 가까운 수준으로 만들게 되는 것이다.

그러니까 해방 직후의 한반도민들은 전반적인 무기력 속에 놓인 것이 아니라 현실과 이상의 극단적인 분열 상태에서 방황하고 있었던 것이다. 현실은 폐허였으나 이상은 "꽃봉오리"(정현종)였다. 따라서 자격과 능력의 부재를 두고 무의미와 무가치를 곱씹는 것으로 끝날 수가 없는 문제였다. 최인훈의 전 세대에 해당하는 손창섭의 『낙서족』과 「잉여인간」은 바로 정직한 세상 인식과 그 정직성 자체의 한계를 동시에 보여준다. 아무리 세계대전의 종식이 덤으로 안겨 준 해방이었다 할지라도, 그래서 그 해방이 분단과 전쟁으로 이어질 수밖에 없었고, 그 어처구니없는 이웃상잔의 끝에 남는 것이 잉여적 삶에 대한 전적인 허무라 할지라도, "안전(眼前)에 전개"되었던 "신천지"의 소식은 여전히 소중하였다.

따라서 일말의 가능성이 없는 곳에서조차 최후의 구원을 위한 발심과 몸짓은 살아남은 자의 의무였다. 살아낸다는 것은 세상을 바꿔 나간다는 것과 동의어이다. 『광장』의 주인공 '이명준'은 산다는 것의 직무를 포기하지도 않고 또한 삶의 준칙처럼 주어지는 교범들에 맹목적으로 매달리지도 않으면서 스스로 제힘으로 제가 궁리하여 제가 세워 나갈 삶을 살아가려 하였다. 바로 그것이 '자유를 사는 것'이었다.

그렇게 자유를 살아낸 인물로서는 '이명준'이 한국소설사상 최초라고 우리는 감히 말할 수 있다. 물론 이미 말했듯 근대적 인간에 대한 자각은 이미 오래 전에 시작되었었다. 그러나 그 자각이 소설 속에서 한 인물의 몸 안에서 '권화'되기 위해서는 아주 오랜 시간이 필요했던 것이다. 가령 흔히 한국 근대소설의 시초로 불리는 이광수의 『무정』에서 주인공 이형식은 근대인의 삶의 원리를 지득한 최초의 인물이었다. 그러나 그는 그것을 스스로 이룬 것이 아니라 학습을 통해서 익혔다. 그래 놓고도 그는 모든 것을 다 아는 자가 되어 타인들을 이끈다. 계몽가가 되는 것이다. 계몽가는 타인을 가르치려 한다. 타인이 스스로 자신의 삶을 꾸려나가도록 두어야 한다고는 생각하지 못하는 것이다. 이광수의 인물들은 스스로도 자유를 살아내지 않았으며 타인들에게도 살아내도록 하지 못한다. 그들은 자유를 산(生) 게 아니라 산(買) 것이었다. 반면 스스로 살아냄이 삶의 내용일 뿐만 아니라 삶의 형식 자체라는 걸 최초로 감지한 사람은 이상(李想)이었다. 그러나 "19세기와 20세기 사이에 끼인" 그는 그 느낌을 실천으로 충족시킬 수가 없었다. 그는 이상과 현실의 간극 사이에서 거듭 좌초하고 좌절하였다. 그의 '날개'는 오직 겨드랑이에서 간지러움을 불러일으킬 뿐이었다(최인훈은 훗날 『크리스마스 캐럴』 연작에서 이상의 겨드랑이의 가려움을 '가래톳'의 통증으로 변용한다).

자유를 살아낸 인물은 그러니까 이명준이 처음이었다. 물론 그도 현실과 이상 사이의 극단적인 분열에 처해 있었다. 그러나 그는 좌절하는 대신 끝까지 살아내려 하였다. 그것을 가장 선명하게 보여주는 대목이 바로 그의 옛친구 '태식'을 고문하는 장면이다. 6.25 전쟁 때 인민군 정보장교가 된 명준은 스파이 활동을 하다 잡혀 온 태식을 바로 풀어주려 하지 않고 구타한다. 왜냐하면 자신이 선택한 삶에 대해 자신에게 납득시켜야만 했기 때문이다. 스스로 책임을 져야만 했기 때문이다(이것이 친구를 몰래 풀어주는 이야기인 황순원의 「학」과 결정적으로 차이가 나는 대목이다).

물론 그는 결국 실패한다. 스스로 선택했지만 그가 선택한 이념은 그가 정말 납득하고 수긍한 것이 아니었기 때문이다. 그러나 일말의 가능성도 없는 곳에서 자신의 자유를 살아보고자 온갖 몸부림을 함으로써 독자에게 자유로운 삶의 그 지난함을 일깨우는 것이야말로 모든 세계문학의 소설적 주인공의 진정한 문제성인 것이다. 그렇기 때문에 한국문학에 깊은 애정을 갖고 있는 정신분석 비평가 장 벨멩-노엘 교수는 단지 한

권 번역되었을 뿐인 최인훈의 소설에서 그의 문학의 특별한 가치를 간파해냈던 것이다(『충격과 교감』).

왜 소설이 여전히 읽히고 있는가? 현실이 소설보다 더 황당하고 충격적인 시대에. 동영상 문화가 문자문화의 독자들을 쌍끌이로 앗아가는 시대에. 스스로 살아낸다는 것의 모든 뜻과 양상과 방식들이 집약적으로 응축된 곳은 문학밖에 없기 때문이다. 그리고 그것을 '추체험'의 방식으로 직접 겪게 하는 것은 소설밖에 없기 때문이다. 그 소설의 문제성을 한국문학의 장에서 최초로 열어보인 게 바로 『광장』인 것이다. 그렇게 그 작품의 층이 두텁고 그 결이 섬세하며 그 내용이 찰지니, 그 의미를 거듭 생각하지 않을 수 없다. 『광장』이 189쇄나 찍게 되도록 꾸준히 읽히는 까닭이 맑은 밤하늘의 별들처럼 새까맣다.

—『주간조선』, 2015.2.16.

인식과 윤리와 미학을 하나로 모았던 분에 대한 남다른 회상

이청준 3주기 추모행사

터키 출장 관계로 뒤늦게 적는다. 망각으로 인한 손실이 크지 않기를 바란다.

지난 14,15일, 이청준 선생 3주기 추모행사차 장흥에 다녀왔다. 첫날의 '이청준 3주기 추모 문학심포지엄'은 '장흥문화예술회관'에서 있었는데, 마침 장흥이 '문학특구'로 지정된 것을 기념하는 '한국문학특구포럼'이 이어 진행되어서, 아주 많은 단체와 개인들이 참석한 성대한 잔치가 되었다. 또한 박정환 화백이 빚은 이청준 선생 흉상이 완성되어서 공중에 공개하고 사모님께 전달하는 의식이 곁들여졌다. 심포지엄에서 죽마고우인 민득영 선생이 이청준 선생의 호 '미백(未白)'이 탄생한 경위를 들려주었다. 이청준 선생과 민득영 선생 등이 이청준 선생의 어머님을 뵈러 갔을 때, 마침 정신이 돌아오셨던 어머니가, "오메, 내 자석 머리가 이렇게 히어부렸다녀," 하시니, 이청준 선생이 "아직도 이렇게 검구만이라우" 하며 "이미 희어진 머리카락을 쓰다듬"으셨던 데서 비롯되었다는 것이다. 이청준 선생과 동향이면서 자주 어울렸던 김선두 화백이 이청준 선생의 소설을 소재로 한 2003년 '소설화전'에서부터 현재 진행 중인 전집 표지 그림에 이르기까지 "선생의 소설을 그림으로 옮기"게 된 내력과 그 어려움을 설명하였는데, 그중 선생의 얼굴 소묘에 대한 이야기는 내가 그동안 품고 있었던 의문을 해갈해 주었다. 그 얼굴 그림에서 이청준 선생은 썩 심술궂은 표정을 띠고 계신데, 바로 김화백이 이 소묘를 설명하는 자리에서 이청준 선생의 특별한 성격의 하나로 선생의 '심통'을 들었던 것이다. 선생은 늘 점잖고 조용한 분이었으나, 지나친 사건들로 축제하는 세상과 지나친 행동을 밥 먹듯이 저지르는 사람들에 대해서는 옴팡진 독설을 뱉어내시곤 하였었다.

다음 날 들른 '이청준 문학자리'의 '글기둥'에 새겨져 있는 그림이 마침 그 문제의 소묘였다. 어제의 설명이 생각나서, 나는 김선두 화백에게, 나의 궁금증을 풀어준 데 대한 고마운 마음을 표했다. 그랬는데, 김화백은 글기둥에 그 얼굴이 새겨진 데 대한 또 다른 까닭을 들려주어 나를 놀라게 하는 것이 아닌가? 다름 아니라 '문학자리'의 이 거대함과 호사함을 선생께서 스스로 못마땅해 하시는 마음을 표현하고자 글기둥에 썼다는 것이다. 김화백의 말을 듣는 순간, 나는 그동안 이 '문학자리'에 대한 내 불편한 마음을 얼마간 덜게 되었고, 그 불편한 마음을 내내 마음속에 품고 있게 한 내 좁은 소갈머리를 꾸짖어 내쫓는 안목을 얻은 걸 기꺼워하게 되었다.

'이청준 기념사업회'의 작가에 대한 신심과 흠모의 정을 십분 이해하면서도, 또한 그 문학자리를 만든 조각가의 그 순수한 열정에 늘 감복해하면서도, 내가 그 '문학자리'에 대해 줄곧 언짢았던 것은, 『당신들의 천국』에 너무나도 명백히 언표되어 있는 '동상을 만들지 말라'는 언명 때문이었다. 그리고 선생은 돌아가시기 직전까지도 후배들과 함께 자리한 사석에서 그 말씀을 자주 하셨던 것이다. 『당신들의 천국』이 1970년대가 거둔 한국문학의 최고의 성과라면, 거기에는 단순히 박진한 드라마를 잘 썼다는 것만이 아니라, 미학과 인식과 윤리를 하나로 통합시키는 데 성공했다는 의미를 담고 있는 것이다. 현실을 정확히 판단하는 눈매와 올

바르게 처신하는 자세와 아름답게 표현하는 솜씨가 하나로 일치하기는 실상 얼마나 어려운 것인가?『당신들의 천국』은 그 불가능성에 대한 항구적인 확인이며 동시에 영원한 도전이었던 것이다. 그리고 그 도전의 핵심에 '동상 만드는' 욕망의 터럭만치와도 싸우는 마음의 결단이 놓여 있었던 것이다.

　김선두 화백이 '문학자리'의 '글기둥'에 그 뜻을 새김으로써, '문학자리' 스스로 자신을 경계하는 시선을 옆에 두게 되었다. 그리고 나는 그 시선이 거기에 새겨진 얼굴의 주인공의 그것일 뿐 아니라, 그 문학자리를 만든 사람들의 시선임을 이해할 수 있었다. 왜냐하면 그 문학자리에 안식하고 계신 이청준 선생은, 선생을 기리는 사람들의 마음의 총화이기 때문이다.

— 2011.10.23.

'주석'과 '변이'가 있는 최초의 한국문학전집
문학과지성사판 『이청준전집』

문학과지성사에서 새롭게 간행하고 있는 이청준 전집은 한국의 출판사에서 중요한 단절을 긋는 출판물이다. 바로 전집에 '주석(notes)'과 '변이(variantes)'가 포함되었다는 사실 때문이다. 주석은 전집에 수록된 모든 작품들에 대해 의미 있는 설명을 단 것을 가리키며, '변이'는 작품의 최초 출간 이후 작가가 손을 대어 일어난 작품의 변형의 궤적을 가리킨다. 이렇게 '텍스트 원전 비평'의 결과를 담은 전집은 한국에서 최초일 뿐 아니라, 세계적으로도 드문 일에 속한다. 이러한 형식을 '총서'의 수준에서 일관되게 적용하고 있는 출판물은 프랑스 갈리마르(Gallimard)사의 '플레이아드 총서(Bibliothèque de la Pléiade)'로서, 문학사에 기억될만한 작가들의 전집 혹은 선집으로서 발행되는 이 총서에는 해당 작가의 전문가가 주도하는 일군의 원전비평집단이 참여하여 철저한 고증과 자료 조사를 통해 '주석'과 '변이'를 붙여 놓고 있다. 대체로 한 권이 출판되는 데 소요되는 기간이 수년, 때로는 10여 년이 걸리는 엄청난 노력의 결과이며, 진정한 출판물의 범례라고 할 수 있다. 이 플레이아드 총서에 대해 다른 나라의 생각 있는 문인들이 부러움을 토로하곤 하는데, 그중, 미국의 에드먼드 윌슨(Edmund Wilson) 등의 선망과 자국에도 비슷한 출판물을 갖고 싶다는 소망이 미국에 투영되어서 나오기 시작한 게 '라이브러리 오브 아메리카(Library of America)' 총서이다. '플레이아드 총서'를 기본적으로 흉내내고 있으나, 원전비평의 양과 질에서는 아직 초보적인 수준에 머물러 있다. 한국의 이청준 전집 역시 플레이아드 총서를 초보적인 수준에서 흉내 낸 시도이다. 이 시도는 고인이 당신의 마지막을 정리하면서, 이인성·정과리·이윤옥·우찬제를 불러 전집을 부탁하는 자리에서, 이인성·정과리가 제안하고, 고인이 그 제안을 적극 수락함으로써 시작되었다. 그러나 '주석'과 '변이'에 유의미한 양과 질을 제공할 수 있었던 것은 평생을 이청준 연구에 바치기로 결심한 이윤옥 씨의 자료 조사가 사전에 있었기에 가능했던 것이다. 이윤옥 씨의 노력에 의해, 이청준 전집의 개개 작품들은 그 자신의 내적인 생애를 갖게 되었으며, 동시에 작품들 사이의 상호 관계와 작품의 문맥이 새겨져 이청준 전집 자체가 아주 울퉁불퉁한 등고선 위에 놓이게 되었다. 전집의 편집위원으로는 위 네 사람과 옛 '문학과 사회' 동인인 권오룡과 현 문학과지성 대표인 홍정선이 참여하였다.

—2011.11.2.

📖 초기 단편 모음인 제 1권 『병신과 머저리』와 제 2권 『매잡이』에 이어, 제 29권, 『신화를 삼킨 섬』이 세 번째로 출간되었는데, 이는 무엇보다도 『신화를 삼킨 섬』이 『당신들의 천국』에 버금가는 이청준 말년의 대작이기 때문이다. 작가는 『당신들의 천국』이 제기했던 '사랑과 자유'의 동시성의 문제를 『신화를 삼킨 섬』에 와서 한국인의 집단무의식의 차원 안으로 깊숙이 집어넣어 근본적으로 새로운 실험을 행하였다.

순수 개인의 세계를 처음 그리다

김승옥의 「서울 1964년 겨울」

「서울 1964년 겨울」이 오늘날에도 젊은 독자들의 사랑을 받는 이유는 무엇인가? 1960년대에 등장했을 때, 김승옥의 소설들은 모두가 화려했다. 그것들은 통째로 젊었고 한편 한편이 '감수성의 혁명'(유종호)이었다. 그로부터 거의 40년이 지난 지금, 대부분의 작품들은 연륜 속에서 썩 점잖아진 듯이 보인다. 이제 젊은 독자들이건 나이 든 독자들이건, 그의 소설들을 생생한 감각으로 읽기보다는 역사 속에 새겨진 한국인의 옛 경험으로, 혹은 지긋한 나이가 되어 되돌아보는 '젊은 날의 초상'으로 읽는다. 그 독서에도 당연히 생생함이 있으리라. 그러나 그 강렬함은 '의식적'이다. 어떤 거리를 독자의 뇌와 심장 속에서 더듬어 나가는 과정을 통해서 미련처럼, 안식처럼, 동경처럼 차오르는 느낌이다.

그러나 「서울 1964년 겨울」은 지금 이곳에서 젊다. 그때도 젊었고, 지금도 젊다. 청년들에게 읽히면 금세 확인할 수 있는 일이다. 왜 그러한가? 그것은 이 소설이 김승옥의 다른 소설들과 마찬가지로 한국현대문학의 뿌리를 이룸과 더불어, 그 뿌리로부터 어느 지점에선가 훌쩍 이탈했기 때문이다.

한국현대문학의 뿌리를 이룬다는 것은 무엇인가? 최인훈, 이청준과 더불어 김승옥의 작품들이 해방 이후 공화국에서의 한국인의 주체적 형상을 만드는 일을 수행했다는 것을 뜻한다. 그 주체적 형상은 무엇보다도

'살아있는 개인'이다. 물론 그 이전의 소설에서도 '개인'은 있었다. 그러나 그 개인들은 대체로 식민지 조선의 '민족'의 분신들, 아바타들이었다. 식민지의 조선인들에게는 개인이 되려면 우선 민족해방을 달성해야 한다는 선결 과제가 놓여 있었기 때문이다.

해방 이후, 어떤 우여곡절을 겪었든, 한국인은 공화국 아래에서 살게 되었다. 게다가 그 공화국은 젊은 청년들이 피를 흘려 쟁취한 것이었다. 최인훈이 감격에 차 노래했던 바로 그 공화국이었다. 비로소 민족의 대리인으로서가 아니라 살아 있는 개인, 세계를 형성하는 자로서의 개인이 소설 속의 주 인물로 자리 잡을 수 있었던 것이다.

그 살아 있는 개인을 위해, 김승옥은 '자기세계'라는 개념을 고안하였다. 자기만의 고유한 세계를 가진 자, 즉 제 몸과 마음 안에 세상에 대한 인식과 동경과 제 삶에 대한 기획과 행동 강령을 품고 있는 자만이 세계를 이룰 수 있기 때문이다.

이상적으로는 자기세계와 그 자기세계를 가진 자들이 이룰 전체세계는 동등한 비중으로 연관되어야 했을 것이다. 그러나 한국인의 자기세계는 전체세계에 의해 압도당했다. 왜냐하면, 자기세계가 하늘의 맨살을 반짝 드러낸 이후, 곧바로 독재의 구름에 뒤덮여서 다시 닫혔기 때문이다. 그래서 이 '자기세계'는 '위로부터의 근대화'라는 제3공화국의 대의에 봉사하는 데서 자기를 키우거나, 아니면, 그에 대항하여, '민주화'라는 시민사회의 대의에 긴박되거나 해야 할 운명에 놓인다. 개인의 능력이 극대화되는 과정이 궁극적으로는 사회의 요구에 일치해야만 했던 것이다. 그럼으로써 자기세계의 종속성이 새롭게 발생하게 되었던 것이고, 이러한 사회의 요구와 갈등을 일으킨 자기세계의 특정 부면들은 모두 음침한 동굴의 형상을 가질 수밖에 없게 되었다. 「생명연습」, 「무진기행」, 「환상수첩」에서 묘사된 끈적거리고 음모 가득한 그 괴상한 자기세계들은 그래서 태어났던 것이다.

한국인의 자기세계가 그러한 사회의 요구라는 강박관념에서 벗어난 것은 1987년 유월항쟁과 1988년 서울 올림픽 이후이다. 이 즈음에 세 가지 세계적 사건의 동시적 폭발이 있었고(굳이 언급할 필요가 있으랴), 그 폭발에 의해서 새로운 세계질서가 형성되었는데, 한국인들은 이 변화한 신세계에 가장 잘 적응한 존재들이 되었다. 한국인은 그때부터 "고요한 아침의 나라"에 사는 "은근과 끈기"를 내장한 '한'의 민족이기를 그치고, "다이나믹 코리언"으로 일대 변신하였던 것이다. 비로소 한국의 각 개인들은 그 스스로 역동적인 존재들, 즉 사회의 요구에 아랑곳하지 않고 자기만의 세계를 가꾸는 데 전념하는 존재들로서 '자아'를 즉, 자신에 대한 이미지를 굳히게 된다.

말의 바른 의미에서의 '순수'개인이 그렇게 한국에서 태어났던 것이다. 다른 작품들과는 달리, 「서울 1964년 겨울」은 바로 어떤 사회적 요구에도 아랑곳하지 않으려는 그런 순수 개인들을 다루고 있는 소설이다. 이 사람들을 보라. 이들은, "영보 빌딩 안에 있는 변소 문의 손잡이 조금 밑에는 약 이 센티미터 가량의 손톱 자국이 있습니다."라고 말하고는 그건 오로지 자신만이 아는 진실, '자기만의 소유'가 된다는 것을 발견하고 기뻐하는 존재들이다. 이들에겐 그 무엇보다도 그 자신만의 세계가 우선하는 것이다. 작가는 동시대의 모든 작가들이 주체성의 발견과 그것의 사회적 일치 사이에 고민할 때, 그 사회로부터의 고리를 끊어놓고, 주체성의 존재 양식 자체를 탐험하는 희귀한 실험을 시도했던 것이다. 바로 그것을 통해 작가는, 사회적 요구가 희미해지고 자기에 대한 욕망이 팽대하는 오늘날의 한국인들에게 여전히 생생한 체험의 장으로서 자신의 작품을 남길 수 있게 된 것이다.

그러나 그렇다고 해서, 이 소설이 개인의 무한한 자유를 찬양하고, 이 순수 개인들의 장소를 낙원으로 묘사했다고 생각하면 그처럼 큰 오해도 없을 것이다. 실제로 작가가 보고 있는 것은, 그런 순수-개인은 주체의 자기에 대한 이미지일 뿐이라는 것이다. 그 이미지 바깥에 물론 사회만이 있는 것은 아니다. 그러나 그 바깥에는 기이한 어둠들이 있고, 그 어둠과 개인들은 싸우거나 화해하거나 공존하거나 해야만 하는 것이다. 그것이 「서울 1964년 겨울」이 전하는 최종적인 메시지이다. 오늘날의 젊은 독자들이 이 소설을 쉽게 읽고 버리지 못하는 까닭도 여기에 있다.

—『문학나무』, 2011 봄.

생활어로서의 한국어의 성찬

최일남 에세이, 『풍경의 깊이, 사람의 깊이』

한국에 수많은 글쟁이가 있지만, 한국어의 풍부한 어휘 자원을 자유롭게 골라가며 생각과 마음의 결과 꼴을 섬세하게 빚고 잣고 다듬는 이는 그리 많지 않다. 최일남 선생은 그 드문 이들 중의 한 분이다. 또한 한국어를 잘 다루는 이들이래도 한결같지 않고 취향이 각색이다. 어떤 분은 이쁘고 새초롬한 말들만 골라서 써서, 마치 화장대 위에 가지런히 놓인 장식품들을 보는 듯할 때가 있다. 최일남 선생의 어휘들은 모두 시정의 생활어에서 나온다. 그래서 '해토머리', '얼금뱅이', '아주까리', '내남직 없이' 같은 말들도 귀한 한국어지만, '위의(威儀)', '종용(從容)히', '동몽(童蒙)', '포의(布衣)', '공민(교과서)' 같은 거의 쓰이지 않는 한자어들도 실감을 낼뿐더러, '바탕화면', '허걱', '외짝 엄마' 같은 21세기 신출 한국어들도 경쾌히 뛰어다닌다. 심지어, '아카징키', '포즈' 같은 외래어들도 선생의 책에서는 오래 묵은 한국어처럼 읽힌다.

말의 성찬을 입으로 즐기며 독자가 눈으로 발견하는 것은 한국인과 한국의 풍경, 그리고 한국의 삶 속에서 태어나고 사라졌던 온갖 물상들이 생생히 되살아나는 모습이다. 그래서 저자가 김소운 선생의 글을 두고 규정했듯이, 이 책 역시, "사람의 체취로 물씬거린다." 여기에는 한국인의 현대사가 살아서 꿈틀거리고 있다. 그 역사는 한국인이 쇄도해오는 근대의 문물을 체화하려 애쓰면서도 기꺼이 한국인의 이름으로 그 일을 해내고자 몸부림하는 과정 속에 일어난 온갖 단련과 저항과 도전들의 집합이다. 그 노력은 생활로도, 행동으로도, 표현으로도 나타났다. 그렇다는 것은 산다는 것이 그 자체로서 세계에 대한 해석이자 동시에 기획이라는 것을, 다시 말해 삶이 곧 성찰이라는 것을 가리킨다. 여기에 와서야, 독자는 제목에 붙은 '깊이'라는 말을 피부로 느낄 수 있다.

물론 독자가 도처에 산포하는 저자의 해석과 판단에 무조건 동의할 까닭은 없다. 깊은 성찰은 성찰을 요구한다. 성찰은 토론을 통해서만 열린다. 그것이 공감의 진정한 뜻이고 책의 존재 이유다.

—『책&』. 2011.2.

집단적 이상심리로부터 개인의식의 저항으로
임철우의 『이별하는 골짜기』

임철우의 소설은 1980년 광주항쟁과 더불어 태어났다. 작가는 그 사건을 현장에서 겪었고 그 의미를 캐내는 것을 자신의 사명으로 삼았다. 그는 말 그대로 5월 광주의 모든 것을 소설의 광주리 안에 담으려 하였다. 그는 그것의 필연성과 우연성이 혼재한 양상을 동시에 포착하려 하였다. 또한 그것의 정치·사회적 측면을 넘어서 집단 심리의 심층에까지 다다르려 하였다. 그리하여, 광주항쟁을 총체적으로 재현한 『봄날』(1997)이 마침내 완성되었다.

이후 임철우는 더 이상 할 일이 없는 듯이 보였으며, 꽤 오랫동안 침묵에 빠졌다. 『등대』와 『백년여관』을 상자했으나 언어 훈련의 성격이 강했다. 그러나 이제 이 소설 『이별하는 골짜기』(문학과지성사, 2010)를 통해 임철우는 자신의 필력이 결코 소진하지 않았을 뿐만 아니라, 그의 시야가 한층 넓어지고 언어의식이 깊어졌음을 유감없이 보여주고 있다. 그는 그가 시종 천착해 오던 집단적 이상심리(광기·폭력·공포·섬망)와 개인적 합리화 사이의 미묘한 유착이라는 한국사회의 보편적 병리 현상이 스스로 화농해 개인의식의 저항으로 터져 나오는 지점으로 나아간다.

그리하여, '별어곡'이라는 한 공간에서 벌어진 네 편의 삶을, 가을, 여름, 겨울, 봄이라는 약간 어긋난 계절의 흐름 속에 배치하면서, 리바이어던과 같은 삶 속에서 사는 이유는 바로 그 삶의 이유를 캐묻는 과정 속에 놓여 있음을 설득력 있게 보여준다. 그 과정은 지나온 삶에 대한 자발적 망각의 몸부림과 그 망각의 울타리를 뚫고 솟아나는 생생한 실상들의 기억과 망각만으로는 살 수 없다는 자각 들이 한데 엉크러져 들끓는 가운데, 문득 삶이 통째로 어긋나는 환각 속으로 빠졌다가 벗어나는 신체적·심리적 경험들의 연속으로 점철되어 있다. 그 경험들의 묘사의 핍진성이, 그 과정을, 죽지 못해 사는 삶으로부터 진실이 살아있는 삶으로 근본적으로 반전하는 과정으로 만들어 준다. 삶이란 작품의 제목이 암시하듯, 우리가 빠져나가려고 발버둥칠수록 빠져들고야 마는 그물이다. 한데 그 그물 속에서 산다는 것은 축축하고 끈적끈적하고도 동시에 환하고 신묘한 일인 것이다. 진심으로 온몸을 다해 체험하는 사람에게는 말이다.

—『책&』, 2010.10.

이윤기 선생을 추모하며

이윤기 산문집, 『위대한 침묵』 / 소설집, 『유리 그림자』

이윤기 선생이 영면하신 건 작년 8월이었다. 그날 우리는 뛰어난 번역
가이자 소설가이며 문장가였던 분을 잃었다. 그리고 오늘 우리는 그이의
남은 문향을, 유고 산문집 / 소설집을 통해서 맡는다. 맡는다? 그렇다. 선
생은 무엇보다도 후각적인 존재였다. 보들레르가 「상응」에서 장려하게
보여주었듯이, '후각'은 장애물들 사이를 뚫고 가장 멀리 퍼져 나가는 감
각이다. 이윤기의 고유한 문체는, 작가의 이름만으로도, 그이의 문장 한
줄만으로도 독자의 머릿속에 꽤 특별한 글 세상을 파노라마처럼 펼쳐 보
였다. 게다가 후각은 또한 깊이 스며드는 감각이다. 그래서 거기서는 "정
신과 감각의 혼용"이 일어나는 것이다. 이윤기의 글은 느낌이 곧 지성이
고, 지성이 곧 느낌인 글이었다.

그래서 그이는 없어도 있었고, 조금 있어도 많이 있었다. 이 멀리 그리
고 깊이 가는 글의 감각은 어디에서 온 것인가? 나는 그 원천이 때와 장
소를 가리지 않고 그이가 수용해 두뇌피질 속에 축적한 '세상의 모든 지
식'이라고 생각한다. 거칠게 말하자면, 그이는 모르는 게 없었다. 인류의
신화뿐만 아니라 시시콜콜한 인생잡사의 온갖 비밀을 그이는 알았다. 어
떤 유행가요의 노랫말의 기원도 알고, 그 변질도 알았고, 흔히 쓰는 외국
어의 어원과 운용도 알았다. 선생은 그래서 일종의 보편적 지식에 가까
웠는데, 그이가 없었더라면 우리가 결코 되새길 수 없는 그런 지식들로

가득했다. 그러니 그이의 글은 언제나 앎을 일깨우는 모종의 향료였다. 나는 유고집을 읽으며 선생의 혼령이 그렇게 은밀한 향료가 되어 둘레의 공기 속을 떠도는 걸 느낀다. 그 덕분에 나는 세상을 더욱 배우는 것이다. 더욱 느끼게 되는 것이다. 그이의 사후는 그런 삶이리라. 그것이 그이를 안식케 하리라.

—『책&』, 2011.3.

최저인간의 발상법
정영문의 『어떤 작위의 세계』

　정영문의 『어떤 작위의 세계』(문학과지성사, 2011)는 무기력한 인간의 지극히 하찮은 생각들의 흐름을 묘사하고 있다는 점에서, 종래에 그가 줄곧 그려온 최저 인간의 정황을 다시 되풀이하고 있는 듯이 보인다. 그러나 꼼꼼히 들여다보면 이 최저 인간의 의식은, 감정에 대한 섬세한 관찰에 뒷받침되어서 아주 다양한 생각들을 발생시키고 있고, 이 생각들은 화자의 의식에 꽤 핍진한 긴장을 계속 유지시켜 주고 있다. 그 긴장을 지탱하고 있는 것은 시시각각의 주체의 인지와 판단과 결단이다. 이 무기력한 인간의 내면에는 그의 무기력을 운용하는 에너지의 움직임이 심해의 열수분출공에서 솟아나는 열수처럼 보글거리고 있고, 그것은 언뜻 보아서는 무기력한 삶의 한없는 되풀이로 보이는 그의 삶을 아주 천천히 변화시킨다. 그 변화를 화자는 샌프란시스코의 안개에 빗대어 "거대한 안개는 아주 천천히 움직이고 있었다."(p.230)라는 말로 슬그머니 암시하고 있다. 나는 엉뚱하게도 이 소설을 읽다가 루쉰의 『아큐정전』에서 '아큐'가 '정신승리법'이라고 말했던 것을 떠올렸는데, 『어떤 작위의 세계』는 요컨대 정신승리법과의 끝없는 투쟁이라고 명명할 수 있다고 생각하였다. 어쩌면 얼마간은 다음과 같은 대목에서 그런 암시를 받았을 수도 있었다.

가끔은 떨어줘야 하고, 가끔 떠는 것은 나쁘지 않은 궁상은 잘 떨면 재미있고, 정신적인 건강을 위해서 좋을 수도 있지만 잘못 떨면 스스로도 면목 없게 될 위험이 있고, 곧잘 그 정도가 지나치기 쉽고, 정도가 지나치게 되면 몸에도 좋지 않을 수 있어 궁상을 떨 때에는 조심해야 했다. 궁상의 문제 중 하나는 알맞은 정도로, 품위를 잃지 않고 잘 떨기가 어렵다는 것이었다. 그런데 궁상은 일종의 정신적인 행태로 볼 수도 있었는데, 어쩌면 나락으로 떨어지지 않고자 하면서 기어코 떨어지고자 하는 어떤 정신적 분투로 볼 수도 있기 때문이었다. 궁상은 가혹하게 권태롭고 무의미한 이 세계에 맞서기보다는 패배를 받아들이며 백기를 흔들면서 속으로 웃는 것으로 볼 수도 있었다. 카프카와 이상 같은 작가들이 그 점을 가장 잘 보여주었다. 이상이 어떤 몹시 불쾌한 하루를 선택해 회충약을 복용했다고 했을 때 그는 궁상의 정수를 유감없이 보여주었다. 내가 보기에 그들의 궁상에는 배울 점이 많았다. 한데 내 생각에는 궁상이 궁상으로서 돋보이려면 자의식으로 충만한 상태에서 그것을 떨어야 했다.(p.65)

이 대목에 기대면, '정신승리법과의 끝없는 투쟁'이라는 것은 "자의식으로 충만한 상태에서" "나락으로 떨어지지 않고자 하면서 기어코 떨어지고자 하는 어떤 정신적 분투"라고 할 수 있을 것이다. 어쨌든, 화자의 말투를 흉내내자면, 나는 이 엉뚱한 명명이 매우 엉뚱하기 때문에 또한 매우 진지할 수 있을 것 같아 기분이 좋아졌다. 그리고 그 은근한 흔감함은, 작품의 화자이자 주인공이 옛 애인의 집에서 그녀에게 얹혀사는 새 남자친구와 함께, 그녀의 집에서 얹혀살던 상태로부터, 스스로의 결심에 의해(p.71) 떨어져 나와, 마침내는

텅빈 눈으로 흘러가는 구름을 바라보았고, 텅 빈 눈으로 바라보기에는 구름만 한 것도 없다는 생각 같은 것은 하지 않았다. 생각만 해도 몸서리가 쳐지는 생각 같은 것은 더 이상 하지 않았다(pp.269~270)

는, "생각만 해도 몸서리가 쳐지는 생각"을 "하지 않았다"고 하면서 '하는' 존재로까지 진화한 것을 확인하는 데서 더욱 커졌다고 할 수 있다. 왜 '생각만 해도 몸서리가 쳐지는 생각을 하지 않았다고 하면서 했다'고 하는가 하면, 그 "생각만 해도 몸서리가 쳐지는 생각"이 바로 "뜬구름"에 관한 생각이라면, 이 소설은 궁극적으로 "뜬구름 잡는 것에 관한 뜬구름 잡는 이야기"라고 규정되고 있기 때문이다. 요컨대 그는 뜬구름 잡는 생각을 하는 대신에, "뜬구름 잡는 것에 관한 뜬구름을 잡"은 것이다. 요약해, 그는 '하는' 대신에, '잡은' 것이다. 이쯤에서 보들레르의 다음 시가 생각난 것도 매우 엉뚱한 발상이라 하겠지만, 이게 '발상'이라는 사실이 자못 유쾌한 일이라고 할 수도 있겠다.

너는 누구를 가장 좋아하느냐? 수수께끼같은 사람아, 네 아버지냐, 어머니냐, 누이냐 아니면 형제냐?
— 나는 아빠도 엄마도 누이도 형제도 없다오.
— 네 친구들이냐?
— 당신은 내가 여전히 이해하지 못하는 말을 쓰시는구료.
— 네 조국이냐?
— 나는 그게 어느 위도에 있는지도 모른다오.
— 미(美)냐?
— 그런 게 있다면, 그 불멸의 여신을 사랑할 수도 있겠소만.
— 황금이냐?
— 나는 그대가 신을 미워하는 만큼, 그놈을 미워한다오.
— 아니, 대관절 너는 무엇을 좋아한단 말이냐. 이 괴상한 이방인아?
— 나는 구름들을 좋아한답니다. 저기, 저어기, 저저어기... 흘러가는 구름을... 저 신기한 구름들을.
　　　　　　— 「이방인 L'étranger」, 『파리의 우울 Le Spleen de Paris』

— 2011.12.7.

실패한 자기합리화들을 그리기

김경욱의 『위험한 독서』

    김경욱의 『위험한 독서』(문학동네, 2008)의 일차적인 특징은 생에 대한 아쉬움이 큰 연유로 좀더 나은 삶에 대한 의욕으로 꽤 달아오른 인물들을 그린다는 것이다. 독자 역시 무의식적으로 인물들에 전염되어 조용히 들뜬다. 두 번째 특징은 인물들의 저 의욕들이 자기 정당화를 위한 논리를 낳는다는 것이다. 그런데 그 논리적 세계는 어떤 성공한 논리적 세계를 '큰 타자'로 두고 있다. 인물들의 합리화는 가상의 성공한 합리화를 흉내내며 구성된다. 그러나 인물들의 합리화는 자가당착, 자승자박의 방식으로 실패한다. 반면 성공한 합리화의 뒤에는 불가해한 어둠 혹은 음모 또는 환상이 있을 뿐이다. 『위험한 독서』의 궁극적 효과는 성공한 합리화와 실패한 합리화 사이에서 삐져나오는 아이러니이자, 그 아이러니가 자아내는 산다는 것의 비애이다. 아니 그뿐이 아니다. 그 아이러니를 산출한 사람들의 의욕이 품고 있는 환상 구조에 대한 성찰 역시 그의 작품들이 권하는 문제이다. 후반부의 두어 작품에 밀도가 좀더 부여되었더라면 하는 아쉬움이 남는다.

— 2009. 1. 20.

까망 속의 구르는 돌
권여선의 『비자나무 숲』

  권여선의 『비자나무 숲』(문학과지성사, 2013)을 읽다가 문득 생각난 루카치의 문장 하나.

> "비극은 하나의 놀이이다 ......신이 구경하는 놀이이다. 신은 단지 관객
> 일 뿐, 배우들(인간)의 대사와 움직임에 결코 끼어들지 않는다.",
> ―「비극의 형이상학」, 『영혼과 형식』

  그런데 그의 소설들은 비극이라고 말하기가 어렵다. 거기엔 삶의 몸부림이 있다. 절망 뒤의 분발이, 굴종 뒤의 항의가, 체념 뒤의 자학이, 운명을 쥐어뜯으며 발버둥한다. 물론 그 몸부림이 할 수 있는 건, 인생이라는 링의 로프를 조금 바깥으로 늘렸다가 다시 안으로 튕겨지게끔 하는 것뿐이다. 그러나 그러다 보면 언젠가, 마닐라 삼으로 꼬았다 한들, 그 로프가 끊어질 날도 오지 않을까? 그래서 허망하고 싶지 않은 헛웃음이 있고, 터져 나가고 싶은 좁다란 여유도 있다.
  작가는 하지만 나중에 오는 건 비극이라고 말하는 듯하다. 로프가 끊어지면 이젠 투사들이 튕겨져 나가 허무의 암흑물질의 늪 속으로 익사하고 말 광경을 가느다란 손가락으로 무슨 상징처럼 그려보이는 듯하다. 그의 비극은 재앙처럼 닥친다. 느닷없이. 꼼짝달싹할 수 없는 방식으로.

절멸(絶滅)적으로. 그러나 온다기보다 차라리 멀어져가는 게 아닌가? 아슬아슬하게 닥칠 듯한 예감이 아스라이 멀어지는 듯한 떨림으로 울고 있지 않는가? 그 다가옴과 멀어짐 사이에 놓여 있는 건 오직 두려움일 것인가?

그의 초창기 소설의 짙은 절망의 세계, 혹은 총체적 부정성의 세계는 이렇게 미묘한 불균일의 무늬를 갖게 되었다. 여전히 세계는 깜깜하지만, 까망 속의 새까만 알갱이들이 차드락차드락 구르는 소리가 들리는 것이다. 그러한 진화 속에서 배경 묘사와 마음의 움직임이 완벽히 공명하는 이런 구절도 씌어진다.

> "얇은 잡지를 깔고 앉아 담배에 불을 붙였다. 계단 좌우 폭이 좁아 마치 아동용 의자에 앉아 있는 듯한 느낌이었다. 담배 연기는 건너편 건물의 자줏빛 기와지붕 쪽으로 날아갔다. 자줏빛 지붕 너머로 낡은 고층 아파트의 다닥다닥한 베란다가 보였다. 이 동네는 너무 낡고 남루해 오히려 비현실적인 느낌을 주었다. 담배를 꽁치 통조림 캔에 눌러 끄고 고개를 들었다. 아파트 너머 하늘은 언제나 희끄무레했다. 문득 하늘색, 살색, 이런 색깔들이 없어졌다는 생각이 들었다. 정확히 말하면 그 색깔들이 사라진 게 아니라 그 이름들이 사라졌다. 존재의 소멸보다 이름의 소멸이 왜 더 허무한 느낌을 줄까, 오랫동안 생각했다. 이름이 사라지면 불러 애도할 무엇도 남지 않아 그런 것 같았다."

— 2013.4.17.

사물성의 사회적 차원

김선재의 『그녀가 보인다』

　김선재는 젊은 소설가인 모양인데, 『그녀가 보인다』(문학과지성사, 2011)는 그의 개성과 가능성을 엿볼 수 있게 하는 책이다. 우선 그의 작품들은 의문을 의문으로서 끝까지 몰고 가는 데 성공하고 있다. 서투른 작가들은 독자의 궁금증을 자신의 조급증으로 옮겨와 서둘러 답을 내놓거나 아니면 자신이 제기한 의문에 스스로 포박되어 도중에 길을 잃곤 하는데, 김선재는 그가 설치했으나 그가 풀어야 할 미로를 냉정하게 따라가 마침내 막바지에 이르러 해답 그 자체가 아니라 해답의 실마리를 쥐는 데까지 이른다. 그 막바지는 처음에 제기된 사소한 의문이 삶의 의미 전체로 확대되는 때이다. 다음, 그는 젊은 소설가들이 흔히 사용하는 환상을 거꾸로 사용함으로써 그만의 독특한 분위기를 만드는 데 성공하고 있다. 환상을 욕망의 저편에 놓아, 혹은 욕망의 저편에 놓인 것의 원인으로 놓아 좇아가게끔 하는 것이 아니라 거꾸로 환상을 사물로 만들어 욕망을 정지시키고, 암종양처럼 기능을 하지 못한 채 증식만 하는 감정의 추한 덩어리를 직면케 하고 있다. 이 환상의 사물화는 정영문의 글쓰기와 닮은 점이 있는데, 그러나 정영문에게 의식의 사물성이 유폐된 자의식의 차원에서 제기되고 있다면, 김선재의 감정의 사물성은 사회적 존재의 차원에서, 즉 사회 속에 의미없이 감금된 존재의 문제로서 제기되고 있다.

—2011.9.13.

창의적 변용의 범례
김성중의 『개그맨』

김성중은 첫 창작집 『개그맨』(문학과지성사, 2011)으로 자신의 문학적 잠재력을 유감없이 보여주고 있다. 우선, 아이디어를 가공하는 능력이 있다. 글로써 온갖 것이 말해진 시대에 새로운 아이디어를 내놓는다는 건 사실 불가능하다. 내가 얼마 전 오늘의 한국 소설에 아이디어가 백출하고 있다고 쓴 것은, 그것이 이른바 현실적 구속력(소위 개연성)을 벗어나 자유롭게 뻗어나가고 있다는 뜻으로 쓴 것이지, 그 아이디어가 실은 다른 문화들 심지어 기존의 소설에서 이미 나왔던 것이라는 점을, 심지어, 그 참조된 텍스트의 아이디어조차도 또 다른 복제에 불과하다는 것을 부인한 것이 아니었다. 『개그맨』의 텍스트들도 그 복제의 흐름 속에서 벗어날 수 있는 건 아니다. 가령, 첫 두 소설은 주제 사라마구(José de Sousa Saramago)나 코맥 매카시(Cormac McCarthy)가 이미 보여준 재앙소설, 그리고 샤미소 (Adelbert von Chamisso)의 『페터 슐레밀의 놀라운 이야기 혹은 그림자를 판 사나이』로부터 착상을 빌려온 게 너무나 분명하다. 그러나 그는 그 아이디어를 제 식으로 묘하게 변형할 줄 안다. 재앙으로 인한 몰락의 이야기를 허공으로 떠오르는 이야기로 만들고, 그림자 파는 한 개인의 이야기를, 그림자가 마구잡이로 옮겨 붙는 집단의 이야기로 바꾸어 놓았다. 시중에 떠도는 상당수의 소설들이 기왕의 아이디어를 직접 옮기거나 겨우 확장하는 데 그치고 있는데 비하면, 김성중의 변용은 그가 성실하면서도 동시에 창의적인 사람이라는 걸 보여준다.

그리고 그런 변용은 단순히 독창성에 대한 의욕만으로 이루어진 게 아니다. 그것은 무엇보다도 현대 사회에 대한 그 나름의 진지한 판단에 근거해 있다. 오늘 우리의 삶은 한없는 존재 상승의 환각에 휘말린 채로 추락하고 있는 건 아닌가? 현대인들은 사회 속에 소속되기 위해서 자신이 포기할 수밖에 없었던 욕망들을 이미 자발적으로 아주 다양한 방식으로 충족시키고 있는 것은 아닌가? 이런 사정에 대한 인식이 김성중의 착상에 유효하게 개입되어 있다는 건 그의 현실비판적 안목을 신뢰하게 한다.

그러나 무엇보다도 그의 가능성을 그의 표현적 언어가 갖는 섬세함과 문맥상의 적절성 그리고 품격이다. 가령, 이런 구절들,

> "너를 사랑하는 것 같아."
> 어느 날 가장 높은 곳에 돋은 나뭇잎을 갉아 먹듯 그가 내게 속삭였다.
> 나는 홍학처럼 붉어졌다.

혹은,

> <버드 케이지>의 사람들은 모두 인생의 1권을 들추지 않는다. 만약 그녀가 이런 관행을 깨고 어디에서 왔느냐고 묻는다면 이렇게 답할 수밖에 없을 것이다. 나는 어항에서 왔어요. 투명하고 편안한 곳이었지만 진짜 물길은 아니었지요.

이런 섬세한 감수성에 뒷받침되어 그는 자신의 소설에 복합적인 시선들에 조명된 입체성을 부여하면서, 쉽게 만들 수 없는 드라마의 굴곡을 이루어 나간다. 표제작인 「개그맨」은 그중에서도 아주 밀도 높은 작품이다. 그가 호흡을 더 길게 가질 수 있기를 바란다.

—2011.10.3.

어느 소설가의 놀라운 진화
박형서의 『핸드메이드 픽션』

박형서의 새 소설집, 『핸드메이드 픽션』(문학동네, 2012)은 그의 소설적 능력이 비약했음을 여실히 보여준다. 나쓰메 쇼세키의 『몽십야』, 제임스 조이스의 『더블린 사람들』 투의 정신적 피카레스크인 이 소설집의 각 단편들은 하나의 문제를 제기한 다음, 그 문제를 해결하기 위한 길을 중첩적으로 쌓아감으로써 절묘한 해결의 문으로 뛰어 오르게 하는데, 그것이 절묘한 것은 그 답을 위한 계단이 동시에 문제를 중첩시키는 계단이기도 하기 때문이다. 그러니, 실상, 독자가 소설이 제공하는 정신 훈련 다음에 만나게 되는 것은 세상에 대한 더욱 깊어진 의문이다.

박형서를 이렇게 진화시킨 원천은 무엇보다도 그가 장편 『새벽의 나나』(문학과지성사, 2010)를 끝까지 써보았기 때문일 것이다. '끝까지'라는 말은 '끈덕지게', '치밀하게', 그리고 흔히 쓰는 사투리로 말하자면 '엄한 데로 빠지지 않고', 즉 '수미일관하게' 이야기를 끌고 갔다는 뜻이다. 이번 작품집은 그가 『새벽의 나나』를 그렇게 쓰면서 투자한 에너지와 노력을 자신의 체질로 만드는 데 성공했음을 잘 보여준다. 기쁜 일이다.

—2012.1.29.

📖 표지를 보면, '박형서 소설집'이 아니라 '박형서 소설'이라고 되어 있다. 수년 전부터 시작된 기묘한 트릭이다. '장편'을 써야 한다는 게 '오늘의 말씀'처럼 되다 보니까, 한 글자를 빠뜨려 그렇게 보이고 싶어 한 옅은 계산이고, 그것을 여툰 계산으로 착각한 결과다. 이런 짓을 하지 않았으면 좋겠다.

현대문명의 묵시록

김종호/허남준의 『인어공주 이야기』

김종호가 쓰고 허남준이 삽화를 그린 『인어공주이야기』(문학과지성사, 2011)는 민담 「인어공주」의 현대적 변용이다. 이해를 위한 몇 줄의 노트를 적어둔다.

(1) 이것은 '일종의 고쳐 베끼기'의 형식을 갖는다. 일반적인 고쳐 베끼기는 대체로 원본에 대한 '비판적인' 의도를 품고 있으며, 따라서 흔히 '패러디(parodie)'적 실천을 보여준다.

(2) 그러나 이 소설은 패러디가 아니다. 바흐찐(Bakhtine)의 용어를 빌리자면, 패러디가 아니라 '문체화(stylisation)'의 일종이라고 할 수 있다. 즉 원본의 세계관을 훼손하지 않으면서 그것을 확장하거나 변주시키는 것.

(3) 작가의 의도는 인간 영혼의 보편적 심리를 현대의 사회적 문제로 치환하고자 하는 것으로 보인다. 그러나 동시에 사회적 문제를 말하기 위해, 민담의 형식을 취했다는 것은, 작가가 그 사회적 문제에 운명의 의미를 부여하고자 했다는 말이 된다. 즉, 이 소설은 현대문명에 대한 묵시록으로 읽을 수 있다. 김종호 씨는 책을 주면서, "이 책을 낭독하려고 한다"는 말을 담았는데, 방금 내가 엿본 작품의 의도와 얼마간 상응한다고 생각한다. 말은 진리를 전달하려고 하고, 글은 미망을 인식케 한다.

(4) 작가가 파악한 현대 문명의 문제는, 육지와 바다의 불화의 문제로 제기된다. 그 불화는 전면적이고 회복불가능하다. 그 치명성에 의해서,

한편으로 작품은 왕자와 인어의 비련으로 한정되지 않고, 공주와 시복의 이야기, 신데렐라 이야기, 심청이 이야기 등으로 예측불가능하게 번져 나간다. 이야기는 끝이 없어도 낙원은 돌아오지 않는다. 그러나 다른 한편으로, 그 때문에 모험 또한 끝나는 법이 없다. 인어가 인어를 낳고, 인어가 공주가 된다. 이야기가 계속되는 한, 멸망도 도래하지 않는다.

(5) 육지와 바다의 불화는 '모래'와 '유리' 두 이미지로 비유적 형상을 획득한다. 이 이미지들은 사실 이야기의 끝없음, 불투명성, 오리무중성을 견디게 해주고, 동시에 암시하는 힘을 가지고 있다. 모래는, 육지와 바다의 경계에서 쌓이는 불화한 존재의 시체들이고, 유리는 그 불화를 화해로 돌리고자 하는 욕망이 만든 온갖 장식품들을 낳는다. 따라서 모래와 유리도 근본적 불화의 양태로 제기된다.

(6) 모래와 유리를 종합할 수 있는 어떤 이미지가 있을까? 그것은 잃어버린 '눈알'이다. 작가는 최종적으로 '눈알'을 말하고 싶었던 듯하다. 우리가 잃어버리고 만, '하나의 눈알'(진리가 하나이듯이) 말이다.

(7) 허남준의 그림은 서양식 마녀 캐리커처와 한국 순정만화의 인물 표정을 기묘하게 섞고 있는 것으로 보인다. 그 뒤섞음에 의해서, 그가 그린 인물들은 동시에, 엽기적이고 희극적이고 비애스럽다. 그들은 인간이고 동시에 마녀인데, 인간이 되려고 애쓰는 마녀라기보다는, 어떻게 마녀가 되볼까 골몰하는 인간처럼 느껴진다.

(8) 이 노트는 아직 '얄팍한 인상화'이다.

—2011.8.29.

📖 지금 다시 이 글을 보니, 내가 전아리의 소설집, 『옆집 아이는 울지 않는다』(문학과지성사, 2018)에 해설을 쓰면서 제기했던 '사회적 문제를 설화화하는 일'에 대한 의식이 이미 오래전부터 있어 왔다는 것을 알겠다.

언어의 양산박*

박정애의 『덴동에미전』

    박정애의 『덴동어미전』(한겨레출판, 2012)은, 엿장수이자 거지꼴인 '덴동어미'와 동네 어른인 '안동댁'을 양축으로 해서 한 마을의 여인네들이 고단한 일상을 뒤로 접고 화전놀이를 간 이야기이다. 한국여인들의 고난과 해방 충동을 소재로 한 소설이 드물었던 건 아니다. 하지만 이 소설은 다음 세 가지 점에서 주목을 받기에 충분하다. 우선 형식의 특이성이다. 이 소설은 이야기와 노래를 포개어 쓴 중첩적 형식을 가지고 있다. 독자는 이야기에서 사연을 듣고 노래를 부르며 삶을 이겨내는 에너지를 얻는다. 다음, 문체의 사실성이다. 안동 지방의 사투리가 중심어인데도 불구하고 묘사가 정확하고 조리가 분명해, 소설 속 사건을 핍진하게 느낄 수 있다. 마지막으로 말의 힘이다. 이 소설에서 여인들의 집단 언어는 나볏하고 유장하며 아귀세다. 그들이 모여 말을 나누면 세상의 어떤 두려움과도 맞설 수 있다. 그래서 그 분위기가 마치 수호전을 읽는 듯하다. 여인네들의 화전놀이터는 언어의 양산박이다.

— 2012. 7. 21.

---

* 이 글은 지난 7월 20일 동인문학상 독회에서 소수의견으로 제출된 것이다.

절제된 풍경과 언어의 화성

조해진의 『천사들의 도시』

『천사들의 도시』(민음사, 2008)를 통해서 조해진이라는 소설가를 처음 알았고, 그리고 매우 놀랐다. 그는 문체가 무엇인지를 알면서 쓰고 있다. 한국 소설이 리얼리즘의 족쇄에서 해방된 이래 반짝이는 개성적 문체를 가진 사람들이 많이 등장한 게 사실이다. 그러나 많은 작가들은 아직도 문체를 수사적 장식 정도로 생각하고 있는 것 같다. 일종의 언어 인테리어라고 할까. 반면 조해진의 문체는 소설적 정황 그 자체다. 그의 문체는, 아도르노가 형식은 침전된 내용이라고 말했을 때와 거의 같은 의미로, 침전된 의식이다. 그로부터 두 가지 조해진적 풍경이 나타난다. 하나는 지극히 절제된 언어의 풍경이다. 언어가 말하기보다는 침묵이 차라리 말한다. 다른 하나는, 앞의 것과 연관된 것으로서, 말과 침묵과 노래와 사색이 각각 별도의 음자리를 구성하면서 특정한 화성을 형성하고 있다는 것이다. 그 화성은 이번 소설집에 한해서 말하자면 매우 허무하고 쓸쓸하다. 독자가 느끼는 것은 허무하고 쓸쓸하다는 감정이라기보다는 허공에 퍼져 오르는 그것들의 울림이다. 좋은 소설가를 만나서 반갑다.

조해진 소설의 이채로움을 내게 먼저 알려준 이는 오정희 선생이다. 오정희 선생은 오정희 선생이다.

—2009.1.22.

현실이라는 호랑이 위에 올라탄 팅커벨

염승숙의 『채플린, 채플린』

염승숙의 『채플린, 채플린』(문학동네, 2008)은 환상들의 변주가 매우 흥미롭고도 난해한 소설집이다. 그의 환상은 그런데 현실과 대립하지도 현실을 무시하고 따로 놀지도 않는다. 염승숙의 환상은 현실 위에서 춤춘다. 이런 비유가 가능하다면, 그것은 현실이라는 호랑이 위에 올라탄 팅커벨이다.

— 2009.1.22.

사회성의 회복

김이설의 『환영』

요 근래의 한국 소설에 의미심장한 변화가 보인다면, 그것은 1990년대 이래 희미해져 가던 사회성을 회복하고 있다는 것이다. 한 20년 동안 한국소설은 개인성의 정원에서 화려하게 피었다. 공동체에 대한 의식이 있긴 있었는데, 대체로 가족과 친구의 둘레에서 그쳤다. 개인성 바깥에서 많은 작가들은 가깝거나 먼 역사 쪽으로 눈길을 돌렸다. 마치 현대 사회에는 문제가 없는 듯이 말이다. 고 박완서·이청준 선생을 비롯한 몇몇 노장 소설가들만이 사회성을 간신히 지키고 있었다. 그랬는데 2000년대 말부터 젊은 신진작가들에 의해서 사회가 다시 돌아오기 시작하였다. 백수와 루저에서 시작하다가 차츰 룸펜 프로레타리아를 거쳐 산업 노동자의 세계에까지, 다시 말해 사회 문제의 전 부면으로 소재를 확대해 나가고 있다.

김이설은 그런 새로운 경향을 주도한 작가 중의 하나이다. 오늘 소개하는 『환영』(자음과 모음, 2011)도 마찬가지지만, 그가 그리고 있는 세계는 한결같이 룸펜 프롤레타리아, 즉 사회로부터 버림받았으나 사회 안에서 살 수밖에 없어서, 사회의 가장자리에서 부랑하는 사람들의 세계이다. 도리스 레싱의 표현을 빌리자면, 그들에게 세상이란 "우리가 그 안에 들어가 살기로 선택한 감옥"이다. 감옥에서 살 수밖에 없다는 건 괴롭고 슬픈 일이지만, 괴로워하거나 슬퍼해서만은 살 수가 없다. 생존의 문제는 감정의 문제가 아니기 때문이다. 김이설의 소설이 냉혹하게 가리키는 것이 그것이다. 삶에는 운도 없고 동정도 없다. 다만 살아내는 것, 그것만이 있을 뿐이다. 그 점을 강조하기 위해서, 김이설은 의도적으로 불행을 중첩시킨다. 각박한 환경은 가혹한 사건들에 의해 바닥을 향해 구른다. 그 과정 속에서 그에 반응하는 사람의 마음은, 자연선택의 원칙에 따라, 철저히 단련된다. 진화는 진화이되, 거꾸로 가는 진화이다. 문명 쪽이 아니라 야만 쪽으로 난. 독자는 여기에서 하나의 시험에 마주친다. 최악의 환경에서 인간은 어디까지, 어떤 방식으로 인간성을 지킬 수 있는가? 독자는 이 질문에 한치의 연민도, 한 올의 자기환상도 없이 답해야 한다. 이 작품의 리얼리즘은 소재에 있는 게 아니라, 상황을 다루는 방식에 있다.

—『책&』. 2011.8.

허난설헌을 읽는 세 겹의 문

류지용의 『사라진 편지』

옛날의 인물을 허구의 공간에서 재창조해내는 일은 아주 오래된 한국적 소설쓰기의 한 방식이다. 여기에 한 인물을 더 보태는 게 무슨 의미가 있는가? 이 물음에 대답할 수 없다면 이 장르의 어떤 소설도 이제는 존재 이유를 가질 수 없다. 수없이 많은 소설들이 그에 대한 물음을 고의로 포기한 채로 씌어졌기 때문이다. 그리고 그 자발적 망각의 뒤에는 오늘의 불만을 과거로 보내 안식을 취하고, 허구를 입혀 만족을 얻고자 하는 얄팍한 욕망이 자발없이 소동을 치고 있는 게 자주 보이는 것이다.

『사라진 편지』(동아일보사, 2010)를 재미있게 읽기 위해서 나는 독자에게 주인공의 드라마로부터 눈길을 살짝 비키기를 권하려 한다. 천재를 안고 태어났는데도 불구하고 시대와 불화하여 뜻을 펼치지 못한 사람의 불우한 생애를 우리는 자주 보아온 터이다. 그러나 그 비참한 삶이 그 자체로서 가치가 있지 않다면 우리는 그것을 기억조차 못하리라. 그러니 소설의 마지막 대단원에서 '초희'의 죽음 직전의 얼굴을 두고, 의원이 '병자의 얼굴'이 아니라 "온 마음을 다해 살"아서 "이승에 두고 갈 것이 없는 사람의 얼굴"이라고 말하는 대목은 의미심장하다. 이 말은 비극이 아니라 행동이 소설 읽기의 핵심이 되어야 함을 암시한다. 버림받고 무시되고 음해받은 그 지긋지긋한 생애가 아니라 그 모든 불행에도 불구하고 아름답기만 했던 삶의 사건이 중요하다는 것이다.

이 작품에서 아름다운 '사건'은 무엇인가? 그것은 무엇보다도 '허난설헌' 그녀가 쓴 시문들이다. 그 시문들은 아주 섬세한 언어들로 이루어져 있다. "풀잎을 뜯으면 호랑나비가 날아가는 듯"과 같은 화려한 이미지를 지탱하는 건, 수사적 과장벽이 아니라 "등불 아래에서 묶느라 귀고리가 흔들린다"와 같은 섬세한 감수성이다. 이 섬세한 시들은 소설 속의 '초희'의 인생 역정에 대해 독립적이다. 즉 그 자체로서 음미해도 충분히 아름다움을 느낄 수 있다. 그러나 동시에 그것들은 초희의 생의 굴곡에 매우 강력하게 개입하여, 그 시대, 그 세계에서의 삶의 의미와 문학의 존재태에 대한 성찰을 촉구한다. 즉 작품 『사라진 편지』의 문학적 강점은 그 시문들을 적재적소에 배치하여 그 시대와, 그 시대가 낳은 정신적 분위기와, 그리고 그 시대에 태어난 다른 문화들, 더 나아가 다른 시풍들과 뜨겁게 대립시키고 긴장시킴으로써 그 차이와 관계로부터 삶과 문학에 대한 다양한 층위의 궁리를 끌어낸다는 데에 있다.

우리는 적어도 세 층위의 겹쳐진 문들을 통해 이 작품에 다가갈 수 있다. 첫 번째 문은 시와 세속의 일반적 대립을 연다. 이 대립은 사람을 가른다. 허균과 황제를 가르고, 허초희와 김성립의 다름을 부각시킨다. 이 길은 상식적인 풍경을 펼친다. 그러나 이 작품의 날카로운 면은 두 세계가 막무가내로 대립하는 게 아니라, 전자 쪽으로 후자가 끊임없이 이끌린다는 것을 보여준다는 것이다. 물론 그 이끌림은 후자의 변화가 아니라 전자의 불행을 초래한다. 그 때문에 독자는, 허초희의 시문을 통해, 시에 사로잡힌 자의 비극성을 부동의 운명으로 만난다.

두 번째 문은 시와 시의 대립을 보여준다. 이 대립은 시인을 가른다. 이달과 허초희를 가르고, 누이(초희)의 시 정신과 아우(균)의 산문 정신을 가른다. 이 대립은 시의 미적 측면의 다양성을 보여주고, 시의 사회적 기능을 생각게 한다. "사방이 구름으로 둘러싸인 절이 있는데/ 구름이라서 스님은 쓸지를 않는다./ 과객이 문을 열어보니/ 골짜기에 송화가 지고 있었다"라고 쓴 이달의 시는 탈속의 높이를 아득히 느끼게 하며, "허공에서는 먼지가 되고/ 땅에서는 열매가 되니/ 빗자루를 든 사람아./ 그대가 쓸어낸 것이 송화인가, 먼지인가"로 화답한 초희의 시는 성과 속이 어울리고 어긋나는 신비 쪽으로 독자를 이끌고 간다. 한편, 허균의 산문 정신은 시문의 사회적 연관을 강조하는 데 비해, 초희의 개개 작품들은 시의 자족적 아름다움을 돋보인다. 독자는 자율성과 사회적 기능 사이에 퍼져 있는 문학의 다양한 존재 양태를 견주어 볼 수 있을 것이다.

세 번째 문은 시적인 것과 세속적인 것의 혼잡을 전개한다. 이 길을 통해 독자는 이 작품의 가장 특이한 지대를 만난다. 이 작품에서 모든 인물들은 이질적인 두 세계를 한 몸 속에서 겪는다. '이달'에서 '김첨'에 이르기까지 누구도 그러한 모순 바깥으로 나가지 않는다. 생각해 보라. 술 취해 함부로 내지르는 이달의 언행과 이달의 시 사이에 놓인 엄청난 간극. 이달마저 그렇다는 것은, 허엽도, 허봉도, 김성립도 모두 그 모순의 늪에 빠져 있다는 것을 당연지사로 가리킨다. 다만 또한 모두가 그것을 느끼지 못하거나 아니면 몸 안에서 그 차이를 편의적으로 나누거나, 하는 방식으로 그것을 '외면'하고 있을 뿐. 이 표리부동의 편재성은, 지극히 근엄한 포즈로 지극히 세속적인 욕망을 향해 아등바등 몸부림쳤던 조선 지식인 사회, 특히 후반기 조선의 자멸 지향적 내분에 반향한다. 이 모순의 보편성에 대해 '초희'만이 저항한다. 초희는 두 이질 세계를 공존시키는 게 아니라 하나로 통합시키려 한다. 허봉의 표현을 빌리자면, 초희는 "속을 숨길 줄을 모르는 아이", "세상의 겉이 속인 줄로 아는" 존재이다. 허봉은 바로 그렇기 때문에 그녀를 '바보'라 하지만, 그런 바보만이 세상의 어두컴컴한 이면을 꿰뚫어 보는 것이다.

초희적 세계의 독립성은, 그러니까, 그녀의 시문들에서뿐만 아니라 그녀의 생에서도 되풀이해 인지되는 이 작품의 특이점이다. 바흐찐이 '초성분성(transgredience)'이라고 불렀던 이러한 독립성은 저 스스로 존재함으로써 그 고유한 세계의 실재성을 감각케 하면서 그것을 느끼는 미적 희열에 대한 기대로 독자를 설레게 한다. 동시에 그 독립성은 세상의 사건과 사고와 사태에 구성적으로 개입함으로써, 인간 삶의 모든 국면과 모든 양태에 반성의 불길을 일렁이게 하여 변화를 추동한다. 그것은 마치 삶의 복잡한 타래를 풀 최초의 실마리와도 같은 것이다. 다만 그 실마리는 결코 완전히 푸는 기능을 갖지 않는다. 오로지 타래의 복잡한 미로도를 드러내는 데 열중할 뿐이다. 사실 그것이 오늘의 예술의 역할인 것이다.

—류지용, 『사라진 편지』, 동아일보사, 2010.2.

살아 있는 '의식'으로 움직이는 이미지

김애란의 『바깥은 여름』

『바깥은 여름』(문학동네, 2017)에 외서 김애란이 일취월장했다는 느낌이 완연하다. 그의 소설 쓰기는 애초부터 남다른 데가 있었다. 작품 소재는 흔한 종류였지만 다루는 방식은 독특했다. 가난한 보통 사람들, 요컨대 을(乙)의 애환을 다루되, 그는 거기에 설움이나 분통의 정서를 담지 않았다. 젊은 작가는 그 대신 생활의 세목들을 감각적으로 환기했다. 가령 다섯 여자가 한 집에 세 들어 사는 가난의 정황을 두고 "매일 아침 얼굴을 모르는 다섯 여자는 같은 변기를 쓴다. 나는 가끔 얼굴을 모르는 사람이 물을 안 내리고 간 흔적을 본다. 혹은 그녀들의 빨래를 보고, 그녀들이 먹는 음식냄새를 맡는다."고 썼다. 피곤과 궁핍을 사물과 냄새로 대신하되 그것들을 아주 암시적으로 표현하였다. 그 광경들을 적나라하게 묘사했을 때의 추접함을 떠올려 보면 금세 김애란식 글쓰기를 알 수 있을 것이다. 또는 이런 묘사는 어떠한가? "그는 손가락을 떼지 않은 채 포스트잇이 바람에 파르르 흔들리는 모습을 바라보았다. 그것은 마치 물고기의 아가미처럼 가쁘게, 그러나 팔딱팔딱 뛰고 있었다."

그의 글쓰기는 궁핍하고 초라한 상황을 공들여 표현하였다. 곱게 화장하기보다는 꾸밈없는 얼굴을 섬세히 드러내는 식이었다. 그렇게 묘사된 삶들은 동화 속 요정 마을 눈 덮인 지붕의 빼꼼히 내민 창처럼 밝게 빛나곤 하였다. 아마도 그게 인기의 비결이었을 것이다. 하지만 오로지 글쓰기의 순수한 즐거움에만 몰입하는 듯 하였다. 요컨대 왜 그렇게 쓰는가, 라는 물음에는 무심한 듯하였다. 아마도 장편 『두근두근 내 인생』(창비, 2011)의 실패는 그로 인한 것이리라.

그런데 이번엔 근본적으로 달라진 게 있다. 무엇보다도 의식이 생긴 것이다. 가난하게 산다는 것은 무슨 뜻인가? 그것을 왜 나는 맑게 드러내려 애쓰는가? 그런 의식의 발생을 짐작케 하는 두 가지 새로운 특성이 있다. 하나는 본래의 밝은 묘사에 상징적 이미지들이 겹쳐지고 그 이미지들은 세상의 다른 텍스트들을 환기시킨다는 것이다. 책의 제목부터가 그렇다. 『바깥은 여름』이라는 제목은 소설 내부는 여름이 아니라는 뜻을 포함하고 있다. 한데, 안-여름을 느끼려면 여름을 알아야 하는데, 여름은 "여름은 사랑의 계절"이라는 대중가요로부터 이성복의 "여름산은 솟아오른다/ 열기와 금속의 투명한 옷자락을 끌어올리며/ 솟아오른다"(「여름산」)에 이르는 다양한 여름에 관련된 텍스트들을 환기하면서 특정한 문화적 의미를 형성한다. 여름은 법석이고 북적대며 오만방자하게 자기를 과시하는 시절이다. 소설 속의 계절, 안-여름은 그 정반대에 해당한다. 왜 저기는 저렇고, 여기는 이런가? 이렇게 소설가는 문화적 의미망 속에 자신이 묘사하는 인생을 위치시킴으로써 그 의미를 캐묻게 한다.

다음, 문화적 의미가 배어들자, 그가 그리는 사건들은 즉각적으로 의미 그 자체가 된다. 예전에는 행동만이 있었는데, 이제는 움직임이 곧 의식이고 의지이다. 이로부터 아주 놀라운 현상이 펼쳐지는데 작가는 행동을 묘사한다기보다 차라리 행동이 스스로 움직이는 걸 받아 적는다는 것이다. 그리고 스스로 가동된 행동은 부단히 변화한다는 것이다. 가령 이런 구절을 보자. "아내는 연주를 끝낸 뒤 수천 명의 기립 박수를 받은 피아니스트마냥 울었다. 사람들이 던진 꽃에 싸인 채. 꽃에 파묻힌 채. 처마 밑에서 비를 피하는 사람마냥 내가 붙들고 선 벽지 아래서 흐느꼈다.

미색 바탕에 이름을 알 수 없는 흰 꽃이 촘촘하게 박힌 종이를 이고서였다. 그러자 그 꽃이 마치 아내 머리 위에 함부로 던져진 조화처럼 보였다."(「입동」)

죽은 아이를 회상하는 아내의 모습이 기억의 사진첩이 넘겨질수록 갈채 받는 피아니스트에서 조화를 맞으며 오열하는 엄마로 바뀌어간다. 이제 소설 속의 행동은 소설가의 관조를 통해 재현되는 것이 아니라 스스로 장면들을 넘기면서, 작가를 삶의 우여곡절에 대한 진한 공감과 더불어 심각한 물음 속으로 몰고 간다. 소설은 산다는 것의 의미에 대한 물음으로 가득 찬 속 깊은 항아리가 된다. 묘사에 관한 한 김애란은 한국문학에서 가장 독보적인 위치에 올라서게 되었다. 이 작가가 쓸 날은 아직도 울울창창하니, 다시 말해 작가는 말 그대로 여름 한복판을 만끽하고 있으니, 그의 장래가 천천히 눈부셔지기를 바란다.

—『조선일보』. 2017.10.12.

윤혜준 교수의 바로크와 나
윤혜준 교수와의 대화

윤혜준 교수의 『바로크와 '나'의 탄생─햄릿과 친구들』(문학동네, 2013)은 매우 흥미로운 책이다. 윤 교수의 드넓은 교양을 여실히 보여준다는 점에서도 그렇지만, 바로크와 나를 연결시키는 그 아이디어가 계발적이기 때문이다. 다음은 윤 교수와 주고받은 서신의 내용이다.

윤혜준 교수님,

보내주신 책, 『바로크와 '나'의 탄생』 잘 받았습니다.

바로크 시기에 '나'의 탄생을 보신 것은 매우 흥미로운 착상이라고 생각합니다. 아마도 '나'가 태어나기 위해서는 '분열'이 있어야 했다는 점에 착목한다면 윤 교수의 관점은 매우 시사적일 수 있을 것 같습니다.

저로서는 '나'의 탄생을 '근대'라는 '존재양식'의 태동과 연결시키는 편인데, 그 근대는 시기적으로는 아주 다양하다고 생각하고 있습니다. 그것은 산업혁명기일 수도 있고 르네상스기일 수도 있으며, roman이 태어난 12세기일 수도 있고 또 '일리아드' 다음의 '오디세이' 시기일 수도 있다고 생각해 왔습니다(이건 Massimo Fusillo라는 이탈리아 소설연구자가 주장했던 것입니다). 그리고 이 시기의 분산성을 저는 '모듈'이라는 개념을 통해 이해하고 있습니다. 진화론적으로 '모듈적인 것(modularity)'의 발명은 인류의 진화에 아주 중요한 역할을 했다는 얘기들이 자주 있습니다.

저는 막연히 근대의 문화적 모듈은 르네상스기에 만들어진 것으로 생각해 왔었는데, 윤 교수의 책을 보고, 좀 수정을 해야 할지도 모르겠습니다. 하긴 미술에서도 화가가 '자기'를 돌아보기 시작한 게 르네상스 후기 유럽 북부에서부터라고 미술사가들이 말하고 있으니, 그것은 윤 교수의 관점과 상통하는 면이 있다고 생각합니다.

하지만 한편으로, 프랑스문학에 '바로크' 개념을 도입했던 Jean Rousset 가 훗날 자신의 생각이 과장되었다고 고백하고 있는 걸 감안하면, 르네상스적 조화적 전체성과 바로크적 분열적 전체성이 어쩌면 같은 동전의 양면인지도 모른다고 생각하기도 합니다.

여하튼 모처럼 진지한 성찰을 해주시게 한 데 대해 감사드리며, 꼼꼼히 읽어 보겠습니다.

윤 교수님처럼 이렇게 폭넓은 시야를 확보한 영문학자를 만나기가 참 어렵습니다.

항상 건강하시고 건필하셔서 저 같은 게으른 동학에게 자주 깨우침을 주시길 바랍니다.

안녕히 계십시오.

정명교 드림

곧장 답장이 도착하였다. 오 허깨비 네트워크의 위대함이여!

선생님,

과분한 칭찬과 소상한 소감을 전해주셔서 감사합니다. 선생님 말씀대로 르네상스와 바로크는 동전의 양면이라고 저도 생각합니다. 전자만을 너무 치중하는 경향이 있기에 '상기하자 바로크!'를 외친 것이지요.

윤혜준 드림

－2013.3.

김대산의 온몸으로 밀고 나가는 비평

김대산의 『달팽이 사냥』

김대산의 『달팽이 사냥』(문학과지성사, 2011)은 젊은 비평가의 첫 책답게 온몸으로 밀고 나간 책이다. 그는 그가 만난 작품들을 통째로 자신의 생각 전체와 맞부딪친다. 씨름, 레슬링, 스모, 혹은 미셀 레리스가 '죽음을 담보로 한다'는 그 존재론적 긴박성에 매료되었던 "투우로서의 글쓰기"(Michel Leiris, L'age d'homme, Paris : Gallimard, 1946) 물론 이 씨름, 이 투우는 상대방을 제압하기 위한 것이 아니다. 그것은 상대방의 요철에 자신을 맞추어 하나의 완벽한 통일체를 만들고자 하는 욕망의 운동이다. 그것을 그는 "동일성과 차이의 관계적 역설을 포함하는 변형의 과정"이라 정의한다. "'소설은 달팽이다'라는 은유가 가진 은밀함은 상징과 의미 사이에서 일어나는 감춤과 드러냄의 놀이에서 이미 찾아질 수 있는 것이며, 상징과 의미가 이미지에 의하여 매개되어 있다면, 그때 사유 속에서 나타나는 이미지의 현상은 무엇인가를 감추면서 드러내거나 드러내면서 감추고 있는 현상이다"(p.25) 내가 읽기에 그의 비평은 작품이 감춘 것을 드러내고, 작품이 드러낸 것을 감추어서, 모든 작품의 요소와 그 요소들의 결합에 일종의 반-요소들과 반-결합을 창출하고, 그것을 통해서 새로운 통일체를 만들고자 하는 의지의 실행이다.

이 드잡이 방식은 또한 단일한 것은 아니다. 그는 윤후명의 소설에 대해서 쉴 새 없이 질문을 쏟아내는가 하면, 이인성의 소설에 대해서는,

'햄릿', '돈키호테', '둘시네아', '오필리어'의 네 항목을 부표처럼 설치한 다음, 그 넷 사이에 놓인 가상의 선을 단김에, 어떤 뒤돌아봄도 없이 역영(力泳)한다. 그리고 갑자기 수면 위로 얼굴을 솟구치고는 큰 숨을 토해낸다. "소설의 마지막 부분에서, 계속 제자리를 맴돌기만 하는 느낌을 주던 서사는 꿈, 환상, 몽상적 분위기로부터 벗어나 단번에 현실로 솟아오르는 급작스런 도약을 이루는데, 바로 여기서 주인공의 전체적 인격의 변환을 읽어낼 수 있다"(p.76)

인용문의 "단번에"는 소설가에게가 아니라 비평가에게 주어질 수 있을 것이다. 통째로 밀고 나간 그의 비평은 '매개'를 개의치 않는다. 그가 이인성 소설의 '나'와 '너' 사이에 '그'를 매개로 설정해 놓았던 때조차, 그는 곧바로, '그'를 '나'와 '너' 사이에, 다시 말해, 한 줄에 끼워 넣어서, 매개자의 고유한 장소적 특성을 없앤다. 그리곤 말한다. "'그'는 관계성 자체에 대한 표현일지도 모른다."

젊은이의 글쓰기는 그래서 뜨겁다. 그것은 들끓음의 현상 자체로서 폭포처럼 쏟아진다. 때로 거기에서 전혀 새로운 화학식의 용암 줄기가 쏟아져 처음 보는 탑을 세울 수도 있을 것이다. 때로 이 열수 옆에 서식하는 새로운 생물의 출현을 볼 수 있을지도 모른다. '달팽이 사냥'이라는 용어 자체가 그런 기대로 꿈틀거린다. 그가 지금 한국문학의 구도 안에서 가장 난해한 작가들(이인성, 배수아, 조하형, 한유주)에게 특별히 비평적 에너지를 쏟아 부은 사실만으로도 그런 기대는 이미 전진하고 있다.

—2011.11.11.

한국소설의 문제

소설은 결국 이야기를 끌고 가는 능력에 달려 있다는 생각을 자주 하게 된다. 오늘의 한국소설이 안고 있는 심각한 문제가 그것의 결핍이기 때문이다. 소설이 한반도에 뿌리를 내린 이래, 이렇게 많은 아이디어가 백출한 적이 없었다. 그러나 마치 짧은 꼬리 혜성들 같은 게 태반이다. 첫 장의 이야기와 문장이 신기해서 책장을 넘기다 보면, 반의 반도 가지 못해 벌써 이야기가 꼬이고 인물들이 뜬금없이 사라지곤 한다. 억지로 아귀를 맞추지만 중간 중간에 벌건 흙이 흉하게 드러난 소출 적은 부실한 농토 꼴을 하고 있다.

어떤 사람들은 텅 빈 자리를 메꾸려고 본래 이야기와 아무 연관도 없는 잡담용 삽화들을 집어넣기도 한다. 발자크(Balzac)의 '인간희극'이 삽화(épisodes)들의 총체이고, 차라리 삽화들의 연관관계가 그이의 소설의 특징이라고 말했던 사람이 미셸 뷔토르(Michel Butor)였던가? 그러나 그건 삽화들과 본래 이야기 사이에 그리고 삽화들 사이에 긴밀한 유대가 있다는 데에 근거해서 한 말이었다. 시시한 삽화들을 아무렇게나 끼워 넣는 건, 시간이 남았는데 준비해 간 강의 내용이 다 떨어진 연사들이 하는 짓이지, 소설가가 할 일은 아니다.

한국 소설의 또 하나의 문제점은 주제의 빈약함이다. 아이디어가 백출한다고 했지만, 그것들은 어쩌면 쓸 거리가 없는 상태에서 쥐어 짜낸 한

방울의 피 같은 것이 아닐까? 결국은 그에게서 생명을 앗아갈. 아니면 밤의 압구정동에 출몰한 선남선녀들이 예쁘게 보이려고 필사적으로 바르고 두른 화장, 옷장식, 구두들 같은 것이거나. 장편소설을 써야 한다는 요구가 거의 지상명령이 되어, 장편들이 쏟아지기 시작한 게 벌써 10여 년이 되었는데, 상당수의 작품들이 청소년 성장기, 가족 이야기, 친구 이야기 범위를 벗어나지 못하고 있다. 체험한 게 없기 때문이고 그 체험에 대해 생각해 본 건 더욱 없기 때문이리라. 결국 이야기를 끌고 가는 능력과 체험의 깊이는 하나로 통한다.

— 2011.9.11.

3. 문학을 생각하다

한국문학은 어떻게 전개되어 왔는가?

1. 한국 현대문학의 탄생과 계몽의 변증법

한국 현대문학은 오늘날 우리가 '모더니티'라는 이름으로 통칭하는 서양 문물 혹은 서양적 존재양식의 유입과 더불어 시작되었다. 물론 그 이전 한반도에는 독자적인 언어문화가 존재하고 있었다. 그러나 그것들은 오늘날 우리가 생각하는 문학과 많은 점에서 달랐다. 전 세계의 대부분의 국가들에게 모더니티의 영향력이 압도적이었기 때문에 한국의 언어문화장(champs des culture langagières)은 곧바로 서양적인 방식으로 개편되게 되었다. 서양의 문학 개념 및 문학 양식이 유입된 경로는 대략 세 가지였다. 하나는 18세기경부터 시작된 청나라를 통하는 길이었다. 사신으로 파견되었던 조선 지식인들이 서양 문물에 접하고 생각의 전환을 맞이하게 되었으며, 그것을 글로 표현하였다. 박지원의『열하일기』로 대표될 수 있는 이 경로를 통해, '물질적인 것'의 위력, 과학적 지식, '개인'의 관념 등에 조선 지식인들은 눈을 뜨게 되었다.

두 번째 경로는 서양 선교사들에 의한 종교적 경로였다. 선교사들은 자신들의 종교를 낯선 땅에 이식시키기 위해 토착의 정신적 자원을 적극 활용하였다. 그래서 일반 민간인들에게 보급되어 있었으며 얼마 후 국가

공용어로 격상하게 될 한국어문자인 '한글'로 성경과 찬송가를 만들었다. 그 과정을 통해 한국의 언어에 서양의 사유 양식이 스며들어가 토착적인 생각과 결합해 정신의 화학 변화를 일으켰다. 이 서양적인 생각과 토착적인 생각의 혼합의 제반 양상을 우리는 충분히 규명하지 못하고 있다. 다만 그 그런 혼합이 화농된 두 가지 경우를 볼 수가 있다. 하나는 19세기 말에 등장한 '동학'으로서, 그 기본 정신은 '인내천(人乃天)'이다. 그 이전에 동양인들에게 수직적 개념으로서의 '하늘', 즉 절대자로서의 신은 존재하지 않았다. 그런데 동학이 일어날 즈음에서 그런 생각이 시작된 것이다. 그러나 서양적 종교에 근본적으로 내재한 절대적 타자와의 '단절'의 관념이 없었다. 그래서 '사람이 곧 하늘'이라는 관념이 형성된 것이다. 이 생각을 통해서 동학교도들은 탐관오리들을 징치하는 데 정당성을 확보할 수 있었다. 다른 한편 서양의 종교, 즉 기독교는 한국인들에게 빠르게 전파되었다. 그런데 '기복신앙'과 '부흥회'(신령과의 공감)의 형태를 띰으로써 그것이 가능할 수 있었다.

그러나 무엇보다도 강력했던 것은 젊은 지식청년들이 일본을 경유해서 수입한 모더니티였다. 이 경로를 통해 서양의 제반 문화형식들이 원형 그대로 들여오는 방식으로 이식되었다. 그리고 그렇게 해서 수입된 것들이 오늘의 한국문학의 근본 형식들로 자리 잡았다. 오늘의 한국문학을 가르는 가장 기본적인 장르, 시, 소설, 희곡, 수필은 일본 유학파를 통해서 들어와서 구축되었다. 이 장르들이 정착되기 위해서 한국의 지식인들은 두 가지 기초를 우선 해결해야 했다. 우선, 새로운 공용어로 설정된 한국어 문자, 즉 한글을 확립하고 보급해야 했다. 문맹퇴치운동이 전국적으로 전개되었다. 문학은 무엇보다도 '어문일치'의 정신에 의해서 움직이게 되었다. 다른 한편으로 새로운 정신세계에 걸맞은 적절한 한국어 표현이 개발되어야 했다. 가령 '인칭대명사'는 한국어에는 본래 없던 문법적 단위였다. 현대 단편소설을 개척한 김동인은 그 인칭대명사들을 자신이 발명했다고 주장하곤 했다.

최초의 현대문학은 문학 고유의 자율성에 대한 추구보다는 당시 조선인의 시대적 과제를 해결하고자 하는 의지로 불타올랐다. 그 시대적 과제는 모더니티의 정신적 가치와 직결되었으니, '자유'와 '자주'가 핵심적인 관념이었다. 이 기저 관념들로부터 '자유연애'에 대한 열풍, 어느 평론가가 '새것 콤플렉스'라고 지적한 신문물에 대한 무차별적인 열광이 태어나기도 했으나, 다른 한편으론 자유로운 주체의 존재론에 대한 실제적인 고민이 시작되었다. 이별의 상황에 직면하여 "걷잡을 수 없는 슬픔의 힘을 옮겨서 새 희망의 정수배기에 들어 부"(「님의 침묵」, 1926)은 한용운의 역설적 세계관과 자기를 버리고 떠나는 연인 앞에 사랑의 징표였던 꽃을 뜯어 뿌리면서 "사뿐히 지려 밟고[짓밟고] 가보"(「진달래꽃」, 1925)라는 내기를 던지는 김소월의 투신적(投身的) 도전은 그 고민으로부터 일궈낸 새로운 정신적 자세였다. 또한 한반도는 모더니티의 매개자였던 일본에 의해 식민지로 전락한 상태였다. 모더니티에 대한 열광은 동시에 민족의 자주성의 회복에 대한 의지로 연결되었다. 조선 사람의 개명(réveil), 식민지 생활에 대한 비판적 묘사, 조선의 역사와 사상에 대한 관심들이 문학적 주제가 되었다.

1930년대 들어 문학의 자율성이 인식되기 시작하였다. 문학은 사상의 전달이기보다 무엇보다 미의 표현, 즉 예술이어야 했다. 어문일치의 정신이 문체에 대한 관심으로 이동하였다. 그로부터 이상의 초현실주의적 실험, 정지용의 '감정의 절제'와 승화로서의 근대시, 근대적 문물을 하나의 풍경으로 치환한 박태원 소설의 문학고고학, 서정주 시의 탐미주의 등이 탄생하였다. 그러나 이 새로운 문학 정신이 채 개화하기도 전에 한국문학은 자신의 질료를 박탈당할 처지에 놓이게 되었다. 이미 중국과 동남아를 침공하여 패권국가의 야욕을 드러낸 일본은 진주만 공습(1941)과 함께 세계대전의 도가니 속으로 뛰어들었으며, 전쟁의 승리를 위해 모든 물자와 정신을 총동원해야 했다. 언어는 일본어로 단일화되었고, 조선어는 일상의 영역에서도 금지되었다. 이름도 일본식으로 개명해야 했다. 일본유학을 위해 창씨개명을 해야 했던 젊은 시인 윤동주는 그 사실을 「참회록」이라는 시로 기록하였다. 그는 3년 후 독립운동을 했다는 혐의로 잡혀가 해방을 얼마 앞두고 옥사하게 된다.

2. 비판과 내성, 한국인의 정체성을 찾고, 민주사회를 이룩하기 위하여

1945년 제 2차 세계대전의 종전과 더불어서 한국문학은 새로운 전기를 맞게 된다. 일본이 패망하고 해방이 되어서 조선인들은 비로소 독립국으로의 문고리를 쥐게 되었다. 그 문을 활짝 열고 들어갈 것은 조선 사람들 자신이 되어야 했다. 그러나 해방은 그들이 쟁취한 것이 아니었다. 다시 말해 조선인들은 독립국가를 건설할 역량이 미비한 상태였다. 곧바로 한반도는 외세의 영향력에 휘둘리게 되었다. 세계대전에서 승리한 연합국들이 두 개의 이데올로기로 분열되면서 한반도 역시 두 개의 영역으로 분단되었고, 1950년 한국전쟁이 터지게 된다. 세계전쟁사상 민간인 사상자가 특별히 많은 전쟁으로 기록될 그 '동족상잔' 속에서 한국인들은 매순간 생존의 문제에 직면하였으며 동시에 산다는 것의 하찮음을 확인해야 했다. '실존'이라는 용어가 광범위하게 당시의 지식인들에게 회자된 것은 그 때문이었으며, 또한 수난 의식과 잉여 인간으로서의 자조적 감정이 광범위하게 퍼졌다.

그러나 어쨌든 이 부정적 감정들도 새로운 도약(élan vital)을 위한 탄성 에너지(résilience)로 작용할 것이다. 한국인들은 반쪽으로서나마 민주공화국의 형태를 갖추게 되었으며, 1950년대 말 즈음엔 문맹률이 거의 제로에 육박하는 높은 문해력을 가지면서 생활과 사유와 행동의 매개자로서의 자국어체계를 구축하였다. 이 자국어의 확립은 이후 한국문학의 독자적 생장에 가장 중요한 지렛대로 작용할 것이었다. 실제로 해방을 전후해 출생하였고 한국어를 존재의 양식으로 삼은 새로운 세대가 성장하면서 자주적 시민으로서의 역량을 한껏 기르고 있었다. 그들이 대학생이되자 그들은 당시의 독재정권을 무너뜨리는 혁명을 일으켰다. 1960년 4월 19일 점화된 혁명으로서, 한국인이 처음으로 자신들의 힘으로 세상을 바꾼 최초의 사건이었다. 이제부터 4.19세대라고 불리게 될 이 세대로부터 새로운 문학이 태어날 것이다.

4.19세대를 이끈 이념은 서양의 근대사회가 그 모형을 제시한 민주주의의 그것이었다. 서양 교양 시민(citoyen de l'esprit cultivé)의 생각과 삶을 통째로 한국인의 아비투스(habitus)로 만드는 것, 그것이 4.19세대의 꿈이었다. 그들은 교과서를 통해 학습한 모더니티의 진정한 주인이기를 소망하였다. 그러한 꿈을 표현한 최초의 작품이 최인훈의 『광장』이었다. 주인공 '이명준'은 『적과 흑』의 쥘리엥 소렐, 『사라진 환상 Illusions perdus』의 뤼시엥 드 뤼방프레(Lucien de Rubempré)가 그랬던 것처럼 자신이 진정한 자유인임을 스스로 확인하기 위해 숱한 오류와 허위를 포함해 어떤 모험도 마다하지 않았다. 모든 소설의 결말이 그렇듯 그의 행동은 허망한 실패로 귀결하지만 그가 남긴 족적만큼은 이후 내내 한국인에게 삶의 지표이자 생각의 이정표로 작용하게 된다(1960년 말에 처음 출간된 이 소설은 2015년 초에 187쇄를 기록하였다). 곧이어서 김승옥이 자기만의 세계는 가능한가에 대한 질문을 감각의 충일성 속에서 확인하고자 하는 일련의 소설을 발표하여 '감수성의 혁명'이라는 평가를 받았고, 이청준은 한국전쟁 속에서 동료를 살해하고 살아 돌아 온 귀환병의 이야기를 담은 「병신과 머저리」를 비롯하여 실존의 진정한 표정을 탐구하고자 하였다. 시에서는 4.19세대

보다 조금 앞섰지만 누구보다도 4.19의 정신적 이상의 최고치에 근접한 김수영이 "혁명은 상대적 완전을, 그러나 시는 절대적 완전을 수행"(1960년 6월 17일 일기)한다는 명제와 더불어 '끝없는 갱신'으로서의 시들을 발표하였다.

한데, 4.19세대의 이상이 달성되기에는 한국의 조건은 여러 가지로 열악했다. 이듬해 5월 16일 군사 쿠데타가 일어나 4.19 혁명을 통해 세워진 제2공화국을 무너뜨리고 군부가 권력을 쥐게 된다. 5.16 쿠데타 주역들과 4.19세대는 공유하는 면이 있었다. 근대화(modernisation)가 그것이었다. 다만 4.19세대는 전면적 근대화를 지향했던 데 비해 5.16 세력은 경제 근대화에 집중한다는 명분으로 여타의 영역에서의 독재를 정당화하였다. 4.19세대의 일부는 5.16세력이 세운 제3공화국의 정치에 합류하였다. 5.16 세력의 독재를 용납할 수 없었던 나머지 4.19세대는 문화 공간으로 이동하여 하버마스적 의미에서의 '공공영역(sphère public)'을 구축하였고, 정치 현실을 비판적으로 성찰하고 보다 나은 사회를 위한 다양한 모색에 몰두하게 된다. 이 공공영역의 존재는 초고속의 경제성장이라는 화려한 외관을 쓴 독재 체제에 대한 각종 저항들의 논리적 원천으로 기능하면서, 민주사회의 일원으로서의 한국인의 정체성에 대한 각성과 민주화를 향한 열망을 지속적으로 달구게 된다.

이 비판적 성찰의 영역을 주도한 것은 4.19세대가 편집한 두 계간지, 『창작과 비평』(1966년 창간)과 『문학과 지성』(1972년 창간)이었다. 이 두 계간지를 굴대로 해서 1970년대의 문학이 아폴로의 마차처럼 굴러갔으니, 한편으론 문둥병 환자들의 생존기를 통해 자유와 사랑의 관계에 대한 탐구를 지배와 피지배의 정치역학으로 끌고 간 이청준의 『당신들의 천국』(1976), 발레리나의 도약에서 "마룻장에서 새들을 꺼내는"(「화음」, 1965) 마술을 본 정현종 및 황동규의 시들의 자유에 대한 탐구, 한국 지배계급의 추악상을 빈민계층의 비체적 상상력(imagination abjecte)으로 풍자한 김지하의 발라드(「오적」 연작, 1970), 노동 계급의 부상과 저항을 소외와 투쟁의 정동(affects)을 동시에 품은 스타카토식 단문 문체로 표현한 조세희의 『난장이가 쏘아 올린 작은 공』(1978) 등이 그 성과물들이었다.

이러한 문학적 진화와 더불어 시민민주주의는 아주 힘차게 전진하여 마침내 1979년 제 3공화국이 붕괴하는 데에까지 이르게 된다. 그러나 민주화에 대한 사람들의 희망은 곧 또 하나의 군사쿠데타에 의해 좌절당한다. 쿠데타의 주역들은 권력을 장악하는 과정에서 1980년 5월 남쪽의 대도시 '광주'에서 시민 학살을 자행하기까지 한다. 독재의 연장은 당시의 지식 청년들을 심각한 지적 혼란 속으로 몰아 넣는다. 그들은 더 이상 시민민주주의의 이상에 기대지 못하고 훨씬 더 급진적인 사유 속으로 나아간다. 한편으론 마르크스·레닌주의와 모택동 사상이 비합법적 공간에서 들끓으면서 대학생 운동권의 저항 에너지를 증폭시킨다. 그에 상응하여 문학 역시 비판적 현실주의(réalisme critique)에서 민중 혁명적 문학(littérature populiste)으로 급진화된다. 이 경향의 대표적인 성과는 노동자 계급 출신 시인인 박노해의 『노동의 새벽』(1984), 그리고 군사쿠데타 세력에 의한 시민학살을 생생히 기록해 증언문학의 표본을 보인 임철우의 『봄날』(1987-1998) 등이다. 이 이념적 급진화의 정반대의 방향에서 언어의 급진적 해체가 일어난다. 이인성은 『낯선 시간 속으로』(1983), 『미쳐버리고 싶은, 미쳐지지 않는』(1995), 『강어귀에 섬 하나』(1999) 등 꾀까다로운 소설들에서, 의식의 파동(ondulation de la conscience)에 대한 현미경적 관찰을 정밀한 복합구문으로 이동시키는 과정을 통해서 좌절과 저항과 타협과 일탈이 뒤엉킨 한국인의 의식 세계의 심층을 해부한다. 최윤은 정치사회적 좌절 속에 놓이면서 공황적 상태에 빠진 의식의 부유를 환몽적으로 처리하는 일련의 소설들, 『저기 소리 없이 한 점 꽃잎이 지고』(1988)와 『회색

눈사람』(1992)을 발표한다. 시 쪽에서는 이성복이 정치적 억압의 자발적 수용과 유복한 물질적 향락 사이에 놓인 1980년대 한국인들의 부황한 정서를 치욕의 상상력으로 재주물(remouler)하고 이 치욕을 견디어내는 '인고(endurance)'의 형상들을 창조한다(『뒹구는 돌은 언제 잠깨는가』, 1980; 『남해금산』, 1983). 황지우의 시는 정치적 굴종과 항쟁의 의지를 에이젠슈타인식으로 몽타쥬하여 그로부터 튀어나오는 새로운 의식들을 채집한다(『겨울-나무로부터 봄-나무에로』, 1985). 김혜순은 인고와 헌신의 권화로 여겨져 왔던 한국적 여성상의 실제 생활을 해체하면서, 그것을 폭로하기보다는 오히려 인종을 통해서 다른 세상을 만들어내는 새로운 여성주의를 탄생시킨다(『어느 별의 지옥』, 1988). 남성들이 만드는 세계는 획일화된 권위적 세계이지만 여성들은 기이하게 겹쳐진 피카소적 다중 형상의 세계를 창조한다는 것을 김혜순의 시는 실연(démontrer)한다(『한 잔의 붉은 거울』, 2005).

이 양방향의 급진화는 비합법적 공간에서의 반체제 세력과 상호작용하며, 서로를 부추겨왔다. 그 결과 1987년 6월, 대학생과 시민들이 합세한 대항쟁이 전개되었고 제5공화국은 마침내 국민에 의한 대통령 직선제를 허용함으로써 독재정권의 막을 내리게 된다.

3. 자기 발견의 문학과 세계문학을 향하여

1987년 6월 항쟁과 더불어 한국인들은 마침내 민주적 사회를 열어 나가게 되었다. 한국은 경제성장에 힘입어 1988년 서울올림픽을 개최하면서 신흥 경제강국으로서 자신을 알리게 된다. 일제의 식민지 지배 이해긴 세월을 굴종의 세월을 살았던 한국인들은 비로소 민주시민으로서의 자기를 발견하고 '자존(respect de soi-même)'의 상태에 다다르게 된다. 그리고 소비사회의 향락이 그들 앞에 펼쳐진다. 그 즈음에 베를린 장벽의 붕괴를 시작으로 현실사회주의가 몰락한다. 그리고 정보화사회가 익명의 개인들이 무한히 노닐 공간을 개방한다.

그때 비로소 한국인들은 공동체에 근거하지 않는 순수한 독립된 개인으로서의 자신을 발견하게 된다. 민주화를 위해 희생한 것은 급진적 이념과 급진적 해체 운동이었지만 그 열매를 따먹은 건 자아 발견의 환희를 새벽 이슬처럼 머금은 개인들이었다. 이 아이러니 속에서 급진적 문학은 현실의 무대에서 점차로 사라지고 순수 개인의 세계를 탐닉하는 문학이 주류를 이루게 된다. 「풍금이 있던 자리」(1993)와 『엄마를 부탁해』(2008)의 신경숙, 『새의 선물』의 은희경(1995)으로부터 『달려라 아비 *Cours papa, cours!*』(2011)의 김애란이 이 흐름을 대표한다.

그러나 민주화 시대 '거의 30'년의 문학에는 그것만이 있는 것이 아니다. 그 이전에는 생각지 않았던 새로운 문학적 구도가 이 기간에 형성되게 된다. 무엇보다도 한국의 경제성장과 세계화의 흐름이 만나면서, 한국문학을 세계문학의 구도 내에 정착시키고자 하는 움직임이 일어나기 시작한다. 최초의 사건은 1990년 이문열의 「금시조」가 최윤과 파트릭 모뤼스에 의해 프랑스어로 번역되어 프랑스 언론의 눈길을 끈 것이다. 그 작품이 보여준 '예도'에 대한 질문이 한국문학의 고유한 특성으로 눈길을 끌었다. 곧이어서 이청준의 『당신들의 천국』이 보편소설미학의 시각에서 주목을 받았다. 프랑스 독자들의 관심에 촉발이 되어 한국문학을 세계문학의 은하에 진입시키자는 논의들이 일어났다. 이는 아주 새로운 시각이었다. 지금까지 한국문학은 자국어의 독자성에 기대어 생장하였다. 문학은 언어 공동체의 틀 내부에서 파악되었고, 한국에서 언어공동체는 동시에 민족공동체와 유사한 궤적을 그렸다. 따라서 문학은 언제나 민족문학의 시각에서 이해되고 이야기되었다. 그런데 이제 그 민족국가의 울타리를 벗어날 때가 온 것이다.

그런데 여기에는 심중한 장애가 가로 놓여 있었다. 자국어의 울타리가 너무 튼튼했기 때문에 한국인들은 다른 언어를 생활화할 기회를 갖지 못했다. 이전까지 한국문학을 잘 보호했던 한국어는 한국문학이 세계화되는 데는 오히려 장애물로 작용하였다. 그래서 불가피하게 번역을 매개로 할 수밖에 없다는 결론이 내려졌다. 번역이 곧 새로운 문화의 창조로 이어진다는 앙트완느 베르망(Antoine Berman) 등의 주장은 아주 놀랍고도 소중한 견해이지만, 그러나 한국문학의 입장에서는 아직 배부른 생각이었다. 우선은 축자적으로 충실한 번역이 필요한 상황이었다. 한국문학의 상황에 대해서 거의 모르는 상태이기 때문이다. 매개자로서의 번역이 대두되자 곧바로 번역 장려 프로그램이 필요해졌다. 다행히도 한국의 사설기관(대산문화재단)과 국영기관(한국문학 번역원)이 번역 지원 사업을 시작했다. 이 지원 덕택에 좋은 번역가들이 양성되기 시작해 점점 영역을 넓혀 나갔다. 한국의 작가, 시인들도 세계에 자신의 이름을 쏙쏙 알리게 되었다. 민주화 투쟁에서 항상 자신의 이름을 올렸던 시인 고은이 여러 세계 시인대회에서 특별한 낭송법과 그만의 고유한 '부사성의 시학'으로 세계 시단에 한국시의 특이성을 선보였으며, 김혜순은 특유의 여성 시학이 외국 전문 독자들의 눈에 띄어 런던 올림픽 기념 세계시인대회에 한국과 아시아를 대표하는 시인으로 초청되었다.

. 1990년 이후 아주 많은 작가, 시인들의 작품이, 특히 소설 쪽에서, 프랑스어와 영어를 비롯, 세계 각국어로 번역되었다. 양으로 보자면 앞에서 언급했던, 현재 주류를 형성하고 작가, 시인들이 압도적이다. 그러나 세계 독자들의 반응으로 보자면, 개인 탐구 경향의 작품들보다는 오히려 현실에 대한 성찰을 보여주는 작품들이 더 주목을 끌었다. 2004년 번역 출간된 황석영의 『손님』(2001)은, 한국전쟁 직전 황해도 신천에서 일어난 기독교도들과 공산주의자들 사이의 살육을 다룬 소설이었는데, 대중적인 성공을 거두었다. 2006년 한불수교 120주년을 맞아 프랑스 문인협회 사

무실에서 한불작가들이 좌담을 가졌을 때, 르 클레지오씨는 한국문학이 프랑스 작가들이 오랫동안 잊고 있었던 앙가쥬망을 다시 일깨워주었다고 언급하였다. 다른 한편 성과 속의 관계를 집요하게 파고 들었던 이승우의 『식물들의 사생활』(2000년 출간, 2006년 번역)이 한국문학의 정신적 모색의 깊이를 보여주었다. 곧 번역 출간될 예정인 그의 새로운 장편 『지상의 노래』(2012) 역시, 세속의 추악함에 대한 성스런 각성의 가능성을 모색한 소설로서, 한국문학의 중요한 성과로 인정되리라 기대된다. 최근 미국에서 주목을 받은 한강의 『채식주의자』(2007년 출간, 2015년 번역)는 성적 욕망과 무위로서의 저항 사이의 오해가 빚어난 특이한 그로테스크로서 이 또한 사회적 편견에 대한 도전으로서 읽혀야 할 작품이라고 할 수 있다.

아마도 한국문학은 거의 30여 년간의 개인화 경향을 청산할 시점에 와 있는지도 모른다. 점점 소중해지고 있는 문학의 기능은 반성적 기능이다. 삶을 되돌아보고 그 의미를 묻는 것, 그것을 문학만큼 훌륭히 해낸 문화예술이 없었다. 오늘의 새로운 디지털 문화들도 막무가내식 즐김의 문화보다는 반성적 기능과 결합될 때 미적 가치와 지속성을 보장받을 수 있었다.

— Keulmadang, 2016 봄

📖 Keumadang은 한국문학을 프랑스에 알리고자 혼신의 힘을 다하고 있는 엑스-마르세이유(Aix-Marseille)대학의 장-클로드 드크레센조(Jean-Claude DeCrescenz) 교수와 김혜영 교수 부부가 운영하는 웹진이자 종이책 출판물이다. 웹진의 주소는 www.keulmadang.com이다.

돌아가셨어도 가르치시는 분
김현 선생님 생각

황지우의 『나는 너다』(문학과지성사, 2012) 복간본에 대한 해설을 쓰느라 두 달을 다 써버렸다. 고생한 보람은 있었다. 나는 그가 1980년대 말에 무슨 고민에 사로잡혀 있었는지를 찾아낼 수 있었고, 그 고민이 그가 당연히 맞닥뜨려야 할 정당한 고민이라는 걸 알았다. 그러나 그와 고민을 공유한 사람이 당시에 극히 희귀했었다는 건 80년대의 한계를 그대로 지시한다. 어쩌면 나조차도. 나는 1988년의 「민중문학론의 인식구조」에서 그와 동일한 화두를 띄웠으나 그 이후 정반대의 방향으로 시선을 돌렸다.

여하튼 황지우의 시에 대한 얘기는 해설에서 지겨울 정도로 썼으니 그걸로 그치련다. 그 해설을 쓰면서 나를 내내 사로잡았던 다른 생각은 우리 세대가 김현 선생의 영향을 얼마나 깊이 받았는가, 하는 것이었다. 기성 문화물의 해체·재구성으로 이루어진 황지우의 형태 실험은 '형태 파괴'에 대한 김현 선생님의 정의가 없었다면 아마 방향을 제대로 잡지 못했을지 모른다. 아니 그것보다도 그이는 황지우 시에 내재된 생래적인 서정성을 날카롭게 간파하고 계셨다. 그리고 우리는 그에 대해 거의 무지한 채로 있었다. 그러니까 우리는 왜 김현 선생님의 황지우 론이 왜 그렇게 쓰였는지를 거의 이해하지 못하고 있었던 것이다. 나는 김현 선생님이 돌아가시던 해의 연세를 한참 넘겨 버린 나이에 들어서도 여전히 그이에게 배우고 있다. 그리고 나에게 허용된 목숨의 길이에 대해 고마워하고 있다.

오늘의 황지우를, 오늘의 나를, 또는 우리 세대의 다른 누구누구를 만드는데 김현 선생님이 질료이자 형상이며 촉매로서 전방위적으로 작용했다는 사실을 새삼 확인하면서 나는 1976년 계열에서 과로 진입하면서 백승룡과 경쟁적으로 불문과를 선택했던 그 엄청난 행운에 다시 한 번 지복의 기분에 젖는다. 언젠가는 그이에게 진 빚을 돌려드릴 수도 있어야 하리라.

— 2013.12.10.

친숙성의 파종꾼이 남기신 바람소리
김치수 선생님 회고

나는 1979년 여름에 처음으로 문학과지성사를 방문하였다. 신춘문예에 입선할 걸 계기로 지면을 하나 얻었던 것이다. 원고를 들고 청진동 문학과지성사로 들어서니 김현 선생님이 기품 있어 보이는 아담한 분과 바둑을 두고 계셨고 그 옆에서 농투성이 아저씨 같은 분이 열심히 원고지를 메꾸고 계셨다. 나는 김병익 선생님은 단숨에 알아챘는데 저 촌 양반이 김치수 선생님인 줄은 몰랐다. 막 프랑스에서 돌아와 '문학사회학'을 한국에 소개하고 그 시각에서 한국문학을 해석하는 데 여념이 없는 김치수 선생님과의 첫 조우는 그렇게 상상과 외양 사이의 부조화에 대한 야릇한 느낌을 내 가슴에 한 줄 새기면서 시작되었다.

하지만 그와는 종류가 다른 기분 하나가 또한 내 눈을 따끔거리게 하였는데, 옆에서 친구들이 도락을 즐기고 있고 사람들이 쉼 없이 들락거리는 번잡한 장소에서도 글쓰기가 가능하다는 것을 증명하는 광경을 마침내 보았던 것이었다. 나는 지금도 서재 안에 갇히지 않으면 글을 쓰기가 어려운 불출인데 젊었을 때에는 그 주뼛거리는 태도가 훨씬 극심하였다. 그런 내게 주변의 정황에 아랑곳하지 않는 선생님의 시원한 태도는 감탄과 부러움을 동시에 자아내었다. 하지만 이 태도가 선생님의 평소의 생활 태도로서 일종의 생철학을 이룬다는 점을 알게 된 것은 훗날의 일이다.

그날 인사드린 이후 대학원에서 마침 서울대에 강의를 나오신 선생님의 수업을 들었다. '분석비평'에 관한 수업이었던 것으로 기억한다. 그때 르네 샤르의 시 한 편에 대한 분석을 보고서로 제출했었다. 그리고 1984년 여름에 군에서 제대를 하고 무크『우리 세대의 문학』(1982년 창간, 곧 『우리 시대의 문학』으로 개칭)의 편집에 적극적으로 관여하는 한편 문학과지성사의 출판물에 조언을 하는 걸 계기로 문학과지성사와의 인연을, 이런 말이 가능하다면, '실존적으로' 맺으면서 김치수 선생님을 주기적으로 뵙게 되었다.

문학과지성 바깥에서도 선생님과 만날 일이 있었다. 선생님께서 1996-1997년에 불어불문학회장을 하실 때 나는 학술 이사로서 총무 이사인 이수미 교수(이화여대), 재무 이사인 김연권 교수(경기대)와 실무진에 가담하게 되었으니, 아마 그때가 가장 자주 이마를 맞대던 시절이었을 것이다.

그러니까 서른 다섯 해 동안이나 선생님을 뵙고 말씀을 듣고 이야기를 나누고 술자리에 어울리고 노래방을 가고 함께 등산도 했던 것이다. 선생님에 대한 느낌은 그 긴 세월 동안 서서히 형성되어 화강암처럼 단단해진 것이었다. 그리고 그 느낌은 형성과정이 내용에도 그대로 투사된 듯 깊은 믿음이라는 성질을 가지고 있었다. 김현 선생님이 돌아가신 후 나는 불문학 쪽에 마음을 나눌 분들과 단절된 상태였다. 물론 정명환 선생님과 홍승오 선생님이 계셨지만 워낙 연령상 차이가 지는데다 불문학의 초석을 다지신 만인의 스승에 달한 분들이었기 때문에 이 분들과의 대화는 학문과 세상이라는 일반적인 주제를 크게 넘어설 수가 없었다. 속내 이야기를 할 분으로는 김치수 선생님이 유일했던 것이다. 그렇다고 스승 격인 분에게 마음속에 눌러둔 이야기들을 마음대로 '떠들을' 수는 없는 일이었다. 그러나 결국은 어찌지 못해 터져 나오는 말들이 있다. 내가 내 정신을 가끔 놓을 수도 있는 것이다. 그 순간 격발된 말들의 수신

자는 고스란히 김치수 선생님뿐이었다.

김치수 선생님이 훌륭한 청취자라는 것은 굳이 말할 필요가 없을 것이다. 그이와 친교를 맺은 이들은 대부분 여름날 속곳만 걸치고 원두막에 퍼질러 앉아 시원한 수박을 들이키면서 막담(莫談)을 나누는 듯한 분위기에 완전히 빠져들었던 경험을 가졌을 것이다. 제자로서 그런 저층까지 내려가지는 못했지만 나는 그런 분위기를 충분히 짐작할 수 있을만한 데까지는 가보았다 할 수 있다. 그런 친교를 통해서 내가 깨달은 선생님 비평의 성격은 내게 아주 소중한 선물이 되었는데, 그것은 주는 이가 주는 줄도 모르면서도 성심성의껏 전수한 것을 손으로 덥석 받아 내용물을 충분히 파악했다고 생각했을 때조차 내 몸 안에 옮겨 놓기가 어려운 그런 난해한 비결이었다.

내가 선생님의 자발적 선물을 간취했으나 섭취하기 어려웠던 것은 아마도 그것이 김치수 선생님의 삶의 철학 그 자체로부터 우러나온 것이었기 때문이었을 것이다. 모두에 잠시 암시했지만 그것은 삶의 모든 부문의 격자(格子)에 동일한 매질이 흘러서 환히 트인 상태로 넘나듦이 자유로운 그런 정신적 환경을 선생님이 내내 유지해 왔다는 것을 가리킨다. 그이의 생활감정과 지적 이해가 상통하고 한국의 뽕짝에 대한 감수성이 프랑스 와인에 대한 섬세한 분별로 이어지며, 테니스와 등산에 대한 열정적인 취향이 한국문학의 현장에 대한 뜨거운 관심과 동일한 열정에 의해 달아오르는 것이다.

우리가 이를 직접 확인할 수 있는 방법은 텍스트 상으로는 많지 않다. 대부분은 우리의 기억 속에 남아 있는 것이고 또한 미셸 뷔토르 선생의 시 등에서 표현된 것처럼 희소하게 남아 있는 감정의 표현에만 그 흔적이 남아 있다. 그러나 우리가 좀더 면밀히 살펴보면 선생님의 비평 텍스트에서도 이렇게 내외가 없고 모든 다름이 자유롭게 유통하는 정신적 움직임의 실제를 찾아볼 수 있다. 가령 그이의 문장이 잠시 길어진다 싶으면 그것은 어김없이 일상대화어법의 형태를 띠고 개진된다는 것은 김치수 비평의 아주 중요한 특징 중의 하나이다. 가령, 다음과 같은 진술은 그의 특징적인 어법을 보여준다.

> "사람의 삶에 있어서 변화라는 것이 극히 미묘한 것이어서, 겉으로 드러나지 않는다고 해서 없는 것이 아닐 뿐만 아니라 엄청난 것일 수 있음을 이야기한다."
> —『공감의 비평을 위하여』, 문학과지성사, 1991, p.47.

이 문장을 이렇게 쓸 수도 있을 것이다. "사람의 삶에 있어서 변화라는 것이 극히 미묘한 것이어서, 겉으로 드러나지 않는다 해도 안으로 일어나고 있을 수도 있으며 또한 더 나아가 그 보이지 않는 것이 때로는 엄청난 규모의 변화일 수도 있음을 이야기한다."

이 뒷 문장에 근거해 선생님의 문장을 분석해 보자. "안으로 일어나고 있을" 대신 "없는 것이 아닐"이 쓰였다. 다시 말해 그이의 문장은 앞의 진술과 대립적인 진술을 구성할 때 반대말이 될 용어들을 쓰지 않고 원말을 부정하는 방식을 택했다. 마치 말의 흐름 자체를 돌이키는 걸 불편해하는 것처럼. 다음 "~수도 있으며 […] 또한 더 나아가"로 풀어 쓰는 게 의미의 파악을 위해선 더 자연스럽겠지만 "아닐 뿐만 아니라"는 말로 두 개의 진술을 하나로 압축한 구문을 사용하였다. 마지막으로 "엄청난 규모의 변화일 수도 있음" 대신 "엄청난 것일 수 있음"이 쓰였다. 여기에서 우선 볼 수 있는 것은 '변화'라는 말을 쓰지 않았다는 것이다. 글쓰기의 교범이 가리키듯 반복을 피하기 위해서였을 것이다. 그러나 그러다 보니 '변화'라는 분명한 개념 대신 '것'이라는 막연한 지시대명사를 쓸 수밖에 없었다. 그래서 '엄청난 변화'일 수도 있는 것을 더 명료하게 느끼게 하지 않고 모호한 상태 속에 두는 결과를 낳았다. 그런데 이는 실제로 변화의 모호성을 가리키기 위해서가 아니라 말 흐름의 가닥을 유지하기 위한 마음의 결과로 이해하는 게 더 타당할 것이다. 우리가 일상어법에서 '그거', '거시기'라는 말을 흔히 쓰는 심리적 이유와 마찬가지로.

이러한 어법은 김치수 비평의 자장 안에서 대상(작품이거나 작가거나) 가까이에 머무르면서 대상을 훼손하지 않고 보듬으려는 무의식적 의지의 끈질긴 작용으로 드러난다. 이 의지의 작용 속에서 생산되는 것은 무한히 확산되는 친숙성이다. 그 친숙성의 미립자들이 뿌려지는 자리엔 모든 경계들이 허물어진다. 실로 이 마법은 선생님이 가 닿으시는 어디에서나 무차별적인 효력을 발휘하였다. 사람 관계에서나 글읽기-쓰기에서나 공적 업무에서나⋯⋯

아마도 이제 더는 선생님 같은 분을 뵙기가 어려울 것이다. 사람이 없어서라기보다는 내 나이가 이제 '뵙다'가 아니라 '되다'라는 동사를 내게 요구하고 있기 때문이다. 그런데 아직 나는 선생님의 가르침을 충분히 소화하고 있지 못한 열등한 제자로 있을 뿐이다. 그러니 선생님의 부재는 내게 더없는 아쉬움이고 부끄러움일 뿐이다. 그러나 그럼에도 불구하고 돌이켜 보면 지난 30여 년 동안 내가 무척 많이 변했던 것도 사실이다. 20대에 신경질적이고 오만불손하기만 했던 나는 지금 상황을 이해하고 타인의 입장을 추론하고 유익한 거짓말도 제법 할 줄 아는 사람이 되었다. 적어도 나는 사는 게 희극이라는 것쯤은 알게 되었다. 그렇게 변화해 온 데에 김치수 선생님의 영향이 없었다 하지 않을 수 없다. 그이의 삶의 태도를 내가 항상 부러워했다는 점을 생각한다면.

내가 지난 8월에 1년간의 프랑스 생활을 접고 귀국했을 때 선생님은 중환자실에 계셨다. 나는 문병을 갈 생각을 포기했다. 자칫 선생님과 가족들에게 폐를 끼칠 수 있다는 걸 25년 전 김현 선생님이 암투병하실 때에 참담한 마음으로 지켜보았던 적이 있었기 때문이다. 그래도 가 뵈어야 한다고 내심의 한 목소리가 나를 윽박질렀지만 나는 그게 기껏해야 나만을 위로할 수 있을 뿐이라고 생각했다. 선생님의 영정을 통해 선생님을 다시 뵈었을 때 나는 그이가 무슨 말을 하고 싶어 하셨다는 걸 불현듯 깨달았다. 후회가 밀려들었다. 그리고 선생님의 말씀을 미처 알아듣지 못한 내 귀 안으로 어떤 소리가 들어왔다 나가기를 반복하고 있었다. 가을밤의 시끄러운 풀벌레 소리들 사이를 휘감아 도는 바람소리였던 것 같다. 무척 은은하였다.

— 『김치수 추모문집』, 2015.9.

모호성의 두 가지 국면

염무웅의 「한 민족주의자의 정치적 선택과 문학적 귀결 - 김광섭론」에 대한 질의

문학수업 시절 염무웅 선생님의 글은 가장 중요한 참고문헌 중의 하나였다. 신선한 자극과 영감의 원천이었다. 이제 선생님과 나란히 앉아 토론을 하게 되었으니 지극한 영광이 아닐 수 없다.

크게 두 가지 점에서 질문을 던지겠다.

첫째, 김광섭의 초기시에 대해서. 초기시에 대한 염무웅 선생님의 진단은 기존의 통념을 섬세한 시 분석을 통해서 보강하고 있는 것으로 보인다. 우선 선생님은 김광섭의 데뷔작이자 출세작인 「고독」이 당시의 식자들에게 신선한 충격을 준 까닭을 밝히고는 이어서 이 작품의 단점을 '어눌함', '관념적 모호성'이라는 두 가지 측면에서 비판하고 있다. 그리고 다른 작품에서도 같은 단점이 발견된다는 것을 확인한 후에 연이어 지금까지 간과되어 온 「우수(憂愁)」의 뛰어남을 발굴하고 있다. 다만 "「우수」의 통렬함은 예외적인 것"임을 지적하는 것으로 초기시에 대한 분석을 마무리 짓고 계시니, 실질적으로 김광섭의 초기시에 대한 부정적 판단은 철회되지 않았다.

나는 염 선생님의 분석적 안목에 전적으로 동의를 보낸다. 다만 이런 의문이 든다. 김광섭 초기시의 관념성은 시인 자신의 '작심'으로부터 비롯되는 것은 아닌가? 그렇다면 그의 시를 문자 그대로 읽으면 모호할 수밖에 없겠지만 그것을 특유의 비유 특히 알레고리로 읽으면 모든 것이

명료한 것이 아닌가? 그가 "그리운 세계" 혹은 "맑은 성", "애의 성"이라고 지칭한 그곳이 현실 너머의 비가시적, 비인지적 세계에 속하는 것인 한 그것이 모호하게 드러나는 것은 '자명'한 것이 아닐까? 게다가 그 비인지적 세계가 그냥 막연하기만 한 것은 아니다. 무엇보다도 그 세계는 현실에 붙들려 있는 '자아'와의 긴장으로 꽤 팽팽한 장력을 형성한다. 가령 「고독」에서 시인은 "그리운 세계의 단편은 아즐타"라고 끊고는 연을 바꾸어 "오랜 세기의 지층(知層)만이 나를 이끌고 있다"라고 적고 있다. 서로 무관하게 대칭적으로 씌어졌지만, 이 대칭성 때문에 나에게 이 대목은 "그리운 세계의 단편은 아즐키만 하고 나의 지층은 더욱 쌓인다"와 "오랜 세기의 지층이 나를 이끌고 가면 갈수록 그리운 세계에 대한 나의 그리움은 더욱 애타기만 한다"로 동시에 읽힌다. 여기에서 '지층(知層)'은 '지층(地層)'과의 '소리의 동일성'을 활용한 조어로 보인다. 즉 '지층(知層)'은 '지층(地層)'의 소리로부터 묵중함, 무거움, 생의 두께 등의 분위기를 가져오는 한편, 그 내용을 '지식'으로 채우고 있는 것이다. 그렇게 읽으면 그리운 세계가 멀면 멀수록 나의 세계에 대한 탐색의 두께는 더욱 두꺼워진다는 것을 암시한다고 할 수 있을 것이다. 그것은 결국 '그리운 세계'와 '오랜 세기의 지층(知層)' 사이의 긴장을 시읽기의 순간부터 제시하면서 음미의 시간만큼 긴장감을 지속적으로 증가시킨다는 것을 가리킨다. 우리는 염 선생님이 또 하나의 예로 들고 있는 「小谷에서」에서도 같은 긴장을 느낄 수 있다. "그리운 애(愛)의 성"은 모호하기 짝이 없으나 그것은 "靜謐한 오후"의 "새의 노래도 한떨기 꽃도 없"는 "綠陰"과의 대비를 통해 실감을 전한다. "새의 노래도 한떨기 꽃도 없는"이라는 표현 속에 그것은 이미 부재의 형식으로 시 안에 실존하고 있다. 그러면서 '녹음'의 짙푸름과 팽팽히 대치하고 있는 것이다.

그렇게 읽다 보니, 염 선생님이 '모호하고' '어눌하다'고 지칭한 시구들은 차라리 비관적이고 우울한 내용들에 해당하는 것 같다. 반면, 염 선생님이 "관념적 모호성과 입안에서 더듬거리는 듯한 어눌함을 일소하고 […] 언어의 활달한 호흡을 구현하고 있다"고 찬양한 「우수」에서 선생님은 삶에 대한 건강한 긍정을 느끼게 해주는 대목에서 시적 감동을 느끼신 것 같다. 이 시는 실로 '활달한' 기상을 전한다. 그런데, 정작 시의 맛을 느끼게 해주는 대목은 활달한 데가 아니라 활달함이 문득 정지하는 곳, 화자의 "오연한"(염 선생의 표현을 빌리자면) 기상에 문득 성찰의 시간을 제공하는 곳, 혹은 내면의 깊이를 제공하는 곳이라고 생각한다. 즉 "어둠을 스쳐 멀리서 갈매기 우는 소리/ 귓가에 와서 가슴의 상처를 허비고 사라지느니"이다. 이 대목의 맛은 '상처'의 암울함과 "허비고 사라지"는 동작의 운동성과 순간성의 절묘한 결합에서 배어나온다고 생각한다. 이 결합을 통해서 이 상처는 우선 그냥 아픈 상처에서 깊이 베어 '쓰라린' 상처가 되고, 그 다음, "날카로운 첫 키스"와도 같은 쓰라리지만 각성을 동반하는 일종의 자기쇄신의 체험을 일으키게 하는 '희열의 상처'가 된다. 우리가 '모호성'의 본래 의미를 다의성으로 이해한다면 이 대목이야말로 정말 '모호한' 대목이 아닐까 한다. 게다가 이 시에서 갈매기 우는 소리는 시의 화자의 몸에서 우러나는 소리가 아니라 말 그대로 "멀리서" 우는 소리이다. 그렇기 때문에 화자와 소리 사이에는 불일치가 있다. 화자의 기운이 활달하다면, 저 갈매기 우는 소리는 그 활달함을 멈추게 하는 소리이며, 그 반대로 저 갈매기 우는 소리가 염 선생님이 물음표를 동반하고 추정한 것처럼 "어둠의 항로를 뚫고 가야 하는 시인의 사명 또는 그의 비극적 운명을 담지한 시적 상징"이라면 시의 화자는 아직 그 상징이 '되지' 않은 상태에 있다. 시의 활력은 시의 한 물상이 상징이 된 데서 오는 게 아니라 상징이 되기 위해 열심히 운동하는 데서 오는 게 아닌가? 상징이 되지 않음이야말로 시의 활력을 증폭시키는 조건이 아닌가 한다.

덧붙일 말이 하나 있는데, 내가 정말 궁금한 것은, 김광섭의 초기시를 알레고리로 읽을 때, 그리고 그가 꿈꾼 세계가 '민족'의 개념을 통해 이 해되어야 한다는 통념을 받아들일 때, 왜 그가 '민족'을 '그리운 애(愛)의 성(性)'으로 비유했는가 하는 점이다. 다시 말해 '민족 현실'을 왜 '성'의 차원으로 이동시켰을까? 그것은 시인의 무의식을 추적해야 답할 문제인 듯한데, 그것이 개인적인 것인지 집단적인 것인지, 또한 그 어느 쪽이든 그 의미는 무엇인지를 묻는 것은 한국문학의 은밀한 사연을 읽어내기 위 한 하나의 단서가 될 수도 있을 것 같다.

둘째, 염 선생님은 이산(怡山) 선생의 후기에 대해서는 주로 그이의 민 족주의에 대해 고찰하고 있다. 선생님은 김광섭의 민족주의를 임화의 민 족주의와 함께 묶어서 '계급문학' 그리고 '순수문학'과 변별되는 것으로 보시고 있다. 그런데 이 민족주의의 내용이 변덕스러운 것 같다. 발표문 을 읽어보면 이산 선생의 민족주의는 육친적 동일성에 근거한 선험적 민 족주의이기도 했다가 민족의 이름하에 대동단결을 주장하는 당위적 민 족주의이기도 했다가 민족의 이름으로 민족과 어긋나는 모든 것을 배척 하는 배타적 민족주의이기도 한 것 같다. 선험적 민족주의에서는 동질성 의 근거를 제시하는 데서 사상의 깊이가 드러날 것이며 당위적 민족주의 에서는 민족국가의 구상에서 정치적 경륜이 드러날 것이며 배타적 민족 주의에서는 민족과 민족 아닌 것을 가르는 기준이 무엇인가가 당연히 궁 금해진다. 그에 대해 좀더 자세한 대답을 듣고 싶다. 또한 이 세 차원의 민족주의들 사이에 어떤 연관이 있어서 한 사람의 몸을 통해 이렇게 계 기적으로 나타날 수 있는가, 라는 것도 궁금하기만 하다. 그것은 어쩌면 한국인들 전체가 앓은, 아니 여전히 앓고 있는 숙명적인 질병일지도 모 르기 때문이다.

─염무웅·최원식 외, 『해방 전후, 우리 문학의 길찾기』, 2005.12

2008년, 탄생 100주년 작가들과 올해 타계한 문인들

김유정 · 김정한 · 이무영 · 백철 · 최재서 · 김기림 · 임화...
박경리 · 이청준 · 홍성원 · 정공채 · 김양현

십여 년 전부터 한국문학은 탄생 100주년 문인들을 기념하기 시작했다. 이 숫자는 한국현대문학의 연륜과 거의 일치한다. 청국과 일본의 중개지를 거쳐 서양의 문물이 한반도에 유입되기 시작했고 한국현대문학도 태어나기 시작했다. 이 새로운 언어문화가 그 이전의 전통적인 언어문화에 대해 매우 이질적이었고 그래서 둘 사이의 교섭이 기형적이었다는 것은 한국문학을 위해 유감스런 일이었으나 얼마간은 불가피한 일이었다. 여하튼 한반도의 지식인들은 그렇게 유입된 서양의 문학을 자신들의 고유한 문학으로 제것화하는 데 노력을 기울이기 시작했고, 그 과정이 이제 100년이 넘은 것이다. 오늘날의 문학적 현실에 비추어보자면 그 노력의 과정은 가히 감동적인 데가 있다. 서양문학의 틀을 모형으로 생장한 한국의 시, 소설, 희곡, 수필 그리고 평론은, 서양적인 것이 지배하는 환경 속에서 그 환경과 소통하는 한편으로 동시에 고유한 한국어로 한국 특유의 현실과 한국인의 정서를 표출함으로써 한국의 삶과 문화와 문학을 세계 내에 존재하는 하나의 독자적인 삶과 문화와 문학으로서 세워왔던 것이다.

이러한 진화 과정을 이끈 것은 바로 한국의 언어문화 종사자들이었고, 그 진화과정을 성공케 한 것은 이들이 저마다의 장에서 저마다의 방식으로 들인 노력들의 시간적 축적과 다채로운 변이였다. 그 축적을 통해 한국문학의 창조적 역량은 늘어났고 그 변이를 통해 한국문학의 넓이는 우물을 벗어나 큰 강의 폭을 갖게 되었다.

올해에도 이미 이곳저곳에서 탄생 100주년의 문인들을 기념하는 행사를 가졌거나, 가질 예정이다. 올해의 인물들을 열거하면, 소설가 김유정(1908-1937), 김정한(1908-1996), 이무영(1908-1960), 시인 유치환(1908-1967), 평론가 백철(1908-1985), 최재서(1908-1964), 그리고 시인이자 평론가였던 김기림(1908-?), 임화(1908-1953)가 그들이다.

김유정은 일반 독자들에게 매우 친숙한 소설가이다. 그를 해학의 작가로 보는 상식적인 이해에 반발하여 "현실에 발붙인 가난한 하층민의 삶을 천착"(유인순)한 작가로서 그를 재조명한 것은 김유정 연구자들의 공로이지만, 어쨌든 해학 덕분에 그가 후세의 독자들에게 오래 읽히리라는 것은 분명하다. 그의 해학은 한국의 전통 민간 문화에 살아 있었던 골계의 변용이지만, 전통적인 골계가 신분사회에 대한 풍자를 무차별적 희롱으로 전치시킨 것과 달리, 무기력한 비판적 인식을 자조로 전치시킨 것이다. 그 자조는 설익은 근대적 인식이 전통적인 체질 속에 수용되지 못하고 좌초하는 현상을 스스로 겪어야 했던 조선인 일반의 신경증적 우울을 반영하는 것인데, 하지만 자기 위안의 히스테리적 현상이라기보다는, 설익은 인식의 엉뚱함과 무기력에 대한 자기 성찰이라고 보는 게 타당하다. 「봄·봄」에 가장 날카롭게 표현된 그런 성찰적 인식 덕분에 그는 계속해서 매우 재미있는 작가로서 남을 것이다. 김유정의 해학은 한동안 한국문학의 흐름 속에 유실되었다가 최인훈의 『크리스마스 캐롤』 연작을 통해 존재증명을 밝힌 다음, 1990년대 이후 성석제, 김종광, 이명랑의 소설들에 의해 새롭게 부활하고 있다.

이무영은 농민문학을 본 궤도에 올려 놓은 작가이다. 보통 신분의 조선사람 대부분이 농민이던 일제 강점기 하에서 이광수가 자신의 뿌리이기도 한 농민을 계몽의 대상으로 보았다면, 심훈에 의해서 농민은 계몽의 주체가 된다. 그러나 계몽이 '깃발'로 작용하고 있을 때 현재의 삶은 언제나 부정되고 극복되어야 할 '과거'로 환원된다. 삶은 미리 증발한다. 그래서 계몽의 주체는 삶의 주체가 아닌 존재가 된다. 그리고 삶을 잃어버린다는 것은 깃발이 깃대를 잃어버린다는 것과 같은 뜻이다. 이무영은 바로 삶의 주체로서 농민을 재정립한다. 대표작으로 『농민』, 『농군』 등 장편소설과 「제 1과 제 1장」 등의 단편소설이 있다. 「사하촌」, 「모래톱 이야기」, 「인간단지」 등의 작품으로 유명한 김정한은 윤리적 의식에 의거해 현실의 모순과 부조리를 고발하는 소설을 썼다.

유치환은 허무와 의지의 시인으로 알려져 왔다. 김소월·한용운이 연 한국현대시의 장에서, 한국시의 주류를 형성해 온 서정주·김영랑 류의 여성주의가 '자연'에 사람을 의탁하는 시풍을 형성해왔다면, 유치환의 시는 어디에도 자신을 의탁하지 않는 단독자의 고독과 의지, 그리고 그 의지가 현실과의 대면 속에서 필연적으로 품을 수밖에 없는 허무감을 표출한다. 유치환 시의 의지와 허무 의식은 직접적으로는 허만하의 시로 계승되었으며, 그의 남성주의적 시풍은 김수영·정현종 등으로 이어졌다 (김현). 한편, 김기림의 '모던한' 시와 임화의 신파조 프로시(민중시) 역시 한 국문학의 토양의 형성에 일정한 기여를 하였다. 김기림은 현대문학이 한반도에 심어진 사정의 가장 중요한 의미가 '현대'에 대한 자각임을 누구보다도 명석하게 의식하고 있었다. 그러한 의식은 그로 하여금, 일제 강점이라는 비극적 현실이 조성한 부정적 정신적 요소들, 즉 "감상주의"와 "봉건적 요소"의 타파를 선언케 하였으며, 그러한 선언은 곧 현대에 대한 적확한 인식에 대한 결심과 맞물렸다. 김기림은 그러한 판단에 입각해 시론을 전개하고 시를 지었는데, 그의 시는 오늘날 거의 잊혀졌지만 그의 시론은 광범위한 영향을 미쳐 해방 이후 후반기 동인들의 모더니즘 시운동에 직접적으로 계승되었으며, 김수영의 '현대라는 지상의 명령' 혹은 김춘수의 무의미시, 오규원의 '날이미지' 등의 작업으로 변주되었다.

임화 역시 시보다는 평론과 문학사에서 큰 영향을 미쳤다. 정지용에 의해서 "변설조"라고 명명된 그의 신파조 프로시는 한국문학의 저변에 깔려 있는 감상주의의 늪을 다시 상기시킨다. 그러나 문학사에서 임화가 남긴 족적은 아무리 강조해도 지나치지 않다. "신문학사는 조선에 있어서의 서구적 문학의 이식으로부터 시작되는 것이다"는 진술에 드러나듯 한국의 현대문학을 서양문학의 이식으로 본 그의 관점은 한국문학의 주체성에 대한 부인으로 비쳐져 한때 격렬한 반발을 불러일으켰으나 오늘날엔 서양의 압도적인 문화적 지배를 솔직하게 인정한 최초의 발언으로 이해되고 있다. 다만 그는 이식된 것이 토착적인 문화와 어떻게 교섭해 어떤 특이한 문학을 낳는가에 대해서는 주목하지 않았는데, 그것은 그가 서양의 문화적 지배뿐만 아니라 서양 문학이론의 도식까지도 그대로 받아들였음을 가리킨다. 서양의 학문과 문화적 경향에 대한 경사는 별도의 정신적 좌표를 가지지 못했던 한국인에게는 어쩌면 불가피한 일이었다. 문제는 그것을 우선은 철저히 익히는 것이고 다음은 그것과 한국문화의 전통적 형식들과의 교섭의 양상들을 살피는 것이고 궁극적으로는 세계문학 내에 변별되는 하나의 개별 영역으로서 한국문학을 세우는 것이리라. 그 점에서 보면, 누구보다도 서양의 문학이론에 정통했던 최재서의 학문적 소양은 우리를 경탄케 한다. 그러나 그가 『국민문학』을 통해 범한 친일 행위는 자신의 존재론적 지위에 대한 정신적 자각을 결여한 지식이 결국 "편협한 몽상들"(랭보)에 지나지 않아 끔찍한 파탄에 이르고 만다는 것을 적나라하게 보여주어, 지식인됨의 그 벼랑적 성격을 송연히 실감케 한다.

인간도 별도 태어나고 죽는다. 작가들의 탄생이 한국문학이라는 성좌의 성장과 운행을 대견히 헤아리게끔 한다면, 작가들의 사라짐은 한국문학이 열어놓은 꿈과 해방의 공간에 문득 모든 대기를 빨아들이는 블랙홀이 출현한 듯한 기막힌 감정 속에 사로잡히게 한다. 올해에도 한국의 독자들은 이곳저곳에서 별들의 붕괴를 목격해야 했다. 5월에 돌아가신 박경리(1926-2008) 선생에 대해서는 새삼 말할 게 없으리라. 그이는 방대한 양의 소설을 남기셨고, 그중 『토지』는 한국인에게 가장 큰 사랑을 받은 소설이다. 선생은 독자의 사랑에 보답을 하듯, 원주 근처에 '토지문학관'을 설립해 글을 쓰고 싶어하는 사람들에게 먹고 쓰고 잘 공간을 제공하셨다. 그러나 이 모든 현상에 앞서 되새길 것은 그이가 남긴 소설의 문학적 성취이다. 아마도 『김약국의 딸들』과 『토지』는 오래도록 한국 독자들의 기억 속에 남을 것인데, 그 소설들이 한국인이 공유하고 있는 특별한 신경섬유로 세공된 작품이기 때문이다. 그 특별한 신경섬유를 꼬집어 명명하기는 매우 어렵다. 왜냐하면 우리 모두가 그것을 상시로 쓰면서도 그것을 분명히 알아내거나 밝히기를 꺼리기 때문이다. 그게 사람의 마음이다. 그러나 그걸 밝히는 것은 뒤에 나온 사람들의 숙제이기도 한 것이다. 왜냐하면 삶이란 자기에 대한 무지로부터 지로 나아가는 과정이므로.

7월 31일 새벽 4시 1분에 돌아가신 이청준 선생(1939-2008)의 소설 세계는 바로 그 자기에 대한 앎으로 인도하는 복잡한 기계들로 이루어져 있다. 복잡한 기계라 일컫은 까닭은 그이의 소설이 가장 지적인 분석으로 이루어졌으면서도 동시에 가장 토착적인 감정으로 감싸여 있기 때문이다. 이 상반되는 두 양상을 통합하는 것은 유년 시절 바닷가 콩밭에서 김매며 부르던 어머니의 소리이다. 그 소리는 한편으로 모든 것을 일도양단으로 재단하는 개념 언어의 세계(사회적 세계)에 대한 인식적 비판을 하게끔 하는 내적 원천으로 작용하고, 다른 한편으론 인연과 인정으로 복잡하게 꼬인 한국인의 심사를 풀어내는 마음의 실마리로 기능한다. 이청준 소설의 그 내밀한 핵을 정면에서 조사(照査)한 소설은 「해변아리랑」이며, 지적 인식과 토착적 정서라는 두 가지 양극을 하나로 다시 아울러 '자생적 운명이 곧 자유'인 세계의 청사진을 그려보려 한 것이 불멸할 장편 『당신들의 천국』이다.

5월 큰 어머니의 서거에 온 국민이 애도하기 며칠 전 같은 장례식장에서 또 한 분의 소설가가 쓸쓸히 세상과 하직하고 있었다. 『남과 북』, 『먼 동』의 대형작가 홍성원 선생(1937-2008)이다. 홍성원 소설의 가장 큰 미덕은 가혹한 현실을 일방적으로 악으로 규정하는 대신에 나름의 논리와 원리를 갖추고 있는 적으로 두고, 그와 정면대결하는 주인물의 비극적 자세를 보여주는 데에 있었다. 그러한 홍성원의 윤리는 그러나 한국의 독자들에게는 잘 받아들여지지 않았다. 악을 규정하는 데에 너무 익숙하기 때문일 것이다. 우울한 일이다. 그리고 그이가 이승을 떠날 준비를 하고 있던 기간, 정공채 시인(1934-2008) 역시 너무나 적요히 흰 옷을 챙기고 계셨다.

쓸쓸히 돌아간 문인이 이 분들뿐이랴. 시에 대한 섬세하고 날카로운 분석으로 시인들이 해설 받기를 고대했던 대구의 문학 평론가 김양헌(1957-2008)이 간암으로 고생하다가 지난 7월 불현듯 영면한 것을 나도 몰랐다. 사람도, 단체도, 언론도, 인터넷도 그 사실을 알려주지 않았다. 얼마나 잔혹한 세상이란 말인가.

—『사람과 책』, 2008.9.

한국 비평의 확대를 기대하며
조성면의 「환멸의 시학, 환상의 정치학」에 부쳐

조성면의 「환멸의 시학, 환상의 정치학」은 판타지 소설에 대한 문학사회학적 분석을 시도한 글이다. 판타지 소설은 90년대 이후 통신망의 자유 기고가들에 의해 급성장하여 10-20대 독서층의 지지를 업고 재래의 독서 공간까지도 광범위하게 잠식해 들어왔다. 그 질적 수준이 어떠하든 이 압도적 현상 자체가 비평가들로부터 외면당해 왔다는 것은 애석한 일이다. 그것은 문학이 살아내야 할 환경 중의 하나가 되고 있기 때문이다. 왜 판타지 소설인가? 왜 한국에서는 하필이면 판타지인가? S/F나 추리소설은 왜 안되고 그것만 되는가? 그것은 한국문학의 어떤 결핍을 채워주고 어떤 부분을 과잉시키고 있는가? 일시적인 유행에 그칠 것인가, 아니면 한국문화의 새로운 저층을 이루게 될 것인가? 이러한 환경의 역학을 정확하게 산술하지 않는다면 문학의 어떤 비장한 모험도 태도의 희극에 빠지고 만다.

조성면의 글은 이러한 문제제기에서 시작한다. 그는 근엄한 한국비평의 목소리를 낮추고 문학의 저변으로 내려가 그 지형을 측지하려고 한다. 물론 판타지 소설 현상에 대한 주석들이 아예 없었던 것은 아니다. 그러나, 조성면의 글은 저 산발적이고 단편적인 해석들을 넘어서 근본적인 발생의 자리로 뚫고 들어가려고 한다. 우선, 문화심리학을 넘어서 정치경제학으로 가고자 했다. 그럼으로써 한국 문화의 집단 심리를 캐기보다 그것의 추동 요인을, 다시 말해, 자본과 상품의 사회적 구조를 찾으려한다. 다음, 그 정치경제학으로부터 거꾸로 문화심리학으로 돌아오려고했다. 그럼으로써 그 현상을 단순히 집단적 욕망의 유출로서가 아니라자본과 소비 두 욕망의 충돌로서 이해하려고 했다. 그 상호성에 대한 이해를 통해서 그는 조심스럽게 판타지 현상 속에 내재된 두 가지 의지, 즉현실을 방기하려는 의지와 현실을 극복하려는 의지를 동시에 읽어내려했다. 어쨌든 그 현상은 한국 문화의 부인할 수 없는 현실이고, 그렇다면,그 내부로부터 그것을 이해할 필요가 있는 것이다.

그의 시도가 만족할만한 성공을 거두었다고 할 수는 없다. 그는 아직판타지 현상의 두 가지 의지 사이에서 머뭇거린다. 하나를 선택한다는것이 무의미한 일임을 잘 알고 있지만, 그 두 의지를 함께 밀고 나가 새로운 문학의 전망을 일구어내는 일은 불투명의 늪 속에 침수되어 있는것이다.

그러나 어쨌든 그는 한국 비평이 외면하고 있는 길을 가려고 했다. 그것이 중요한 것이다. 우리 비평에 필요한 사람은 상투적인 답들을 되풀이하는 이가 아니라, 새로운 시야와 전망을 개척하기 위해 암중 모색하는 이이다. 조성면은 그 암중모색의 어려움을 지극히 인상적으로 보여주었다. 그 어려움이 그의 실존 자체가 되도록, 그래서 홍성원의 표현을 빌려, 그의 비평이 스스로에게 "즐거운 지옥"이 되도록 모두 격려해 주자.

—『내일을 여는 '작가'』, 1999 가을.

다윈, 인간의 상상 형식을 근본적으로 바꾸다

 1980년에 노벨 문학상을 수상한 폴란드 시인 체스와프 미워시(Czesław Miłosz)는 「다윈 부인(Mrs. Darwin)[2]」이라는 짧은 우화에서 인간을 동물의 수준으로 격하시켰다고 남편을 비난하는 다윈 부인에 맞서 "만물에게 공통된 이치"를 밝혀낸 다윈의 공적을 기린다. 다윈을 통해서 자연과 인간과 생명과 우주에 차별 없이 적용되는 변화의 원리가 처음으로 이해되기 시작했다는 것이다.

 만물에게 공통된 이치는 만물 사이의 끝없는 변화이다. 산다는 것의 핵심에 '변화'를 심어 놓음으로써 다윈의 진화론은 모든 불완전한 존재들의 삶에 영원히 고갈되지 않는 정신의 기름을 주유(注油)하게 되었다. 변화가 진리라면 존재의 불완전성은 불행이라기보다 차라리 상승을 꿈꾸는 자가 가진 특권이 된다. 완전한 존재는 더 이상 살아야 할 이유를 찾을 수 없는 반면, 불완전한 존재는 더 나은 존재가 되기 위해 열심히 운동할 이유를 가질 수가 있는 것이다. 열심히 움직이는 동안 그의 생은 얼마나 긴박하고 가슴 저리겠는가?

 그래서 다윈은 "비비원숭이가 철학자들보다도 더 많은 것을 가르쳐 줄 수 있다."라고 말했던 것이다. 먼지 덩어리에서 아메바를 거쳐 영장류

---

2 MILOSZ, Czeslaw, *Le chien mandarin*, traduit par Laurence Dyèvre, Paris : Mille et une nuits, 2004(Edition originale : 1999), pp.105-106.

로 커지다가 마침내 생각하는 존재가 되어 감히 불멸을 꿈꾸기에 이르기까지, 존재하는 모든 것의 시시각각의 삶은 온통 경이로운 변화로 가득차 있는 것이다. 그리고 그 점에서 다윈의 자연과학은 문학의 본질과 맞닿아 있다.

문학인은 언제나 평범한 일상을 신비로 대하는 천진한 마음을 유지해왔다. 그것은 그가 세계가 바뀌기를 기대하기 때문이다. 문학적 상상은 별천지를 가져오는 데에 있는 것이 아니라, 지금·이곳의 무의미한 삶을 내일·저곳의 멋진 삶으로 만드는 데 있는 것이다. 무에서 유를 창조하는 신비가 바로 이것이다.

이 변화의 축 위에서 진화론과 문학은 세 가지 측면에서 만난다. 하나는 '적자생존'이라는 명칭으로 우리에게 알려진 '자연선택(natural selection)'의 측면이다. 삶의 무대가 치열한 생존 경쟁의 장이라는 건 살아 보면 누구나 다 깨닫는 일이다. 그런데 다윈의 통찰은 그 치열한 싸움의 장을 단순히 선과 악의 기준으로 판별할 수 없다는 것이다. 다윈 스스로 "악마의 복음(gospel of devil)[3]"이라고 부른 진화론적 관점에서 보면 세상은 권선징악의 무대가 아니라 모든 존재가 살아남기 위하여 온힘을 다해 치열하게 싸우는 무대이다. 문학은 이러한 통찰을 적극적으로 실행한다. 왜냐하면 우선은 그게 진실이기 때문이고, 더 나아가 악마가 프라다를 입는 것도 그만의 절절한 이유가 있다고 생각하는 게 선신(善神)에게도 이롭기 때문이다. 위대한 작품일수록 주인공과 그의 적을 동등하게 대접하고 그 둘 사이의 치열한 대결을 핍진하게 그린다. 그것이 주인공에게도 편히 자신의 덕성에 안주하지 않고 책임과 능력을 다해 상황과 싸우게 하는 힘이다.

---

3 이 표현은 다윈이 토마스 헉슬리(Thomas Henry Huxley)에게 보낸 1860년 8월 8일의 편지에 나온다. 세간의 비난을 비꼬려는 의도가 담긴 반어적 표현이다.

이 생존 경쟁의 무대에 선악 개념이 변질되어 우량의 문제로 전화하면 우생학이 탄생한다. 이 우생학의 우산 아래서, 나치를 비롯한 파시즘과 온갖 인종 학살이 자행되었다. 아우슈비츠에서 우생학의 희생양이 되었다가 가까스로 생환한 프리모 레비(Primo Levi)는 가혹한 환경하에서 가해자와 피해자 모두에게 일어나는 정신의 변화를 꼼꼼히 추적하여 "수용소의 다윈"이라는 별명을 얻었다. 사실 우생학만큼 다윈에 어긋나는 것도 없다. 그것은 변화를 부인하며, 변화를 부인하는 것은 진화론이 아니다.

두 번째로, 진화론을 실제의 인간에게 적용해 실험하는 소설들이 나타났다. 다윈의 진화론을 잘 알고 있었던 19세기의 프랑스 소설가 에밀 졸라(Emile Zola)는 '유전'과 '환경'과 '시대'를 기본 요소로 해서 '루공'과 '마카르'라는 두 가문 사이의 교섭에 의한 인종의 변이과정을 추적하고자 하였다. 그러나 이 실험은 다소간 인위적이고 또한 다윈의 본의에도 어긋나 있었다. 진화의 기본 요소를 그렇게 제한할 수는 없다. 실제로 실험의 시대인 19세기에 다윈은 '관찰'의 달인으로서 평가된다. 졸라적 실험의 인위성에 비추어 보면 다윈의 관찰 중시는 그가 세계의 진행에 대해 얼마나 신중하고 겸손하게 접근했는가를 잘 느끼게 해준다. 하지만 여하튼 졸라의 실험은 실제 현실과 맞지는 않았다 하더라도 인류의 생존에 대한 무궁무진한 상상을 부추겼다. 『루공—마카르 총서 Les Rougons Macquarts』는 그의 의도와 달리 인간 욕망의 복잡다단하게 얽힌 덩굴의 미로도를 제공하였다. 진화론은 신화로 둔갑하였다. 유전과 환경과 시대의 조립판은 우리의 의사를 초월해 우리를 끊임없이 알 수 없는 곳으로 이끌고 가는 불가해한 힘의 용광로가 되었다. 졸라의 소설은, 과학에 대한 믿음과 공포가 양극단의 모순으로 팽팽히 긴장해 있던 시대에 나옴 직한 생각을 그대로 표출한다.

세 번째 측면은 다윈의 현대적 해석과 맞닿아 있다. 20세기 분자 생물학의 발달은 진화의 문제를 '적응'의 관점에서가 아니라 '우연'과 '돌연변이'의 관점에서 이해하는 길을 열어 주었다. 진화의 핵심이 변화라면 그 변화는 질적 도약을 가리키는 게 옳다. 그 점에서 진화의 근본 사태는 돌연변이이다. 스티븐 제이 굴드(Stephen J. Gould)가 훗날 말했던 것처럼, "진화의 결과는 그 원인 시점에서는 전혀 예측할 수가 없다." 진화 생물학의 대가들이자 노벨상 수상자들인 자크 모노(Jacques Monod)와 프랑수아 자코브(François Jacob), 일리야 프리고진(Ilya Prigogine)은 그러한 관점에 이론적 근거를 제시하였다. 자크 모노는 『우연과 필연 Le hasard et la nécessité』에서 생명 탄생과 진화가 우연들의 점진적인 구성체임을 주장하였으며, 프랑수아 자코브는 브리콜라주(bricolage)라는 비유를 통해 지구상의 생명체가 목적과 계획을 지닌 지적 설계자에 의해서가 아니라, 즉흥적인 수선(tinkering)과 시행착오를 바탕으로 만들어진 산물임을 설명하였다.

우연과 돌연변이는 인간의 상상 형식을 근본적으로 바꾸어 놓았다. 프랑스의 서평지 『크리티크 Critique』 2006년 6-7월호(통권 709-710호)의 '변종' 특집을 책임 편집한 티에리 오케(Thierry Hoquet)의 말을 빌리자면, 이제 "괴물들은 사라졌고 슈퍼맨은 피로하다. 하지만 변종들은 번창한다." 예전에 변종은 기형으로서 이해되었다. 그러나 이제는 그 반대이다. 세계와 인류가 변화하는 한, "모두가 변종이다." 게다가 2003년 인간의 유전자 지도가 완성됨으로써 인간은 말 그대로 분해와 변용의 수술대에 완전하게 노출되었다. 인간의 불변하는 육체적 속성들은 이제 없다. 인간의 몸에 낯선 장치가 부착됨으로써 인간은 점차로 미래의 인간으로 바뀌어 간다. 휴먼은 이미 포스트-휴먼이다.

포스트-휴먼의 등장은 두 가지 방향에서 문학적 상상력을 자극하였다. 하나는 인류의 육체적 변화에 대한 무한한 탐구이다. 프랑케슈타인으로부터 '사이버(cyber)'라는 단어를 발명한 윌리엄 깁슨(William Gibson)의 『뉴로

맨서 *Newromancer*』를 거쳐 사이보그의 비애를 서정적으로 묘사한 「공각기동대(伊攻殼機動隊伊)」에 이르기까지 인류의 상상은 질주에 질주를 거듭해 왔다. 또 다른 방향은 첨단 과학의 기술을 통해 인류를 전면적으로 조작하고 관리하는, 미셀 푸코(Michel Foucault)가 '생명 관리 공학(biopolitique)'이라고 명명한, 지배 관리 체제에 대한 경고와 그런 체제를 방조한 인류의 태도에 대한 반성 및 해방의 과제를 탐구하는 문학이다. 올더스 헉슬리(Aldous Huxley)의 『멋진 신세계 *The Brave New World*』가 그 모형을 제공했다면, 오늘의 문학은 그 지배 체제 자체가 스스로 통제 불가능한 상태에까지 다다른 상황을 즐겨 그린다. 2009년 장안의 지가를 성큼 끌어올린 주제 사라마구(José Saramago)의 『눈먼 자들의 도시 *Ensaio sobre a Cegueira*』도 얼마간은 그런 상황과 관련되어 있다.

이 모든 문학적 상상은 진화론의 발달에 따라 더욱 천변만화(千變萬化)하며, 거꾸로 신다윈주의자들에게 신선한 아이디어를 제공하기도 한다. 다윈의 착상에 직접적인 영감을 불어넣어 준 사람은 그의 할아버지인 의사이자 시인이었던 에라스무스 다윈(Erasmus Darwin, 1731-1802)이었다. 의사이자 동시에 시인이었던 그는 자연의 법칙을 일반 대중이 감각적으로 느낄 수 있도록 하기 위해 자신의 시작(詩作)을 활용하는 등 과학의 대중화에 평생을 헌신하였다. 특히 그는 "세계는 아주 미미한 것으로부터 발생해 고유한 활동에 따라 점차적으로 성장하여 위대해진다"(『주노미아 혹은 유기적 생명의 법칙 *ZOONOMIA or The Laws of Organic Life*』)는 진화론의 근본 원리를 굳게 믿었으며, 이 믿음은 손자의 지적 성장에 지속적인 영향을 주었다. 손자가 정밀한 관찰자였다면, 그에 앞서 할아버지는 착상에 논리와 감각의 콘크리트를 부었다. 할아버지의 상상 세계를 손자는 관찰과 실험으로 입증한 것인데, 할아버지의 상상이 없었다면, 손자의 관찰은 시작조차 되지 못했을지 모른다. 그 점에서 보자면, 진화론과 문학은 직계 가족을 이룸으로써 인류의 정신적 진화에 획기적인 도약의 계기를 제공했다고 할 수 있으니, 서로 다른 종류들의 만남이 얼마나 소중한 것인지 새삼 그 의미를 되새기게 된다.

—『조선일보』, 2009.1.19

영상 언어와 문학

1. 이미지의 지배

　오늘날 이미지가 배제된 문화를 말한다는 것은 거의 불가능한 것으로 보인다. 게다가 여기에서 '문화'란 말은 가장 넓은 의미로 이해되어야 할 것이다. 왜냐하면 그것은, 우리가 통상적으로 문화라는 어휘의 울타리 안에 가두는 휴식과 유희와 향유의 영역을 넘어, 일상의 잡사와 업무, 교육, 기타 등등 삶의 모든 부면에서 사람들의 체질과 관습과 행동을 통하여 표현되는 삶의 양상들의 총체를 가리킨다고 보아야 하기 때문이다. 아도르노가 형식을 "침전된 내용(contenu sédimenté)[4]"이라고 불렀을 때와 거의 같은 의미로, 문화는 침전된 생활이라고 볼 수 있을 것이다.

　그런 시야에서 바라볼 때, 모두(冒頭)의 진술은 매우 심각한 무게를 갖는다. 그것은 "이미지가 배제된 삶을 말한다는 것은 거의 불가능한 것으로 보인다"와 사실상 동의어이기 때문이다. 그 진술은 삶의 특정한 국면 혹은 양태들에 대한 진술이 아니라 삶의 환경 자체에 대한 것이다. 요컨대 그 진술을 극단화하면 "이제 이미지 없이는 살 수 없게 되었다", "이미지 없는 세상은 오아시스 없는 사막", "이미지는 내 인생의 모든 것"

4　Th. Adorno, *Théorie esthétique*, traduit de l'allemand par Marc Jimenez, Paris : Klincksieck, 1974, p.14.

기타 등등의 이미지에 주권을 넘겨주는 온갖 재담과 악담을 만들어낼 수 있을 것이다.

이러한 사태가 정말 이미지의 주권(souveraineté)을 가리키는지는 아직은 확실치 않다. 다만 상식적인 수준에서 이미지가 삶의 중심부를 차지하게 되었다는 것이 기정사실이 되었다고 말할 수 있다. 그런데 이러한 상황은 자연스럽게 도달한 것이 아니다. 이 상황은 당연한 것도 아니고 바람직하다거나 나쁘다고 단정지을 수 있는 것도 아니다. 그러나 또한 이런 상황은 어떤 계기로부터 촉발되어 그 나름의 필연적인 경로를 따라 진화해 온 과정의 결과로서 나타난 것이다. 이 두 가지 의미, 즉 당연한 것이 아니지만 동시에 돌이킬 수 없는 것으로 이해하고 그 의미를 풀이하고 그 가능성을 운산할 때, 이미지가 지배하는 세상에서 우리가 살아야 할 이유와 우리가 이미지와 더불어 살아갈 방법들과 이미지가 아닌 다른 문화적 질료들이 할 수 있는 일들이 드러날 수 있을 것이다. 우리가 이 자리에서 논할 '문학'의 문제 역시 그러한 탐구의 집합 속에 포함되어 궁리되어야 할 것이다.

2. 매체에 힘이 붙게 된 내력과 힘의 이동

오늘날 이미지가 지배하는 세상의 출현은 '정보화 사회'가 열었다고 보는 것이 타당할 것이다. 이 말은 몇 가지 부가설명을 필요로 한다. 첫째 이미지가 지배하는 세상이 오직 오늘날에만 나타난 게 아니라는 걸 먼저 염두에 둘 필요가 있다. 이미지의 지배로 말할 것 같으면 성당들과 성상(聖像)들과 성물들, 그리고 성가대가 문화의 중심에 놓여있을 때 이미 달성된 바가 있다. 성스러운 의미들은 무엇보다도 먼저 표상될 필요가 있었다. 그래서 중세는 성화들과 건축의 시대였다.

그러니까 이미지의 지배는 애초부터 만연했던 것이다. 그렇게 이미지가 휘황히 번쩍이던 세상을 문자가 대체한 건 르네상스 이후의 일이다. 우리가 통상적으로 '근대' 혹은 '현대', 또는 서양의 음가 그대로 '모더니티'라고 부르는 시대, 즉 인간이 신으로부터 세계의 중심에 놓일 권한을 가로챈 때에 와서, "이것이 저것을 죽이고5)"(Victor Hugo), 즉 책이 건축을 살해하고 문자가 문화의 중심을 차지하게 되었던 것이다.

그렇게 이미지가 번쩍이던 세상을 문자가 대체하였다. 그것은 당장 질문을 유발한다. 어떻게 해서 문자가 이미지를 대체할 수 있게 되었는가? 이 질문에 대해서 우리가 대답을 할 수 있다면 곧바로 다음 질문을 통해서 과거에 대한 복기를 넘어 현대의 문제로 진입할 수 있을 것이다. 그 문제는 바로, '정보화 사회와 더불어 이미지의 지배가 다시 시작된 까닭은 무엇인가? 그리고 그 알고리즘은 무엇인가?'라는 문장들로 이루어진다.

통상적으로 사람들은 이미지가 마력을 갖는 원인으로 '직접성(immédiateté)의 효과'라는 기능을 들어왔다. 이미지는 바로 대상을 드러내 보여준다는 것이다. 이러한 판단은 폭넓은 동의를 얻고 있는 듯이 보인다. 그리고 이 점에서 이미지는 언어보다 훨씬 효율적인 '드러냄'의 능력을, 그러니까 '재현(representation)'의 능력을 가지고 있다고 볼 수 있을 것이다. 일찍이 소쉬르가 가르쳐 주었듯, 기호(sign)의 물리적 존재태는 '기호표현(signifiant)'과 '기호내용(signifié)'의 자의적(arbitrary) 결합에 의해서 형성된다. 기호란 "무엇을 대신하는 것"인데, 대신하는 작동주는 그의 대상과 어떤 유사성의 관계를 가지지 않는다는 것이다. 그러한 자의성을 언어만큼 분명

---

5 « Ceci tuera cela. Le livre tuera l'édifice ». "친애하는 독자들이시여, 잠시 멈춰서 부주교의 수수께끼 같은 저 말이 무슨 뜻을 감추고 있는지 살펴보는 걸 용서해주시오. 그러니까 그는 "이것이 저것을 죽일 것이야. 책이 건축을 살해할 것이야"라고 말했답니다." - Victor Hugo, *Notre-dame de Paris*

하게 증거하는 기호도 없을 것이다. 가령, '의자'라는 어휘와 그 발음은 실제의 '의자'라는 관념이나 실물의 어떤 부분도 포함하지 않는 것이다. 만일 포함한다면, 의자라는 어휘가 발음되는 순간, 우리는 이미 어딘가에 앉아 있거나 앉는 동작을, 심리적이거나 물리적으로 경험해야 할 것이다. 그러나 원칙적으로 '의자'라는 소리는 그러한 경험을 결코 보장해주지 않는다.6)

중세에 이미지의 예술이, 즉 회화와 건축이 문화의 중심에 놓여 있었다는 건, 그러니까, 당연한 일로 보인다. 중세에 모든 가치는 신으로부터 발원하고 동시에 신에게로 귀속되었다. 그런데 신은 직접 보거나 만질 수 없는 존재였다. 그것은 신성에 대한 침범이 되기 때문이다. 예수가 부활한 직후, 그에게 다가가는 마리아에게 "Noli me tangere(내게 범접치 말라)7)"라고 말하면서 물리친 장면은 그러한 불가침성을 가장 상징적으로 보여주는 장면이다. 훗날 사람들이 '절대적 타자(Autre absolu)8)'라는 개념으로 정의하게 될 그러한 신의 불가침성은 그러나 사람들에게 '경외감'을 줄

---

6 이미지와 문자의 이런 차이에 대한 탐구는 많은 사람들에 의해 이루어져 왔다. Jean-Luc Nancy의 "텍스트와 이미지 사이의 차이는 명백하다. 텍스트는 의미를 제시하고, 이미지는 형태를 제시한다"와 같은 진술은 가장 일반적 생각을 대변한다. - Jean-Luc Nancy, *Au fond des images*, Galilée, 2003, p.121.

7 「요한 복음」 20-17

8 '절대적 타자'에 대한 현대 철학자들의 무수한 언급 중, 그 불가침성을 가장 명료하게 보여주는 글은 다음일 것이다 : "그러나 [형이상학적] '이타성'의 개념을 이해시키기 위해, 불완전성들이 완전히 제거된 상태라는 설명으로는 충분치 않다. 정확하게 말해, 완전성은 개념화를 넘어서고, 개념을 넘쳐나며, [건널 수 없는] 거리를 가리킨다 : 형이상적 이타성을 가능케 하는 이상화는 '한계'로의 이행이다. 즉 어떤 초월, 절대적으로 타자인 타자로의 이행이라는 뜻으로서의 초월이다. 완전성의 관념은 '무한'의 관념이다."- Emmanuel Lévinas, *Totalité et infini-Essais sur l'extériorité*, Kluwer Academic, 1971, p.31; 혹은 이런 발언도 주의해 읽을 필요가 있다 : "절대 타자가 개입된 모든 관계에서 사실 관계는 부재하며, 넘을 수 없는 것을 의지하는 것으로나 더 나아가 욕망하는 것으로도 넘어 간다는 것이 불가능하게 된다."- 모리스 블랑쇼, 「밝힐 수 없는 공동체」, in 모리스 블랑쇼/장-뤽 낭시 『밝힐 수 없는 공동체/ 마주한 공동체』, 박준상 옮김, 문학과지성사, 2005, pp.66-67.

수는 있으나 '경배'의 의지를 주지는 않는다. '경배'는 동일화에 대한 가능성 속에서만 싹틀 수 있기 때문이다. 왜냐하면 본받고자 하는 의지가 없는 경배란 불가능하기 때문이며, 본받는다는 건 가장 가까이 닮으려 하는 행위이기 때문이다. 그러니 볼 수 없는 것을 어쨌든 보아야 하는 것이고, 만질 수 없는 것을 만질 수 있는 가능성의 범위 내로 모셔와야 하는 것이다. 바로 그러한 기능을 수행할 수 있는 것이 바로 이미지의 예술들이었다. 그리고 이미지의 이 놀라운 권능은 아주 오랫동안, 문자가 문화의 중심에 자리 잡은 이후에도 사람들의 뇌리에 깊이 심어진 항구적 기억사항이 되었다. 샤를르 보들레르가 뒷골목 서점에서 우연히 발견한 영어판 서적에서, 크로우 부인(Mrs. Crow)이라는 사람이 진술한 "상상력(imagination)이 세계를 창조했으니, 그것이 세계를 지배한다9)"와 같은 말은 그러한 옛 경험이 어디까지 이어져서 오늘의 이미지 세상을 예비하게 되었는가에 대한 매우 암시적인 실마리를 제공한다.

그런데 왜 문자가 회화와 건축의 지위를 찬탈하게 되었는가? 신이 세계의 무대 뒤로 숨고 인간이 전면에 등장하는 근대로의 이행 과정과 보조를 같이한 문자의 대두는 종래의 이미지 예술이, '재현의 능력'이라는 그 뛰어난 기능에도 불구하고, 어떤 결정적인 결함을 가지고 있었음을 가정하지 않으면 이해될 수 없는 현상이었다. 그러한 가정의 실마리를 우리는 바로 근대가 인간이 주체가 되고 인간의 세계 지배가 지구의 전 지역으로 발동된 시대라는 점에서 찾아 볼 수 있다. 그러한 근대란 원근법과 항해술의 시대이자 천문학과 의학을 비롯한 각종 실증과학이 폭발한 시대였다. 달리 말해 르네상스 이래, 인간이 세계의 중심에 자리 잡는 한편, 그가 중심이 된 원의 원심력은 비약적으로 폭발하였다. 그것은 정

---

9 Ch. Baudelaire, 「1859년의 살롱」, *OEuvres complètes II*, Paris : Gallimard, 1975, p.1393.

보가 도달해야 할 반경을, 그 이전에는 상상할 수 없는 길이로 늘어 놓았으며, 그와 더불어, 그 원주 내에 특별한 웜홀이 패어 있지 않은 한, 그 정보의 효율적인 배포를 위한 빠른 속도를 전달 매체에게 요구하게 되었다. 이러한 사정은 바다 너머로의 세계에뿐만 아니라, 원래 내밀하게 연결되어 있던 공동체의 울타리 내부에도 그대로 적용되었다. 왜냐하면 신의 숨음과 더불어 예전에 하나였던 공동체의 내부가 이질적인 세계들로 분할되었고 그 이질적인 부분들을 통합적으로 관리하기 위해, 신을 버린 인간은 특별한 행정 조직과 조직원을 발달시키지 않을 수 없었으니, 바로 관료체제와 그 담당층으로서의 법복귀족이 바로 그들이었다.

안으로든 밖으로든, 그게 진리의 이름으로든, 칙령의 이름으로든, 교육의 이름으로든 혹은 단순히 지식의 이름으로든, 모든 메시지는 멀리 갈 수 있어야 했고 빨리 퍼져야 했다. 이 속도와 넓이를 채우려면 그 메시지 자체가 특별한 물리적 성질을 가지고 있어야 했다. 실물성으로는 그 속도와 넓이를 충당할 수 없었던 것이니, 레오나르도 다빈치의 「최후의 만찬」을 밀라노에서 파리로, 루앙으로 자유롭게 옮길 수는 없는 법이었다. 요컨대 실물성은 압축되어 어떤 기호로 대체될 필요가 있었다. 이를테면 그림은 '그림 목록, 제목, 축약복제판, 그림 설명'으로 대체될 필요가 있었다. 그렇게 실물을 대신해서 기호의 역할을 할 최적의 대리인은 '언어'였고, 그 언어는 저 옛날의 이미지가 그러했던 것처럼 진리의 수레임으로 자처하는 한, 정확성과 지속성(변질되지 않을 성질)을 갖추고 있어야 했으니, 그것을 담당할 것은 언어 중에서도 '문자'였다.

문자가 근대의 중심 매체로 자리 잡게 된 사연이 대충 기술되었다. 그런데 미처 말하지 않은 것이 있다. 그런데 어떻게 정보의 수레로서의 문자가 예술적 표현의 매체로서의 역할도 겸하게 되었는가? 이 물음은 근대적인 물음이다. 왜냐하면 그 이전에 성과 속이 분리되지 않았던 것과 마찬가지로 지식과 진리도 분리되지 않았고 아름다움과 참됨 역시 분리되지 않았기 때문이다. 근대에서는 그것은 분리되었고 그 분리는 나누어진 몫을 담당할 새로운 영역들을 태어나게 했다.

이것은 문자 문화와 문자 예술(문학)의 분리를 가져왔다. 문자 문화는 다양한 방식으로의 지식의 보급을 담당했는데, 그러나 이제 지식은 진리를 내장했다고 미리 단정할 수 없었다. 문자 문화와 더불어 태어난 문학은 바로 지식의 진리성을 캐묻는 역할을 맡았다. 문자 문화가 인간 시대의 것이고, 인간 시대가 신적인 것을 폐기하기 위해서가 아니라 신의 세계를 대신하고자 한 욕망에서 태어난 것이라면 당연히 인간의 모든 행위는 그 참됨을 입증받아야 했다. 그 입증을 할 수 있는 존재는 '숨은 신'이 아니라 인간 자신일 수밖에 없었다. 그런 검증자의 역할을 문자문화가 그 자신에 대한 메타적 존재로서 변신함으로써 담당하였다. 그것이 문학이다. 문학은 따라서 문자문화의 지향성을 이어받으면서도 동시에 문자문화의 거침없는 행보에 제동을 거는 역할을 담당하게 되었다. 그렇게 해서 현대 문학의 가장 중요한 두 가지 기능이 문학에 내장되게 되었다. 문자문화의 지향성을 이어받는다는 점에서, 더욱이 그것을 참됨과 아름다움 쪽으로 끌어올릴 것이 가정되었다는 점에서, 문학은 새로운 세계를 향한 끝없는 발견과 개척의 모험을 담당하게 되었다. 그것을 우리는 '상상'이라는 두 글자로 요약할 수 있을 것이다. 다른 한편 문학은 문자문화의 야곱으로서 전자의 장자권에 의문을 제기하고 그 실제적 양태를 비판하였다. 문학이 문자문화에 던진 의혹과 가한 비판은 무엇보다도 문자문화를 지배문화로 이동시킨 모더니티의 본원적 이념, 즉 자유, 평등, 박애, 천부인권, 개성 등등이었다. 즉 근대 초엽의 문학은 모더니티의 이상에 근거해 모더니티의 실재를 비판적으로 조명하였던 것이다. 그러한 내재적인 자기 비판을 우리는 '반성'이라고 요약할 수 있다. 근대 이후 문학의 가장 근본적인 사회적 기능은, 이렇게 '반성'과 '상상'이 되었다.

3. 이미지의 진화

문자가 지배적인 매체로 군림하고 있던 근대 사회에 이미지가 헛간 혹은 박물관에 갇혀 있기만 했던 건 아니었다. 이미지의 세계에도 중요한 연속적인 진화가 일어났다. 사진, 영화, TV의 발명이 그것들이다. 이미지의 성격이 근본적으로 변화했다는 것을 제일 먼저 알린 것은, 역시 제일 먼저 발명된(1826) 사진이다. 사진은 처음으로 기계복제가 가능한 이미지의 존재를 알린 신호탄이었다. 기계복제의 의미가 무엇인가? 이에 대해서 우리가 가장 널리 알려진 테제는 '아우라의 상실'이라는 벤야민의 그것이다.[10] 그러나 우리가 보기에 더 중요한 것은 다른 데에 있다. 게다가 벤야민의 진단과는 다르게 기계복제 시대에 아우라는 결코 상실되지 않았다. 다만 그것의 존재 양태가 달라졌을 뿐이다. 벤야민에게 아우라가 "먼 것의 일회적인 나타남"이라고 정의되었다면, 기계복제의 상황 속에서 그것은 '결코 되풀이 될 수 없는 낯선 체험이 나타날 가능성의 반복적 출현'이라는 사태 속에서의 '낯선 체험'으로서 존재하게 되었다.[11] 게다가 이러한 '반복적으로 출현할 낯선 체험'은 사실 '사진'의 발명 당시에 즉각적으로 인지된 것은 아니었다. 왜냐하면 사진은 예술적 장치가 아니라 무엇보다도 생활을 정돈하는 기계로서 출현한 것이기 때문이다. 맥루

---

10 Walter Benjamin, 「기계복제시대의 예술작품」, 『발터 벤야민의 문예이론』, 반성완 역, 민음사, 1983.
11 기계복제시대에 아우라가 결코 상실되지 않는다는 것을, 졸고, 「다시 문학성을 논한다 2」 (『문학과사회』 1992년 가을; 『문학이라는 것의 욕망』, 역락, 2005)에서 언급한 바 있다. 21세기 들어, 벤야민의 진단이 근본적인 착오에 기인한다는 것을 집중적으로 파헤친 책이 출간되었으니, 이도 참조할 만하다 : Hans Ulrich Gumbrecht & Michael Marrinan (Ed) : *Mapping Benjamin−The Work of Art in The Digital Age*, Stanford, California : Stanford University Press, 2003.

언이 예리하게 간파했듯이 사진이 나왔을 때 사람들이 그것에 열광한 것은 바로 과거를 "납작하게 눌러 보존"[12]할 수 있다는 점 때문이었다. 납작하게 누름으로써 보관의 양과 편리함을 확보할 수 있었기 때문이다.

다시 말해, 사진은 일종의 시간압축기제였던 것이다. 영화의 발명(1895) 역시 그리 다르지 않았다. 거의 같은 시기에 미국과 프랑스에서 동시에 발명된 영화는, 미국에서는 만화경의 형식으로 가벼운 유희의 수단으로서 개발된 데 비해, 프랑스에서는 매우 의미심장한 문명의 사안으로서 이해되었다. 그런데 그 문명적 사건은 우선은 예술적이라기보다 생활적인 것이었다. 당시의 언론이 전하는 바에 의하면 사람들은 영화에서 과거를, (사진과 달리) "부동의 형태로가 아니라, 움직임과 행동, 친숙한 몸짓들과 더불어 입술 끝에서 발화되는 말을 통해"[13] 생생하게 보관할 수 있게 되었다는 사실에 관심을 표했다. 그때 "죽음은 더 이상 절대적이길 그칠 것이다."

요컨대 사진과 영화의 발명은 옛날의 이미지가 보유하고 있지 못했던 전파력을 보충하는 계기가 되었다. 붓에 의해 그려진 이미지와 달리 사진과 영화에 의해서 재현되니 이미지는 급속히 세상 속으로 퍼져나갈 수가 있게 되었다.

그러나 사진과 영화의 발명에도 불구하고 이미지가 문자의 지위를 빼앗는 일은 일어나지 않았다. 오히려 이미지의 진화적 과정 속에는 특이하게도 이미지 기제(dispositifs)들의 순차적인 몰락이라는 특이한 현상이 포착되었다. 즉 영화의 발명은 사진의 몰락을, 그리고 TV의 보편화는 영화의 위기를 가져왔던 것이다. 이 몰락 속에서 사진은 '살아있는' 이미지의

---

12 Marshall Mc Luhan, *Pour comprendre les média*, Seuil, 1968, pp.221-228 참조.
13 *La Poste*, 1895년 11월 30일자, in *Il était une fois le Cinéma, 100 films vus par la presse de l' époque des frères Lumière à Kusturica*, 4ᵉ trimestre 1995, p.6.

기능을 상실하고 '죽은' 이미지로 변해갔다. 오늘날과 유사한 모습으로서는 1926년에 첫선을 보인 TV가 매우 빠른 속도로 일상 속에 깊숙이 자리 잡으면서 영화는 '사람사는 이야기'를 보여주는 걸 끝내야 했다. 오늘의 영화들이 두루 비현실적 장르들, 즉 갱스터거나 유령이거나 판타지거나 S/F로 나아가고, 그 양태 역시 극단적인 코믹, 공포, 엽기, 스펙타클로 나아가게 된 것은 일상을 TV에게 빼앗겼기 때문이다. 더 나아가 TV 내부에서도 이제는 드라마의 몰락이 초래되는 때에 와 있으니, 바야흐로 '리얼리티 쇼'(형용모순적 표현에 주목할 필요가 있을 것이다)가 일상을 통째로 꿈의 무대 위에 올려놓아서, '새로운 일상'에 대한 꿈으로서의 드라마를 불요하게 만들고 있기 때문이다.

4. 디지털 이미지의 권능

문자가 저의 매체적 헤게모니에 심각한 위협을 느끼고 실제로 서서히 문화의 주변 쪽으로 밀려나게 된 것은 정보화 사회에 접어들면서이다. 정보화 사회의 핵심 매질인 '디지털'이 그 변혁의 실질적인 원인이 되었다. 왜 디지털인가?

우선은 직전의 이미지 매체들의 기능과 경계를 살피고 디지털이 그것들과 어떻게 다른가를 살피는 게 유익할 것이다. 전파 혹은 보급의 관점에서 보자면 사진과 영화는 '보관'의 기능에 엄격히 머물러 있다는 게 기본 포인트이다. 즉 삶의 차원에서 사진과 영화는 과거를 보존하는 기제라는 것이다. 그것들은 과거-현재의 시간대를 차지하는 대신 미래를 확보하지 못한다. 그런데 미래를 확보하는 자만이 세계를 지배할 수 있는 것이다. 근대사회에서 문자가 기획과 프로그래밍과 명령의 방식으로 실행했던 것이 바로 그것이었다. 그러니 이 자리에서 앞에서 보았던 크로우 부인의 말을 마저 듣는 게 유익해 보인다. 그녀는 이어서 말한다. "상상력이라는 말로 나는 단순히 지나치게 남용된 이 단어에 대한 범용한 정의 즉 한갓 공상(fancy)이라는 뜻을 부여하려 하지 않는다. 내가 말하고자 하는 것은 보다 고급한 기능이며, 인간이 신과 닮은 방식으로 만들어진 존재인 한, 신이 자신의 우주를 기획하고 창조하고 유지하기 위해 발휘하는 숭고한 힘과 약간의 거리를 두면서도 긴밀히 관련된 '구성적 상상력'이다."

보들레르가 이 진술을 인용하면서 무척 기뻐한 것은 당연한 일이다. 인간이 그런 능력을 갖지 않는다면 인간시대를 만들어 신을 숨어버리게 할 이유가 없었을 것이다. 그러나 이러한 상상력, 즉 이미지의 권능에 대한 팡타그뤼엘적 기대는 그것이 '상상(imagination)'이라는, 즉 확정된 명사형이 아니라 기대 지평 위에서 움직이는 동사형이라는 조건을 수락한 후에 표명되는 것이다. 즉 그것이 미술이든, 영화든, 사진이든 '예술', 즉 불가능성의 실행이라는 형식으로만 그러한 '구성력'을 발휘할 수 있다는 것이다. 그리고 그렇다는 것은 예술적 상상이 근본적으로 '불가능성'을 전제로 한다는 것, 즉 예술적 상상의 세계는 '공중정원'이라는 것을 가리킨다. 바로 그것이 앞에서 말했던 "내게 범접치 말라(Noli me tangere)"의 핵심적인 의미이다. 이미지는 최대한도로 진본에 가까이 다가가려는 의지와 욕망 속에서 탄생하는 것인데, 따라서 진본의 실감을 부여하는 게 이미지의 역할인데, 그러나 그 실감은 실재와 접촉하는 경험과는 다른 것이다. 진본은 그것이 진본인 한, 언제나 인간이 이룰 사업으로 남아야 하는 것이다. 따라서 어느 때고 '기어코'가 됐든 '미리'가 됐든 성취될 수는 없는 것이다. 미래는 영원히 연장되는 것이다.

그렇기 때문에 보존 기제로서의 사진과 영화가 과거-현재의 회로에 갇혀 있는 한, 그들의 일상적 영향력은 애초의 기대로부터 급격히 축소될 수밖에 없는 것이다. 반면 TV는 어떠한가? TV가 사진과 영화와 달리

순전히 '현재'에 관여하고, '현재'를 드러내는 데 기여하는 건 분명하다. 이 현재는 끊임없이 어딘가로 시청자를 몰고 가는 현재라서, 이 역시 맥루언이 지적했듯이, TV에 몰입하는 자는 이미 "공공사업에 참여하고" 있다. 그러나 이 참여는 "쿨(cool)한" 것, 즉 침묵 속의 동의에 근거한 것이다.[14] 기획과 입안과 시행 수칙을 하달하는 존재는 시청자와는 다른 곳에 있는 것이다.

이러한 사정이 이미지 매체를 삶의 매체로서 변신시키는 데 실패한 이유일 것이다. 때문에 문자가 여전히 중심 매체로서 작동하는 것은 당연한 사정일 것이다. 즉 부동산 시가와 공과금은 문서로 읽고 잠깐의 휴식은 홈 시어터에서 누리는 것이며, 새집에 들어갈 꿈은 모델-하우스에 가서 채우려 하지만 누구나 모델 하우스와 실제의 아파트가 매우 다르다는 것은 다 아는 것이다. 여하튼, 문자가 삶의 매체로서 기능한다고 할 때, 그것은 문자가 과거-현재의 회로를 미래에까지 연장시키고 있기 때문에 그러한 게 사실인가? 우리는 방금 앞에서 그렇다고 말했다. 그러나 "기획과 프로그래밍과 명령의 방식으로" 그렇게 한다고 말했던 것이다. 무언가가 빠져 있는 것이다. 바로 '재현'이. 다시 말해 문자가 미래를 확보하는 방식은 '관념적 선취'의 방식으로만 하는 것이고, 결코 거기에 실재를 제공할 수는 없는 것이다. 그렇기 때문에 거기에 실재와 실감을 부여하기 위해서 '이미지'를 수단으로써 ─ 외재적이든 내재적이든, 즉 보충 그림이든 혹은 비유이든 ─ 끌어오는 일이 빈번해지는데, 그 전유의 과정은 바로 문학이 실행되는 과정이면서 동시에 문학적 실천을 통해서 근본적인 반성의 저울추에 놓이게 되는 것이다.

그런데 디지털은 바로 이 '불가능성'의 한계를 철폐해 버린다. 디지털

---

14 이에 대해서는, Marshall Mc Luhan, 앞의 책, pp.251-264 참조.

공간에서는 생활과 예술의 분리가 없다. 디지털은 이미지를 창출하되, 그것을 보관의 형식으로가 아니라 기획의 형식으로 한다. 즉 디지털은 미래를 '재현적'으로 선취한다. 어떻게 그럴 수 있을까? 우선 디지털은 매체가 아니라 매질이라는 점을 생각해야 한다.[15] 그렇다는 것은 매체의 수준에서 보면 디지털은 하나의 원소에 지나지 않는데, 만일 그 원소가 매체의 변화에 영향을 준다면, 그때 그 원소는 원소단위라기보다는 일종의 화학반응식, 즉 알고리즘으로 존재한다는 것이다. 다음, 디지털의 알고리즘은 모든 물질을 최소정보단위로 분해한 다음 다시 합성해서 원본과는 전혀 무관한 다른 물질을 만들 수 있다는 것이다. 따라서 모든 것으로의 변신이 가능하게 된 것이다. 변화의 경계가 철폐된 것이다. 디지털의 나날의 구호가 "All is possible"이 된 건 이런 사정에 의한다. 마지막으로 이 최소정보단위(bit)는 순수한 수학적 기호이다. 0 혹은 1인 것이다. 이 최소정보단위는 일체의 물질성을 갖지 않는다. 이것이 일반적인 화학반응과 디지털의 분해-합성을 다르게 하는 면인데, 그럼으로써 디지털적 알고리즘은 시공간의 저항을 받지 않는다. 즉 모든 것은 원리적으로 실시간으로 전지구적으로 이루어진다.[16] 그리고 이 실시간의 작용-반작용 때문에, 주체는 보이지 않고 운동만이 빛나게 된다. 그 운동의 빛남이 쌍방향성(interacitivy)의 환영을 불러일으킨다.

어쨌든 이 알고리즘을 통해 디지털은 과거-현재의 회로를 열어 미래로 연결시킨다. 그럼으로써 새로운 세상을 향한 '삶'의 기획이 재현적으로, 즉 '예술'로서 실행된다. 다시 말해 앞으로 있을 일이 미리 상연된다.

---

15 이 점을 처음 내게 일깨워준 이는 시인 김정환이었다. 그는 디지털의 작동방식을 전혀 모르는 데도 직관적으로 그 점을 짚어내었다.
16 '원리적으로'라는 말에 유의하기 바란다. 실은 누군가는 그 뒤에서 알고리즘을 짜고 있다. 아무도 그것을 의식하고 있지 않을 뿐이다. 디지털의 실시간적 운동이 작동하려면, 그 알고리즘을 짜는 시간의 경과를 거쳐야만 하는 것이다.

이 디지털은 매질로서 모든 매체로 침투해 들어간다. 그것은 영화에도 들어가고 텍스트에도 들어간다. 디지털을 통해 영화에는 미래가 충만한다. 그러나 사진에는 충분히 들어가지 못한 듯하다. 사진이 죽은 것은 그 충만한 미래를 받아들일 공간을 확보하지 못했기 때문이고, 영화가 살아남은 것은 그 충만한 미래로 자신의 현실을 대체해버릴 수 있었기 때문이다. 그 대가로 오늘의 영화는 현실의 공간을 극도로 축소시켜 버렸다. 문자에는 안 들어간 것 같지만 실은 문자에도 들어간다. 'HTML'이나, 'Basic', 'C++' 등의 특별한 프로토콜 혹은 특별한 언어체를 통해서. 그런데 디지털적 방식으로 재편된 문자체계, 즉 하이퍼텍스트는 문자로서 존재하기보다 이미 이미지로서 존재한다. 순수한 문자는 뒤에 숨어서 보이지 않는다.

바로 이 디지털적인 것이 우리가 종종 영상언어의 지배라고 말할 때의 '영상언어'에 해당하는 것이다. 이때 영상은 '재현적'이라는 뜻을 갖는 것으로서 실제의 영화 이미지나 시각적 이미지와는 다른 것이다. 실제의 영화 이미지나 시각적 이미지는 디지털 이미지에 포함될 수도 있고, 포함되지 않을 수도 있다. 반대로 방금 보았듯 순수한 문자들을 통한 이미지 형성이나 청각적 이미지들도 디지털 이미지에 포함될 수 있다(물론 당연히 포함되지 않을 수도 있다).

5. 몰락한 것들만의 재생 가능성

디지털 이미지의 힘은 상상이 극대화되어 반성의 경계를 넘어가 버린다는 데에 있다. 이때 상상은 더 이상 상상이 아니다. 그것은 환상이다. 새 삶을 향해 가려는 동작이 아니라, 새 삶 속을 유영하는 숨가쁘거나 나른한 도취라는 것이다. 이 디지털의 환상의 힘은 매우 강력해서 우리는 거의 무의지적으로 그것을 받아들인다. 이곳에서는 삶과 예술의 경계도 무너지고, 주체와 대상의 구분도 사라진다. 모두가 이곳에서는 저마다 개성있는 주체로서 뛰어 노는 듯하다. 마치 주식시장에서 저마다 제 마음대로 투자하고 따고 거두듯이(때때로 파산하기도 하듯이).

그러나 이러한 환상의 공간은 특별한 환상화 과정에 근거하면서도 그 환상화 과정을 은폐한 채로 나타난다. 즉 디지털 공간의 제작 과정, 혹은 디지털 향유 공간의 기반 구축 과정을 삭제한 상태에서 디지털 공간만이 표면에 드러난다는 것이다. 이것은 적어도 세 가지 문제를 유발한다. 첫째, 이 디지털 공간의 배후의 구축자에 대해 디지털 향유자는 무지하다는 것이다. 그에게는 그 앎이 불필요하다고 생각될지 모르지만, 향유의 질료, 향유의 방식, 범위, 가능성은 모두 그 구축자가 제공하는 것이다. 둘째, 삶과 예술에, 노동과 유희에 동시에 작용하는 디지털 공간이 실제로 삶으로부터 어떤 반응을 얻을 것인가에 대한 질문의 통로가 잘 열리지 않는다는 것이다. 왜냐하면 이미 삶이 들어가 있기 때문에, 그것이 작용할 실제의 삶이 이미 운산된 것처럼 착각하기 쉽다는 것이다. 이런 문제가 어떤 위험을 야기하리라고 예측한 사람은 거의 없었다. 그러나 최근에 미국의 시장을 붕괴 직전까지 몰고 간 '모기지론' 사태는 가상대출의 무한한 곡예에 실제의 현금이 제동을 가했을 때 어떤 재앙이 초래하는지를 여실히 보여준 바 있다. 셋째, 디지털 공간에서는 예술적 작업의 욕망과 그 기대와 성취는 잘 보이지만, 그 욕망이 불붙게 된 내력과 욕망을 달성하기 위한 노동과 그 욕망의 참됨에 대한 물음은 잘 보이지 않는다. 때문에 디지털 공간의 예술성은 종종 중독의 대상이 된다. 폐인들이 그곳으로부터 나오지만, 이 폐인들이 자신들을 폐인화한 공간에 대한 어떤 식의 전복적 실천을 할지는 미지로 남는다.

문학은 어떻게 해야 할까? 디지털의 진군 이래 패주와 패주를 거듭한 문학이 여전히 낡은 무기와 낡은 전술로, 장렬한 산화를 그리며, 투쟁할 것인가? 아니면 디지털적인 것과 협력하여 생존을 구할 것인가? 가령 '스토리텔링'이라든가 '스토리은행' 등의 용어를 통해 그런 협력이 일정한 생산성을 가질 수 있음을 우리는 이미 보았다. 다만 그러한 생산성에는 문학 본래의 기능, 즉 근본적인 차원에서의 진실성을 질문하고 회의하는 반성적 기능이 삭제되어 있다. 그 반성이 없다면 다른 생도 없을 것이다. 즉 모든 디지털적 환상의 향유는 생의 쳇바퀴를 끝없이 맴도는 꼴이 될 수도 있을 것이다.

아마도 다른 전략이 필요하리라. 그 전략은 어쩌면 이미지들과의 협력을 통하는 것일지도 모른다. 이미 앞에서 이미지의 진화 과정에서 이미지들은 순차적으로 몰락의 운명을 밟는다고. 어쩌면 오늘날 디지털 공간을 장악하고 있는 지배적 이미지 매체들도 언젠가 같은 운명에 처해질지도 모른다. 그러나 미지는 그대로 두고 현재에 집중할 때, 이미 순차적인 단계를 통해 몰락하는 이미지들을 보았던 적이 있다. 사진에서 영화를 거쳐 'TV 속의 허구'로 가며 일어나는.

이 몰락한 것들은 몰락 덕분에, 디지털 공간(이미지 지배 공간)의 잔여물로 남아 디지털 공간을 교란시키는 역할을 할 것이다. 이미 사진은 자신의 죽음을 거꾸로 돌려 죽음의 예술로서의 사진으로 거듭나는 경험을 하였다(롤랑 바르트[17]). 영화는 디지털 영상에 맞서, 카메라로 찍은 영상의 피땀

---

[17] 롤랑 바르트는 통상적으로 활용되는 기능(기록과 보존, 형상기억)을 통해 구현되는 사진의 존재론과 그와는 달리 지극히 우발적이고 단편적이며, 파열적인 나타남으로서의 존재론을 구별하고, 전자를 스튜디움(Studium), 후자를 푼크툼(Punctum)이라 명명한다. 이 명명을 통해서 그는, 효용적 가치를 가진 사진에 대항하여 일상생활에 대한 전복으로서의 사진 특유의 예술미학을 세우고 있는 셈인데, 그 사진 미학이 궁극적으로 의도하는 것은 스튜디움이 제공하는 일상생활의 거짓맥락화 혹은 맥락적 이데올로기로부터 우리의 자동화된 인식과 감각을 떼어내어, 일상생활을 무맥락 혹은 죽음으로 되돌림으로써 삶에 대한 근본적인 충격적 지각과 반성을 이끌어내는 것이라 할 수 있다. "요컨대 내 사진 속에서 내가 겨냥하는 것, 내가 내 사진을 바라보는 데에 작용하는 의도, 그것은 '죽음'이다. 죽음은 저 사진의 '본성(eïdos)'이다."(Roland Barthes, *La Chambre Claire*, in *OEuvres complètes, T.3, 1974-1980*, Seuil, 1995, p.1118)

어린 초라함을 가지고 혹은 그가 벌인 불가능성과의 사투를 통해, 영상이 제 안에 새겨둔 노동과 고통의 의미에 대해 생각해보게 할 수 있을 것이다. 아미 무엇보다도 디지털 이미지의 화려한 순환이 사실상 현재의 끝 모르는 향유에 지나지 않는다면, 영화는 그 어떤 수단을 통해서든 다른 '시간'의 존재에 대한 환기를 이끌어낼 수도 있을 것이다. 다른 시간으로 건너갈 수 없다는 불가능성에 대한 자각 때문에 더더욱 강렬히 타오르는 다른 시간을 '법접'하고픈 욕망을 품고.

이렇게 이미지들이 자신의 죽음과 자신의 해체를 통해 변신을, 완전한 탈태를 실행하고자 한다면, 그 작업은 또한 문학의 작업과 다르지 않을 것이다. 이미지가 자신의 재현성을 '해체'하는 가운데 자기 변신을 꾀한다면, 문학은 그 특유의 반성적 기능을 다시 상상의 극단 속에 올려놓음으로써 죽음 충동과 생 충동을 맞물리게 할 수도 있을 것이다. 다른 한편으로 반성 자체가 은연중에 취하는 위치, 즉 초자아적 위치로부터 스스로 떨어져 나올 때 이미지의 해체와 만날 수 있을 것이다. 그 길이 구체적으로 어떤 식으로 생기게 될 것인지에 대해서 오늘은 유보하기로 한다.

―『한민족어문학』 제55호, 2009.12.

에세이의 교두보여! 아득하여라.

문학이 예술과 생활의 교통로라면 에세이는 문학과 생활의 가교이다. 징검다리, 흔들다리, 무지개다리, 반월교, 라멘교, 현수교, 도개교, 전접교, 잠수교, 케이블카... 언어로 이루어진 온갖 다리들이 에세이를 이룬다. 이 다리들의 꼴과 용도는 아주 다양하지만 생활어가 그대로 문학어로 변신하는 장소라는 점에서는 한결같다. 문학어는 본래 일상어를 배반하여 그것이 지탱하고 있는 현실을 떠나 상상의 현실로 날아가게 하는 매개체이다. 그러나 에세이에서 문학어는 생활어로 귀환한다. 때로 그 회귀가 문학을 주저앉히기도 하지만, 에세이의 진정한 면모는 삶의 속껍질들과 구석구석에 문학의 입자가 스며들게끔 하는 데서 발한다. 그럼으로써 생활이 스스로 문학적 표현을 얻어 붉게 빛나게 하는 것이다. 그 작업은 은근하여 잘 보이지 않지만 정말 보람있는 일이다. 『월간 에세이』는 그 일을 지켜주는 교두보로 30년이나 버텼다. 그러니 앞으로도 까마득히 그렇게 살리라.

—『월간 에세이』. 2017.5.

비극적인 것은 희극적인 것이다, 그리고 거꾸로도 맞다.
'산울림 극단'이 공연한 베케트의 『고도를 기다리며』

  지난주 2일(수), 산울림 극단의 「고도를 기다리며」(Samuel Beckett, 1952)를 오래간만에 보았다. 학생 시절에 보고 엄청난 세월을 건너뛰어 다시 보았다. 광고문을 보니, 산울림 극장 개관이 26년 전이라 하니, 내가 본 것은 극단이 아직 출범하지 않았던 때였을 것이다. 그래도 현 산울림 극단장인 임영웅 선생이 당시 연극을 연출했다는 기억은 남아 있다. 이인성 형을 통해 베케트에 입문한 이래, 나는 그의 희곡과 소설을 읽었고, 충남대학교 불문과 선생으로 있을 때는, '현대 불희곡' 수업에서 여러 번 「고도를 기다리며」를 강의하기도 했다. 그러나 직접 연극을 관람하기는 딱 한 번뿐이었다. 그리고 수십 년 만에 다시 보게 된 것이다.

  보았더니, 저 옛날의 감동이 다시 되살아난다는 느낌에 사로잡혔다. 연기자들의 연기가 아주 자연스러워 그 느낌을 뒷받침해 주었다. 이 연극의 한국 초연이 1969년이라 한다. 그러니 그동안 이 연극을 표현하기 위한 모든 노하우가 한국의 연극인들에게, 특히나 독점적으로 이 작품을 공연해 온 '산울림' 극단의 연기자들에게는 더욱더 진하게, 배었으리라.

  어쨌든 새삼스럽게 되새기게 된 두 가지 포인트가 있다. 하나는, 이 작품의 가장 비극적인 장면은 연극 막바지의 블라디미르(Vladimir)의 비장한 언설이 아니라, 1막 마지막 부분의 '고고(Gogo)'(에스트라공(Estragon))와 '디디

(Didi)'(블라디미르)가 퇴장하는 '포조(Pozzo)'와 '럭키(Lucky)'를 열렬히 배웅하는 장면에 있다는 것이다. 그러니까 가장 긍정적으로 희극적인 장면이 가장 부정적으로 비극적이라는 얘기다. 왜냐하면 그 '뜨거운 안녕' 속에는, '포조'와 '럭키'의 앞으로의 불행에 대한 까마득한 무지뿐만 아니라, 내일 온다는 약속 아래 영원히 오지 않을 '고도'에 대한 자발적 망각이 진행되었기 때문이다. 그 정황을 은밀하게 암시하는 대목이 1막 마지막의 둘이 반복하는 "지금은 헤어질 필요 없지"라는 말이다.

또 다른 하나는 2막에서의 '포조'와 '럭키'의 불행은 '럭키'가 '모자'(생각하게 하는)를 1막에서 버린 데서 비롯되었다는 것이다. 그 점에 착안하면, 생각은 광기이지만, 바로 그 진술 그대로, 생각하지 못하는 것은 광기조차도 불가능하다는 것을 가리킨다는 것이다.

그리고 이 두 생각거리를 겹쳐 놓으면 또 하나의 포인트에 도달하게 된다. 즉, 2막 마지막의 가장 엄숙한 장면이 자아내는 '비극적인 분위기'는 실제로는 희망의 기미를 숨기고 있는 모호한 후광이라는 것이다. 왜냐하면 블라디미르의 지혜가, 럭키가 버린 생각의 모자를 그가 집어 쓴 덕분에, 틔었기 때문이다. 적어도 블라디미르는 세계에 대한 '인식'을 '기억'으로 변환함으로써 망각의 습격에서 그것을 지킬 수 있다는 가능성을 확보하게 된 것이다.

그 가능성은 작품에 명시되어 있는 게 아니라, 그 작품을 영원히 잊지 못하는 관객, 그리고 독자에게로 전이됨으로써 실행되는 것이다. 그 기억의 적확함 혹은 왜곡을 작품에 물어야 할 이유가 없는 것은 그 때문이다. 그것은 관객 혹은 독자가 떠맡아야 할 몫이다.

—2011.11.9.

느린 걸음의 도약

김순기의 글과 그림

 김순기의 글과 그림은 글-그림이면서 글/그림이다. 애초에 동양의 전통적인 서화(書畫)에서 출발한 듯이 보인다. 그러나 화가-시인은 서로를 거울처럼 비추고 있는 글과 그림을 분리시켜서 유사성을 이타성으로 이동시킨다. 그 이동은 유사성 내부에 이타성을 발생시키는 것이기도 하면서 동시에 유사성의 세계를 통째로 이타성의 세계로 바꾸는 것이기도 하다. 이 점에서 그의 글-/그림은 옛것의 이국취향을 이용하여 새로움을 현시하는 작업과도 다르며, 푸코(Foucault)가 마그리트(René Magrite)와 워홀(Andy Warhol) 등에서 찾아낸 유사(類似, ressemblance)의 상사(相似, similitude)로의 전환과도 다르다. 푸코가 해석한 마그리트가 근대 예술의 이데올로기로서의 '재현'의 해체와 반복 유희를 통한 새로움의 발생을 특징으로 갖는다면, 김순기의 서화는 재현 내부에서 재현되지 않은 것, 재현될 수 없었던 것을 솟아나게 한다. 상사의 유희는 탈주의 향락인 데 비해, 김순기의 작업은 즐거움과 고통의 복합체로서의 분만을 체험케 한다. 잉태 없는 신생이 어떻게 가능하겠는가? 김순기의 서화는 아주 오랜 숙성을 포함하고 있다. 그는 동양의 고전적 미학 원리 중의 하나인 정중동을 절묘하게 전용하여 예기치 않은 것의 발견, 억제되었던 것의 상큼한 출몰이라는 사건을 일으킨다. 나는 김순기 글-그림의 미학적 원리를 '서행(徐行)의 도약'이라고 정의하고 싶다. "눈송이의 발걸음으로 달리는 멧돼지"의 이미지가 가리키는 것이 바로 그 천천히 가는 비약이다.

—김순기, 『보이니? Entends-tu?』(오뉴월), 2016.10.

📖 김순기 화백은 장—뤽 낭시의 『나를 만지지 마라』를 번역한 연유로 인연을 맺게 된 분이다. 낭시 선생이 한국어 번역본 한 권을 그의 오랜 친구인 김순기 화백에게 선물했고, 김화백이 그것을 읽고 한국에 오셨을 때 내게 연락을 하셔서 인사를 나눴다. 그이의 말에 따르면 그이는 서울대학교 미대를 졸업하자마자 프랑스로 유학하여 거기에서 정착해 대학교수(니스, 마르세이유, 디종)로 재직하였고 화가로서 활동하였다. 그이의 화풍은 실험적 성격이 강했으며 전위적 음악가 존 케이지와 작업하였고, 데리다, 낭시, 라바테(Jean-Michel Rabaté) 등의 철학자들과 교류하고 협업했다고 한다. 김화백은 최근 시와 그림을 한데 어울리게 한 시화집, 『보이니? Entends-tu?』(오뉴월, 2016)를 상자하였다. 위의 글은 그 시집 뒤표지에 실은 일종의 추천사이다.

뭉개진 얼굴의 의미

최진욱 그림전시회, 『리얼리즘』

아감벤(Giorgio Agamben)은 「표정」이라는 글에서 다음과 같이 말하고 있다.

> 표정의 나타남은 언어 자체의 나타남이다. 따라서 그것은 어떠한 실제
> 적인 내용도 가지고 있지 않다. 인간 혹은 세계의 이런 저런 모습에 대
> 한 진실을 말하지도 않는다. 그것은 그저 열림일 뿐인 것이다. 소통가능
> 성일 뿐이다. 표정의 빛 안으로 걸어들어간다는 것은 이 열림으로서 '존
> 재'한다는 것, 그리고 그것을 견딘다는 것을 의미한다./ 그렇게 표정은
> 무엇보다도 나타남의 '열정(passion)', 언어의 열정이다. 자연은 그가 언
> 어에 의해 드러나는 것을 감지하는 순간 표정을 획득한다.
> — 아감벤, 「표정 Le Visage」, 『목적 없는 수단들 – 정치에 대한 노트
> Moyens sans fins – Notes sur la politique』, Rivages / Poches, 2002, p.104.

처음 읽었을 때 아감벤다운 예리함에 한 번 감탄하고는 슬그머니 잊어
버리고 있었다. 그러다가 지난 토요일 최진욱의 전시회, 『리얼리즘』(일민미
술관, 2011.10.13.-11.27)을 관람하던 중에 그 대목이 다시 떠올랐다. 「웃음」(oil
on canvas, 53×54cm, 2009-2011)이라는 작은 그림을 보았을 때였다. 두 친구가
어깨동무를 하고 뛰어 오르는 장면을 그린 것으로, 분명 그들은 거기에
서 웃으며 솟구치고 있었다. 웃고 있었다? 무심코 지나치려다가 문득 이
상한 느낌이 들어 다시 그림으로 돌아가 보았다. 그랬더니, 두 친구는 웃

고 있는 것 같지가 않았다. 해독하기가 어려운 아주 이상한 표정이었다. 바보가 입 벌린 것 같기도 했고, 어지러움에 혼이 나간 듯하기도 했고, 무엇보다도 허수아비처럼 공중에 멈춰 있었다. 한참 들여다보다가 이런 모호한 표정의 까닭을 짐작할 수 있었다. 얼굴에서 벌린 입만 선명히 표현되어 있을 뿐 나머지 부분들은 뭉개져 있는 것이었다. 그러니까 아감벤의 생각을 빌리자면 여기엔 언어체계의 결락이 있는 것이고, 그래서 표정이 열리다 만 것이었다. 열리다 말고 거기에서 멈춰버린 것이었다. 지금 두 친구는 위로 솟아오르고 있다기보다는 차라리 허공중에서 무언가에 붙들려 있는 꼴이었다.

최진욱의 다른 그림들을 마저 보니, 화가가 이 '소통가능성'으로서의 표정을 능숙하게 다루고 있음을 알 수 있었다. 가령, 남매 혹은 두 연인이 걸어 내려가는 듯한 「서울의 서쪽」에선 아주 작은 얼굴이지만 윤곽이 살아 있어, 대화를 나누며 걸어가고 있는 모습을 잘 전달하고 있었다. 반면, 네 명의 여학생이 걸어 올라가고 있는 「북아현동3」에는 세 학생이 뒤통수만 보이고 앞장을 선 키 큰 학생의 얼굴이 뭉개져 있었는데, 그 뭉개진 얼굴 때문인지 차로에서 길을 건너다 말고, 정지해 버린 듯한 느낌을 주었다. 다른 한편, 「한국관광객들 임시 정부 앞에서 허둥대다」 연작에서는 임시정부 앞에 서 있는 한 중국인의 얼굴이 뭉개져 있었는데, 그가 공안요원인지 혹은 장사치인지 또는 건달인지는 모르겠으나, 어쨌든 그 뭉개진 얼굴로 관광객들을 감시하거나 무언가를 요구하고 있었다. 요컨대 그 중국인은 그림 속에서 움직이는 존재가 아니라 요지부동의 한 지점에서(규율과 통제의 장소라고 짐작할 수 있는) 감시하고 명령하는 존재라고 할 수 있었다.

이렇게 인물의 얼굴을 뭉개는 방법은 「자화상」(oil on canvas, 100×85cm, 1982)에선 다른 방식으로 변용되어 꽤 독특한 이미지를 빚어내고 있었다.

여기에서 표정은 오히려 살아 있었는데, 그 대신 몸 전체가 몇 겹으로 겹쳐져 있었다. 앞으로 쭉 내민 왼쪽 손에 붓인지 필기구를 들고 있는 것으로 보아, 그 앞에 있는 건 캔버스를 표상하는 것으로 보였다. 그런데 이 캔버스 앞에서 인물은 약간 앞면 쪽으로 얼굴을 튼 상태에서, 몸의 윤곽이 풀어지면서 배경 속으로 흘러들고 있었고, 특히 뒷부분의 머리통은 배경의 어둠으로 잠기고 등은 뒤로 잇달아 자신의 흔적을 남기고 있었다. 그래서 이 모습은 마치 앞으로 움직이고 있는데, 그러나 어떤 제재 혹은 기척 때문에 약간 놀란 표정을 보이며 옆으로 고개를 돌리고 있는 듯한 느낌을 주었다. 지금 그림 속의 인물이 그림을 그리고 있는 중이라는 점에 유의하면, 그림 속의 화가는 그림을 그리고 있다기보다는 그림 속으로 진입하고 있는 중이라고 이해해야 할 것이다. 그 진입을 선명히 표시하고 있는 것이 앞으로 쭉 내민 왼팔이다. 그리고 아마도 이것은 화가 최진욱의 미술관을 암시하고 있는 것일지도 모른다. 그는 그림을 그린다기보다 그림 속으로 들어가는 존재이다. 뒤에 잔영을 남기는 것으로 보아, 매우 몰입적으로. 또한 그 진입은 배경 속에 자신의 윤곽을 풀어내면서 이루어지고 있다. 다시 말해 그가 진입하면서 그림 안으로 텔레포팅될 때, 그의 존재는 본래의 자신과 배경(상황)이 합성된 존재로 변신한다.

그런데 실제 그림은 그러한 미술관의 이행이 무언가에 제동이 걸린 것으로 표현되고 있다. 그 무언가는 세상의 몰이해일까? 혹은 권력기관의 검열일까? 아니면 동료 미술가들이나 미술평론가들의 비판? 그 무엇이든 자화상 속의 이 그림은 얼굴로 놀라고 몸으로 매우 고통스럽다. 그래서 잔영들의 겹쳐 놓임이 아주 빠른 속도의 움직임을 표현하지 않고, 멈춤 혹은 정지당함을 암시하고 있다. 이로써 그는 자신이 추구하는 방법을 원하는 만큼 구현하면서 동시에 그 방법의 어려움과 고통을 환기시킨다.

　그가 인물과 배경 사이의 경계를 허물어뜨리는 것은 방금 말했듯, 상황과 합쳐지는 방식으로 앞으로 전진하고자 하는 '지향성'을 가리키는 것으로 보인다. 그래서 그의 배경만을 따로 눈여겨보는 것도 매우 흥미로운 일이다. 그가 그린 배경들은 아주 법석이고 무성하고 넘쳐난다. 끊임없이 무언가가 보태지고 있기 때문이다. 무언가가? 바로 배경 속을 뚫고 지나가는 존재들의 운동이. 그 풀어지면서 변신하는 존재의 운동을 통해 배경도 덩달아 움직이면서 변화하고 있는 중이다. 아니, 존재들이 꼭 그림 속에 나타나야 할 이유는 없다. 그게 화가의 세계관이라면, 세계는 어떤 상황에서도 스스로 그렇게 합성과 분열을 되풀이하며 스스로 변하고 있는 것이라고 해야 할 것이다. 그 점에서 「나의 생명」(acrylic on canvas, 200×200cm, 2004)은 평범한 숲의 한 부분을 그린 것인데, 아름답다고 말할 수 있기보다는 진실하다고 말할 수 있는 그림이다. 왜냐하면 예쁜 꽃은 하나도 등장하지 않지만, 모든 세목들이, 꽃이파리에서부터 여린 이름 모를 풀나무들이 이리저리 뒤섞인 분포의 모양까지, 하나하나가 저마다 살아서 움직이고 있기 때문이다. 게다가 이 무성히 움직이는 은밀한 광경 속에 왼쪽 옆으로 비쭉이 세워져 있는 고동색 기둥과 저 멀리 보이는 하얀 벤치만이 멈춰 있다고 할 수 있는데, 이 숨은 수런거림과 저 기묘한 대비(또한 기둥은 뚜렷하고 벤치는 은밀하다)가 관람자에게 여러 생각을 동시병발적으로 통째로 또한 반복적으로 일으킨다.

—2011.11.22.

손열음의 필력

『중앙 선데이』는 판매자의 집요한 전화 공세에 떠밀려 구독하긴 했지만, 그래도 '보기를 잘 했다'고 생각하게 하는 건 손열음의 칼럼이다. 나는 음악을 잘 모르기 때문에 이 젊은 피아니스트가 얼마나 뛰어난 기량의 연주를 하는지에 대해서는 언론을 통해 전달된 소식 외에는 아는 게 없다. 다만 이 사람의 글을 처음 읽었을 때의 신선한 충격은 지금까지도 내 몸 어딘가에서 울리고 있으며, 주일 간격으로 새로 실린 그의 글들과 공명을 한다. 그의 글이 주는 신선함은 그의 음악연주자로서의 체험에서 그대로 낚아 올린 듯 파닥이는 이야기가 전혀 상투적이지 않은 낯선 정보와 한국의 예술가들에게서 쉽게 볼 수 없는 생각의 깊이를 동시에 담고 있다는 데서 온다. 오늘자 칼럼만 해도 나는 기준 음정의 미세한 선택적 차이들에 대해 이렇게 실감나는 이야기를 들은 적이 없어 바짝 흥미가 당긴 데 이어, 그러한 차이를 '시대정신'에 연결시키는 글쓴이의 과감성에 흠칫 놀라고 말았다. 그런데 그건 과감한 게 아니라 정확한 것이다. 한 시대의 집단 무의식이 그걸 요구했기 때문에, 다양한 견해들의 압박이 몰아간 어느 임계적 지점에서 기준음정의 물리적 수치가 합의를 이룬 것으로 보아야 하는 것이다. 집단무의식의 그런 내역을 정확히 재현하고 분석하는 연구의 수준은 세계적으로도 아직 제대로 나온 바가 없다. 물론 푸코의 『말과 사물』을 비롯한 일련의 역사적 저작들, 폴 베니슈(Paul

Bénichou)의 정신사 작업, 노르베르트 엘리아스(Norbert Elias)의 문화사가 탐구의 넓이와 사색의 깊이를 보여주고 있으나, 그들의 통로는 저마다 상이하고 공유하는 자원도 희박해 후학들이 그들을 따라가려면, 언제나 맨 처음부터, 그러니까 맨땅에 헤딩하는 연습부터 시작해야 하는 것이고 그러다 보니, 저 위대한 정신들이 주파한 거리의 반에도 못 미치기 십상인 것이다. 그런 사정을 아마도 무의식적으로 감지하고 있는지, 젊은 음악가는 "음정이 시대를 모방한 건지, 시대를 고양한 건지는, 물론 아무도 모른다"고 대범하게 덮고 있지만, 그의 이런 진술이 우리에게 주는 자극은 간단한 것이 아니다. 세계의 지식과 문화와 정신을 탐구하기를 자신의 본업으로 선택한 세칭 인문학자들이 이제부터 해야 할 일이 있다면, 그런 정신적 운동을 집단적인 협력의 방향에서 탐구할 수 있는 도구들을 개발하고 개별적 성과들을 보편적 의미로 치환하는 모듈화 장치를 설치하는 것이다.

—2013.4.14.

목포문학관 '김현관' 개관기념행사

　9월 30일, 목포문학관 '김현관'이 개관하여, 문학과지성사의 식구들이 대거 원족을 했다. 1995년 김현 선생 흉상을 그곳에 세울 때로부터 16년 만이었다. 그동안 문학관은 장소를 옮겨 새 단장을 했다. 나는 2008년 말 '작가회의 목포 지부'의 초청으로 김현 선생에 관한 얘기를 하러 목포에 갔을 때 이미 구경하긴 했는데 다시 보니, 역시 잘 꾸몄다는 느낌이 들었다. 그곳에 이미 들어 있던 김우진, 박화성, 차범석 선생들의 각 '관'이 왕들의 무덤처럼 근사하게 차려져 있었다. '김현관'은 김치수·한순미 선생이 뽑고 다듬은 글을 중심 재료로 해서 박정환·신옥주 부부가 꾸몄다고 하는데, 마치 천체관 같았다. 거기 심어진 글들이 밤하늘의 별처럼 사방에 반짝이며 서서히 이동하면서 구경 간 이의 혼을 시나브로 빼앗고 있었다. 나는 편도 우주선을 타고 영원히 날아갈 것만 같은 심정에 사로잡혀 오래 보지 못하고 빠져 나와 친숙한 무덤들 속을 어슬렁거렸다. 부장품들에 설렁설렁 눈길을 주며 스쳐 지나는 가운데, 방금 전에 김현 선생의 차남인 김상수 군이 아버지가 물려주신 '도구 칼'을 분실한 줄 알았는데 여기에 있다고 놀라워하고 아쉬워하던 말이 여운처럼 귓가를 빠져 나가고 있었다.

　이제 한국문학 및 김현 선생의 삶과 관련된 김현 선생의 모든 자료들은 목포문학관에 가야 볼 수 있게 되었다. 김현 선생이 남긴 유산의 항구성을 위해 그리고 훗날의 연구자들을 위해 보존과 개방이라는 두 개의 길항적 원칙을 잘 조화시켜 가주기를 바랄 뿐이다.

개관 테이프를 끊는 행사가 끝난 후에 나와 한순미 선생이 김현 비평에 대해 각자 발표를 하였다. 내 발표에 대해서는 따로 할 말이 없고 한순미 선생의 발표가 김현에 '홀린 사람'이 아주 '진지하고도 성실한' 독법으로 김현의 내면으로 들어가려고 한 흔치 않은 시도였다는 점을 적어 두기로 한다.

한 가지 특기할 사항. 행사가 시작될 초입에 '목포시향의 금관오중주단'이 음악을 들려주었는데, 실내 행사에 대개 '현악기'가 동원되는 걸 자주 보아서 그런지 꽤 이색적인 느낌이었다. 하지만 곧바로, 이곳이 '항구'라는 걸 생각하고 이곳에서는 금관이 어울린다는 걸 깨달았다. '뱃고동' 소리에 화답할 악기가 그게 아니고 무엇이겠는가? 김승옥의 「환상수첩」에서 '윤수'가 썼던 시가 문득 기억 세포의 주름을 건드렸다.

산화(散華)하고 싶은 겨울
섬으로 가는 때 낀 항로는
'트럼펫'이 울려서
혼례(婚禮)
바다 위엔 가화(假花)가 날려도
나의 동정(童貞)은
한 치
한 치
움이 돋는다.

—2011.10.3.

시인들에게도 서열을 매기는 사회

계간지 『시인세계』로부터 2002년 이후 등단한 젊은 시인 중 다섯 사람을 추천해 달라는 청탁서를 받고, 도저히 다섯을 추릴 수가 없어서 보내지 않았다. 어제 잡지가 도착했는데, 시인과 평론가들이 보낸 목록을 모아 시인 추천별, 평론가 추천별, 종합으로 분류해 1등에서 10등까지 순위를 매겨 놓았다. 이제 시인들에게도 순서를 매겨 줄 세우는 걸 즐기는 시대가 되었다. 중·고등학교 시절 근처 학교 여(남)학생 인기투표를 하던 버릇이 여전히 조갈증을 일으켜서인가? 아니면 미국에서 표본을 만들고 중국과 한국에서 열심히 흉내 내는 학교 서열화, 학술지 서열화 바람에 시인 부락 글라이더도 올라탄 것인가?

어이 정과리, 자넨 이천구등이야. 2010년엔 좀 줄여보시게. 10여 년 전에도 이런저런 언론사에서 문인들에게 등급을 매기는 일들을 한 적이 있었다. 그뿐이랴. 나라의 경제 사정이 나아지면서 문인들에게 지원을 하는 국가적 제도가 팽창했는데, 평등이 최고의 미덕이 되어 있는 사회에서 소위 '객관성'을 유지하려다 보니, 투표하고 점수 매겨서 지원받는 사람과 못 받는 사람을 가를 수밖에 없는 상황이 자주 생긴다. 제도의 방향을 근본적으로 선회시키지 않는 한, 이 방식을 나무랄 수는 없다. 언론사도 그런 일을 하는 데 나름의 역할이 있다고 생각하는지도 모른다. 그런데 이제는 문학잡지도 세상을 따라 한다. 문학 세상은 보통 세상과는 다름니다, 라는 메시지를 끊임없이 송신하는 한복판에서.

내가 태어나 눈을 뜨고 세상을 보기 시작한 이래, 악화가 양화를 구축한다는 법칙이 어긋난 적이 없다. 그런데도 세상이 조금씩 나아지고 있다면, 그레샴의 법칙에 저항하는 초대칭성 정신요소들이 있다고 가정할 수밖에 없다. 우주가 점점 빨라지는 속도로 팽창하고 있는 데도 중력효과를 가능케 하는 암흑물질의 존재처럼. 세상이 조금씩 나빠지고 있다고 생각하는 지적 비관주의자들(루디네스코(Roudinesco)가 가리키는)을 지탱케 하는 건, 그들 자신은 대체로 의식하지 못하는 그런 정신적 요소들이다. 좀더 과감히 말하면, 그 비관주의자들이 바로 초대칭성 입자라고 말할 수도 있다. 이 관점을 넓은 층위에 적용시키면 문학은 경제 사회에 대해 같은 역할을 하다고 할 수 있으리라.

그러니, 국가기구가, 언론사가 한다고 해서, 문학잡지가 그걸 따라 하는 일은 안 했으면 좋겠다. 직접 만나 보면 문학에 대한 열정이 무척 신실한 분들이니, 내 마음이 알게 모르게 전염(傳染)되길 소망해마지 않는다.

— 2009.2.20.

📖 국가기구나 언론사가 그렇게 하는 것도 썩 바람직한 건 아니라고 생각한다. 아주 없앨 수야 없겠으나 그런 형식을 최소화하는 대신 자발적 상호 경쟁의 마당을 키우는 게 궁극적으로 유익한 길이라는 걸 알았으면 좋겠다. 지금 실적주의와 등급 매기기로 열을 올리면서, 노벨상이 어쩌구 세계 몇 위가 어쩌구 하는 양반들은, 노벨상 수상자를 여럿 배출한 일본이나, 20세기 후반기 내내 세계철학을 이끈 프랑스에 가서 몇 년 간 연수를 하고 오셨으면 좋겠다(하긴, 프랑스 교육제도를 무척 좋아한 전 정권의 모모한 인사들이 프랑스의 대학은 경쟁이 없는 교육낙원이라고 떠들고 다녔으니, 그 연수도 제대로 해야지 그러지 않으면 또 포복졸도할 해프닝들이 터지리라).

제목만 보고

제목만 보고 작품을 짐작한다는 것은 내가 글을 읽기도 전에 글쓴이의 삶을 알아봤다는 말이 된다. 그리고 실제로 작품을 읽으면서 내 짐작을 확인하게 되면, 거기에 어떤 따끈한 드라마가 있든, 화려한 수사가 있든, 심지어 다채로운 굴곡이 있다 하더라도, 나는 그 작품을 읽을 이유를 얻지 못한 것이나 다름없다. 글쓴이가 더 이상 변화하고 있지 않다는 걸, 다시 말해 동면중에 하품을 하고 있다는 걸 문득 깨닫는 순간이다. 아마도 그건 내 글에 대해서도 마찬가지일 것이다. 때때로 그런 막다른 골목 앞에 처하게 되는 경우가 있다. 쓸쓸한 일이다.

―2016.10.4.

어떤 토론*

선생님들 말씀 잘 들었습니다. 진행을 맡고 계신 정명환 선생님이나 발표를 해주신 김윤식, 곽광수 선생님은 모두 제가 강의를 직접 들은 바 있는 스승이십니다. 예전 같으면 스승의 그림자도 안 밟는다고 했는데 이렇게 옆자리에 앉아 있으니 송구스럽기 이를 데 이를 데 없습니다. 서두가 좀 호들갑스러워졌는데, 학창시절의 기억이 불현듯 제게 몰려왔기 때문인 모양입니다. 대학교 1학년 땐가 2학년 때 김윤식 선생님으로부터 뉴 크리티시즘 강의를 받은 적이 있었는데, 바로 오늘 선생님께서 발표하신 내용이 중심이었습니다. 그때 제가 선생님의 강의를 듣고 어찌나 감명을 받았던지, 그 이후에는 뉴크리티시즘의 'N'자도 안보겠다고 생각을 했었지요. 그런데 오늘은 제가 들었던 강의에 더 보태어 한국에서 뉴크리티시즘이 받아들여지게 된 배경을 말씀해주셔서, 옛날의 감동에 이해의 세례가 부어지는 느낌입니다. 선생님께서는 뉴크리티시즘이 모든 면에서 불모한, 그러나, 새로운 것에 대한 열정으로 충만한, 전후의 학문적 상황에서 방법론이자 동시에 세계관으로서 뉴크리티시즘이 대학에 도입되었다고 말씀하신 것 같습니다. 그리고 미국의 경우, 뉴크리티시즘이 파시즘적 세계관과 연결된 곡절을 말씀하셨습니다. 그렇다면, 한국에

---

* 기억이 확실치 않다. 1993년 낙성대 근처에서 정정호 교수가 주최한 해외 문학이론 수용에 관한 발표에 대한 토론문이었다.

서 뉴크리티시즘은 어떤 세계관과 연결되었을까요? 사는 세상이 달랐던 만큼 분명 어떤 변용 혹은 변형이 있었을 것입니다만, 그게 무엇인지에 대해서는 말씀해주시지 않은 것 같습니다. 오늘 마저 그 강의까지 들었으면 하는 게 제 바람입니다. 그리고 곽광수 선생님께도 질문을 드리고 싶은데요. 선생님께서 오늘 말씀하신 내용은 너무도 쓸쓸한 자기반성과 자책으로 꽉 차 있어서, 저희처럼 윗분 선생님들을 거대한 산맥으로 여기던 사람에게는 조금 어리벙벙하고 서글퍼지기도 합니다. 선생님께서는 4.19세대의 외국문학연구가 결함이 많을 수밖에 없었던 이유를 인스트루먼트, 즉 도구의 부재에서부터 찾으셨습니다. 그러나, 제 생각에는 4.19세대, 그리고 한글 세대인 선생님들께서는 도구가 절대적으로 부족했다 하더라도, 생활이라고 하는 거대한 힘이 있었던 것이 아닌가 합니다. 선생님들 세대는, 몸으로 싸워서 세상을 바꾼, 비록 정치적으로는 좌절했지만 문화적으로는 어쨌건 하나의 거대한 한국적 문화의 패러다임을 이루어내셨고, 그 뒤에는 '생활', 다시 말해 이론과 실제를 하나로 일치시킬 수 있었던 그 삶의 힘이 있었다고 생각합니다. 말을 바꿔서 말씀드리면, 선생님들 세대의 가장 큰 장점은 모든 것들을 체화해서 받아들인다는 데에 있으며, 그렇기 때문에 비록 서툰 수용이나마, 외국이론을 단순히 모방되어야 할 선진국의 이론으로서가 아니라 한국의 정황과 풍토 속에서 적절히 가공되고 변형되어야 할 참조의 틀로 활용하셨던 것입니다. 그런 점에서 본다면, 선생님께서 구조주의의 수용이라는 문제에 대해 말씀하시면서 구조주의라는 레텔이 붙은 책 두 권을 가지고 나와서 말씀하신 것은 아무래도 아쉬운 점이 있습니다. 체화의 측면에서 본다면, 구조주의라는 이름을 굳이 붙이지 않았으나, 그러나 구조주의적인 방법론을 우리 식으로 변형한 많은 실제 비평들, 이론들이 더 중요할 수도 있기 때문입니다. 그것들까지 검토해주셨더라면 실질적으로 수용의 구체적 양상이 보이지 않았을까 합니다. 또 하나, 구조주의나 뉴크리티시즘에 속성처럼 내재하는 소위 '꼼꼼한 읽기'를 지향하는 경향의 강조에 대해 말씀드리고 싶습니다. 제가 알기로는, 뉴크리티시즘은 잘 모르겠습니다만, 구조주의에는 애초의 출발 때부터 두 개의 기본적인 경향이 있었습니다. 하나는 의미의 명확한 짜임을 지향하는 경향, 즉 의미구조의 단일성을 목표하는 경향이고 다른 하나는 의미 구조의 두께를 지향하는 경향, 즉 작품이라는 구조와 그것을 해석하는 사람의 마음의 구조가 서로 어울려서 어떻게 새로운 구조를 만들어낼 수 있는가에 대해 관심을 두는 경향이 있습니다. 그 두 가지 경향을 두고 어떤 분은 대구조주의와 소구조주의로 구별하시기도 했는데, 아무튼, 문학연구라는 것이 의미구조의 단일성을 향해 있는가, 아니면 의미의 두께를 향해 있는가 하는 것은 외국이론의 수용의 문제와 여러 가지로 연관되어서 시사하는 바가 많다고 생각합니다.

—1993.8.

스웨덴 한국문학 포럼 참관기

스웨덴 한국문학 포럼은 2010년 6월 11일부터 18일에 걸쳐, 수도 스톡홀름에서 있었다. 번역원의 윤부한 전략기획팀장, 이유미 요원 그리고 소설가 김영하 씨는 바로 직전에 핀란드에서 한국문학 낭독행사를 치르고 스웨덴으로 이동하였고, 뒤늦게 합류한 소설가 이문열 선생과 나는 13일 아침 스웨덴으로 가는 비행기에 탑승하였다.

스웨덴으로 가는 비행기는 핀란드를 경유하고 있었다. 갈아타기 위해 세 시간을 기다려야 했기 때문에 이문열 선생과 나는 맥주로 공백을 채우며 한국의 사회와 문학에 대해 걱정스런 대화를 나누었다. 환승 대기 장소에는 우리와 동승할 승객들이 산만하게 흩어져 있었는데, 적지 않은 사람들이 두꺼운 문고본 형식의 책을 읽거나 그것을 베개 삼아 잠을 청하고 있었다. 나중에 들은 어느 분의 설명에 의하면 길쭉하게 늘어난 밤 또는 낮의 길이로 인한 무료함을 달래는 좋은 방법이라는 것이다. 그렇다 해도 부러운 풍속이었다. 유사한 느낌의 시간을 술로 죽이는 종족도 있으니 말이다.

떠나오기 전의 내 막연한 느낌으로, 핀란드는 '땅끝(fin-land)'이었다. 그래서 그런지 그곳을 경유해 다다를 스웨덴은 세상의 경계 너머의 신비한 왕국 같은 예감이 있었다. 과연 공항에 착지한 후, 마중 나온 윤부한, 이유미 두 분의 안내로 나라 안으로 진입하면서 제일 먼저 들은 소식은 평민 사내와 여왕 자리가 예약된 공주 사이의 결혼으로 전국민이 자글대고 있는 사건이었다. 사람들이 모여들고 축제가 벌어지고 기획상품이 판매되고 있었다. 오! 만화에서나 보았던 일이 실제로 벌어지는 곳이로구나. 처음 만나는 키 큰 이국인들은 한결같이 친절하면서도 미소로 말을 대신하는 데 익숙한 듯하였다. 마치 온화한 표정을 하고 신성한 말만을 사용하는 네르발적 산중 마을 사람들 같았는데, 이들에게 뿔 달린 투구를 씌우면 곧바로 파도가 몰아치는 대양에 용머리를 한 크나르(Knarr)가 출몰해 '폭풍우 속의 무도회'를 즉흥극으로 열 것만 같기도 하였다.

시골 여인숙 같은 분위기의 사성(四星)급 호텔에 여장을 푸니 통역자 최선경 씨가 로비에서 기다리고 있었다. 스웨덴문학 연구로 박사학위를 준비 중인, 수려한 용모의 만학도였다. 최 선생과 내 발표문의 축약을 비롯해 앞으로의 일정을 상의한 후 방으로 돌아와 잠을 청했는데, 몇 번을 도중에 깼는지 몰랐다. 시차 때문이라기보다는 창밖의 뿌연 빛 때문이었다.

이튿날 오전엔 왕궁 주변을 구경하러 갔다가 스웨덴 대사관에서 준비한 6·25참전용사들을 위한 기념 파티에 초대되어서 바비큐로 요기를 채우며 대사관 임직원들, 스웨덴 교민들과 인사를 나눌 기회를 가졌다. 이제부터 사흘 모두 저녁에 열린 포럼의 형식은 비교적 단순했다. 하나. 약속된 장소에 모인다. 둘. 한국 작가와 스웨덴 작가가 서로의 문학을 교환한다. 물론 교환의 방식은 날마다 조금씩 변화하였다. 첫날엔 각 두 사람의 한국 작가와 스웨덴 작가가 자신의 작품과 번역된 상대방의 작품의 일부를 발췌해 낭독하였다. 낭독이 끝나면 사회자가 작가의 문학세계, 낭독된 작품의 의미 등에 대해 다양하게 질문하고, 이에 작가들이 대답하였다. 한국 쪽에서는 이문열 선생과 소설가 김영하 씨가 고정 '멤버'로 출전하였고, 스웨덴에서는 영화기획자이자 소설가인 니클라스 로드스트

룀(Niklas Rådström) 씨와 한국에 장편 『덕 시티』(민음사)가 번역되어 있는, 매우 도발적인 젊은 작가로 알려진 레나 안데르손(Lena Andersson) 씨였다. 사회는 아스트리드 트로찌히(Astrid Trotzig)라는 분이 맡았는데, 한국에서 입양되어 훌륭하게 성장한 촉망받는 소설가였다. 많은 한국 교민들이 포럼을 관람하러 오셨다. 이문열 선생의 인기는 압도적이어서 많은 팬들이 인사를 나누려고 몰려 들었다. 이문열 선생과 나는 신춘문예 동기인데, 30년 사이에 사람의 운명이 이토록 달라져 있었다.

포럼 둘째 날엔 조희용 스웨덴 대사님의 초청으로 관저에 방문하여 오찬을 하였다. 화려하지 않아도 공들인 표시가 뚜렷한 음식들이었다. 식사 후 북구 특유의 가옥 양식을 감상하였다. 이 날의 포럼은 매우 공식적으로 진행되었다. 조 대사님과 잠시 귀국한 라르스 바르괴(Lars Vargö) 주한 스웨덴 대사가 차례로 인사말을 한 후, 스웨덴의 출판사 대표 몇 분이 스웨덴의 문학출판에 대해 발표를 하였다. 모두 한국문학작품을 출판했거나 출판을 진행 중인 분들이었다. 앞으로 한국문학출판을 적극적으로 꾀하겠다는 계획을 밝혔고 또 갈수록 열악해지는 출판 환경과 문화 단체 및 기관들의 지원이 필요함을 역설하였다. 그리고 고참 성우의 목청을 가진 한 문인이 한국의 두 소설가의 스웨덴 번역본을 연기를 곁들여 낭랑하게 읊조렸다. 늘 느끼는 거지만, 유럽은 아직 리듬이 살아 있는 언어를 쓰고 있다. 한국은 언제부턴가 자신의 리듬을 잃어버렸다. 그것을 언제 다시 되살려낼 건가? 나의 발표는 한국문학의 세계화를 위해서 번역의 중요성과 현재의 번역 수준 및 상황을 말하는 것으로 한정되었다. 나는 한국문학과 스웨덴문학을 서로 비교하는 얘기를 하고 싶었지만 시간이 허락하질 않았다. 첫술부터 배부를 수는 없는 일이었다. 대신 늦은 저녁 식사는 교민이 운영하는 한국-스웨덴의 퓨전 요릿집의 음식을 배불리 먹었다. 첫날부터 포럼에 출석했던 스웨덴 대사관의 임진홍 일등서기관 겸 문화홍보관이 그곳까지 따라와 세심한 도움을 아끼지 않았다.

셋째 날엔 스웨덴 문인들과 원탁의 회의장에서 난상토론을 벌였다. 토론이라기보다 서로의 문학생활을 소개하는 자리였다. 스웨덴 문인 사회의 독특한 현상은 두 가지로 압축할 수 있었다. 하나는 시인들이 많았다는 것. 산업사회가 발달하면 시가 쇠퇴하는 건 경험적으로 입증된 현상이다. 그런데 여기에는 아직 시인이 살아 있는 것이다. 그런데 사정을 알고 보니 우리와 별로 다르지 않았다. 이곳에서도 시는 이제 거의 읽히지 않는 듯했다. 대신 국가기구 및 문인단체가 이 시인들의 존재를 지탱해주고 있었다. 시인들은 우리와 마찬가지로 공급 과잉의 상태로 버티고 있었다. 인구가 적다 보니 우리보다 상황은 더 좋지 않았다. 내가 문학성을 인정받은 한국의 시집이 때로는 몇 만 부의 판매를 기록한다는 애기를 하자, 스웨덴 동무들은 무척 부러운 모양이었다. 작가회의 의장이라는 시인은 자신의 시집이 비교적 독자를 얻었다고 소개하고는 300부가 팔렸다고 토로했다. 옆에 있던 한 시인이 올해 낸 자신의 시집이 100부 팔렸다고 거들었다. 하긴 현대시의 아버지 샤를르 보들레르도 초판 600부를 다 팔지 못했었다. 시인과 가난은 운명적인 짝꿍이다. 또 하나의 특기할 현상은, 스웨덴 작가회의는 순수하게 문인의 생활을 지원하는 단체라는 것이다. 한국문학 작가회의의 사무실에 들어가면 제일 먼저 눈에 띠는 글씨가 있다. "민족을 생각하지 않는 문학은 문학이 아니다." 그런데 여기에는 그 민족이 없었다. 북구인들뿐만 아니라, 파키스탄인, 멕시칸, 중국인들이 모두 자기 언어로 글을 쓰면서 스웨덴 문인이라는 칭호로 어울리고 있었다.

우리는 한국문학의 역사와 현실에 대해 두서없이 들려주었다. 북쪽 사람들은 전 시대 한국문학에 대한 정치적 간섭과 오늘의 대중적 간섭에 대해 큰 호기심을 보였다. 귀를 쫑긋거리며 때로는 탄식하고 때로는 그 결말에 대해 안타까이 물었다. 우리는 사실 그대로를 이야기해 주었다.

이러구러 포럼의 일정은 끝났다. 돌아오는 데는 이틀이 걸렸다. 시차 때문이었다. 헬싱키의 환승구역을 지나다가 한국 축구가 아르헨티나에게 패배하는 광경을 잠시 지켜보았다. 스웨덴과 우리의 문학 시합은 승부가 없어 좋았다. 대신 우리 사이에는 왕래를 자유롭게 할 교량이 아직 없었다. 한국문학과 스웨덴문학은 지금보다 더 친밀하고 심오하게 말과 글과 생각을 나누어야 할 것이다. 두 나라 문인 사이에도 판매부수 이상의 대화가 언젠가는 열리리라.

— _list-Book from Korea_, 한국문학번역원, 2010 가을

현대시와 동아시아의 문화전통

우리는 '전통'에 대해 당연하다고 생각하는 경향이 있다. 오늘의 삶이 과거의 연장인 한, 당연히 전통적인 것들이 자연스럽게 오늘까지 이어져 있다고 생각하기 쉬운 것이다. 그렇다. 전통은 끈질기고 지속적인 것이다. 그러나 여기에는 우리가 간과할 수 없는 어려운 문제가 놓여 있다. 왜냐하면 '모더니티'라고 명명되는 서양적 문물의 세계적 확산 이래 서양 바깥의 문화 역시 서양적인 방식으로 재편되었기 때문이다. 동아시아의 '언어문화' 역시 서양의 문학을 통해 새롭게 개편되어 그 형식을 갖게 되었다. 우리가 오늘날 '시'라 부르는 것들은 과거의 시들과는 아주 다른 것이다. 간단히 말하면 오늘날 시의 형식은 정형적 규칙으로부터 자유로운 '자유시'이며, 그 주제는 현실과의 근본적 단절, 절대적 자아에 대한 강박(強迫), 부재하는 이상을 향한 은유적 환기 등으로 이루어져 있다. 이는 옛시의 일반적 형식인 정형율격, 동양의 전통시가 함축하고 있는 입신(立身)의 도구로서의 시작(詩作), 단독자로서의 자아의 부재, 자연과의 동화, 선경후정(先景後情)의 기법에 나타나는 바와 같은 내부와 외부의 자연스런 이어짐 등과는 아주 다른 것이다. 서양의 동진 이래 우리는 완전히 다른 언어문화의 성좌에 들어선 것이다.

그러나 그럼에도 불구하고 옛시의 표현이 현대시에 등장하는 것을 빈번히 확인할 수 있으며, 옛날의 감정이 현대시인의 절박한 심사로 재탄생하는 경우를 자주 보고 있다. 가령 어제 홍정선 교수가 상기시켰던 것처럼, 조지훈이라는 현대시인의 시, 「완화삼」의 마지막 연 "다정하고 한많음도 병인 양하여/ 달빛 아래 고요히 흔들리며 가노니……"의 첫 행은 고려조 이조년의 시조에서 표현된 "다정도 병인양 하여 잠 못 들어 하노라"의 완벽한 복제이다. 또한 발라드 형식으로 씌어진 서양 중세 15세기의 시인 프랑수아 비용(François Villon)의 "지난날의 눈은 지금 어디 있는가 *Où sont les neiges d'antan?*"라는 시구는 오늘날 소외와 고독에 처한 현대인의 마음을 그대로 전한다고 할 수도 있다. 그렇다는 것은 전통문화의 형식들, 표현들, 그리고 정서들이 오늘날의 문화 안으로 스며들어 현대문화의 진화에 영향을 주면서 생명을 유지하고 있다는 것을 암시한다. 그런데 그 '습합(褶合)'의 양태는 무엇이고 그 효과는 무엇인가?

이러한 문제는 지금까지 '전통의 계승과 극복'이라는 명제로 흔히 거론되어 왔다. 그러나 이에 대한 논의들은 대체로 "온고이지신(溫故而知新)", "법고창신(法古創新)"이란 용어들을 통해 항용 전개되는 추상적 일반론 혹은 당위론의 수준에 머무르는 게 태반이었다. 당위론으로부터 구체적 실증으로 나아갔다고 주장하는 경우조차 전통적인 것의 존속을 증명하고자 애쓰는 데서 그치고 말아, 그것의 현대적 의의 및 존재양식에 대해서 탐색한 경우를 찾기란 어려웠다. 가령 한국시가연구에서 1960년대 이후 50여 년 지배적 이론으로 군림해 온 음보율(音譜律)의 논자들은 한국시의 전통율격이 3음보와 4음보로 이루어졌다는 가정하에 현대시에서도 이러한 전통율격이 보존되고 확장되었다고 주장하곤 하였는데, 이러한 논의들에서 현대시의 가장 핵심적인 주제이자 형식인 '자유'(개인의 자유와 자유시형)는 완벽히 배제되어 있었다.

실제로 전통적인 문화의 요소들은 그렇게 지속과 확산의 양태로 존재한다고 생각할 수가 없다. 왜냐하면 새로운 문학적 태도가 그것들과 마찰을 일으킬 수밖에 없기 때문이다. 전통적인 것이 완전히 부정되지 않고 존속한다면 그 양태는 아주 특이할 것이다. 나는 여기에서 한국 최초의 근대시로 일컬어지는 김소월의 「진달래꽃」을 예로 들어 간단히 설명해보고자 한다.[18] 자신을 버리고 떠나는 연인에 대해 단호한 의절의 자세를 보여주고 있다고 흔히 평가되어 온 이 시는 또한 한국 민요시의 전통에 속해 있는 것으로 간주되어 왔다. 구체적인 실증은 없었으나 아마도 그러한 해석의 근저에는 '님과의 이별'이라는 아주 흔한 주제를 이 시가 다루고 있었고, 그 이별의 상황에 대한 뛰어난 표현들을 재래의 시가에서 보고 있었기 때문일 것이다. 가령 고려 속요인 「가시리」나 근대 초엽의 민요인 「경기아리랑」이 그런 뛰어난 문학적 표현들이다. 그런데 「진달래꽃」 화자의 태도와 두 속요의 화자들의 태도는 아주 다르다. 「가시리」의 화자는 떠나는 임을 두고 "선하면[=화나면] 아니 올세라/ 설운 님 보내 옵나니 가시는 듯 도소[=도로] 오소서"라고 끝을 맺고 있으며, 「경기아리랑」은 "나를 버리고 가시는 님은/ 십리도 못 가서 발병난다"고 약한 저주를 퍼붓고 있다. 반면 「진달래꽃」의 화자는 "나보기가 역겨워 가실 때에는/ 죽어도 눈물 아니 흘리우리다"라는 말로 이별의 사건을 결연히 수용하고 있다. 「가시리」의 화자는 재회를 당연시하고 있으며, 「경기아리랑」의 화자는 재회에 대한 미련을 버리지 못하고 있다. '현실과의 단절'이라는 현대적 감정을 온전히 표현하고 있는 이는 「진달래꽃」의 화자이다. 김소월은 한국인의 일반적 정서를 가져왔으되, 그것을 아주 현대적인 것으로 바꾸어 놓았다. 그러나 그것만이 아니다. 「진달래꽃」의 화자는 떠나는 님 앞에서 진달래꽃을 뿌리며 "가시는 걸음걸음 놓은 그 꽃을/ 사뿐히 즈려밟고 가시옵소서"라고 노래하였다. "즈려밟고"는 어감상 매

18 이에 대해서는 졸고, 「「진달래꽃」이 민요시가 아니라 근대시인 까닭」(『문학관』, 한국현대문학관 54–55호, 2012년 가을, 겨울)에서 상세히 풀이하였다.

우 아름답게 들린다. 그러나 그 뜻은 "지근지근 짓밟고"이다. 이 표현 속에 교묘한 전략이 들어 있다. '진달래꽃'이 두 사람의 사랑의 징표라면 만일 떠나는 님이 그걸 짓밟고 떠난다면 그것은 자신의 과거의 삶을 잔혹하게 부정하는 꼴이 될 것이다. 「진달래꽃」의 화자는 바로 그 점에 근거해 떠나는 연인에게 내기를 거는 것이다. 한 번 밟고 떠나보라고 말이다. 그러면 당신의 삶도 망가질 텐데 그걸 할 수 있겠느냐고 말이다. 우리는 「진달래꽃」이 '현실과의 단절'이라는 현대적 감정 속에서 '만남에 대한 믿음'이라는 전통적 감정을 '만남을 위한 모색'이라는 전략적 태도로 변용하여 현대의 부정적 상황을 극복하고자 한 데서 거둔 멋진 미적 승리를 본다. 그리고 여기에서 전통은 계승되고 확산되기보다는 수용되어 변형됨으로써 존재한다.

전통적 문화 요소들은 아마도 그렇게 수용되어 변형되는 방식으로 존재하리라고 나는 생각한다. 그것이 우리 삶의 정신적 자원들의 진화의 일반 법칙이라고. 우리는 이러한 문화진화의 제 양상들을 현대시의 모든 부면에서, 즉 시적 생산과 그 텍스트들과 독자들에 의한 수용의 전 방위에서 살펴보아야 할 것이다. 내 짐작으로 그 영역은 거의 미답의 황야로 우리 앞에 펼쳐져 있다. 또한 우리는 이 전통 문화의 경계를 동아시아 전체로 확대시켜 그 지평과 맥락을 운산해야만 할 것이다. 한국의 현대시인 정지용의 절창, 「향수」 중에 "질화로에 재가 식어지면/ 뷔인 밭에 밤바람소리 말을 달리고"라는 표현이 있다. 남경대학의 윤해연 교수는 그의 박사학위 논문에서 이 표현이 구양수가 「추풍부」에서 밤바람소리를 가리켜 "또 마치 적진으로 나가는 군대가 입에 재갈을 물고 질주하는 듯 호령 소리는 들리지 않고, 사람과 말이 달리는 소리만이 들리는 듯했다."라고 말한 것의 변용임을 밝혔다. 이렇다는 것은 동아시아의 문화권에서 중한일의 '언어문화'는 비균질적이긴 하겠지만 하나의 차원으로 유통되고 있었다는 것을 가리킨다. 그러한 사실은 오늘 우리가 한 자리에 모여 현대시의 운명을 논하는 까닭이기도 하다.

—'한중시인회의'(강소성 태창시), 2015.5.9.

문학시장의 변화와 작가의 정체성

20세기 후반기에서 오늘에 이르기까지 문학의 장에서 일어난 가장 큰 변화는 민족 단위(혹은 언어공동체 단위)로 운행되던 문학이 세계문학의 장으로 이동했다는 것이다. 신자유주의 경제의 세계화 바람과 더불어서 진행된 이 변화는 그러나 세계화의 일반적 흐름에 그대로 부응한 움직임으로 해석될 수는 없다.

우선 세계화의 진행과정 중에서 세계화의 불가피성이 많은 사람들의 동의를 얻게 되었다는 점을 유념해야 할 것이다. 세계화 과정 초기에 격렬하게 일어났던 반-세계화 운동들은 거의 모두가 대안-세계화 운동으로 변모하였다. 이는 현재 정치·경제·문화 등 인류 활동의 거의 전 분야에서 생산량과 유통량이 세계화를 불가피한 것으로 만들고 있다는 자각에 근거한다. 이러한 자각은 문학 분야에도 의미심장하게 적용되었다. 예전에 자신의 작품의 세계적 유통을 기도한 작가들은 대체로 자국의 문학시장이 아주 열악하다는 사정에 쫓기고 있었다. 가령 유럽의 식민지로부터 독립한 아프리카의 작가들은 자국의 공용어가 확정되었음에도 불구하고 자신들을 지배했던 나라들의 언어, 즉 영어나 불어로 글을 쓸 수밖에 없었다. 30% 이상의 문맹률과 더불어 빈한한 경제 사정으로 인하여 그들의 작품을 사는 자국민들이 거의 없었고 오히려 유럽의 독자들이 자신들의 과거에 대한 흔적이 배어 있는 작품들을 읽었기 때문이다. 하지만 1990년대 이후에는 자국의 문학시장이 비교적 탄탄하게 구축된 나라의 작가들도 세계와의 교류를 적극적으로 꾀하기 시작하였다. 가령 한국문학의 경우 문맹률이 거의 제로에 가까웠고 꾸준한 경제성장을 이룬 덕분에 문화상품의 유통도 꽤 활발한 데 힘입어, 자국어의 울타리 안에서 보호받으며 순조로운 생장을 할 수가 있었다. 그러나 언제부터인가 한국작가들은 자신들의 작품이 세계의 독자들에 의해 읽히기를 꿈꾸고 있었다. 그런 욕망은 1990년대부터 한국문학작품이 프랑스를 비롯한 유럽의 독서시장에 진출하는 계기를 만들었다. 그리고 이 새로운 현상은 국영과 사립 양쪽에서 한국문학의 세계진출을 지원하는 기구를 설립하게 하는 근거가 되었다.

이러한 과정은 거의 자연발생적으로 진행되었다. 문화의 세계적 유통의 경향이 점점 일반화되고 일상적인 일이 되어가고 있는 현실을 문학 역시 자연스럽게 수용하게 된 것이다. 그런데 이러한 추세는 작가들의 존재 방식에 중요한 변화를 자극한다. 그것은 무엇보다도 '언어'에 관련되어 있다.

즉 자신의 생활어와 작품의 유통어 사이에 불균형이 발생하여 정체성의 요동이 일어난다는 것이다. 잘 아시다시피 언어는 의미 전달의 도구이상이다. 언어에는 그 언어를 사용하는 언어 공동체의 역사적 경험이 새겨져 있어 언어공동체 구성원의 몸의 일부를 이룬다. 또한 이러한 역사적 경험을 바탕으로 언어의 움직임에는 언어 공동체의 구성원들이 세계를 인지하고 느끼고 기획하는 특유의 방식이 담겨 있다. 따라서 하나의 언어에서 다른 언어로 건너가는 일은 세계에 대한 관점 및 작가가 세계와 만나는 양식의 근본적인 전환을 포함하게 된다.

그런데 생활어와 유통어 사이의 불균형은 제 3세계국의 작가들에게 더욱 심하게 나타날 수밖에 없다. 왜냐하면 유통어가 세계문학의 장에서 통용되는 언어라면, 그것은 세계 언어권을 과점하고 있는 세계어가 그 유통어들에 해당한다는 것을 의미한다. 여기서 세계어는 모국어인구의 숫자를 가리킨다기보다는 그동안 전개된 세계사의 결과로 정치·경제·문화적 차원에서 세계적인 규모로 통용되는 언어를 가리킨다. 그 언어들은 현재 영어, 프랑스어, 스페인어, 러시아어, 독일어 정도이다. 참고로 덧붙이자면 중국어는 세계어로 부상할 가능성이 가장 높은 지역어이다. 생활어는 세계어의 위상에 관계없이 하나의 언어공동체 내에서 통용되는 지역어를 가리킨다. 그런데 제 1세계에서는 세계어와 지역어 사이가 일치하거나 친연성을 가지고 있는 정도가 강한 데 비해, 제 3세계에서는 그 둘 사이의 격절이 심해진다. 한국문학의 경우, 그 매체인 한국어는 철저하게 지역어이다. 다시 말해 한국어는 한반도 내에서만 공용어로 쓰이고 있으며, 만주 및 몇몇 고려인 거주지역들에서 다소간 상용화되고 있을 뿐이다. 따라서 순수한 지역어로 씌어진 한국문학이 그 자체로서 세계문학의 장에서 유통될 수는 없다. 한국문학작품들이 읽히기 위해선 한국 작가가 세계어로 작품을 쓰거나 혹은 전문 매개자에 의해서 세계어로 번역되어야 한다.

현재 한국 작품은 전부 후자의 방법에 의존하고 있다. 그러나 앞으로는 전자의 방법, 즉 직접 세계어로 작품을 써서 세계 시장으로 나아가는 작가들이 출현하리라 예상된다. 물론 한국어의 자국어 체계가 워낙 완강하여 그때가 빨리 오리라고 기대하기는 어렵다.

반면 번역에 의존하고 있는 한국 작가들은 자신들의 작품이 번역되는 과정에서 일어난 작품의 변모 및 세계 독자들에 의해서 자신이 작품이 읽혀지는 상황의 실제 양상과 의미를 파악할 수 없다는 곤란함에 처해 있다. 왜냐하면 그들은 번역된 작품을 거의 읽을 수 없고, 별도의 도움 없이는, 자신의 작품이 유통되는 데 대한 정보를 얻을 수 없기 때문이다.

이러한 사정은 한국 작가들이 세계문학의 장 내에서 존재할 수 있는 폭을 대폭 축소시킨다. 그의 작품이 세계 시장 내에서의 유통에 얼마간의 성공을 거둘 경우, 그가 세계 문학인으로서 존재할 수 있는 가능성은 그의 세계문학에 대한 지식 및 이해의 정도와 자신의 작품이 번역된 언어권의 문학 생산과 수용에 대한 이해의 정도, 그리고 자신의 작품이 번역된 상황에 대한 주변인들의 정보 제공을 종합하여 자신의 작품이 세계문학의 장 내에서 존재하는 양상을 추정함으로써 측정될 것이다. 생활어와 유통어가 일치하지 않는 작가는 후자의 두 요구를 충족시키는 데 아주 많은 노력을 들여야 하거나 아니면 이 문제들을 사실상 포기하고 직접적으로 제공되는 물리적인 성과(가령 판매량)에만 집착하게 된다. 이러한 형편은 그가 목표로 하는 문학과 세계가 그에 대해 기대하는 문학 사이의 대화를 어렵게 만든다. 하나의 예를 들어 보겠다. 2006년 한불수교 120주년을 기념하여 프랑스 문인협회회관에서 한국 작가들 네 명과 프랑스 소설가 및 출판사 편집자들 네 명이 대화의 모임을 가졌다. 그 자리에서 2년 후 노벨문학상을 타게 될 르 클레지오 씨가 한 한국 작가를 거론하면서 한국문학이 프랑스문학에 앙가쥬망(engagement)의 의미를 다시 일깨워주었다고 말했다. 그런데 그 자리에 참석했던 네 명의 작가 중 두 사람은 앙가쥬망에 대해 거부감을 표명하였고 그러한 반응은 곧바로 한 사람과 두 사람 사이의 설전으로 번졌다. 그리고 프랑스 대형 출판사의 편집장이 두 작가의 입장에 공감하는 견해를 피력함으로써, 프랑스라는 중요한 세계문학시장의 한구석에서 한국문학을 둘러싸고 두 나라의 문인들이 각각 분열되어 논쟁을 벌이는 기이한 풍경이 펼쳐졌다. 그런데 당시 세계문학의 조류에서 앙가쥬망은 퇴조하고 개인화의 경향이 극단적으로 팽창하던 시기였다. 한편 프랑스라는 세계시장에서 세계 독자의 눈길을 끈 한국문학은 그런 개인화의 방향에 놓인 작품들이 아니라 냉전 체제하에서 좌우 이데올로기의 싸움에 휘말려 들었던 사건을 다룬 황석영의 『손님』 혹은 서양문학이 거의 잊고 있었던 '성과 속'의 관계를 다룬 이승우의 작품들이었다(이러한 사정은 오늘날 프랑스 독자들이 북한문학에 유별난 관심을 갖는 현상과도 연결된다. 그들에게는 핵을 가진 폐쇄된 국가에서 창작되는 문학이 '신기'한 대상이 되었던 것이다.). 실제로 앙가주망에 반대한 두 한국 작가의 작품들은 번역은 되었으나 프랑스 독자들의 반응을 거의 얻지 못했다. 그들은 세계문학의 흐름에 민감히 부응하고 있었지만 정작 세계문학시장이 한국문학에 기대하는 것이 무엇인지에 대해서는 거의 무지한 채로 있었다.

　나는 한국문학이 세계시장의 기대에 부응해야 한다는 점을 주장하는 것이 아니다. 이상적인 차원에서 한국문학이 세계문학의 장에 진입한다는 것은 한국문학만이 가진 고유한 특성에 의해서 세계문학의 진화를 유발하는 것이다. 그리고 그러기 위해서는 세계문학을 혁신할 수 있는 문학적 질료들을 한국문학이 충전하고 있어야 할 것이다. 그러니까 세계문학의 추세를 따라가는 것도, 세계 시장이 한국문학에만 기대하는 특수성에 의존하는 것도 바람직한 방향이 아니다. 다만 이 두 사안은 중요한 참조사항이 될 뿐이다. 세계문학의 추세는 그것의 결여와 욕구를 분별하게 해주며, 세계시장의 기대 역시 세계 시장의 갈증과 편견을 분별하게 해줄 것이다. 한국문학은 세계문학의 혁신이라는 요구(demand)와 세계문학의 욕구와 세계 시장의 욕망 사이의 차이를 살핌으로써 한국문학의 특수성을 세계문학의 혁신 쪽으로 정향(orientate)시키는 과정을 통해 한국문학의 정체성을 세울 수 있을 것이다.

　우리는 그러한 일이 아일랜드의 문학이나 라틴 아메리카의 문학에서 실현되었던 것을 잘 알고 있다. 그러나 두 문학은 세계문학과 언어를 공유한다는 이점에 기대고 있었다. 한국문학에 대해서는 그 점을 기대할 수가 없다. 때문에 한국문학의 현재의 세계문학적 위상은 아주 열악한 처지에 놓여 있다.

반면 중국문학의 경우는 상대적으로 유리한 위치에 놓여 있다고 말할 수 있을 것이다. 중국과 유럽과의 교류는 1577년 마테오 리치(Matteo Ricci)의 광둥성 방문을 비롯하여 아주 오래전부터 시작되었다. 유럽은 이미 중국을 거대한 문화대국으로 인지하고 중국학 연구에 공을 들여, '국립 동양문명·언어연구원'인 이날코(Inalco : Institut national des langues et civilisations orientales) 등을 통해 수많은 연구자를 배출하였다. 현역에서 활동을 펼치고 있는 사람들만 보아도 프랑수아 쥘리엥(François Jullien), 장−뤽 도메나크(Jean-Luc Domenach), 자크 펭파노(Jacques Pimpaneau), 안느 챙(Anne Cheng, 程艾蘭) 등의 쟁쟁한 중국학 연구자들이 있을 뿐 아니라 중국 예술 및 문학에 대해선 프랑스 아카데미 회원인 프랑수아 챙(François Cheng), 노벨문학상 수상자인 가오싱젠과 그의 번역자인 노엘 뒤트레(Noël Dutrait) 등이 중국문학의 고유한 미학을 알리는 일을 부지런히 해내고 있다. 이들에 의해서 중국의 사상과 문학은 거의 실시간으로 세계문학시장에 출시된다고 할 수 있다. 이들에 의하면 중국의 사유는 서양의 변증법적 사고와 근본적으로 다른 음양 논리에 의해 움직이고 있으며, 중국의 문학은 도가적 신비주의를 비롯한 고유한 집단무의식의 저장고로부터 깊은 은유의 세계를 꺼내 펼쳐 보인다.

다만 그럼에도 불구하고 중국 현지의 문학인들이 이런 세계문학시장에서의 중국문학 유통과 밀접히 관련되어 있는 것으로 보이지는 않는다. 때문에 중국 현지의 문학인들 역시 한국의 문인들이 겪고 있는 소통의 어려움과 정체성의 혼동을 비슷이 겪고 있다고 짐작된다. 그렇다 하더라도 저마다 자기 사정이 있는 법. 중국 작가들의 어려움과 혼동의 문제를 상세히 짚어보는 데 필자는 어울리지 않는다. 오늘 이 시간이 좋은 말씀을 들을 수 있는 기회가 되기를 바란다. 한국 작가분들 역시 나의 발제에 대해 저마다 의견이 계실 줄로 믿는다. 고견을 기대하는 바이다.

—'제9회 한중작가회의'(사천 파금문학관), 2015.5.25.

마침내⋯
한국문학이 세계문학의 항구에 닻을 내렸나
한강, 『채식주의자』의 맨부커상 인터내셔널 수상에 부쳐

기꺼이 '마침내'라고 말하고 싶은 소식이 왔다. 무슨 뜻인가? 한국의 작품이 외국의 권위 있는 문학상을 받았다고 해서 한국문학의 위대함을 빛냈도다, 라고 간단히 외칠 수는 없다. 사연은 더 복잡하다. 해방 이후 한국문학은 한글의 우수성에 힘입어 독자적으로 생장할 수 있었다. 그러나 또한 한글의 고립성 때문에 유통에 심각한 곤란을 겪어 왔다. 1990년대 들어 번역이라는 가속기가 본격적으로 가설됨으로써 한국문학은 세계 독자들의 손 안에 가 닿을 수가 있었다. 그렇게 해서 세계문학의 항구에 정박을 시도한 지 25년이 넘게 흘렀다. 그동안 수다한 작품들이 주목을 받았다. 그러나 세계문학의 양관(陽關) 근처에서 종종걸음을 걷는 중이었다. 그리고 마침내 『채식주의자』가 관문을 통과한 것이다.

이 사건은 국가 단위로 수용되던 한국문학이 세계 단위로 향유되기 시작했음을 알리는 첫 신호탄이다. 이제 한국문학은 변방의 문학이 아니어야 할 것이다. 세계문학의 광장 안에서 하나의 독특한 세계문학으로 이해되어야 할 것이다. 『채식주의자』는 오로지 순수한 문학적 평가를 통해 그 발판을 마련했다. 물론 세계인이 공유할 수 있는 흥미로운 주제에 도전했다는 것이 강한 유인력으로 작용했을 것이다. 탐미주의자와 채식주의자의 대결. 탐미주의는 현대인에게 미만한 욕망 현상의 한 극단을 표

상하고 채식주의는 그런 욕망 세상에 대한 단호한 거부를 표상한다. 이 두 입장의 상호몰이해를 통한 기이한 공생과 갈등과 파국이 작품의 대종을 이룬다. 『채식주의자』는 서로 다른 입장들을 공평히 조명하고 그들 사이에 각별한 긴장의 자기장을 조성하였다. 그러니까 보편적 주제를 다루어서 성공한 게 아니라 보편적 주제에 고도의 미학적 밀도를 부여함으로써 성공한 것이다.

이 고유한 미학적 밀도가 한강 자신만의 것인지 아니면 한국어가 품고 있는 정신적·문화적 자원에 기대고 있는지는 아직 확실치 않다. 작가만의 개성도 중요하고 한국어의 잠재성도 중요하다. 왜냐하면 후자는 세계문학의 관점에서 보면 아직 충분히 개발되지 않는 문화 유정(油井)이기 때문이다. 한국문학은 이제 두 방향을 모두 실험하면서 세계문학의 한복판으로 깊숙이 진입해야 할 것이다. 다만 지금까지의 수확으로 보건대, 내용은 보편에서 방식은 개성에서 찾는 게 요령인 듯이 보인다. 즉 제재와 주제는 만인의 공유물일수록 좋고 형식과 문체는 철저히 개성적일수록 좋을 것이다. 좋다는 말은 세계문학의 가능성을 확장한다는 말이다.

한국문학이 세계문학의 구도 내에 진입한다는 것은 단순히 우리를 자랑하는 일이 아니다. 그것은 차라리 세계문학의 가능성을 크게 키우는 일에 한국의 작가들이 참여한다는 뜻이다. 그러니까 보람 있는 일이다. 앞으로 더 많은 작가들이 이 보람 있는 사업에 동참할 것을 기대한다. 그 바깥에는 한국문학의 사멸만이 있을 뿐이기에 더욱 그렇다.

—『경향신문』, 2016.5.18.

한강의 '맨 부커 인터내셔널 상' 수상을 계기로 살펴 본 한국문학의 생존

한강의 '맨 부커 인터내셔널 상(Man Booker International Prize)' 수상이 전해지자 한국의 모든 미디어들은 앞다투어 기사를 송출하기 시작했다. 지금 인터넷에 들어가면 거의 엇비슷한 내용의 무수한 이야기가 떠도는 것을 확인할 수 있다. 이 글에서는 이 사건 뒤에 숨어 있는 한국문학의 지속가능한 생존의 필요라는 점에 초점을 맞추어 보고자 한다. 우선 이 소식은 한국문학에 관해 세 가지 차원에서 의미를 띤다고 할 수 있다.

첫째는 한국문학이 세계문학 안으로 진입하는 각별한 계기가 된다는 것이다. 둘째는 순수한 미학적 판단을 통해서 한국문학이 세계 독자의 인정을 받았다는 것이다. 셋째는 한국문학이 세계문학을 확장하는 데 기여할 '방식'의 일단을 짐작할 수 있다는 것이다.

오늘날 우리가 향유하는 한국문학은 대체로 1세기 조금 너머의 역사를 가지고 있는데, 서양에서 발원한 문학 관념이 한국의 토양 속에서 배양되고 숙성되는 과정을 거치며 생장하였다. 한국문학의 진화에 가장 중요한 지렛대로 작용한 것은 두말할 것도 없이 그 매체인 한글이다. 한국문학은 한글의 우수성을 바탕으로 순조롭게 발전할 수 있었다. 그러나 한글은 독자적인만큼 고립적이었다. 한국문학은 민족문학의 우물 안에서 팔다리가 자라고 있었다. 그런데 20세기 말부터 세계의 모든 물질뿐만 아니라 정신적·문화적 자원들까지 지구적 규모로 유통하고 순환하는 새로운 세계화의 질서가 열렸다. 한국문학의 경우, 이제 민족 문학이 아니라 하나의 독특한 세계문학으로 존재해야 할 필요가 발생한 것이다. 그러나 언어의 장벽이 그러한 필요에 부응할 경로를 차단하고 있었다.

이 장벽을 뚫은 건 '번역'이었다. 1990년대 이문열의 『금시조』가 불역되고 프랑스 일간지 『르 몽드』에 소개되면서 한국문학은 세계문학의 광장에 얼굴을 내밀었다. 곧이어 이듬해 이청준의 『당신들의 천국』이 높은 문학적 평가를 받았다. 그때부터 '번역'이 한국문학의 필수 매개자가 되었다. '대산문화재단'과 '한국문학번역원'의 설립이 되고 번역에 대한 집중적인 지원이 시작되었다. 그 지원 사업을 통해 적지 않은 수의 한국문학작품이 해외로 파송되었다. 한국문학 콜로키엄, 작가 해외 레지던스 등 한국문학과 세계 독자를 연결시키는 다양한 프로그램들도 개발되었다. 그리고 사반세기 이상이 지났다. 물량적 지원은 계속 증가했는데 그러나 결과는 아리송했다. 하위문화의 영역에서 K-pop과 드라마가 외국의 군중들을 매료시켰지만 고급문화로 연결되는 일은 드물었다(그것은 하위문화의 향유 양상을 따져 봐야한다는 숙제를 남긴다). 오히려 최근 들어 한국문학에 대한 세계 독자의 관심은 서서히 시들해져 가고 있었다. 대신 '핵'을 보유한 괴상한 나라인 '북한'의 문학에 대한 호기심이 증가하고 있는 참이었다.

그러던 중에 한강의 『채식주의자』가 세계적 권위를 가진 상을 쥐었다는 소식이 날아온 것이다. 이 소식을 어떻게 이해할 것인가? 우선은 그동안의 투자가 성과를 낳았다고 해야 할 것이다. 무엇보다도 번역의 품질이 이번 수상에 결정적인 역할을 했다는 것은 지금까지의 노력이 효과를 거둔 것으로 봐야 할 터이기 때문이다. 그러나 한국문학 일반에 대한 관심의 저하 현상과 가뭄 속의 단비처럼 쏟아진 이 소식 사이의 괴리는 심각하게 고민해봐야 할 문제이다. 이 문제는 바로 두 번째 차원으로 우리를 이동시킨다.

『채식주의자』의 성공은 순수한 문학적 평가에 의해서 달성된 것이다. 그동안 한국문학의 우수성에 대한 단편적인 평가들은 자주 이루어졌었다. 그러나 권위를 동반한 인정은 이번이 처음이었다. 재작년 김애란의 번역된 소설집 『나는 편의점에 간다』가 프랑스에서 '주목받지 못한 상'을 수상하였는데, 그 제목 그대로 한국문학은 주목받지 못한 채로 그 존재의 '고지(告知)'만 이어가고 있었다. 이 현상의 원인을 정확하게 밝혀야만 미적 차원에서 한국문학과 세계문학 사이의 호환 체계를 수립하는 일에 착수할 수 있을 것이다. 『채식주의자』는 세계인이 공유할 수 있는 주제와 소재를 다루었다. 게다가 그것들이 매우 '극단적'으로 표현되었다. 이것이 세계 독자들의 접근을 용이하게 한 일차적인 원인이라고 생각한다. 그러나 거기까지는 흔하디흔한 세계문학의 한 '물건'이 되었다는 것을 가리킬 뿐이다. 한강은 채식주의와 탐미주의라는 두 개의 상반된 태도를 평행시켰고 그 사이에 최대한의 긴장을 부여하였다. 그럼으로써 두 세계관이 오해를 통해 상생하고 입장에 의해 상극하는 격렬한 길항의 현장을 조성하는 데 성공하였다. 작품의 미학적 성취는 이러한 다성적 자기장을 건축한 데서 비롯한다. 이것은 우선 서사의 승리이고 이어서 밀도의 개가이다. 즉 사건의 시작과 끝 사이를 일관되게 이어나갔던 것이고 다음 태도들의 복합적 의미 연관을 단일한 사건 안에 농밀하게 압축시켰던 것이다. 결국 오늘의 성과는 만인의 호기심을 부추길 수 있는 제재를 작가 특유의 개성적 형식을 통해 신비한 언어의 향로로 빚어낼 수 있었다는 것, 간단히 말해 보편적 제재와 개성적 형태를 결합시켜 특별한 미학적 차원을 열었다는 데서 나온 것이다. 이는 의미심장한 교훈을 오늘의 한국문학에 던진다.

1989년 거대 이념의 몰락과 디지털 문명의 폭발적인 팽창 이후로 한국 문학은 개인들의 사사로운 욕망 세계를 그리는 일에 몰두하였다. 그 세계 역시 넓은 의미에서 일반적 제재이지만 독립적으로 떠도는 산만한 사건들로 현상되곤 했다. 실제로 세계 독자의 주목을 끈 것은 조금 달랐다. 즉 보편적이되, 이질적인 시선들을 강력하게 끌어당기는 유인력이 강한 제재들이었다. 좌우이데올로기의 충돌을 다룬 황석영의『손님』, 성과 속, 공과 사의 거울 관계를 추적한 이승우의『식물들의 사생활』이 그런 예들이다. 다른 한편 21세기 한국문학은 제재의 산만성을 극복하기 위해 신기한 아이디어를 고안해서 거기에 태깔을 입히는 일에 많은 공을 들여왔다. 그런데 문제는 아이디어보다 서사의 완미함이다. 구조적 통일성이 구현될 때에만 독자들은 정서의 긴장과 휴식 사이의 긴 시간을 이어갈 수 있는 것이고 그 추체험의 과정을 통해 감동이라는 정서적 고양에 이를 수 있는 것이다.『채식주의자』의 성공이 무엇보다도 서사의 승리라고 말한 까닭이 바로 거기에 있는 것이다.

　『채식주의자』가 서사적 일관성을 유지했다는 것이 문학의 본질로부터 제기되는 요구라면, 작품에 구축된 복합적 다성세계는 오로지 작가의 개성적 글쓰기의 결과이다. 또한 한국적 정서를 요령 있게 끌어들여 갈등을 증폭시키는 비판적 재료로 활용하였다. 가브리엘 마르께스(Gabriel Marquez)가 라틴아메리카의 신비주의적 사유를 바탕으로 제국주의에 의한 라틴 아메리카의 붕괴의 역사를 재서술함으로써 세계문학에 전혀 새로운 지평을 연 것과 유사하면서도 다른 방법이었다. 이것은 모두(冒頭)에서 언급한 세 번째 차원에 대한 시사를 제공한다. 즉 한국문학 역시 만인이 공유할 수 있는 '원료'에 한국인의 전통적 의식의 반복과 역사적인 경험을 통해 농축된 집단무의식을 '장치'로 삼아 그에 대한 자신의 성찰의 결과로서의 작가 고유의 개성적인 문체를 '노동'에 투여하는 것이 여태 보지 못했던 새로운 세계문학의 광경을 창출해내는 길이 될 수 있으리라는 것이다.

마지막으로 한 마디. 세월이 한참 흐르고 난 뒤 뒤돌아보면 상을 받고 안 받고는 중요한 게 아니다. 가령 노벨문학상 첫 수상자인 프랑스의 시인 쉴리 프뤼돔(Sully Prudhomme)을 지금 기억하고 있는 사람은 거의 없다. 제임스 조이스(James Joyce)는 변변한 상 하나 안 받았지만 21세기 벽두에 뉴욕 타임즈가 실시한 설문조사에서 20세기 영문학이 산출한 가장 위대한 소설가로 '추대'되었다. 그러니까 중요한 것은 수상이 아니라 그가 남긴 작품들이 훗날에도 읽힐 수 있도록 문학적 구조와 밀도를 갖추고 있어야 한다는 것이다. 때문에 이번 수상이 작가에게 남기는 과제 역시 아주 크다고 할 수 있다. 『채식주의자』가 제련해낸 문학적 순도를 후속 작품들에 이월시켜 그 정밀성을 더욱 벼리는 일말이다.

—『연세춘추』 1774호, 2016.5.23.

불어로 번역된 최초의 북한 소설

Le Monde지(2011.9.16.)를 읽다 보니, 북한 소설이 처음으로 불어로 번역되었다는 기사가 눈에 띈다. Baek Nam-ryong의 *Les amis*(Actes Sud)라는 소설이라는데, 다시 우리말로 옮겨 보면 백남영의 『친구들』(혹은 『동무들』)이라는 소설이 될 것이다. 작가는 1949년 생으로 김일성 대학에서 문학을 전공했다고 한다. 1988년에 씌어진 소설 『친구들』(혹은 『동무들』)은, 가수와 노동자인 부부의 이혼을 소재로, 체제 내의 기회주의자들과 개인주의자들에 의해 야기된 부패를 비판하고 있다고 한다. 이 소설은 처음에 북한 당국의 검열의 도마 위에 올랐으나 "상부로부터의" 개입에 의해서 "건설적 비판의 모범"으로 상찬되었다고 한다. 번역자는 파트릭 모뤼스(Patrick Maurus)와 양정희 두 사람 공역으로 되어 있다. 아마도 모뤼스 씨의 해설에 근거한 것으로 보이는데, 이 소설은 '4월 15일 문학운동'의 결실로서, "사회주의적 리얼리즘"과 "혁명적 낭만주의"로부터 벗어나, "보통 사람들의 삶"을 그린 대표적인 작품이라고 기사는 전하고 있다.

이 소설은 1988년에 남한에서도 출판되었으며 번역자들은 남한 출판본을 읽었다고 하는데, 어느 출판사에서 나왔는지 찾을 수가 없다.

—2011.9.18.

세계화 속에서의 한국문학의 방향

잘 알다시피 한국은 동북아시아 3국 안에 위치해 있다. 옆에 있는 두 나라는 정치·경제적으로 강국인 데다가 문화적으로도 아주 오래전부터 세계에 자신을 알려 왔다. 서양인들은 중국과 일본의 특징들을 꼽는 데 익숙하다. 중국의 미술에는 도가적 신비주의가 있다거나 일본의 문화는 "기호의 제국", 즉 정교한 인공성의 문화라는 등 말이다. 그런 판단과 함께 한국의 문화·예술에 대해서도 비슷한 질문을 던진다.

그런데 한국문학에 대해 고유한 특성을 얘기하기가 쉽지 않다. 아주 오래전부터 전래되어 온 한국문화는 분명 있다. 하지만 그것은 오늘의 한국문학에 큰 영향을 주지 않았다. 한국문학은 전통적인 한국 고유의 것에서라기보다는 보편적이라고 이해되어 온 문학을 지향하는 경향이 뚜렷하다. 한국인들의 정신적인 경향이 꽤 보편주의적이라는 말은 흔히 듣는 얘기다.

이해를 쉽게 하기 위해 문학보다 더 서양인들에게 친숙한 영화를 예로 들어 보겠다. 한국 영화가 세계에 처음 소개되기로는 임권택 감독의 일련의 영화들이었다. 그 영화들은 전통적인 한국 음악과 미술에 바탕을 둔 매우 정적인 작품들이었다. 임권택의 영화는 서양의 비평가들에게 주목을 받았으나 대중들에게 호응을 받지는 못한 것 같다. 그리고 곧바로 홍상수·김기덕의 영화들이 서양의 영화 관객들에게 주목을 받기 시작했다. 이들의 영화는 한국적인 것과는 거리가 멀고 오히려 영화의 첨단 미학을 구현해냈다고 흔히 평가되었다. 지금 프랑스에서 절정의 인기를 누리고 있는 재즈음악 가수 나윤선의 경우도 비슷하다. 그의 재즈음악 의 독창성은 서양음악을 하고 있는 부모의 영향으로부터 온 것으로 보 인다. 다른 한편 하위 문화에서 꽤 인기를 끌고 있는 소위 K-pop 댄스음 악과 드라마를 생각해 보자. 이들의 음악과 무용, 드라마는 한국적인 것 이라기보다는 대중문화의 아주 일반적인 속성들을 자극적으로 가공한 것들이다.

이러한 예들은 한국문화의 보편지향성을 잘 보여주고 있다. 한국문화 에 고유한 전통성이 없다기보다는 오늘의 한국문화가 세계 공통의 일반 적 경향을 독자적으로 가공하는 데서 눈길을 끌고 있다는 것이다. 한국 문학에 대해서도 비슷한 얘기를 할 수가 있다. 처음 서양인들은 한국문 학의 고유한 특성이 무엇인가를 궁금해 했다. 그러나 곧바로 문학 고유 의 세계에 대한 '성찰적이거나 비판적인(réflexive ou critique)' 특성이 한국문 학의 중요한 특성을 이루고 있음을 발견하였다. 1990년대 초엽에 번역된 이청준의 『당신들의 천국 Ce paradis qui est le vôtre』은 '문둥병'이라고 하 는 질병의 알레고리를 통해 현실 세계의 지배와 예속의 역학 관계, 자유 와 사랑 사이의 갈등을 성찰하였다. 200년대 초엽에는 본래 서양으로부 터 발원했으나 오늘의 서양인들이 거의 잊어가고 있는 '성과 속'의 관계 를 탐구한 이승우의 『생의 이면 L'Envers de la vie』 등의 작품들이 주목을 받았다. 그러한 주목은 최근 출간된 『지상의 노래 Le chant de la terre』에 까지 이어지고 있다. 다른 한편 김영하의 『나는 나를 파괴할 권리가 있 다』는 젊은 세대의 해방 본능과 파괴 충동에 호응하였다. 2004년 번역 출간된 황석영의 『손님 L'invité』(2001)은, 한국전쟁 직전 황해도 신천에서 일어난 기독교도들과 공산주의자들 사이의 살육을 다룬 소설이었는데,

대중적인 성공을 거두었다. 2006년 한불수교 120주년을 맞아 프랑스 문인협회 사무실에서 한불작가들이 좌담을 가졌을 때, 르 클레지오씨는 한국문학이 프랑스 작가들이 오랫동안 잊고 있었던 앙가쥬망을 다시 일깨워주었다고 언급하였다. 다른 한편 성과 속의 관계를 집요하게 파고 들었던 이승우의 『식물들의 사생활 La vie rêvée des plantes』(Folio, 2009) 및 『생의 이면 L'Envers de la vie』(2000년 출간, 2006년 번역, Zulma)이 한국문학의 정신적 모색의 깊이를 보여주었다. 곧 출간될 그의 새로운 장편 『지상의 노래 Le chant de la terre』(2012년 출간, 2016년 번역, DeCrescenzo Éditeurs) 역시, 세속의 추악함에 대한 성스런 각성을 모색한 소설로서, 본래 유럽적 주제였던 성과 속의 관계를 재성찰하게끔 한 한국문학의 중요한 성과로 인정되리라 기대된다. 이인성의 『낯선 시간 속으로 Saisons d'exil』(1983년 출간, 2013년 번역, Harmattan, 2016년 DeCrescenzo Éditeurs 재출간), 『미쳐버리고 싶은, 미쳐지지 않는 Interdit de folie』(1995년 출간, 2010 번역, Imago), 『강어귀에 섬 하나 Sept méandres pour une île』(1999출간, 2013 번역, DeCrescenzo Éditeurs)는 마르셀 푸르스트의 '기억'과 비슷한 '상상추론'을 통해서 지식과 현실 사이의 일치 가능성을 복잡한 문체를 통해 실험함으로써 프랑스 고급 지식인들의 주목을 받고 있다. 최근 미국과 영국에서 주목을 받은 한강의 『채식주의자 La végéterienne』(2007년 출간, 2015년 번역)는 억제할 수 없는 성적 욕망에 사로잡힌 탐미주의자와 무위로서의 저항을 상징하는 채식주의자 사이의 오해가 빚어난 특이한 그로테스크로서 이 또한 사회적 편견에 대한 도전으로서 읽혀야 할 작품이라고 할 수 있다.

이렇게 본다면 한국문학은 특수한 민족적 소재를 통해서가 아니라 인류의 보편적인 주제를 통해서 세계문학에 다가가고 있다고 봐야 할 것이다. 특히 현실사회주의의 붕괴 이후 거의 30년 동안 세계문학이 점점 개인주의의 쇄말성에 매몰되어 가고 있었다는 점을 고려한다면 한국문학은 세계의 존속과 인류의 가치 있는 생존에 관한 거시적인 주제를 다시 보충함으로써 세계문학의 쇄신에 기여할 수 있다고도 할 수 있다. 점점 소중해지고 있는 문학의 기능은 반성적 기능이다. 삶을 되돌아보고 그 의미를 묻는 것, 그것을 문학만큼 훌륭히 해낸 문화예술이 없었다. 오늘의 새로운 디지털 문화들도 막무가내식 즐김의 문화보다는 반성적 기능과 결합될 때 미적 가치와 지속성을 보장받을 수 있었다.

따라서 한국문학의 특성을 묻기보다는 세계문학 전반의 경향 속에서의 한국문학의 의미를 탐색하는 게 중요하다고 생각한다. 필자는 이런 얘기를 통해 한국문학이라는 새로운 별이 세계문학의 은하 내에 자리 잡기를 바랐고 요 근래 10여 년 동안 그런 일에 공을 들여왔다. 그 결과가 지난해 출간된, 『한국문학의 어느 욕망 *Un désir de littérature coréenne*』 (Decrescenzo éditeurs)이다. 그러니까 한국문학이 하나의 세계문학으로 들어온다는 것의 의미, 세계문학의 확장을 넘어서 세계문학 개념 자체의 새로운 이해를 위해 한국문학이 할 수 있는 역할, 더 나아가 그런 작업이 결국 한국문학을 어떻게 진화시킬 것인가, 등등에 대한 내 나름의 고민을 모아 놓은 책이다.

—'파리도서전 Salon de Paris', 2016.3.

맺는 말_나 떠나는 날, 강 건너에 새 밭을 갈리라

언젠가 블로그에 슈바이처 박사의 임종에 대해 쓴 적이 있다. 산파일을 하면서 그이를 도왔던 부인의 증언에 의하면, 그이는 돌아가시기 전 병상에서 끊임없이 음악을 들었고, 어느 순간 "정말 경이로워!"라는 한마디 말을 남기고 숨을 거두었다. 자신의 삶을 '완수'한 데 대한 만족감의 토로였으리라고 부인은 해석한다. 나는 그 말을 들으며 이렇게 중얼거렸었다. "나도 죽을 때 그렇게 말할 수 있기 위해 살아야 한다."

내게도 소임이 있다. 나는 고등학생 시절 그것을 어렴풋이 느꼈고 성인이 되어서 그에 적합한 일을 선택했으며, 그 선택의 순간을 가장 황홀한 때로 기억하고 있다. 그리고 40여 년이 흘렀다. 나는 돌이켜본다. 나는 내 소명을 완수할 수 있도록 살아왔는가? 그렇다고 아직 말할 수 없다. 나는 부끄러워진다. 나는 분명 내 인생의 대부분을 그 일에 썼고 나는 일중독자였고 자주 충일감을 느꼈다. 그러나 아니다. 나는 자주 맥이 풀렸고 주변의 눈총에 몸 사렸으며 내 분야는 지금 내 기대와 달리 거듭 침체 중이다. 온전히 내 책임은 아니라 하더라도 그런 사태를 대비하지 못한 건 내 공력과 정성이 모자란 탓이다.

어찌 이렇게 되었을까? 마음속의 난장이가 말한다. 일중독자여, 너는 일에 갇혀 지냈다. 네 눈은 너른 세상으로 열려있질 않았다. 고인 물이 썩듯이 일도 너도 화석이 되고 만다. 실로 나는 그런 경험을 빈번히 했다. 일에 몰두한 나머지 일의 방향도 규모도 진행도 잊은 채 그저 발만

동동거리기만 했던 적을. 그러니 제대로 알고 하려면 딴 데를 기웃거려야 하고 휴식을 취해야 하며 자주 나를 비워야 하리라. 그래야 다른 삶의 깨알들이 내 분야의 양분으로 들어와 내 인생을 쇄신시킬 수 있을 것이니, 그렇게 번번이 거듭나는 체험 속에서만 내 뜻이 여물어 갈 것이다.

그리고 어느 날 죽음이 내 곁으로 다가왔을 때 '경이'를 토하기를 바랄 수도 있으리라!

......? 허나 그러하다면 죽음 또한 내 삶에 활력을 불어넣기 위해 찾아온 낯선 손님이 아닌가? 그래서 또 하나의 생을 보채는 게 아닌가? 시방 내가 앉아 있는 해변의 이 기이한 석양처럼. 나즛손의 햇살을 받아 반짝이는 물결이 일렬종대로 내 쪽으로 몰려오고 있는데, 한 번 뒤돌아 다시 보면, 저 빛 물결들은 초롱초롱 앞으로 달음질치며 수평선을 여는 듯하니, 아까의 난장이가 "해거름이 햇덧을 하더니 여명을 풀며 햇귀를 쫑긋거리는구나"라며 박장대소를 하는 광경에 아연 사로잡힌다.

그 뜻을 깨달을 즈음 저승을 건네주는 뱃사공이 내게 물을 것이다. "살만 했나요?" 나는 그의 노손에 손을 보태며 이렇게 답하리라. "어서 강 건너에 새 밭을 갈아야지요."

—『조선일보』, 2018.5.24.

문신공방 文身孔方, 둘
한국문학을 쳐 읽고 뜯어 읽고 스스럼 있이 꾀꾀로 새겨 넣다

초판 1쇄 인쇄 2018년 6월 21일
초판 1쇄 발행 2018년 6월 28일

저 자 정과리
펴낸이 이대현
편 집 권분옥
디자인 홍성권

펴낸곳 도서출판 역락
주 소 서울시 서초구 동광로 46길 6-6 문창빌딩 2층
전 화 02-3409-2058(영업부), 2060(편집부) | 팩시밀리 02-3409-2059
이메일 youkrack@hanmail.net
역락홈페이지 http://www.youkrackbooks.com
역락블로그 http://blog.naver.com/youkrack3888
등 록 제303-2002-000014호(등록일 1999년 4월 19일)

ISBN 979-11-6244-272-2 04810
      979-11-6244-271-5(세트)